KERSTIN PFLIEGER

Wenn die Nacht beginnt

GOLDMANN
Lesen erleben

Buch

Den Neuanfang in dem kleinen Ort im Odenwald hatte sich Lilly etwas leichter vorgestellt. Dass ihr Freund kurz vor der Abreise Schluss mit ihr gemacht hat, weil ihm die Entfernung zu groß ist, hilft ihr natürlich auch nicht gerade weiter. Aber ihre Mutter ist glücklich mit ihrem neuen Freund Thomas. Und sie hatte sich nichts mehr gewünscht, als mit ihm zusammenzuziehen. Da muss Lilly natürlich mit. Zum Glück macht es ihr Samuel, ihr neuer Stiefbruder, sehr leicht. Und als sie am ersten Tag in der Schule dann auch noch Raphael begegnet, bei dessen Anblick ihr gleich heiß und kalt wird, weiß sie, dass der Umzug vielleicht doch keine schlechte Idee war. Nur warum ist Raphael in der Schule immer so abweisend, und wenn sie ihn abends trifft, so nett und charmant? Merkwürdig ist es schon, dass er ein völlig anderer ist, wenn die Nacht beginnt. Doch viel mehr vermag sie nicht herauszufinden, als sich Lillys Leben plötzlich schlagartig ändert: Samuel wird in einen Autounfall verwickelt, und Raphael zeigt ihr sein wahres Gesicht ...

Weitere Informationen zu Kerstin Pflieger sowie zu lieferbaren Titeln der Autorin finden Sie am Ende des Buches.

Kerstin Pflieger

Wenn die Nacht beginnt

Sternenseelen
Band 1

Roman

GOLDMANN

Dieses Buch ist auch als E-Book erhältlich

MIX
Papier aus verantwortungsvollen Quellen
FSC® C014496

Verlagsgruppe Random House FSC® N001967
Das FSC®-zertifizierte Papier *Super Snowbright* für dieses Buch
liefert Hellefoss AS, Hokksund, Norwegen.

1. Auflage
Originalausgabe Mai 2013

Wilhelm Goldmann Verlag, München,
in der Verlagsgruppe Random House GmbH
Dieses Werk wurde vermittelt durch die
Literarische Agentur Thomas Schlück GmbH,
30827 Garbsen.
Umschlaggestaltung: UNO Werbeagentur, München
Umschlagmotiv: Fine Pic, München
Redaktion: Kerstin von Dobschütz
NG · Herstellung: Str.
Satz: DTP Service Apel, Hannover
Druck und Bindung: GGP Media GmbH, Pößneck
Printed in Germany
ISBN: 978-3-442-47707-4
www.goldmann-verlag.de

Du hast mir das Herz genommen,
meine Schwester, liebe Braut,
du hast mir das Herz genommen
mit einem einzigen Blick deiner Augen,
mit einer einzigen Kette an deinem Hals.

Das Hohelied Salomos

Prolog

Ich habe nie darüber nachgedacht, ob ich eine Seele besitze. Ich atme, ich sehe, ich denke – das hat mir immer genügt.

Nun, da ich die Antwort kenne, stehe ich vor der Wahl, meine Seele zu opfern oder meine Liebe zu verlieren.

Kann man ohne Seele lieben?

Ich fürchte mich. Es ist nicht die Angst, die man vor einer schweren Klausur verspürt oder wenn man den Eltern eine schlechte Note beichten muss. Nein, ich fürchte um mein Leben und das, was aus mir werden könnte.

1

Der zerknüllte Zettel brannte wie ein glühendes Stück Kohle in Lillys Hand. Tränen rollten ihr heiß die Wangen hinunter, verwischten ihre Mascara, während sie ein Schluchzen unterdrückte. Mit zitternden Fingern entfaltete sie das Papier wie gefühlte tausend Mal zuvor. Billiges Karopapier aus einem Collegeblock, mehr war sie ihm nicht wert gewesen. Von allem, was er geschrieben hatte, nahm sie nur eines wahr: *Leb wohl.* Erneut traten Tränen in ihre Augen. Eigentlich müsste sie wütend sein. Gestern noch versprach er ihr, sie zu lieben, heute fühlte er sich nicht in der Lage, mit der Distanz klarzukommen.

»So ein …«, setzte sie an, dann biss sie sich auf die Lippen. Sie wollte nicht so viel fluchen.

»Hast du etwas gesagt, Liebes?«, fragte Moni, ihre Mutter, während sie durch ihre froschgrüne Brille, die mit ihrer pinkfarbenen Bluse einen so krassen Kontrast bildete, dass es einem die Augen verätzte, in den Rückspiegel ihres klapprigen Passats blickte.

Lilly saß auf der Rückbank, da vom Heck bis zum Beifahrersitz ihre Ballettstange und die langen Bretter der beiden Schränke, die sie aus Stuttgart mitgenommen hatten, lagen.

»Nein, Mom.« Sie starrte aus dem Fenster, an dem die verregnete, trostlose Rheinebene vorbeizog. Sie waren auf dem Weg in den Odenwald, um ein neues Leben anzufangen. Mal wieder.

»Ist es wegen Stefan?«

»Mom«, stöhnte Lilly. »Hast du nicht genug mit deinem eigenen Liebesleben zu tun, dass du deine Nase in meines stecken musst?« Kaum hatte sie die Worte ausgesprochen, den verletzten Blick ihrer Mutter aufgefangen, tat es ihr schon leid. »Es ist aus«, lenkte sie ein.

»Was für ein Trottel.« Moni scherte auf die mittlere Spur aus und setzte zum Überholen eines Pandas an, dessen stumpfer Lack von unzähligen Kratzern übersät war.

»Wer sagt denn, dass *er* Schluss gemacht hat?«

»Deine roten Augen.«

»Es hätte ohnehin nicht funktioniert.« Das war die Wahrheit, und deshalb verstand sie auch nicht, warum sie sein Brief so kränkte. Sie hatte Stefan nur wegen seiner wunderschönen, sinnlichen Lippen ausgesucht. Der perfekte Mund für den ersten Kuss. Wen interessierte es da, dass er über nichts anderes redete als Fußball? Sie grinste hämisch, als sie sich sein Gesicht vorstellte, sollte er je erfahren, dass sie sich nur mit ihm eingelassen hatte, weil sie wusste, dass sie bald wegziehen und er damit aus ihrem Leben verschwinden würde. Mit siebzehn Jahren wollte sie nicht länger ungeküsst bleiben, und sie musste zugeben, dass es sich gelohnt hatte. Er küsste fantastisch, mit viel Ausdauer, und er hatte sich nie über ihre mangelnde Erfahrung beschwert.

Nachdem sie die Autobahn verlassen hatten, fuhren sie an Heidelberg vorbei in den Wald hinein. Die Straße wurde schmaler, und als sie von einer Bergkuppe über die vor ihnen liegende Hügelkette blickte, bestaunte sie die Flut an Bäumen und die Weite des Landes, bei deren Anblick sie sich Flügel wünschte, um über sie hinwegzugleiten und ihre wilde Schönheit in sich aufzunehmen. Dann tauchten sie erneut in das Gespinst aus Zwielicht und Dunst ein, das die ineinander verschränkten Äste hoch über ihnen woben. Die Musik aus dem Radio ging in ein Rauschen über, aber auch nach mehreren Durchläufen fand Moni keinen neuen Sender. »Ist das nicht aufregend?«, strahlte sie Lilly aus dem Rückspiegel an. »Ein richtiges Abenteuer!«

Sie zwang ein Lächeln auf ihre Lippen, das fast aufrichtig wirkte, und hoffte, dass ihre Mutter es damit auf sich beruhen lassen würde. Sie hatte keine Lust, die endlosen Diskussionen der letzten Wochen fortzuführen. Moni legte eine CD ein, drehte die Lautstärke auf und sang aus vollem Herzen zu *Flashdance – What A Feeling* von Irene Cara mit.

Einige Zeit später fuhren sie aus dem Wald heraus und erblickten endlich den Himmel wieder, von dem die Sonne herunterbrannte, sodass die Nässe des kurz zuvor erfolgten Regengusses in feinen Schwaden aufstieg. Lilly begrüßte die Wärme und blinzelte gegen die Helligkeit an, um ihre neue Heimat in Augenschein zu nehmen. In einer Mischung aus Ernüchterung und Faszination sog sie die Luft ein. Aurinsbach war noch kleiner, als sie erwartet hatte: Eine Ansammlung altertümlicher Häuser mit dunklen Schindeln wand sich entlang einer Straße, die so oft repariert worden war, dass sie wie eine Flickendecke aussah, einen steilen Hang hinauf. In den Gärten standen vereinzelte Bäume, als wollten sie die vom Wald umzingelte Ortschaft auf die Rückkehr der ungezähmten Natur vorbereiten. Über all dem thronte eine Festung, wie sie märchenhafter und fremdartiger sich niemand hätte erträumen können. Ganz aus Fachwerk errichtet, verliehen ihr unzählige Türmchen, Dachgauben, Erker und Balkone ein gedrungenes Aussehen, das eine geheimnisvolle und zugleich gemütliche Atmosphäre erzeugte. Das Faszinierendste war allerdings die verschachtelte Bauweise, die den Eindruck erweckte, als hätte man mehrere winzige Hexenhäuschen auf- und nebeneinandergesetzt. Und das sollte ihre neue Schule sein?

Sie fuhren in die Ortschaft hinein; vorbei an alten Fachwerkhäusern und einem kleinen Marktplatz, auf dem die Vorbereitungen für ein Dorffest anliefen, das laut einem bunten Plakat in zwei Wochen stattfinden sollte. »Weißt du, wo wir hinmüssen?«, fragte sie.

»Hier gibt es nur eine richtige Straße. Da kann selbst ich mich nicht verfahren.«

Lilly seufzte, schnallte sich ab und beugte sich nach vorne, sodass sie die zerknitterte Straßenkarte aus dem Fußraum zu fassen bekam.

»Schnall dich an«, rief Moni und fuhr, abgelenkt von der Kletteraktion ihrer Tochter, einen Schlenker, wodurch Lillys Rippen gegen den Beifahrersitz gepresst wurden und ihr kurz die Luft wegblieb. Schließlich gewann sie ihre Fassung zurück, der Passat surrte brav auf der richtigen Straßenseite, und Lilly saß angeschnallt auf ihrem Platz.

»Lilliana, tu das nie wieder!«

»Ohne die Karte werden wir das Haus nie finden.« Sie suchte nach der Seitenstraße, die sie mit einem feinen Textmarker markiert hatte. Durch die Vibration des Autos fiel es nicht auf, wie sehr ihre Hände zitterten. Umzüge war sie gewohnt. Ihre Mutter verliebte sich alle zwei, drei Jahre in einen Kerl, zerstritt sich mit ihm einige Monate später, um sodann mit ihrer Tochter die Flucht in die nächste Stadt zu ergreifen. Dieses Mal jedoch war es anders. Sie würden das erste Mal seit dem Tod von Lillys Vater mit einem Mann zusammenziehen. Thomas, ihr neuer Lebensgefährte, hatte eine Anstellung als Lehrer an dem Internat Aurinshöhe gefunden, und Moni hatte kurzerhand beschlossen, mitzukommen. Auch Thomas' Sohn, Samuel, würde bei ihnen leben. Da er ein Schuljahr in den USA, in Augusta, Maine, verbracht hatte und erst vor ein paar Tagen zurückgekehrt war, hatten sie bisher nur über Facebook gechattet. Zuerst war es merkwürdig gewesen, mit ihm zu reden. Bevor sie sich getraut hatte, ihn anzuschreiben, hatte sie ewig auf sein Foto gestarrt und sich überlegt, was sie ihm schreiben sollte. *Hey, ich bin die Tochter von der Tussi, mit der dein Vater was hat.* Toller Einstieg …

Schließlich hatte er sich zuerst bei ihr gemeldet, mit einem simplen: *Hallo, schön, dich kennen zu lernen.*

Von da an war alles ganz einfach gewesen, und sie hatten stundenlang gechattet, sodass sie bereits das Gefühl hatte, ihn zu kennen.

Lilly leitete ihre Mutter bis an das Ende von Aurinsbach, wo sie in eine Seitenstraße, die nach wenigen Metern am Waldrand endete, abbogen. Von den urwüchsigen Tannen, deren Nadeln das Sonnenlicht auffingen und die Schatten zu ihren Füßen verdichteten, flog ein Taubenpärchen empor. Sie beobachtete ihren Flug, bis sie zwischen den Baumwipfeln verschwanden und Moni vor einem alten, von wildem Wein überwucherten Häuschen mit dunklen Schindeln und einem schmalen, von einer niedrigen Hecke umgebenen Garten anhielt. Sie atmete zittrig ein. Erst jetzt wurde ihr bewusst, wie sehr sich ihr Leben veränderte. Zum ersten Mal würde sie nicht in der Stadt wohnen, sondern auf dem Land. In einem richtigen Haus und nicht in einer Plattenbauwohnung. In ihrem Magen fing es zu kribbeln an. Thomas hatte sie bereits ein paar Mal gesehen, aber Samuel? Wie würde er sein?

Sie nahm all ihren Mut zusammen, setzte ein Lächeln auf, strich eine Strähne ihres dunklen Haares zurück und stieg aus.

»Ist das nicht aufregend?«, strahlte Moni sie an und drückte ihr einen Kuss auf die Wange, wobei ein Fleck von ihrem grellen Lippenstift zurückblieb.

»Hm«, antwortete sie und wischte sich das Gesicht mit

dem Ärmel ab. Ihre Mutter hakte sich bei ihr unter und zog sie zu dem hölzernen Gartentor, das mit einem leisen Quietschen aufschwang. Als sie über den schmalen Weg auf die Eingangstür zugingen, erklang von drinnen ein hohes, lautes Bellen. Ein Hund? Davon hatte niemand etwas gesagt.

Bevor sie klingeln konnten, öffnete sich die Tür, und ein gewaltiges, rotbraunes Ungetüm, das Lilly beinahe auf gleicher Höhe in die Augen blickte, stürmte ihnen entgegen und bellte in einem eigentümlich schrillen Ton, der gar nicht zu der massigen Erscheinung passen wollte, sondern vielmehr an einen Chihuahua erinnerte.

»Don, komm zurück!«, drang eine tiefe, männliche Stimme aus dem Haus, während eilige Schritte eine Treppe herunterpolterten. War das Samuel? Lillys Herzschlag beschleunigte sich. Was würde nun geschehen? Würden sie sich peinlich berührt einander gegenüberstehen und bereuen, bereits einige Geheimnisse miteinander geteilt zu haben?

Der Hund setzte sich hin, blies die schlabberigen Lefzen auf und hob treuherzig eine Pfote. Lilly, die zwar keine Angst vor Hunden hatte, aber vor diesem riesigen Tier zurückgeschreckt war, schloss ihn bei dem sanften Blick aus den goldbraunen Augen sofort ins Herz. Erst jetzt nahm sie Thomas wahr, der sie fröhlich anstrahlte und Moni in seine Arme zog. Er war ein großer Mann – so groß, dass ihre Mutter neben ihm wie ein rundlicher Zwerg aussah – mit kurzen schwarzen Haaren, an deren Schläfen sich das erste silbrige Grau zeigte. Obwohl sie ihn noch nicht gut kannte, wusste sie, dass sie ihn eigentlich mögen musste, aber manchmal ertappte sie ihn dabei, wie er ihre Mutter regelrecht besitzergreifend ansah, und das versetzte ihr jedes Mal einen Stich. Moni war die einzige Familie, die sie hatte, und sie zu teilen, fiel ihr schwer. *Länger als ein halbes Jahr würde das ohnehin nicht halten, dachte sie trotzig.*

Ihr Blick glitt zu dem hochgewachsenen Jungen hinüber, der hinter Thomas stand. Das musste Samuel sein. Zuerst fielen ihr seine großen, rotbraunen Augen auf, die eine tiefe Wärme ausstrahlten, dann seine breiten Schultern und die kräftigen Muskeln, die sich unter seinem engen, ockerfarbenen Shirt abzeichneten. Wie ein aus dem Film entsprungener Football-Star einer Highschool, dem die Cheerleaderinnen in Scharen hinterherliefen. Sie hatte zwar bereits Bilder von ihm gesehen, aber auf diesen umwerfenden Anblick war sie nicht gefasst gewesen. Und nun war er so etwas wie ihr Bruder. O Mann. Er bemerkte ihren Blick, grinste sie an, woraufhin sie prompt errötete. Das würde interessant werden. Sie verfluchte ihre vom Weinen verquollenen Augen und ihre rote Nase.

»Du musst Lilly sein.« Samuel ging auf sie zu und zog sie in seine Arme.

Ist der groß, schoss es ihr durch den Kopf, während sie versuchte, sich nicht zu nah an ihn zu schmiegen. Er überragte sie um mehrere Handbreit, dabei war sie für ein Mädchen viel zu groß und dünn. Durch die ungewohnte Nähe und seine starken Arme, die ihren Körper umschlangen, gesellten sich nun auch weiche Knie zu ihren flatternden Nerven.

»Das ist Don«, stellte er den Hund vor. »Normalerweise ist sie ein braves Mädchen, aber heute ist sie schon den ganzen Tag schrecklich aufgeregt.« Er warf Don einen strafenden Blick zu.

»Ist das nicht eher ein Name für einen Rüden?«

»Eigentlich heißt sie Donkey.« Er zuckte mit den Schultern. »Als sie jung war, war sie genauso tapsig und nervig wie der Esel aus *Shrek*.«

Sie grinste. Der Esel war eine ihrer Lieblingsfiguren. »Hoffentlich verliebt sie sich nicht in einen Drachen.«

»Hier gibt es nur Schlossgespenster«, gab Samuel mit einem breiten Grinsen, das zwei Reihen makellos weiße Zähne entblößte, zurück.

»Wir fangen mal mit dem Ausladen an«, unterbrach Thomas ihr Geplänkel und öffnete den Kofferraum des Passats. »Zeig Lilly doch das Haus.«

Die kräftigen, warmen Finger ihres neuen Stiefbruders schlangen sich um ihre Hand. Verstohlen blickte sie ihn von der Seite an, als er sie zum Häuschen zog. Er sah gut aus, viel zu gut, um ihn einfach so als Bruder betrachten zu können. Sie schloss einen Moment die Augen, um ihre Gedanken zu ordnen. Sie hatte das erste Mal die Aussicht auf eine richtige Familie, etwas, das sie sich schon so lange wünschte. Sie durfte es nicht riskieren, indem sie mit Samuel anbandelte. Es würde schon schwer genug werden, der Beziehung zwischen Moni und Thomas eine Chance zu geben, ohne dass sie die ganze Situation noch verkomplizierte.

Aus den Weinranken an der Hauswand erklang das Brummen hunderter Bienen, die sich an den versteckten, zierlichen Blüten gütlich taten. Sobald sie über die Schwelle traten, kam Don ihnen hechelnd hinterher.

Lilly war gespannt auf das Innere. Wie üblich war die Entscheidung ihrer Mutter so spontan und kurzfristig gefallen, dass sie keine Gelegenheit gehabt hatten, ihr neues Heim vorher anzuschauen. Thomas hatte ihnen lediglich ein paar Bilder geschickt.

Das Haus sah von außen zwar klein und alt aus, aber bereits der Flur wirkte mit seinen schlichten Kiefernmöbeln einladend und gemütlich. Dons Krallen klackten auf dem hellen Parkett, als sie in die geräumige Wohnküche, die von einem breiten Holztisch und cremefarbenen Vorhängen dominiert wurde, zu ihrem Wassernapf trabte. Die Küche war perfekt für die begeisterte Hobbyköchin Moni und bot ausreichend Platz, falls Lilly sich ebenfalls an eines ihrer gefürchteten Kochexperimente wagte, die meist mit viel Qualm und Gezeter endeten.

»Oben gibt es drei Zimmer. Eines für die beiden Frischverliebten.« Er zog spöttisch eine Augenbraue hoch. Offensichtlich hatte er kein Problem mit der übereilten Aktion ihrer Eltern. »Von den anderen habe ich mir bereits eines ausgesucht. Es ist etwas größer, dafür hast du einen Balkon. Wir können aber immer noch tauschen.« In seinem Blick lag die Hoffnung, dass sie das Angebot nicht annehmen würde.

»Ein Balkon?«, freute sie sich. In ihrer Stuttgarter Wohnung hatte es nur eine vergitterte Glastür mit Aussicht auf eine Betonwüste gegeben. Sie stellte sich vor, wie sie morgens mit einem Kaffee in der Hand die frische Morgenluft einatmen würde. Vielleicht könnte sie sogar einen Stuhl dorthin stellen, um in Ruhe zu lesen, oder sie könnte versuchen, Blumen zu ziehen.

»Du kannst von dort über den Garten bis zum Waldrand sehen. Total cool.«

»Warum hast du es dann nicht genommen?«, fragte sie misstrauisch.

»Sag es nicht meinem Dad.« Er senkte die Stimme. »Ich rauche und will aufhören. Neues Leben und so. Wenn ich einen Balkon hätte, wäre es zu einfach, heimlich zu qualmen.«

»Ich habe auch mal geraucht.«

»Wirklich? Wie hast du es geschafft, aufzuhören?« Er verschränkte seine Arme hinter dem Kopf, wodurch seine Muskeln hervortraten, und musterte sie interessiert.

Lilly kicherte. »Es war nur ein einziges Mal. Dabei wurde mir so schlecht, dass ich es nie wieder probiert habe.«

Sie stiegen die Wendeltreppe hinauf, die so beengt war,

dass Lilly hinter ihm gehen musste. Krampfhaft versuchte sie, nicht auf seine schmalen Hüften zu starren.

Den Flur im oberen Stock bedeckte ein beigefarbener Teppich, der auf den Fotos wesentlich neuer ausgesehen hatte. Moni wollte an der kahlen Wand grüne und braune Kreise in den verschiedensten Schattierungen aufmalen – ganz im Stil der 70er. Alles musste bei ihr schrill und bunt sein.

Samuel klopfte gegen eine leicht zerkratzte Tür aus hellem Holz. »Hier vorne ist mein Zimmer, hinten links das von meinem Dad und deiner Mom, und rechts wäre deines.«

Lilly eilte vor und hielt überrascht den Atem an, als sie den Raum sah. Er hatte zwar eine kleine Schräge, unter der ein schlichtes Bett stand, aber dafür war es fast doppelt so groß wie ihr altes Zimmer und verfügte über eine lange Wand, an der sie ihre Ballettstange montieren konnte. Eine Fensterfront mit einer Glastür führte auf den Balkon hinaus, der zwar nicht breit war, aber ausreichend Platz für einen Liegestuhl bot. »Das ist fantastisch«, freute sie sich.

»Möchtest du nicht trotzdem erst mein Zimmer sehen? Nicht, dass du nachher sauer bist.«

2

Für Lilly war die Sache eigentlich bereits entschieden, doch sie war neugierig, wie er hauste. »Zeig es mir.« Die Zimmertür schabte leicht über den Teppich, als Samuel sie öffnete und beiseitetrat.

In seinem Raum türmten sich noch die Kartons, aber er hatte schon Poster von amerikanischen Basketball- und Baseballspielern aufgehängt. Es herrschte die für Jungs typische Unordnung: Klamotten lagen überall auf dem Boden verstreut, die er verlegen einsammelte; Bücher und Sportzeitschriften stapelten sich in den Ecken.

Als er sich vorbeugte, spannte sich sein Shirt über den muskulösen Schultern. Ungebeten tauchte das Bild vor Lillys Augen auf, wie sie über sie strich, während er sie leidenschaftlich umarmte. Sollte sie es wagen und ihn einfach küssen? Verärgert kniff sie sich in den Handrücken. *Ganz dumme Idee.*

Don kam in ihrer trägen Gangart herein, legte den Kopf auf das ungemachte Bett, dessen neongrüne Bettwäsche zusammengeknüllt in einer Ecke lag, und blickte ihr Herrchen hoffnungsvoll an.

»Nein, du darfst nicht aufs Bett«, sagte er streng.

Don seufzte ergeben und rollte sich auf dem Boden zusammen, während Lilly sich unauffällig im Raum umsah. Samuel mochte offensichtlich Grüntöne. Selbst die Vorhänge leuchteten in einem giftigen Grün.

»Kommt ihr bitte? Wir brauchen eure Hilfe beim Ausladen«, rief Thomas von unten.

Don bellte aufgeregt, sprang überraschend flink auf und rannte die Treppe hinunter. Lilly kicherte beim Anblick der riesigen, wehenden Schlappohren.

»Drei Jahre alt und führt sich immer noch wie ein Welpe auf«, murmelte er.

»Ich habe sie nie bei Thomas gesehen«, stellte Lilly fest.

»Als ich in Maine war, hat sich ein Kumpel um sie gekümmert, da mein Dad zu viel unterwegs ist.« Er warf den Knäuel Wäsche, den er eingesammelt hatte, achtlos auf einen Stuhl.

»Hast du sie nicht vermisst?«

»Und wie, aber es war trotzdem cool dort.«

»Also sprichst du richtig gut Englisch?« In ihrem Bauch tanzten die Schmetterlinge Tango, als sie seine vollen, sinnlichen Lippen bewunderte. Wie er wohl küsste? Sie stöhnte innerlich auf. *Jetzt reiß dich zusammen. Spinn nicht rum, nur weil Stefan dich abserviert hat, bevor du es konntest.*

»Inzwischen ja, am Anfang war es allerdings ziemlich schwierig.« Er grinste. »Ich weiß auch nicht, was mich geritten hat, in die USA zu gehen. Mit gerade mal einer Drei in Englisch.«

»Dann kannst du mir ja bei meinen Hausaufgaben helfen.«

»Klar, und du hilfst mir bei Physik.«

»Sehe ich wie ein Physik-Genie aus?« Lilly hob fragend eine Augenbraue, um sogleich unter seinem intensiven Blick zu erröten.

»Mein Dad hat es mir erzählt. Er wollte mir schmackhaft machen, dass wir plötzlich einen auf Patchworkfamilie machen.«

Lillys Gesicht verdüsterte sich. Sie wusste, dass sie sich

wie ein launischer Teenager verhielt, doch ihre Gefühle fuhren Achterbahn mit ihr, wenn sie an das neue Familienleben dachte. War es Verrat an ihrem Vater, der bei einem Unfall ums Leben gekommen war, wenn sie sich nach dem Zusammenhalt einer Familie sehnte? Würde er womöglich in Vergessenheit geraten? Noch erinnerte sie sich genau an seine regengrauen Augen, die so viel Wärme ausstrahlten, seine breiten Hände, die sie liebevoll gekitzelt hatten, und seine ruhige Stimme, mit der er ihr Geschichten vom kleinen Pony Milli erzählt hatte. Sie fürchtete den Tag, an dem die Erinnerungen verblasst wären – dann hätte sie ihren Vater endgültig verloren.

»Dir gefällt das nicht?«

»Thomas ist ganz in Ordnung. Aber ich fühlte mich gerade in Stuttgart zuhause.«

»Das kann ich verstehen. Ich habe gehört, dass ihr oft umgezogen seid.«

»Ja, alle zwei bis drei Jahre.«

Samuel zauste ihr kameradschaftlich die Haare. »Wir werden das Beste daraus machen, Schwesterchen.«

Während sie die Treppe hinuntergingen, kaute Lilly auf ihrer Unterlippe. Er sah also nur eine kleine Schwester in ihr? Sie musste sich eingestehen, dass ihr der Gedanke einen feinen Stich versetzte. Die zweite Abfuhr des Tages. Sie blickte auf ihre zerschlissenen Sneakers und alten Jeans hinunter. Kein Wunder, bei dem Outfit. Wäre sie nicht so von Stefans Brief abgelenkt gewesen, hätte sie sich etwas anderes angezogen. Sie seufzte. Mach es bloß nicht komplizierter, als es ohnehin schon ist, ermahnte sie sich. Sie sollte froh sein, dass er sie nicht anmachte – ihr Leben war schon verworren genug.

Sie übernahmen das Ausladen, das sich als anstrengende Arbeit erwies, da sich Monis Packkünste darauf beschränkten, alles wild zusammenzustopfen, während die beiden Erwachsenen die Sachen im Haus verteilten.

»Was ist denn das?«, fragte Samuel, als er Lillys Ballettstange aus dem Auto holte.

»Ich tanze Ballett. Daran übe ich.«

»Oh, eine Tänzerin? Nicht schlecht«, grinste er. »Deshalb hast du so dürre Storchenbeine.«

»Hey.« Lilly schubste ihn. »Sei nett zu mir. Immerhin bin ich deine neue Schwester.«

»Und seit wann ist das ein Merkmal von großen Brüdern?«

»Hört auf, rumzualbern!«, rief Thomas aus einem Fenster im oberen Stockwerk. »Gleich fängt es zu regnen an.« Er deutete auf den Himmel, an dessen Horizont sich die Wolken ballten. »Wir müssen die Sachen vorher noch ins Haus bringen.«

»Geht klar, Dad!«, brüllte Samuel so laut, dass zwei Vögel aufgeschreckt von der Tanne im Nachbargrundstück hochflogen.

Nachdem alles ausgeladen war und die Kartons sich in Lillys Zimmer stapelten, bestellten sie eine Familienpizza mit viel Paprika und doppeltem Käse.

»Das darfst du doch als Tänzerin sicher nicht essen?«, fragte Samuel und sah begehrlich auf ihren Teller.

Sie schob ihn etwas zur Seite und biss genüsslich in ihr Pizzastück, von dem der Käse lange Fäden zog. »Sehe ich vielleicht zu dick aus?«

»Das nicht, aber sonst sieht man Tänzerinnen immer nur hungern.«

»Das sind Profis. Ich mache das nur zum Spaß.«

»Willst du keine Karriere als Tänzerin machen?«

Sie zuckte mit den Schultern. »Dafür werde ich langsam zu alt.«

»Hört euch diese Greisin an«, lachte Thomas. »Brauchst du demnächst einen Krückstock?«

Moni knuffte ihm liebevoll in die Seite, dann wandte sie sich Lilly zu. »Aber du bist doch richtig gut.«

»Eine vernünftige Ausbildung ist bei ihrem Talent für Physik immer vorzuziehen«, wandte Thomas ein.

»Könnt ihr das bitte mir überlassen?«, seufzte sie und hoffte, dass Thomas nicht auf die Idee kam, Vater spielen zu wollen. Sie war lange genug ohne einen ausgekommen. »Gibt es hier überhaupt eine Tanzschule?«

»Das Internat hat eine eigene Tanzlehrerin. Sie soll einen hervorragenden Ruf haben«, warf Moni ein.

»Klar, nur das Beste für die Edelkids«, spöttelte Samuel.

»Cool.« Lilly rekelte sich und gähnte. Sie war hundemüde – die letzten Nächte hatte sie vor Aufregung kaum ein Auge zugetan.

»Leg dich doch etwas hin«, schlug ihre Mutter vor.

»Keine schlechte Idee. Weckt ihr mich später? Ich habe meinen Wecker noch nicht wiedergefunden.«

»Sicher.« Moni stand auf, gab ihrer Tochter einen Kuss auf die Wange und brachte das Geschirr zur Spüle.

Zufrieden wankte Lilly in ihr Zimmer. Das entwickelte sich besser, als sie erwartet hatte. Sie seufzte. Trotzdem vermisste sie ihre Freunde und Stefans Küsse.

Sie hatte ihre Kartons sorgfältig beschriftet, sodass sie ihr neues Bettzeug mit dem dunkelblauen Blumenmuster schnell fand und mit geübten Handgriffen ihr Bett machte. Leise summend ließ sie das Rollo hinunter, kuschelte sich unter die Decke, schloss die Augen und lauschte ihren Atemgeräuschen. Kurz bevor sie einschlief, tauchte Samuels lächelndes Gesicht in ihrem Geist auf. Es wäre schön, einen Bruder zu haben. Dann zwang sie sich, an etwas anderes zu denken. Es war nie gut, sich zu sehr an jemanden zu gewöhnen. Zu oft hatte sie in den letzten Jahren Abschied nehmen müssen. Beim ersten Umzug war es am schlimmsten gewesen. Direkt nach dem Tod ihres Vaters hatte Moni mit ihr die Flucht ergriffen. So verlor sie gleich auch ihre Freundinnen, mit denen sie bereits im Kindergarten gespielt hatte. Natürlich hatten sie sich versprochen, Kontakt zu halten, aber nach wenigen Wochen war die Brieffreundschaft eingeschlafen, und obwohl sie sich später bei Facebook wiedergetroffen hatten, tauschten sie nie mehr als ein paar belanglose Grüße aus.

Als ein leichter Sommerregen einsetzte, prasselten die Tropfen gegen ihr Fenster, und sie schlief bei dem beruhigenden Geräusch ein, bis sie einige Stunden später von einem leisen Klopfen geweckt wurde.

»Hey Kleine, magst du mit zur Schulparty gehen?«, drang Samuels Stimme gedämpft durch die Tür.

3

Schläfrig rekelte sie sich, stand auf und öffnete die Tür. Zu spät bemerkte sie, dass sie außer einem mandarinfarbenen Spaghettitop und passendem Panty nichts trug. »Was für eine Party?«, stammelte sie mit hochrotem Gesicht und blickte sich nach ihrem Bademantel um, doch der lag wohl noch in einer ihrer Kisten.

»Hat Moni dich nicht vorgewarnt? Hier ist es anscheinend üblich, dass am Wochenende vor Schulbeginn ein Schulfest stattfindet.«

»Cool«, Lilly zwang sich zu einem Lächeln. Sie war sich gar nicht sicher, ob es tatsächlich cool war. Sie hatte keine Ahnung, was sie anziehen sollte, und der belanglose Smalltalk und das alberne Geflirte auf Partys gingen ihr auf die Nerven. Aber wie oft bot sich ihr schon die Gelegenheit, mit einem so süßen Typen an ihrer Seite anzugeben? Vielleicht sollte ich ein Foto machen und es Stefan schicken, überlegte sie grimmig.

»Also, kommst du nun mit?«

Sie konnte Samuels Lächeln nicht widerstehen. »Klar, ich kann doch meinen Bruder nicht unbeaufsichtigt lassen.«

»Ich wollte in einer Stunde los. Reicht dir die Zeit?«

Sie nickte. »Ich komme dann runter.« Sie legte ihm eine Hand auf die Brust, wobei sie bei der Berührung seiner festen Muskeln ein Kribbeln im Bauch verspürte, und schob ihn aus ihrem Zimmer. »Bis später.«

Er lachte leise und ging die Treppe herunter. Nun fingen die Probleme für Lilly erst richtig an. Was sollte sie anziehen? Aurinshöhe war ein Luxusinternat und nur für reiche Kids. Nur weil Moni dort als Sekretärin und Thomas als Lehrer arbeiteten, durften Samuel und sie die Schule besuchen. Kein Wunder, Lilly dachte an die Autofahrt von Heidelberg nach Aurinsbach. Es gab keine Zugverbindung, auch eine Bushaltestelle hatte sie noch nicht entdeckt. Wie sollte jemand von hier zu einer anderen Schule gelangen? Erst jetzt wurde ihr bewusst, wie sehr sie von der Außenwelt abgeschottet war. Keine spontanen Einkaufsbummel, Kinobesuche oder Treffen in Cafés. Wie öde das Leben hier sein musste. Ob sie nun auch zu einem dieser Landeier werden würde, für die sie früher nur Spott übrighatte, wenn sie diese mit weit aufgerissenen Augen durch die Stuttgarter Innenstadt hatte laufen sehen?

Wie die anderen Schüler wohl sein mochten? Verwöhnte Designerkids, die auf Mädchen wie sie herabsahen? Sie seufzte. Sie hatte keine Designerklamotten. Als Sekretärin verdiente ihre Mutter nicht viel, und nur mithilfe der Waisenrente, die Lilly nach dem Tod ihres Vaters zustand, konnten sie sich einigermaßen über Wasser halten. Mit neun Jahren war Lilly bereits perfekt im Kopfrechnen, um die Einkäufe planen zu können, und mit dreizehn hatte sie begonnen, mit kleinen Jobs Geld zu verdienen.

Dann ermahnte sie sich: eins nach dem anderen. Erst mal duschen. Sie schnappte sich Shampoo und Föhn und ging ins Bad. Es war ganz in hellem Grün gehalten mit einer Dusche und sogar einer Eckbadewanne. Sie hatte immer von einer Badewanne geträumt und nahm sich fest vor, die nächsten Tage ein Bad im Schein dutzender Teelichter zu nehmen. Vielleicht würde sie sich sogar eine dieser blubbernden Badekugeln gönnen. Nur der Spiegel war viel zu klein, sie würde sich für ihr Zimmer einen vernünftigen kaufen müssen. Sie hatte ein wenig Geld von ihrem Aushilfsjob in der Tanzschule Malieri in Stuttgart zusammengespart und wünschte sich schon lange einen großen Spiegel, um sich beim Training beobachten zu können.

Nachdem sie geduscht hatte, holte sie aus einer Tasche drei Vanilleduftkerzen und zündete sie an. Sie liebte diesen Geruch. Wenn man oft umzog, gaben Orte einem kein Gefühl von Geborgenheit. Deshalb hatte sie Vanilleduft und die Stimme ihrer Mutter zu ihrem Zuhause gemacht.

Schließlich fand sie ein Outfit, in dem sie sich wohl genug fühlte, um so vielen Menschen gegenüberzutreten. Eine enge Bluejeans, Ballerinas, ein hauchdünner, weinroter Pulli mit weitem Kragen, sodass er den Blick auf eine ihrer blassen Schultern frei gab, und dazu große silberne Kreolen und der Verlobungsring ihrer Eltern: ein schmaler silberner Reif mit einem Diamantherz. Es war ihr einziger Ring, den sie als Erinnerung an ihren Vater fast immer trug. Sie würde seine Todesnacht nie vergessen, in der sie vom Klingeln an der Haustür aufgewacht war. Zuerst hatte sie sich nichts dabei gedacht und sich in der Wärme ihrer Bettdecke vergraben. Sie erinnerte sich noch genau an diesen Moment. Ihre Hände hatten leicht nach Fisch und Zwiebeln gerochen – sie hatte beim Zubereiten des Abendessens geholfen –, und das Licht der vorbeifahrenden Autos hatte die Gardinen in regelmäßigen Abständen beleuchtet. Es war der letzte unbekümmerte Moment ihres Lebens gewesen. Dann hatte sie das Schluchzen ihrer Mutter gehört – ihre Welt war zusammengebrochen. Sie konnte es immer noch nicht fassen, wie ein Mensch, dem man vor wenigen Stunden noch einen Kuss auf die Wange gegeben hatte, dessen Hände sie gezaust und gekitzelt hatten, plötzlich einfach so aufhören konnte, zu existieren. Ein unachtsamer Moment, und sein Auto war an einem Baum zerschellt und mit ihm ihr gemeinsames Leben. Sie fasste ihr langes, schwarzes Haar zusammen, sodass sie ihren Nacken im Spiegel sehen konnte, um ihr Tattoo, ein etwas kitschiger, blaugrüner Schmetterling, zu betrachten. Sie hatte es in Erinnerung an ihren Vater stechen lassen, der sie immer als seinen kleinen Schmetterling bezeichnet hatte. Es hatte ihr gewaltigen Ärger eingebracht, als Moni es entdeckte, und führte sogar zu Problemen mit dem Jugendamt, nachdem eine Lehrerin es bemerkt hatte. Trotzdem war sie froh, es zu haben. Manchmal allerdings wünschte sie sich fast, sie hätte ihren Vater nie kennen gelernt. Dann könnte er ihr jetzt auch nicht fehlen. Sie wüsste nicht, wie es ist, mit seinen Eltern gemeinsam Monopoly zu spielen, Achterbahn zu fahren oder Radtouren zu unternehmen – alles in der Gewissheit, dass es zwei Menschen gab, die einen lieben und auf einen aufpassen. Aber wann immer sie das dachte, fühlte sie sich auch schuldig. War es nicht schöner, zu wissen, dass man geliebt worden war, und zumindest einige Erinnerungen zu besitzen?

Nachdem sie sich die Wimpern getuscht – auf Puder und Make-up konnte sie bei ihrer feinen, weißen Haut verzichten – und sich die Haare hochgesteckt hatte, eilte sie die Treppe hinab. Samuel saß bereits mit Moni und Thomas am Küchentisch und machte sich ein Sandwich. Bei ihrem Anblick stieß er einen leisen Pfiff aus.

»Soll ich euch nicht doch fahren?«, fragte Thomas.

»Bloß nicht«, antwortete Samuel. »Du weißt, ich stehe gar nicht darauf, von meinem Lehrer-Vater zur Schule kutschiert zu werden. Ist schon so peinlich genug.«

»Danke für diese anerkennenden Worte.«

Samuel klopfte ihm auf die Schulter. »Gern geschehen.« Dann klappte er sein Sandwich zusammen. »Ich kann im Gehen essen.«

»Ich habe deinen Mantel aus dem Auto geholt«, sagte Moni. »Er hängt im Flur.« Sie stand auf und gab Lilly einen Kuss auf die Stirn. »Hab etwas Spaß.«

»Spaß ist für alte Leute, wir werden einfach nur cool sein und uns in der Bewunderung der anderen sonnen«, feixte sie und warf sich in Pose. Sie nickte Thomas zu und ging in den Flur, in dem Samuel bereits auf sie wartete. »Das ist deine Jacke?« Er hielt ihren alten, schwarzen Armeemantel in die Höhe. »Da versinkst du doch drin.«

»Der hat meinem Dad gehört«, fauchte Lilly und riss ihn Samuel aus der Hand.

Der Junge blickte sie verletzt an. Sofort tat ihr ihre harsche Reaktion leid.

»Sorry, mir ist nicht viel von ihm geblieben«, flüsterte sie mit niedergeschlagenem Blick.

»Verstehe.«

Schweigend verließen sie das Haus und wanderten zur Schule hinauf. Zu dieser Jahreszeit blieb es lange hell, sodass Lilly in Ruhe die Landschaft betrachten konnte, während sie die schmale Straße zur Aurinshöhe emporstiegen. Sie befanden sich tatsächlich in der Mitte eines Waldgebietes, aus dem der Hügel mit dem Internat emporragte. Nadelbäume dominierten den Wald und verliehen ihm trotz der sanften, abendlichen Sonnenstrahlen eine düstere Atmosphäre. Das Dorf mit seinen geduckten Häuschen, den schmalen Gassen und der dunklen Festung gaben Lilly das Gefühl, in längst vergangene Zeiten versetzt worden zu sein. Selbst die Luft schmeckte fremdartig, harzig und süß zugleich.

Wieso musste man an einem so entlegenen Ort ein Internat errichten? Wollten sie die Kids zu lebensfremden Strebern erziehen, die noch nie in ihrem Leben bei McDonald's waren?

»Kennst du jemanden in der Schule?«, fragte Lilly.

»Ich habe mit ein paar Leuten gesprochen, als ich dort war, um mich anzumelden. Aber ich bin ja auch erst seit einer Woche hier.«

Schweigend gingen sie weiter. Normalerweise empfand Lilly die Stille zwischen zwei Menschen als unbehaglich, aber bei Samuel gab es ihr ein Gefühl von Zusammengehörigkeit, als ob sie sich bereits so gut kannten, dass Worte nicht mehr notwendig waren. Sie schielte aus den Augenwinkeln zu ihm hinüber. Eine Strähne seines blonden Haares fiel ihm in die Augen, und er strich sie mit einer lässigen Bewegung aus dem Gesicht. Er sah sie an und lächelte, woraufhin sie frech zurückgrinste.

Das Schloss war auf einem Felssockel errichtet worden und wurde von einer dicken Mauer umschlossen, die nahtlos in die verschachtelten Fachwerkhäuschen überging. Der Torbogen, durch den zwei Autos nebeneinander passten, konnte mit einem massiven Eisentor verschlossen werden und führte als eine Art Tunnel mitten durch ein Gebäude hindurch in den weitläufigen Innenhof. Im Moment stand es jedoch offen, und das leise Dröhnen von Musik gemischt mit Stimmen und vereinzeltem Lachen drang aus dem Inneren.

Als sie den Hof betraten, hielt Lilly den Atem an. Der Südflügel war zu einer großen Halle ausgebaut worden, durch dessen hohe, vergitterte Bogenfenster Licht schimmerte und das Wummern von harten Beats klang. Schwarze Schindeln bedeckten das ungewohnt steile Dach, und eine seltsame Steinfigur, halb Drache, halb Löwe, thronte auf dem Giebel und starrte aus toten Augen auf sie hinab. Durch eine offen stehende Flügeltür strömten Schüler – alle in teure Designerkleidung gehüllt – ein und aus. Gegenüber der Halle stand ein efeuüberwucherter, steinerner Carport, unter dem mehrere edle Autos parkten. Ein Messingschild wies ihn als Besucherparkplatz aus. Der Hof bestand aus dunkelgrauen

Pflastersteinen, die in den schattigen Winkeln des Platzes von dunkelgrünem Moos überwuchert wurden. In seiner Mitte stand ein Brunnen, auf dem die Eisenfigur eines Jungen mit Ziegenfüßen aus einem Krug Wasser in das Becken goss. Was hatten die hier nur mit all den schrägen Statuen?

An dessen Rand saßen einige Mädchen und Jungs in ihrem Alter und tranken aus teuren, glasähnlichen Plastikbechern bunte Cocktails, Cola und Säfte. Als sie sie bemerkten, spürte Lilly, wie sie von oben bis unten gemustert wurde, während sie Samuel reflexartig anflirteten.

»Willkommen auf der Aurinshöhe!« Ein Junge mit langen, blonden, krausen Haaren und einer Brille mit winzigen Gläsern kam auf sie zu. Er sah aus wie eine Mischung aus Surferboy und Streber. »Du musst Lilly sein.« Er streckte ihr seine Hand entgegen, um deren Handgelenk unzählige bunte Bändchen hingen, und an den Fingern trug er ebenfalls schreiend bunte Ringe aus Lederschnüren und kleinen Plastikperlen. »Samuel hat mir versprochen, dich heute mitzubringen.«

Sie schüttelte ihm zögerlich die Hand und strich sich verlegen die Haare aus dem Gesicht.

»Ich bin Evann, der Oberstufensprecher. Soll ich dich etwas herumführen?«

»Ich mach das schon«, mischte sich Samuel ein. »Du hast bestimmt genug zu tun.«

Evann war die Enttäuschung deutlich anzusehen, doch Samuel legte Lilly besitzergreifend eine Hand auf die Schulter, sodass der Junge gezwungen war, nachzugeben.

»Wenn du Fragen hast, kannst du dich jederzeit an mich wenden.« Evann schenkte ihr ein Lächeln und ging zu den Mädchen am Brunnen, die ihn kichernd in Empfang nahmen.

Samuel zog sie auf den Haupteingang der Schule zu. »Jetzt bist du mir etwas schuldig.«

»Warum denn?«, fragte Lilly.

»Wenn der einmal zu labern anfängt, hört er nie mehr auf. Er hat mir drei Stunden lang alles gezeigt, dabei hätten wir bereits nach zwanzig Minuten fertig sein können. Und wer weiß, wie viel Zeit er sich für dich genommen hätte?«

»Und wenn ich gerne rede?«

»Tust du das?« Samuel hob überrascht eine Augenbraue.

»Manchmal.« Sie zuckte mit den Schultern.

Er rüttelte am Eingangsportal. »Verschlossen, wir müssen die Führung wohl auf ein anderes Mal verschieben.«

»Ich werde es verkraften. Lass uns in die Halle gehen.« Als sie sich umdrehten, verschlug es Lilly bei dem atemberaubenden Anblick, der sich ihr bot, den Atem. Die Sonne ging unter und tauchte den Himmel in ein Feuermeer, dessen züngelnde Flammen am Schloss leckten und die Pflastersteine leuchtend orange verfärbten.

Sie betraten die Halle und fanden sich sofort mitten im Getümmel wieder. Am anderen Ende des Raumes konnte Lilly eine Bühne erkennen, die offensichtlich auch für Aufführungen und Versammlungen genutzt wurde. Sie bewunderte die dicken, schwarzen Holzbalken, die die Decke stützten und aussahen, als stammten sie noch aus der Ritterzeit. Ein Song von den Blackeyed Peas dröhnte aus den Boxen, zu dem die Schüler ausgelassen tanzten. Sie erwischte sich dabei, wie sie zur Musik mitwippte. In einer Ecke befand sich eine Bar, die mit einem Dach aus Bast, vielen bunten Fähnchen und Cocktailschirmchen eher an die Karibik erinnerte als an eine Rittertafel. Auf einem von künstlichen Blumengirlanden umrankten Schild standen die verschiedensten Cocktails – von Cosmopolitan bis Zombie. »Die schenken hier Alkohol aus?«

»Sind alle alkoholfrei«, Samuel zuckte mit den Schultern. »Zumindest offiziell. Evann sagte mir gestern, dass ich mich an ihn wenden soll, wenn ich etwas Stärkeres möchte.«

Anscheinend waren manche Dinge an allen Schulen gleich, ob es sich nun um reiche oder arme Jugendliche handelte, dachte Lilly.

»Da hinten geht es zu den Umkleiden, dort sind auch die Toiletten.« Samuel deutete auf eine Tür, vor der eine Gruppe Unterstufenschüler stand. »Entschuldigst du mich einen Moment?«

Nachdem Samuel im Gedränge verschwunden war, ging Lilly zur Bar und bestellte sich eine Cola. Während sie auf ihr Getränk wartete, lehnte sie sich mit dem Rücken an einen Holzpfosten und beobachtete das bunte Treiben. Sie fühlte sich etwas verloren. Auf einmal wurde sie angerempelt, und Flüssigkeit ergoss sich über ihre Schuhe.

4

Das tut mir schrecklich leid!«, rief eine helle Stimme in einer seltsamen Mischung aus bayrischem Dialekt und französischem Akzent. Lilly brauchte einen Moment, bis sie diese Stimme einem atemberaubenden Mädchen zuordnete, das sie an Marilyn Monroe erinnerte, nur mit leuchtend rotem Haar und einer makellosen, cappuccinofarbenen Haut. Das Mädchen schubste einen blonden Jungen zur Seite, der lachte und offenbar bereits schwer angetrunken war. »Verschwinde, Markus. Du brauchst dringend frische Luft, bevor dich ein Lehrer so erwischt!« Sie drehte sich wieder zu Lilly um. »Ich hoffe, deine Sachen sind nicht vollkommen ruiniert.«

»Nur halb so schlimm.« Sie zwang sich zu einem Lächeln. Es würde Stunden dauern, die Schuhe zu putzen, aber sie wollte nicht gleich die erste neue Bekanntschaft anmaulen.

Die rothaarige Marilyn Monroe sah sie prüfend an. »Ich habe dich noch nie hier gesehen.«

»Ich bin ja auch erst heute angekommen.«

»Klasse, endlich mal wieder ein Mädchen. Wir sind an der Schule schrecklich in der Unterzahl.« Sie grinste frech. »Wobei das auch seine Vorteile hat: mehr Jungs zur Auswahl. Mein Name ist Michelle.« Sie verbeugte sich und zog dabei einen imaginären Hut.

Lilly stellte sich ebenfalls vor, doch bevor sie sich weiter unterhalten konnten, brachte der Barkeeper die bestellte Cola. Als sie ihren Geldbeutel hervorholte, hielt Michelle sie zurück. »Das übernehme ich. Als kleine Entschuldigung.«

Lilly zuckte mit den Schultern und bedankte sich. Sie hatte früh gelernt, auf das verlegene Getue zu verzichten, wenn man ein Geschenk angeboten bekam. Vor allem, wenn es von offensichtlich wohlhabenden Menschen kam. Mit einem Anflug von Neid bewunderte sie die schweren Goldkreolen an Michelles Ohren, die mit Sicherheit kein billiger Modeschmuck waren.

»Magst du mit mir kommen? Ich stell dir ein paar Leute vor.« Die Rothaarige deutete zu einer Ecke auf der gegenüberliegenden Seite, in der man einige Sessel und Sofas zusammengestellt hatte. Eine Gruppe von Oberstufenschülern lungerte dort herum.

Lilly zögerte nicht lange. Sie mochte Michelle auf Anhieb. Mit ihrem offenen Lächeln und ihrer unbekümmerten Art gab sie ihr das Gefühl, willkommen zu sein, sodass sie ihr zu den anderen Jugendlichen, die sie erwartungsvoll anstarrten, folgte.

»Leute, das ist Lilly.« Michelle zeigte auf ein braunhaariges Mädchen in einem dunkelblauen Mini-Schottenrock. »Das ist Isabel, der Kerl neben ihr nennt sich Nicolas.«

Das sommersprossige Gesicht des Jungen verzog sich zu einem schmerzhaften Grinsen, als er seinen Namen hörte. »Nenn mich Nick.«

Ein zierliches Mädchen mit schwarzen Haaren und sanften, braunen Augen stand auf und reichte ihr die Hand. »Ich bin Amy. Ich hoffe, dass du dich hier wohlfühlen wirst.«

»Wir mögen sie nur, weil sie uns immer abschreiben lässt«, witzelte Michelle und grinste Amy frech an.

»Du bist mit dem Neuen gekommen?«, fragte Isabel.

Lilly nickte.

»Wie ist er denn so?« In Michelles Stimme schwang eine derart offene Neugierde mit, dass Lilly lächeln musste.

»Als ob sie dir das verraten würde«, fuhr ein perfekt gestyltes, schwarzhaariges Mädchen mit kalten, berechnenden Augen dazwischen, das gerade von der Tanzfläche kam. Ihre Haare fielen in großen Locken bis zum Rücken, der von einem silbernen, hauchdünnen Top in Szene gesetzt wurde. »Sie ist sicher selbst scharf auf ihn.«

»Er ist doch ihr Bruder!«

»Nicht wirklich«, wagte sich Lilly vor. »Sein Vater ist nur mit meiner Mom zusammen.«

»Dann willst du ihn für dich?« Die Enttäuschung in Michelles Stimme war nicht zu überhören.

Lilly blickte zu Samuel hinüber. Süß war er ja, aber das würde alles viel zu kompliziert machen. Und was ihre Mutter wohl sagen würde, wenn sie auf einmal unter demselben Dach wie ihr Freund leben würde? »Nee, irgendwie ist er ja schon mein Bruder. Das wäre komisch.«

»Und dabei dachte ich, du hättest dich vor lauter Verlangen nach ihm vollgesabbert«, höhnte die Schwarzhaarige und deutete auf Lillys nassen Pulli.

Zwar stimmte nur Isabel in das gehässige Gelächter ein, trotzdem fühlte sich Lilly gleich ein Stückchen weniger wohl.

»Ignorier die blöde Kuh.« Michelle hakte sich bei ihr ein. »Du musst mir alles über dein Bruderherz verraten«, grinste sie und zog sie von den anderen weg.

Gemeinsam gingen sie wieder zur Bar, an der Michelle für sie Cocktails bestellte. Nachdem Lilly ihr Colaglas geleert hatte, stellte sie es auf den Tresen und drehte sich langsam im Kreis, um die pulsierende Menge an Leibern, den alten, hoheitsvollen Raum und den Geruch von verschwitzten Körpern, Deos und süßen Limonaden in sich aufzunehmen.

»Die Schwarzhaarige ist Calista. Sie ist eine arrogante Zicke.«

Während sie darauf warteten, dass ihre Cocktails gemixt wurden, fiel Lillys Blick auf einen schlanken, durchtrainierten Jungen in Jeans und einem dunkelblauen Shirt, die seine langen Beine und breiten Schultern betonten. Seine nachtschwarzen Haare standen unbändig in alle Richtungen von seinem Kopf ab, wodurch seine Haut noch blasser, fast schon weiß wirkte. Lillys Herzschlag beschleunigte sich, und sie drehte sich so, dass sie ihn zwischen den anderen Jugendlichen nicht aus den Augen verlor.

Michelle folgte ihrem Blick. »Schlag dir den aus dem Kopf«, flüsterte sie ihr ins Ohr. »Raphael ist zwar supersüß, aber so kalt wie ein Gletscher in der Arktis.«

Lilly errötete und zwang sich, ihren Blick abzuwenden. »Ich bin nicht auf der Suche nach einem Freund.«

»Das müssen wir ändern. Etwas Spaß muss sein.« Michelle reichte ihr einen Cocktail, einen Caribbean. Auf halbem Weg zur Sitzgruppe wurden sie von einem großen blonden Jungen mit klaren hellgrünen Augen und einem umwerfenden Lächeln, der an eine junge Ausgabe von Brad Pitt erinnerte, aufgehalten. Wieso gab es an dieser Schule nur so viele hübsche Jungs?

»Holde Michelle, wie kannst du es nur wagen, diese Schönheit vor mir zu verbergen?«, fragte er und verbeugte sich verblüffend elegant. »Verrate mir ihren Namen, oder ich sterbe noch in dieser Sekunde.«

Die Rothaarige rollte mit den Augen. »Zisch ab, Felias.«

Trotz seines guten Aussehens und seines schwungvollen Auftritts spürte Lilly in seiner Gegenwart ein unangenehmes Kribbeln auf ihrer Haut. Dasselbe Gefühl hatte sie bei dem Dreckskerl gehabt, der ihre Mutter nach ein paar Dates geohrfeigt hatte, nur weil sie einen fremden Mann anlächelte.

Dennoch stellte sie sich ihm vor. Sie wollte nicht schon vor dem ersten Schultag als Zicke verschrien sein. »Ich bin Lilly.«

Felias wollte Lillys Hand ergreifen, doch Michelle trat dazwischen. »Lass uns Mädchen alleine.«

»Sie hat mein Herz gestohlen, ohne sie kann ich nicht sein.« Der Junge presste seine Hände gegen den Brustkorb und verzog übertrieben schmerzerfüllt das Gesicht.

»Gut, dann verschwindest du zumindest«, feixte Michelle.

Lilly sah zu den anderen Schülern bei der Couchgruppe hinüber und bemerkte, dass Calista sie finster anstarrte. Sie lächelte sie zuckersüß an, schob sich an Michelle vorbei und sank in einen tiefen Knicks, während sie Felias ihre Hand reichte, der ihr einen zarten Kuss auf den Handrücken hauchte. Plötzlich zuckte sie zusammen, starrte in gespieltem Entsetzen auf den Boden. »Jetzt ist es heruntergefallen, in tausend Stücke zersprungen liegt es da! Ich fürchte, du musst dir ein neues Herz suchen.«

Felias griff sich an die Brust. »So achtlos verwarf sie meine unsterbliche Liebe.«

Michelle seufzte. »Du hast bereits genug Mädchenherzen gebrochen. Lass uns gehen, Lilly.«

Felias schnaubte übertrieben empört. »Du tust so, als wäre ich ein Unhold.«

Michelle lachte. »Bist du ja auch.«

Gemeinsam warfen sie sich in das Getümmel, wobei Lilly ihren Cocktail mit der freien Hand schützte. Trotzdem schwappte er ein oder zwei Mal über. Den Boden würde sie am nächsten Morgen nicht wischen wollen.

Kurz vor der Couchgruppe blieb Michelle stehen und sah Lilly ernst an. »Hüte dich vor ihm, er ist ein Weiberheld.«

»Mit Kerlen wie ihm werde ich fertig. Keine Sorge.« Sie

schmunzelte. »Aber man kann sich gut mit ihnen amüsieren.«

»Ich glaube, wir werden die allerbesten Freundinnen.« Michelle hielt ihren Drink hoch in die Luft und umarmte sie. In dem Moment spürte Lilly, dass jemand sie beobachtete. Sie drehte sich um, und ihr Blick traf sich mit dem von Raphael. Ein Feuer schien von ihm auszugehen, dessen Hitze nur sie erwärmte, Funkenschauer durch ihren Körper sandte, während sie begierig jedes Detail seines schönen Gesichts in sich aufnahm. Regungslos verharrten sie. Eine dünne Stimme flüsterte Lilly zu, dass sie sich abwenden sollte, cool wirken, doch sie blieb stehen, erwiderte seinen fragenden, nachdenklichen Blick und hoffte, dass man ihr die Faszination für diesen Jungen nicht ansehen würde. Da trat Samuel in ihr Blickfeld, und der Bann war gebrochen. »Amüsierst du dich, Kleine?«, fragte er.

Lilly nickte stumm und versuchte zugleich, unauffällig und mit klopfendem Herzen an ihm vorbeizuspähen, um Raphael noch einmal zu sehen, aber er war verschwunden.

»'tschuldige«, murmelte sie. »Ich muss kurz wohin.« Sie ging zu der Flügeltür, die zu den Umkleiden führte, und hielt dabei nach Raphael Ausschau. Da entdeckte sie ihn am Rand der Tanzfläche im Gespräch mit Felias. Ab und an blickte er zu Samuel hinüber, der gerade über einen Witz von Michelle lachte, und runzelte die Stirn.

Die Toiletten lagen im Keller, von dem eine Tür in den dahinter liegenden Garten führte. Sie sperrte sich in einer der Kabinen ein, klappte den Klodeckel nach unten, bevor sie sich auf ihn setzte, und schloss die Augen. Sie brauchte einen Moment, um sich von den vielen neuen Eindrücken zu erholen. Plötzlich stürmte eine Horde kreischender Unterstufenschülerinnen herein. Nach einigen Minuten wurde Lilly klar, dass sie so bald nicht verschwinden würden, sondern weiter vor dem Spiegel über Jungs und die verschiedenen Lipglosse diskutieren würden. Sie beschloss, nach draußen zu gehen, um ein wenig Ruhe zu finden.

Sobald die Luft, die in der hereinbrechenden Nacht schnell abgekühlt war, über ihre Haut strich, atmete sie tief ein und bewunderte im Dämmerlicht der altertümlichen Laternen und den letzten Sonnenstrahlen die kunstvoll gestutzten Büsche und Blumenbeete. Es war ein langer Tag gewesen, und sie spürte, wie sie müde wurde. Sie setzte sich auf eine Holzbank mit Eisenfüßen, legte den Kopf in den Nacken und schloss die Augen. Eine versprengte Gruppe Wolken verschluckte das letzte Tageslicht, während sie zugleich ihre gierigen Finger nach dem Mond ausstreckten, dessen weiße Scheibe in der plötzlichen Dunkelheit hervortrat. Da hörte sie ein leises Streitgespräch aus einem Winkel in der Schlosswand dringen. Sie erkannte eine Stimme: Es war Felias. Neugierde packte sie, und sie ging auf die Quelle der Geräusche zu. In einer Nische des Schlosses, die durch einen gewaltigen Walnussbaum überdacht wurde, entdeckte sie ihn in eine Diskussion mit Raphael vertieft.

»Wir müssen doch etwas unternehmen.« Felias klang verzweifelt.

»Entscheidest du nun über Leben und Tod nur aufgrund einer Ahnung?«

»Es ist nicht nur eine Ahnung. Du weißt, was geschehen wird.«

»Und wenn wir uns täuschen?« In dem Moment bemerkte Raphael sie. Sein Blick durchbohrte sie regelrecht. »Es ist unhöflich, fremde Menschen zu belauschen.«

»Es tut mir leid«, stammelte Lilly und trat näher. »Ich dachte, es gäbe ein Problem.«

»Nein, verschwinde.«

Sie schnappte empört nach Luft. Mochte sein, dass sie

einen Fehler begangen hatte, aber das gab ihm nicht das Recht, sie so grob zu behandeln. »Gehört der Garten dir allein?«

Felias legte Raphael eine Hand auf die Schulter. »Beruhige dich.« Dann lächelte er Lilly an. »Komm, wir gehen wieder rein. Mit dem Miesepeter kann man nicht viel anfangen.«

Sie zögerte einen Moment und blickte zu Raphael hinüber. Die Wolken gaben den Mond frei, wodurch die Nacht hell erleuchtet wurde und sie ihn zum ersten Mal richtig sehen konnte. Seine Gesichtszüge waren fein, wie von einem Bildhauer in weißen Marmor gehauen. Seine Augen strahlten in einem intensiven Eisblau, und um seine Pupillen lag ein sternförmiger silberner Ring. Bei Felias' Worten zeigte sich kurz ein verletzter Ausdruck auf seiner Miene, der ebenso schnell verschwand, wie die Wolken den Mond zurückeroberten. Fast hätte Lilly geantwortet, dass sie lieber noch im Garten bleiben würde – Felias' arrogantes Lächeln und das belauschte Gespräch verunsicherten sie –, aber dann kam ihr Raphael zuvor. »Ich lasse euch allein.« In seiner Stimme klang unendliche Einsamkeit mit, doch bevor Lilly etwas einwenden konnte, ging er davon und wurde nach wenigen Schritten von der Nacht verschluckt.

Felias legte einen Arm um Lillys Schulter. Sie sah zu ihm auf und entdeckte auch um seine Pupillen diese silbernen Sterne. Sie erkannte die Zacken ganz deutlich im klaren Grün seiner Augen. Konnte das ein Zufall sein?

Nach einem Moment des Schweigens führte er sie zur Halle zurück. Kaum hatten sie den Raum betreten, eilte Michelle herbei, verscheuchte Felias und zog sie zu den anderen Schülern.

Für den Rest des Abends ging Lilly das Gespräch, das sie mitgehört hatte, nicht aus dem Kopf. Worum war es dabei gegangen? Über Leben und Tod entscheiden? Sie mussten über ein Computerspiel diskutiert haben. Trotzdem war sie zu abgelenkt, um sich auf die anderen zu konzentrieren, und unterdrückte einen erleichterten Seufzer, als Samuel verkündete, müde zu sein und nach Hause zu wollen.

5

Den Sonntag verbrachte Lilly damit, Schränke aufzubauen und ihr neues Zuhause zu erkunden. Samuel half ihr beim Anbringen der Ballettstange, und Lilly genoss seine und Dons Gesellschaft. Die Hündin wich ihm keine Sekunde von der Seite und drehte sich jedes Mal auf den Rücken, um stolz ihren haarigen Bauch zu zeigen und um Streicheleinheiten zu betteln, wenn jemand an ihr vorbeiging.

Während Samuel die Schrauben nachzog, packte Lilly einen ihrer Umzugskartons aus. Ein weiterer Grund für ihre Begeisterung über den Balkon lag in ihrem Teleskop, das sie sorgfältig in Tücher eingewickelt hatte. Sie beobachtete zwar nur selten die Sterne, aber nun hatte sie eine gute Möglichkeit dazu und musste nicht mehr nur am geöffneten Fenster stehen. Zudem erschwerten die Lichter der Stadt eine Beobachtung erheblich, das würde hier wohl anders sein.

»Du interessierst dich für Astronomie?«, fragte Samuel.

»Ein wenig, mir gehört sogar ein Stern.«

»Dann musst du nur noch ein Raumschiff bauen, um zur Herrscherin über ein ganzes Sonnensystem zu werden?« Er rüttelte probeweise an der Ballettstange. Zufrieden mit dem Ergebnis setzte er sich mit dem Rücken gegen die Wand, wobei er Don zu sich herzog und ihren Bauch kraulte.

»Die Idee gefällt mir. Moni muss mir dann ein Kostüm wie aus den billigen Fantasyfilmen der 80er schneidern.«

»Das würde ich zu gerne sehen.«

Lilly packte das Teleskop vorsichtig aus, wischte die Fensterbank ab und stellte es darauf. »Der Stern war ein Geschenk meines Vaters. Er war Hobby-Astronom. An meinem neunten Geburtstag weckte er mich um Mitternacht, trug mich auf das Dach unseres Wohnhauses und zeigte mir den Stern, den er nach mir hat benennen lassen.«

»Ein seltsames Geschenk für ein kleines Mädchen.«

Lilly lachte traurig auf. »Das dachte ich damals auch, aber heute bin ich froh darüber. Es war mein letzter Geburtstag, den wir zusammen verbrachten, und der Stern bleibt mir als Andenken.«

»Du musst deinen Vater sehr geliebt haben.«

»Ja«, flüsterte sie. »Bis er starb, war mir nicht bewusst, wie sehr. Er war immer für mich da, bezog mich in sein Leben ein. Oft saßen wir an Winterabenden mit heißer Schokolade und in Decken eingewickelt auf dem Dach, und er erklärte mir die Sternbilder, oder wir gingen schwimmen.«

Für einen Moment herrschte Stille, während Lilly ihren Erinnerungen nachhing. »Und deine Mutter? Fehlt sie dir nicht?«

Samuel schüttelte den Kopf. »Ich erinnere mich kaum an sie. Entweder war sie arbeiten oder in der Disco. Als ich sieben war, hat sie uns dann verlassen, hielt meinem Vater einfach ihr Flugticket nach Brasilien unter die Nase und verschwand. Seither habe ich sie nur ein Mal gesehen.«

»Wie kann eine Mutter nur so etwas tun?« Lilly war entsetzt. Es war eine Sache, von solch einer Geschichte aus dem Fernsehen zu erfahren, doch eine ganz andere, mit jemandem zu sprechen, dem etwas Derartiges widerfahren war.

Er zuckte beiläufig mit den Schultern, aber der unglückliche Zug um seinen Mund verriet die Trauer, die er trotz seines abgeklärten Verhaltens noch empfinden musste. »Sie war sehr jung, als sie mich bekam. Gerade mal zwanzig. Außerdem hatte sie wohl nie vorgehabt, Kinder zu bekommen. Vermutlich sollte ich froh sein, dass ich überhaupt lebe.«

Sie blieben eine Weile sitzen und plauderten miteinander, bis Lilly sich schließlich aufraffte, um die letzten Kartons auszuräumen. Ein Vorteil, mit einer so chaotischen Mutter zusammenzuleben, war, dass sie einen Hang zur Ordnung entwickelt hatte, der sich in der Schule oft als hilfreich erwies.

Am Abend arbeitete sie sich durch die Unterlagen des Internats und machte sich mit dem System, das aus einer Mischung aus Pflicht- und Wahlkursen in der Oberstufe bestand, vertraut. Zu ihrer Freude gab es Intensivkurse in Mathematik und Physik, aber auch in Sport und Tanzen. Insgesamt kam auf sie jedoch weitaus mehr Unterricht zu, als sie es von den öffentlichen Schulen gewohnt war. Während sie ihre Kurse zusammenstellte, tauchte immer wieder Raphael vor ihren Augen auf, bis sie entnervt aufgab. Sie brauchte frische Luft. Warum nur verfolgte sie der Gedanke an diesen Jungen? Klar, er sah gut aus, doch sie hatten nicht gerade den besten Start gehabt.

Sie ging ins Wohnzimmer, wo Samuel, Moni und Thomas gemeinsam einen Actionfilm ansahen. Ihre Mutter war bereits halb eingeschlafen – solange ein Film nicht Gesang, Romantik oder Tiere enthielt, war er für sie uninteressant.

»Ich gehe ein Stück spazieren«, sagte Lilly.

»Um die Zeit noch? Es ist bereits dunkel.« Moni war schlagartig hellwach.

»Was soll hier schon passieren? Ein Bärenangriff?«

»Mach keine Witze über solche Dinge. Wer weiß, wer oder was sich hier alles so herumtreibt.«

Thomas lachte und gab ihr einen Kuss. »Mein Stadtmädchen. Wenn ich dir erzähle, dass es hier Wölfe und Raubkatzen gibt, glaubst du es mir wohl auch.«

»Ach du, ich mache mir eben Sorgen.« Moni knuffte ihn in die Seite.

»Sie kann doch Don mitnehmen«, schlug Samuel vor.

»Ihr behandelt mich, als wäre ich ein Kleinkind«, stöhnte Lilly.

»Ist Familie nicht etwas Schönes?«, frotzelte Samuel.

Sie streckte ihm die Zunge raus. »Also gut, ich bin in etwa einer Stunde zurück.« Sie hatte nicht vor, so lange wegzubleiben, aber falls sie auch nur eine Minute zu spät käme, würde ihre Mutter vermutlich in Panik verfallen.

Don stand bereits am Eingang und wedelte in Vorfreude auf den Spaziergang. Als Lilly ihr die Leine anlegte, stieß sie ein heiseres Bellen aus.

Es war ungewohnt, mit einem so großen Tier spazieren zu gehen. Sie hatte nur ab und an den kleinen Terrier einer Nachbarin ausgeführt. Mit Don an ihrer Seite fühlte sie sich zwar tatsächlich sicherer, doch zugleich war ihr bewusst, dass sie kaum eine Chance hatte, die Hündin festzuhalten, sollte sie beschließen, eine andere Richtung einzuschlagen. Don zeigte jedoch kein Interesse an irgendwelchen Ausbruchsversuchen, sondern schlappte brav an der durchhängenden Leine neben ihr her. Ab und an blieb sie stehen und vergrub ihre Nase in einem Grasbüschel am Straßenrand.

Sie schlugen den Weg zur Aurinshöhe ein, bogen dann aber von der Hauptstraße ab und gingen einen Wanderweg entlang, der um das Schloss herumführte. Es war eine klare Nacht, in der die Sterne am tintenschwarzen Himmel funkelten, während zugleich ein leichter Wind den harzigen Geruch des Waldes mit sich trug. Die Stille wurde nur ab und zu von einem in der Ferne vorbeifahrenden Auto oder dem Schrei eines Nachtvogels unterbrochen. Zumindest hoffte Lilly, dass es sich um einen Vogel handelte – das Geräusch erinnerte so sehr an den Todesschrei eines Menschen, dass sie mit einem Mal dankbar für Dons Gesellschaft und die Laternen, die in regelmäßigem Abstand den Weg erhellten, war.

»Ein schöner Abend für einen Spaziergang«, erklang plötzlich eine Stimme zu Lillys Linken.

Sie fuhr zusammen, selbst Don machte einen Satz, bellte auf, beruhigte sich jedoch sofort wieder. Angestrengt starrte sie in die Dunkelheit – sie befand sich in der Mitte zwischen zwei Laternen, sodass keiner der beiden Lichtkegel sie erreichte. Da sah sie ihn in einer Nische in der steilen Felswand, die hinter dem Schloss abfiel, stehen: Raphael.

»Musst du mich so erschrecken?«, fauchte sie ihn an.

Er stieß sich von der Wand ab und schlenderte mit der trägen Eleganz einer Raubkatze auf sie zu. »So schreckhaft?«

Sie schnaubte verächtlich. »Was machst du überhaupt hier?«

»Dasselbe könnte ich dich fragen.«

Lilly stöhnte innerlich auf. Erst erwischte er sie, wie sie ihn belauschte, und nun meckerte sie ihn an. Dabei wollte sie nichts weniger, als mit ihm streiten. Sie war sich nicht sicher, was sie wollte, aber wie er da im Halbdunkeln stand, seine Haut weiß schimmernd, mit blitzenden Zähnen und spöttisch verzogenem Mund, fühlte sie sich auf magische Weise zu ihm hingezogen. »Ich gehe mit dem Hund spazieren.«

»Das sehe ich. Ist sie deine?« Er ging in die Knie und hielt der Hündin seine Hand hin, die neugierig daran schnupperte, sich dann aber einem Grasbüschel zuwandte.

»Das ist Don. Sie gehört meinem ... Sie gehört Samuel.«

»Ah, dein Freund?«

Täuschte sie sich, oder klang er aufrichtig interessiert? »Nein, er ist so etwas wie mein Bruder. Sein Dad lebt mit meiner Mom zusammen.«

»Kann ich dich ein Stück begleiten?«

Lilly nickte, wobei sie sich bemühte, gelassen zu wirken, obwohl ihr Herz vor Aufregung pochte. Der Junge, der angeblich kein Mädchen anschaute, sprach mit ihr, ging sogar mit ihr spazieren! *Bild dir bloß nicht zu viel darauf ein*, ermahnte sie sich. Vermutlich war er nur zu gut erzogen, um ein Mädchen allein im Dunkeln zu lassen.

Gemeinsam folgten sie dem Weg. Der feine Kies knirschte unter ihren Schuhen, und ein Schwarm Fledermäuse umschwirrte die Laternen, um die vom Licht angelockten Insekten zu fangen.

»Ist morgen dein erster Schultag? Ich habe dich noch nie zuvor hier gesehen.«

»Ja, wir sind gerade erst hierhergezogen.«

»Dann kannst du wohl vor Aufregung nicht schlafen und wanderst deshalb in der Nacht herum.«

»Durchschaut.« Sie grinste. »Aber ich bin gerne nachts unterwegs. Und hier ist es so ruhig, dass man glauben könnte, man wäre alleine auf der Welt.«

»Ist das nicht ein erschreckender Gedanke?«

»Manchmal gefällt er mir. Keine Menschen, die etwas von einem erwarten, einen verlassen oder belügen.«

Raphael deutete auf eine Bank, die unter einer Laterne aus der mit Efeu überwucherten Steinwand gehauen worden war. Zu ihrer Rechten wuchsen unter einem bemoosten Überhang Farn und Waldmeister. »Sollen wir uns setzen?«

Statt ihm zu antworten, ging Lilly zur Bank und ließ sich mit einem Seufzer darauf fallen.

Er nahm neben ihr Platz und sah sie von der Seite an.

»Was ist?«, fragte sie.

»Du bist ein seltsames Mädchen.«

»Danke für das Kompliment«, antwortete Lilly schnippisch und überlegte, ob sie nicht einfach aufstehen und den Jungen sich selbst überlassen sollte.

Er lächelte, wodurch sich sein sonst so trauriges Gesicht erhellte. Fasziniert sah sie in seine blauen Augen, um deren Pupillen ein silberner Stern funkelte. Sie strahlten ein Alter und eine Abgeklärtheit aus, die so gar nicht zu seinem jungenhaften Auftreten passten.

»Es war in der Tat als Kompliment gedacht. Es ist nichts Schlimmes, sich von anderen zu unterscheiden.« Er legte den Kopf schief. »Vielleicht haben wir da sogar etwas gemeinsam.«

Lilly dachte an das Gespräch, das sie belauscht hatte. War es tatsächlich nur um ein Spiel gegangen, oder unterschied er sich so sehr, dass er einen Mord plante? Er wirkte nicht wie ein Amokläufer, aber konnte man das wirklich jemandem ansehen? »Es tut mir leid, dass ich in euer Gespräch geplatzt bin. Ich hoffe, ich habe euch nicht bei etwas Wichtigem gestört.«

Er lachte auf. Täuschte sie sich, oder klang es gezwungen? War da ein Anflug von Unsicherheit in seinem Gesicht? »Nichts Besonderes. Aber lass uns nicht über mich sprechen. Wieso seid ihr hierhergezogen?«

»Thomas, der Freund meiner Mutter, hat am Internat eine Stelle als Lehrer angeboten bekommen.«

»Und dein richtiger Vater hatte nichts dagegen?«

Lilly senkte den Kopf, spielte mit ihrem Silberring. »Er ist tot.«

»Oh, das tut mir leid. Es ist schlimm, jemanden zu verlieren, den man liebt.«

Sie sah ihn an, entdeckte ein tiefes Verständnis in seinen Augen. Alle anderen verspürten Mitleid mit ihr, heuchelten Anteilnahme, aber wirklich nachvollziehen, wie es ihr ging, konnte niemand. »Wen hast du verloren?«

»Zu viele«, antwortete er kurz angebunden.

Ihre Blicke trafen sich. Er streckte eine Hand nach ihr aus, strich ihr sanft über die Wange. »Der Schmerz wird nie ganz vergehen, doch man lernt, damit umzugehen.« Dann stand er auf. »Ich muss gehen. Findest du allein nach Hause?«

Sie nickte. »Ich habe ja Don.«

Er lächelte. »Pass gut auf dich auf, mein seltsames Mädchen.«

Erst später, als sie schon im Bett lag und kurz davor war, ins Reich der Träume hinüberzugleiten, fiel Lilly auf, dass er nicht in Richtung Schloss gegangen war, sondern sich zum Wald gewandt hatte.

6

An ihrem ersten Schultag wachte Lilly lange vor der Morgendämmerung auf und konnte vor Aufregung nicht mehr schlafen. Um die anderen nicht zu stören, zog sie sich einen Morgenmantel an und holte aus einem Umzugskarton ein Puzzle, das das Kolosseum in Rom darstellte. Puzzeln war seit ihrer Kindheit eine ihrer liebsten Beschäftigungen. Ihr erstes Puzzle, ein kitschiges Bild von einem weißen Pony mit wehender Mähne auf einer Wiese, hatte ihr Vater ihr geschenkt. Sie bewahrte es noch immer, sorgfältig gerahmt, auf. Die Arbeit an einem schwierigen Puzzle entspannte sie und lenkte sie von ihren Sorgen ab. Im Keller lagerten zwei Kartons mit fertigen Bildern, die in ihrer alten Wohnung gehangen hatten. Sie befürchtete, dass Samuel und Thomas nicht sehr viel von den teils furchtbar kitschigen Motiven halten würden.

Sie breitete eine Decke auf dem Boden aus, kniete sich nieder und begann, die Puzzlestücke nach Farben zu sortieren. Während sie sich auf die Arbeit konzentrierte, brach der Tag heran. Ein Hahn begrüßte die Sonne mit einem lauten Krähen, woraufhin sie heftig zusammenzuckte, sodass sie eine Hand voll Puzzleteile in die Luft schmiss. Als Stadtmensch waren ihr die ländlichen Geräusche nicht vertraut. Sie sah auf die Uhr und sammelte die verstreuten Teile ein. Ihr blieben noch drei Stunden, bis sie zur Schule musste, um der Begrüßungsrede der Rektorin zu lauschen und dann nach dem Mittagessen das Oberstufentreffen, das von ihrem Stufensprecher Evann abgehalten wurde, zu besuchen.

An diesem zweiten Morgen im neuen Zuhause war es für die frisch zusammengewürfelte Familie nicht mehr ganz so peinlich, wenn sie sich in Bademäntel und Pyjamas gehüllt auf dem Flur trafen. Als Lilly jedoch beim Verlassen des Bades mit Samuel zusammenstieß, wobei sich ihr Bademantel öffnete und sie nur in Unterwäsche bekleidet vor ihm stand, lief sie rot an. Stiefbruder oder nicht, er war immer noch ein Junge. Trotzdem versetzte ihr der Anblick von Thomas, der aus dem gemeinsamen Schlafzimmer mit ihrer Mutter kam, einen kleinen Stich. Es war nicht ungewöhnlich, dass Moni die Nacht mit einem Mann verbrachte, doch das hier war anders. Dies fühlte sich wie Familie an, und Lilly spürte die Furcht in sich aufwallen, dass sie ihren Vater vergessen könnte. Sie wollte nicht wie Samuel werden, der sich nicht mehr an seine Mutter erinnerte. Sie mochte es verdient haben, aber ihr Dad nicht. Kurz nach seinem Tod hatte sie ihm die Schuld an allem gegeben. Daran, dass sie umziehen mussten, dass sie ihre Mutter jede Nacht weinen hörte, dass sie ihre Freunde verlor und sie sogar ihren Hund Marv abgaben. Sie warf ihm vor, dass er sie im Stich gelassen hatte, einfach verschwunden war und sie ihrem Schicksal überließ. Der Tod war der feige Ausweg aus sämtlichen Problemen. Aber im Grunde war sie nur wütend gewesen, und selbst ihre Mutter, die vollkommen überfordert war, bekam ihren Zorn zu spüren. Erst als das Jugendamt drohte, sie auseinanderzureißen, kam Lilly wieder zu Bewusstsein. Jetzt, Jahre später, war der Schmerz zwar immer noch da, doch die alles verzehrende Wut war zu einem schwachen Glimmen abgekühlt, das nur ab und an aufloderte.

Sie wusste, dass es irrational war, dennoch fiel es ihr schwerer als an den anderen Tagen, freundlich zu Thomas zu sein. Als ob Ablehnung ihm gegenüber ihren Vater zu ihr zurückbringen könnte.

Als sie mit frischgewaschenen Haaren, die in feuchten Wellen ihren Rücken hinunterfielen, aus dem Bad kam, herrschte das gewohnte Chaos, das ihre Mutter jeden Morgen verbreitete, nur zehn Mal schlimmer. Bisher hatte sie nur zwei Zimmer zur Verfügung gehabt, um ihre Sachen zu verstreuen, nun war es das ganze Haus. Überall lagen ihre Röcke, Hosen, Pullis und sogar Unterwäsche herum.

»Daran muss ich mich erst gewöhnen«, murmelte Samuel, während er mit roten Wangen auf einen violetten Seiden-BH starrte, der am Treppengeländer hing. »Ich brauche einen Kaffee.« Damit stürzte er die Treppe herunter.

Lilly verbarg ihr breites Grinsen, indem sie sich vorbeugte und einen Seidenstrumpf aufhob. Anschließend half sie Moni dabei, ihre Bluse mit den großen grünen Punkten zu suchen, und ging dann nach unten, um das Frühstück vorzubereiten. Thomas hatte schon Kaffee gekocht und goss jedem eine Tasse ein.

Die Mitarbeiter und Lehrer des Internats wurden bereits früh zu einer ersten Besprechung an der Schule erwartet.

»Schatz, wir müssen gleich los«, rief Thomas.

»Sekunde«, kam es von oben zurück. Kurz danach stürmte Moni mit hektischen Flecken im Gesicht in die Küche, ergriff ihren Kaffee und fluchte unterdrückt, als sie sich die Zunge an dem heißen Gebräu verbrannte. Lilly drückte ihr eine getoastete Waffel in die Hand, die sie auf dem Weg essen sollte, und gab ihrer Mutter einen Kuss, bevor diese mit Thomas zu seinem roten Golf eilte. Endlich kehrte Ruhe ein, und sie setzte sich zu Samuel an den Küchentisch.

»Die Idee mit der Party finde ich gut«, sagte er und drehte seine Tasse in den Händen. »Anstatt heute auf lauter Fremde zu treffen, kennt man immerhin ein paar Schüler.«

»Du hast dich ja gut mit Nick verstanden.« Lilly erinnerte sich, dass die beiden viel miteinander geredet hatten.

»Ich denke schon, aber vielleicht brauchte er auch nur eine Ausrede, um nicht mit Isabel reden zu müssen.«

»Ich dachte, die wären zusammen.« Sie stand auf, um ihren Becher auszuspülen, woraufhin Don, angelockt von dem Klappern des Geschirrs, angetrabt kam und sich schwanzwedelnd vor sie setzte.

»Gib ihr einen Hundekuchen aus der Dose auf dem Schrank, oder sie lässt dich nicht mehr in Ruhe«, lachte Samuel. »Ich könnte jetzt ja behaupten, dass sie das schlechte Benehmen erst bei meinem Kumpel gelernt hat, aber leider geht das wohl auf meine Kappe.«

Nachdem die Hündin zufrieden schmatzend auf dem Boden lag, setzten sie ihr Gespräch fort.

»Isabel redet sich das ein, doch Nick will weder mit ihr noch mit Calista etwas zu tun haben.«

»Kann ich verstehen.« Lilly lächelte schelmisch. »Du hast auf die Mädchen übrigens ziemlichen Eindruck gemacht.«

Zum zweiten Mal an diesem Morgen lief Samuel rot an. So selbstsicher, wie er sich gibt, ist er doch nicht, schmunzelte sie innerlich.

»Auf wen denn so?«, fragte er betont beiläufig.

»Das werde ich dir nicht verraten. Wir Mädels müssen zusammenhalten.«

»Pah! Und du, hast du ein Auge auf jemanden geworfen?«

Sie tastete mit einer Hand ihr Gesicht ab. »Nein, alle noch da.« Sie dachte an ihre Begegnung mit Raphael. Hatte sie Interesse an ihm? Nein, sie wollte keinen Freund. Nicht, solange sie nicht sicher sein konnte, dass ihre Mutter nicht in ein paar Tagen wieder ihre Koffer packte. Dieses Familienleben war ein Experiment, dessen Ausgang völlig ungewiss war, und sie wusste instinktiv, dass sie Raphael nicht so mühelos würde abschreiben können wie Stefan.

Das Wetter war so mild, dass Lilly ihren Mantel zuhause ließ, um die Wärme der Morgensonne auf ihrer Haut prickeln zu spüren. Ein zitronengelber Schmetterling flatterte vor der Tür, als sie nach draußen traten, umschwärmte die Blüten eines Rosenbusches, um dann um die Hausecke zu verschwinden. Lilly blieb einen Moment stehen, atmete die klare Luft ein und spürte, wie die leichte Brise mit ihren Haaren spielte. Das war so vollkommen anders als das Leben in der Stadt. Statt Motorengeräusche und lautes Gehupe begleitete sie das sanfte Rauschen der Bäume, während sie zur Aurinshöhe hinaufstiegen. Ein Raubvogel kreiste vor dem Schloss und stieß bei ihrem Anblick einen Ruf aus, von dem Lilly nicht sagen konnte, ob er Empörung über die Störung oder eine Begrüßung ausdrücken sollte.

Ein sanftes Kribbeln breitete sich in ihrem Magen aus, als sie an Raphael dachte. Gleich würde sie ihn wiedersehen. Bei dem Gedanken stockte ihr der Atem. Sie erinnerte sich an Michelles Worte, dass er sich nicht für Mädchen interessierte. So hatte er nicht auf sie gewirkt. Nur sehr zornig und traurig und viel zu hübsch.

»Lilly?«

Sie zuckte zusammen. Sie war so in Gedanken versunken gewesen, dass sie Samuel gar nicht mehr richtig zugehört hatte. »'tschuldige«, nuschelte sie. »Ich bin ein wenig nervös.«

»Darf ich dich etwas fragen?«

Sein Tonfall ließ sie aufhorchen. »Fragen kannst du, ob ich antworte, werden wir dann sehen.«

»Nun ... ich ... Moni sagte«, druckste er herum und wurde schon wieder rot.

Sie sah ihn erwartungsvoll an.

»Sie sagte, du hast einen Freund in Stuttgart, der nicht sehr nett zu dir war.«

»Ich hatte.«

»Oh.« Er knetete verlegen seine Hände, dann blickte er sie mit seinen sanften, goldbraunen Augen an. »Tut mir leid.«

»Wieso fragst du?«

»Moni und Thomas machen sich Sorgen um dich.«

Lilly spürte einen Stich in ihrem Herzen. »Sie haben dich auf mich angesetzt?« Bisher hatten Moni und sie über alles gesprochen, dass sie nun einen anderen beauftragte, mit ihr zu reden, verletzte sie.

»Nein, natürlich nicht.« Samuel hob beschwichtigend die Hände und kickte einen Stein zur Seite.

Beinahe hätte Lilly einen erleichterten Seufzer ausgestoßen, stattdessen fing sie ihre Haare ein, die im immer stürmischer werdenden Wind flatterten, und verdrehte sie zu einem Zopf, den sie festhielt.

»Ich habe nur gehört, wie sich die beiden unterhalten haben, und deine Mutter hat sich Sorgen um dich gemacht. Da ich ja nun so etwas wie dein Bruder bin …« Er lächelte, hob den zuvor weggekickten Stein auf und warf ihn nun den Abhang hinunter.

»Ich bin es nicht gewohnt, dass sich jemand außer meiner Mutter um mich kümmert.«

Samuel legte einen Arm um ihre Schulter und zog sie an sich. »Das wird sich von nun an ändern. Ich wollte schon immer eine kleine Schwester haben.«

»Und du?«, fragte Lilly. »Hast du eigentlich eine Freundin?«

»Nein, ich warte noch auf die Richtige, um den Rest meines Lebens mit ihr zu verbringen.«

»Wirklich?«

Samuel lächelte spitzbübisch. »Ist das so abwegig?«

»Keine Liebe währt für immer.« Sie spielte mit dem Verlobungsring ihrer Eltern.

»Das war nur ein Scherz.« Er knuffte sie in die Seite. »Nachdem klar war, dass wir umziehen, habe ich kein Mädchen mehr angeschaut.«

Lilly seufzte. »Vernünftig.« Nach einer kurzen Pause fuhr sie fort. »Mein Ex heißt Stefan, aber ich vermisse ihn kaum. Er war nur so eine Art Experiment.«

»Was denn für eines?« Samuel sah sie neugierig an.

»Durch die ganzen Umzüge hatte ich nie einen Freund – ich wollte herausfinden, wie es ist.« Das klang besser, als ihm zu gestehen, dass es ihr nur ums Küssen gegangen war. Stiefbruder hin oder her. Er musste ja nicht alles wissen.

»Das muss schlimm sein, ständig neu anfangen zu müssen. Bist du deshalb so distanziert?«

Sie sah ihn schockiert an, wusste nicht, was sie antworten sollte.

»Sorry, manchmal rede ich, ohne vorher nachzudenken.« Er sah sie entschuldigend an. »Ich wollte dich nicht verletzen.«

Sie seufzte. »Schon okay. Wirke ich wirklich so?«

»Nun, auf den ersten Blick bist du sehr offen, aber irgendwie habe ich immer das Gefühl, dass du etwas zurückhältst. Wie bei einem Film, der Regisseur entscheidet, was das Publikum zu sehen bekommt, der Director's Cut bleibt unter Verschluss. Natürlich könnte es auch daran liegen, dass wir uns erst kennen gelernt haben. Jetzt habe ich mich wohl zum Affen gemacht.«

»Nur ein wenig.« Lilly zwang sich, ihn anzulächeln. Es beunruhigte sie, dass sie so leicht zu durchschauen war. Zuerst hatte sie ihren Freunden in jeder neuen Stadt ihr Herz ausgeschüttet, nur um danach festzustellen, dass die Freundschaft keinen erneuten Umzug überstand. Sie bekam das Gefühl, dass sie überall ein Stück von ihrem Herzen zurückließ, und fürchtete, dass bald nichts mehr von ihm übrig sein würde. Seither achtete sie genau darauf, wen sie wie nah an sich heranließ.

Zahlreiche Autos kamen ihnen entgegen, während einige Nachzügler viel zu schnell zur Aurinshöhe hinauffuhren, um ihre Zöglinge abzuliefern. Natürlich alle in edlen Autos. Typisch für Leute, die glaubten, dass die Vorfahrt automatisch im Modell mit eingebaut war. Offensichtlich waren letzte Woche nicht alle angereist. Als sie den Hof betraten, fanden sie sich in einem Getümmel aus Lehrern, Schülern und aufgelösten Eltern wieder, in dem protzige Autos mit blitzenden Chromfelgen kreuz und quer standen.

Lilly entdeckte Michelle, die gerade ein etwa zwölfjähriges Mädchen umarmte. Sie verabschiedete sich von Samuel und steuerte auf ihre neue Freundin zu.

»Das ist Katie«, stellte die rothaarige Schönheit das Mädchen vor. »Manche Oberstufenschüler sind Mentoren für Unterstufenschüler, und Katie ist seit letztem Jahr mein Schützling.«

Das Mädchen vollführte einen anmutigen Knicks, wobei ihr knielanger, brauner Rock im Wind flatterte. Der milde Spätsommermorgen hatte sich in kürzester Zeit zu einem stürmischen Tag entwickelt, an dem die Wolken pfeilschnell über den Himmel schossen. Katies dicke blonde Haare, die sie zu einem Zopf geflochten trug, lösten sich strähnchenweise aus der Frisur und wehten wild um ihr Gesicht.

»Verabschiede dich von deinen Eltern. Wir sollten in die Halle, um noch einen vernünftigen Platz zu bekommen.«

Lilly und Michelle traten ein Stück zur Seite, um der Familie einen Moment für sich zu gönnen. Ein Mann mit schwarzem Schnauzer klopfte Katie auf die Schulter, während eine Frau in einem langen, seidenen Sommerkleid sie umarmte und sich die Augen mit einem Stofftaschentuch abtupfte.

»Sie scheint sehr nett zu sein«, stellte Lilly fest.

»Ja, ich hatte Glück. Im Gegensatz zu Evann – sein Schützling hat ihm richtig viel Ärger bereitet. Ein totaler Idiot, der das halbe Chemielabor in die Luft gejagt und es dann sogar geschafft hat, von der Schule zu fliegen, obwohl seine Eltern einen Haufen Kohle bezahlt haben. Seither schwört Evann, dass er niemals Kinder will.«

»Schade, dass es keine Mentoren für Oberstufenschüler gibt.« Lilly blickte zweifelnd zu einem Fachwerkturm hinauf, an dem eine Flagge mit dem Wahrzeichen des Internats, zwei gekreuzte Schwerter vor einem aufgeschlagenen Buch, flatterte. »Ich werde mich hier nie zurechtfinden.«

»Dafür hast du ja mich«, lachte Michelle und hakte sich bei ihr unter.

»Es muss toll sein, in so einem Internat zu leben, auch wenn ich meine Mutter vermissen würde.«

Michelle zuckte mit den Schultern. »Ich habe meine Eltern sowieso nie viel gesehen. Sie handeln mit Früchten und sind ständig unterwegs.«

7

Schließlich hatte Katie sich von ihrer Familie verabschiedet, woraufhin sie gemeinsam in die Aula gingen. Man hatte dort dunkelgrüne Klappstühle aufgebaut, auf denen die Schüler tuschelnd und lachend saßen. Ab und an sprangen welche auf und fielen Neuankömmlingen um den Hals. Auf der Bühne befanden sich ein Rednerpult mit Mikrofon und dahinter ein langer Tisch, hinter dem die Lehrer, einschließlich Thomas, der immerhin den Anstand besaß, ihr nicht zuzuwinken, sondern ihr nur kurz zunickte, Platz genommen hatten. Lilly musterte sie und fand, dass sie auch nicht anders aussahen als die Lehrer an ihrer alten Schule.

Sie entdeckte Felias, der sie aufforderte, zu ihm zu kommen, doch sie winkte nur zurück und folgte Michelle zu den vorderen Reihen. Dort saß Amy, die auf den Stühlen neben sich ihre Sachen ausgebreitet hatte, um ihnen einen Platz frei zu halten. Samuel saß zwei Reihen vor ihnen und redete mit Nick.

»Das war lieb von dir«, sagte Michelle und ließ sich neben Amy auf einen Stuhl fallen.

Diese schenkte ihnen ein bezauberndes Lächeln und erzählte aufgeregt vom neuesten Klatsch, mit dem Lilly nicht viel anfangen konnte, da ihr die meisten Namen nichts sagten.

Sie suchte in ihrer Tasche nach ihrem Kursplan und fing dabei einen finsteren Blick von Calista auf, die auf der gegenüberliegenden Seite des Gangs, ganz in ihrer Nähe, saß. »Habe ich ihr etwas getan?«, fragte sie und deutete unauffällig auf das Mädchen.

»Sie ist total vernarrt in Samuel und platzt vor Eifersucht.«

»Sie ist auf mich eifersüchtig?« Lilly konnte das nicht glauben. Calista hatte unglaublich weibliche Kurven, tolle Augen und war auch noch reich. So ziemlich alles, was Lilly nicht war und nie sein würde. Wie konnte ein Mädchen wie sie Lilly als Konkurrenz betrachten?

»Sie ist einfach eine Megazicke – entweder man ist ihr hörig, oder man bekommt ihre Krallen zu spüren.«

»Ich sagte doch, dass ich nichts von Samuel will.«

»Sie sieht dich aber immer mit ihm zusammen und wäre gerne an deiner Stelle. Sie könnte mit Sicherheit nicht ihre Finger von dem süßen Kerl lassen.«

»Es geht los«, zischte Amy und deutete nach vorne.

Eine hochgewachsene Frau in einem engen, nachtblauen Kostüm betrat die Bühne. »Das ist Madame Favelkap«, erklärte Michelle. »Unsere Rektorin.«

»Ist sie Französin?«

»Niemand weiß Genaueres über sie. Selbst die Computerfreaks sind an der Aufgabe gescheitert, ihre Vergangenheit zu durchleuchten.«

»Sie ist total unheimlich«, flüsterte Amy.

Lilly betrachtete die Frau, die eine Mappe auf das Rednerpult legte und ihr einige Blätter entnahm. Auf den ersten Blick wirkte sie gewöhnlich. Sie trug ihre schulterlangen, zimtfarbenen Haare streng nach hinten gekämmt, die mit einer grünen Holzspange zusammengehalten wurden. Ihre Augenbrauen waren so dünn, dass sie kaum zu sehen waren. Ihr Alter war schwer zu schätzen – sie mochte dreißig sein oder bereits Ende fünfzig –, an ihrer makellosen Haut ließ sich das nicht ablesen. Trotz der äußerlichen Strenge umgab sie eine regelrecht ätherische Aura. Mit offenen Haaren und einem weiten, fließenden Kleid mochte man sie für eine Fee halten, bloß unheimlich wirkte sie nicht. »Warum denn das?«

»Schau dir ihren Hals an.«

Lilly kniff die Augen zusammen. Die Rektorin war zu weit weg, um wirklich etwas erkennen zu können, aber sie glaubte, eine Schar dunkler Schatten sich träge über die Haut schieben zu sehen. »Was ist das?«

»Sie behauptet, es wäre eine Hautkrankheit – selbstverständlich nicht ansteckend –, doch ich konnte in keinem Buch etwas darüber finden.«

»Und wenn Amy etwas nicht kennt, kann es natürlich nicht existieren«, mischte sich Michelle mit einem ironischen Grinsen ein. »Aber sie hat Recht, die Favelkap ist gruselig. Es sollen auch schon Schüler verschwunden sein, nachdem sie zu einer Unterredung mit ihr gerufen worden waren.«

Lilly sah die beiden Mädchen misstrauisch an. War das nur ein Scherz, den sie sich mit einer Neuen erlaubten? Doch Amy und Michelle wirkten vollkommen ernst. Vermutlich nur eines dieser typischen Schulgerüchte, sagte sie sich und blickte sich im Raum um. Sie konnte weder Felias noch Raphael entdecken, dafür winkte ihr Evann, der neben der Bühne stand, aufgeregt zu.

Die Begrüßung fiel weniger langweilig aus, als Lilly befürchtet hatte. Die Rektorin fasste sich kurz und stellte einen neuen Lehrer, Herrn Teptoe, den Lilly in Mathematik haben würde, vor. Ein junger Mann, der, wenn er sich nicht betont streng gekleidet hätte, ohne Weiteres für einen Schüler hätte gehalten werden können. Nachdem sie an die Hausregeln erinnert worden waren und einen kurzen Überblick über den

Tagesablauf – um sieben Uhr gab es Frühstück, um eins Mittagessen – erhalten hatten, betraten die drei Stufensprecher und ihre Stellvertreter die Bühne und verkündeten Ort und Zeitpunkt ihrer Stufentreffen. Der Unterricht würde erst am nächsten Tag beginnen. Evann war als Letzter dran und trat ans Rednerpult, wobei er nervös mit den bunten Bändchen um sein Handgelenk spielte.

»Ähm … Hallo«, setzte er an. In dem Moment kam es zu einer Rückkopplung, und ein lautes Krachen drang aus den Boxen, woraufhin die gesamte Aula gequält aufstöhnte. Nur Madame Favelkap schien vollkommen ungerührt – einzig das Zucken einer ihrer feinen Augenbrauen zeigte, dass sie überhaupt etwas gehört hatte. Evann wurde rot, stammelte eine Entschuldigung, fasste sich aber schnell wieder. »Zuerst möchte ich die neue Klasse 10 in den Reihen …«

Erneut kam es zu der Rückkopplung. Evann zuckte zusammen, suchte das Rednerpult ab und holte sogar sein Handy hervor, konnte aber offenbar nicht die Quelle der Störung ausmachen. Seine Schultern sackten herab, und mit deutlich zittriger Stimme fuhr er in seiner Rede fort, nur um erneut unterbrochen zu werden. In der Aula wurde es unruhig, Schüler scharrten mit den Füßen, murmelten unwillig. Da hörte Lilly ein leises Kichern. Sie sah sich um und entdeckte Calista, die sich gemeinsam mit Isabel über ein Handy beugte, das sie zwischen ihren Handtaschen verbargen. So gemein würden doch selbst sie nicht sein, oder? Sie beobachtete sie, wobei sie ihren Hals etwas verrenken musste, und sah, wie sie kurz vor der nächsten Rückkopplung eine Taste drückten. Der arme Evann war inzwischen völlig verunsichert, stammelte mit hochrotem Kopf seine Rede, während Thomas um ihn herumsprang und versuchte, eine Ursache für das Problem zu finden.

Calista und Isabel mussten irgendwo ein anderes Handy

verborgen haben, das sie anriefen, um so die Rückkopplung zu verursachen. Am Rednerpult konnte es nicht sein, das wäre bereits aufgefallen. Sie sah zu den Boxen, die in etwa zwei Meter Höhe an der Wand angebracht waren. Zu schwierig, da etwas ohne Leiter zu verstecken, aber der Verstärker, der auf einem rollbaren Tisch neben der Bühne stand, wäre ein leichtes Ziel. Was sollte sie tun? Thomas beachtete sie nicht, sodass sie ihm kein Zeichen geben konnte. Verdammt! Sie atmete tief durch, stand auf und ging unter den Blicken aller zu den technischen Geräten. Hoffentlich täuschte sie sich nicht und machte sich nun zum Narren. Der Verstärker befand sich in der Mitte zwischen einem Blu-ray-Player und einem altmodischen Kassettendeck. Sie beugte sich vor, hob die Kabel an, schob eine Bedienungsanleitung zur Seite. Nichts. Ihre Finger fingen zu zittern an. Ihr wurde ganz heiß. Einer Eingebung folgend spähte sie in den schmalen Spalt zwischen den Geräten. Etwas lag da. Sie schob ihre Finger dazwischen, bekam es zu fassen und zog ein Smartphone mit einem goldenen Designergehäuse, bei dem Lilly keine Zweifel hatte, dass es sich um echtes Gold handelte, hervor. Sie drehte es um. Auf der Rückseite waren die Buchstaben C und F eingraviert worden. Calista Flock. Dieses Miststück. Sie hob es in die Luft und rief zu Thomas: »Ich glaube, ich habe das Problem gefunden!«

Zielsicher ging sie zu Calista. »Ich vermute, du vermisst es schon.«

Süßlich lächelte das Mädchen sie an, wobei ihre Augen Mord versprachen. »Wie edel von dir, mir etwas derart Kostbares zurückzugeben. Kaum jemand von deiner Herkunft hätte das getan.«

Nachdem Lilly sich gesetzt hatte, flüsterte ihr Michelle zu: »Das war sehr ritterlich, aber wenn bisher ein Zweifel daran bestand, ist der nun ausgeräumt: Du hast eine Feindin.«

Evann konnte seine Rede ohne weitere Unterbrechungen beenden. Er versuchte, zum Abschied lässig zu winken, doch man sah ihm an, dass er so schnell wie möglich von der Bühne verschwinden wollte.

Nachdem der zähe Applaus verklungen war, blieben die Mädchen sitzen, bis der erste Ansturm auf den Ausgang sich gelegt hatte. Lilly schätzte, dass ungefähr vierhundert Schüler anwesend waren – deutlich weniger als in ihrer alten Schule in Stuttgart. Nur Katie sprang auf und verabschiedete sich, um ein paar Freundinnen aus ihrer Klasse zu begrüßen. Evann kämpfte sich durch die Menge zu ihnen. »Du hast etwas gut bei mir«, sagte er zu Lilly. Seine Wangen waren immer noch ganz fleckig von der Aufregung, auf seiner Stirn glänzte der Schweiß. »Wenn du irgendwas brauchst, sag mir Bescheid.«

»Warum hat sie das getan?«

»Weil sie ein Miststück ist«, warf Michelle ein.

»Und weil ich nur wegen eines Stipendiums hier bin. Meine Eltern haben kein Geld ... Tja, und Menschen wie wir sind unter ihrem Niveau.«

Na super, dachte Lilly. Und sie hatte ihr gerade noch einen weiteren Grund gegeben, sie zu hassen. Das Schuljahr fing ja gut an.

»Ich muss leider weiter und das Treffen vorbereiten. Wir sehen uns.«

Einige Zeit später standen auch Michelle und Amy auf und gingen, von Lilly gefolgt, in den Hof. Sie traten gerade durch die Eingangstür, als sich Felias zu ihnen gesellte.

»Hast du etwa die Rede geschwänzt?«, fragte Amy mit weit aufgerissenen Augen. »Du warst plötzlich nicht mehr an deinem Platz.«

»Ich hatte die Erlaubnis von Madame Favelkap. Sie bat mich, einige Vorbereitungen im Musiksaal zu treffen.«

»Warum sie ausgerechnet dir vertraut, werde ich nie verstehen«, murmelte Amy mit gekränkter Miene.

»Ich auch nicht«, grinste Felias. »Aber das werden wir jetzt nicht ergründen. Ich bin nur hier, um unsere neue Schönheit zu fragen, ob ich ihr nicht bis zum Mittagessen die Schule zeigen soll.«

»Das habe ich ihr schon versprochen«, wandte Michelle ein, bevor Lilly antworten konnte.

Felias wollte Einspruch erheben, doch Michelle ignorierte ihn und zog Lilly weiter. »Komm, ich muss dir unser Zimmer zeigen. Ich wohne dieses Jahr mit Amy zusammen. Das bedeutet: nie mehr fehlende Hausaufgaben!«

»Nur wenn du selbst lernst, wirst du vernünftige Noten schreiben«, ermahnte diese sie mit dramatisch in die Luft gerecktem Zeigefinger und einem aufgesetzten stiefmütterlichen Tonfall.

Die Rothaarige rollte mit den Augen. »Das erzählst du mir seit Jahren. Bisher bin ich immer durchgekommen, was will man mehr?«

Michelle führte sie an Gruppen von Schülern vorbei, die sich gegenseitig begrüßten und ihre Ferienerlebnisse austauschten. Felias blieb allein zurück. Für einen Moment glaubte Lilly, Zorn über sein schönes Gesicht flackern zu sehen, dann wandte er sich einer Gruppe albern kichernder Mädchen zu und flirtete mit ihnen.

»Sei bloß vorsichtig bei diesem Kerl«, raunte ihr Michelle zu. »Er baggert alles an, das nicht bei drei auf den Bäumen ist.«

»Dich auch?«

»Ich war bereits bei eins auf dem Baum.«

Amy kicherte. »Aber nur, weil du ihn mit deiner großen Klappe erschreckst.«

8

Sie gingen durch den Haupteingang in das Schloss und kamen in eine hohe Eingangshalle, von deren Decke ein kunstvoller Kronleuchter hing, der Lilly wie aus einem Disneyfilm gestohlen erschien. Entgegen ihrer Erwartung beherrschte nicht das allgegenwärtige Fachwerk das Innere, sondern eine Mischung aus antiken Möbeln, die liebevoll restauriert worden waren, Wandteppichen und modernen Einrichtungsgegenständen, deren glänzende Oberflächen aus Glas und Chrom das Licht der zahlreichen altmodischen Lampen zurückwarfen. Trotz dieser Gegensätze ergab sich eine Atmosphäre, die zugleich Behaglichkeit und Luxus ausstrahlte. Eine Treppe mit einem breiten Geländer, das von Generationen von Schülern, die dort hinuntergerutscht waren, gezeichnet war, führte in den ersten Stock. Lilly staunte beim Anblick des burgunderfarbenen Läufers, der über den Stufen lag. Er war zugleich robust und flauschig, und ihre Füße sanken tief in das Gewebe hinein, als sie den untersten Absatz betrat.

»Im unteren Geschoss liegen die Klassenzimmer für Unter- und Mittelstufe. Im ersten Stock sind der Speisesaal, der Musiksaal und die Räume für die Oberstufe.«

»Der Ausblick ist einfach traumhaft«, schwärmte Amy. »Man kann über den Wald hinter dem Schloss in die Ferne blicken.«

Michelle ignorierte Amy und fuhr in ihren Erklärungen

fort. »In den Türmen befinden sich die Laboratorien, vermutlich dachten sie, dass es nicht so schlimm ist, wenn wir die abfackeln, und die Bibliotheken.«

»Und im Keller sind die Fitnessräume und ein kleines Schwimmbad«, setzte Amy die Aufzählung fort.

»Ihr habt ein eigenes Schwimmbad?« Lilly starrte sie mit offenem Mund an.

Michelle nickte. »Leider. Ich könnte darauf verzichten.«

Amy rollte mit den Augen. »Ich schwimme gerne.«

»Du hast auch nicht mit meinen Haaren zu kämpfen«, konterte Michelle. Sie führte sie die Treppe hinauf in den zweiten Stock. Von einem zentralen Raum zweigten drei Flügel ab, die durch kunstvoll verzierte Holzwände abgetrennt wurden. Eine schmale Couch und mehrere Stühle luden neben einem niedrigen Tisch, auf dem allerlei Zeitungen lagen, zum Verweilen ein. Licht fiel durch ein hohes Fenster, das an einen Torbogen erinnerte und von schweren, ebenfalls burgunderfarbenen Vorhängen umrahmt wurde. Sie gingen zu der Tür auf der linken Seite, über der das handgemalte Bild einer üppigen Dame in einem Barockkleid prangte. »Hinter dieser Tür sind keine Jungs erlaubt.« Amy klopfte gegen das glatt polierte Holz.

Michelle öffnete die Tür und führte sie in einen großen Raum, der an ein überdimensionales Wohnzimmer erinnerte. Sie ging in die Mitte und drehte sich im Kreis. »Unser Aufenthaltsraum.«

Tische, gemütlich aussehende Stühle, Sessel, Sofas und Flachbildfernseher mit Blu-ray-Playern boten ausreichend Platz für mehrere Dutzend Schüler. Weiche Teppiche, helle Vorhänge und große Fenster schufen eine heimelige Atmosphäre. Es gab sogar einen richtigen Kamin, vor dem bunte Kissen auf einem kuscheligen Läufer lagen. In einer Ecke befand sich eine Kochnische mit einem riesigen, zweiflügeligen

Kühlschrank, einer Mikrowelle und einem großen Vorratsschrank. »Hier lässt es sich aushalten«, grinste Michelle.

Von dem Wohnraum zweigten drei Gänge ab. Sie wählten den mittleren, gingen bis zu einer Tür mit der Nummer 404 und warteten, bis Michelle ihren Schlüssel aus der Handtasche gekramt hatte.

»Wenn ich jetzt aufschließen würde, gäbe es nur wieder Krach«, flüsterte Amy Lilly ins Ohr und zeigte ihr dabei verstohlen ihre Handfläche, auf der ein Schlüssel lag. Schließlich war Michelles Suche von Erfolg gekrönt. Sie betraten das Zimmer der Mädchen, das zwar relativ klein, aber dafür umso schöner eingerichtet war: gemütliche Betten mit dicken Federdecken, breiten Schreibtischen und einem gemeinsamen Schrank. An den Wänden hingen die Bilder von süßen, dunkelhaarigen Schauspielern und Popstars. Lillys Blick blieb am Poster von Stargazer, einer deutschen Rockgruppe aus Jungs in ihrem Alter, hängen. »Findest du sie auch so toll?«, fragte Michelle. »Für ein Date mit einem von denen würde ich alles geben.«

Lilly zuckte mit den Schultern. »Die Musik ist ganz okay.«

»Die ist nicht nur okay! Das sind wahre Götter der Rockmusik!«

Amy setzte sich im Schneidersitz auf ihr Bett. »Da hat Michelle ausnahmsweise Recht.«

Während die beiden Mädchen über ihre Lieblingslieder diskutierten, sah Lilly aus dem Fenster. Die Parkanlage um den hinteren Teil des Schlosses erstreckte sich über mehrere Ebenen, die durch steinerne Treppen miteinander verbunden waren. An deren Rand ging es steil bergab, sicherlich vierzig Meter, weshalb man ein Sicherheitsnetz um das Gelände gespannt hatte, das in seiner feinen Struktur kaum zu erkennen war. Unten verlief der Wanderweg, auf dem sie Raphael getroffen hatte, als Grenze zwischen Wiese und dem

Wald, der die hinter dem Schloss liegenden Hügel bedeckte. Nur eine schmale Straße schlängelte sich durch sein wogendes Grün.

»Wir haben die coolste Aussicht.« Michelle unterbrach ihre Diskussion mit Amy und deutete nach draußen. »Da hinten liegt das Madjane, die einzige Disco in dieser gottverlassenen Gegend. Komm, setz dich zu mir.« Sie klopfte neben sich aufs Bett, dessen Bettwäsche in grellem Gelb leuchtete. »Wir sollten unsere Kurspläne vergleichen.«

Zu ihrer Überraschung stellten sie fest, dass sie viele Kurse zusammen hatten – außer Mathematik und Physik. Keines der beiden anderen Mädchen verstand Lillys Begeisterung für diese Fächer. Amy war eher an Chemie und Biologie interessiert und Michelle an Französisch und Geschichte. »Ich kann mir gut Zahlen merken.« Sie zuckte mit den Schultern.

»Aber auch nur, weil du die Nummer von jedem Jungen, der dir über den Weg läuft, auswendig lernst«, neckte Amy sie und bekam als Antwort ein Kissen ins Gesicht geschlagen.

Mit Samuel hatte Lilly bereits am Vortag ihre Stundenpläne verglichen und zu ihrer Enttäuschung festgestellt, dass sie kaum Stunden gemeinsam hatten. Offensichtlich wollte man die Beinahe-Geschwister nach Möglichkeit trennen.

»Wir müssen zum Mittagessen«, seufzte Michelle nach einem Blick auf ihre schicke goldene Armbanduhr.

»Ich kämme mir nur schnell die Haare«, sagte Amy und verschwand in dem kleinen Bad.

Michelle rollte mit den Augen. »Sie ist total in Felias vernarrt.«

»Stimmt doch gar nicht«, empörte sich Amy und kam mit der Bürste in der Hand zurück.

»Ich sehe doch, wie du ihn anschmachtest.«

»Im Gegensatz zu dir kann ich mit einem Jungen einfach befreundet sein. Ganz ohne Hintergedanken.«

»Wenn du das sagst.«

Bevor der Streit ausufern konnte, gingen sie in den Speisesaal hinunter, der überraschend hell war, da er die komplette Breite des Flügels einnahm und die alten Fenster durch riesige Glasfronten ausgetauscht worden waren. Dadurch konnten sie sowohl über das Dorf als auch über die hinter dem Schloss liegenden Hügel blicken.

Nachdem Lilly sich an der Salatbar bedient hatte – Moni wollte am Abend noch kochen –, setzte sie sich mit Amy und Michelle zu Calista, Isabel, Nick und einigen anderen Schülern an einen großen, runden Tisch. Lilly wurde rot, als sie von allen angestarrt wurde. Auch wenn sie es gewohnt war, die Neue zu sein, mochte sie die damit verbundene Aufmerksamkeit nicht. Umso dankbarer war sie, als Michelle sie kurz vorstellte und sie sich nach einem zaghaften Winken und »Hallo« setzen konnte. Offensichtlich gab es am ersten Schultag interessantere Dinge zu besprechen, sodass die meisten sie nicht weiter beachteten, sondern ihre Gespräche fortsetzten.

Schließlich waren sie mit dem Essen fertig und schlenderten nach draußen in die Parkanlage, um sich eine geschützte Stelle zu suchen. Calista lehnte sich an eine Steinmauer und streckte ihr Gesicht der Sonne entgegen, die hinter einer Wolke auftauchte. »Genau das Richtige für meinen Teint.«

Lilly sah sich im Garten um – bei Tageslicht wirkte er wie der Park eines verwunschenen Palastes mit kleinen Mäuerchen, auf denen Efeu wucherte, Büschen, in denen alte Vogelnester hingen, und kunstvoll angelegten Blumenbeeten. Es gab sogar einen Teich mit einer schmalen Brücke darüber, an dessen Rand sie Raphael entdeckte. Sein umwerfendes

Aussehen verschlug ihr erneut den Atem. Seine Haare standen zerzaust und wirr von seinem Kopf ab, umrahmten sein schmales, feines Gesicht mit den perfekt geschwungenen Lippen. Er war nicht sehr groß, dafür waren seine Bewegungen so geschmeidig wie bei einer Raubkatze, und sein weißes, ärmelloses Hemd entblößte muskulöse Arme. Erst auf den zweiten Blick fiel Lilly auf, dass er nicht alleine war. Sie spürte einen Stich der Eifersucht, als sie die makellose Schönheit des Mädchens erkannte: lange, blonde Locken, zierliche Figur mit ausreichend Kurven, um jeden Jungen hinter ihr herschauen zu lassen, und riesige, mandelförmige Augen. Calista folgte Lillys Blick und sagte laut genug, dass es alle mitbekamen: »Schlag dir den aus dem Kopf.«

Schlagartig verstummten die Gespräche, und die allgemeine Aufmerksamkeit wandte sich Lilly zu, die am liebsten vor Scham im Boden versunken wäre.

»Der hat noch kein einziges Mädchen angesehen«, fuhr Calista fort. »Garantiert ist er schwul.«

»Nur weil er nicht auf dich steht, muss er nicht vom anderen Ufer sein. Manche haben einfach nur Geschmack«, stichelte Michelle.

Auf einem schmalen Seitenweg tauchten Felias und ein asiatisches Mädchen mit rabenschwarzen Haaren, Porzellanhaut und einem rot geschminkten Kussmund auf und gesellten sich zu den beiden anderen.

»Die kleine Blonde ist Anni Nioll. Sie ist eine Süße«, sagte Amy. »Sehr intelligent und ein Liebling der Lehrer, besonders bei Madame Favelkap.«

»Die Asiatin nennt sich Shiori Liù«, Michelle sprach zwar betont langsam, trotzdem klang die Mischung von asiatischem Namen und ihrem bayrisch-französischen Akzent ausgesprochen lustig. »Sie ist ein Ass in Sport. Du musst mal ihre Oberarme sehen – die hätte ich auch gerne.«

»Dann solltest du etwas trainieren«, sagte Amy.

»Ich trainiere lieber andere Dinge«, lachte Michelle, sprang auf und wackelte mit den Hüften.

Lilly schüttelte lachend den Kopf und sah wieder zu Raphael hinüber. »Sie sind so …«

»… anders«, half Michelle ihr auf die Sprünge.

Jetzt, da sie es aussprach, erkannte Lilly, dass es die Wahrheit war. Die Art, wie sie sich bewegten; der vertraute Umgang, den sie sonst nur bei Ehepaaren, die seit Jahrzehnten verheiratet waren, kannte; ihre makellose Schönheit – dies alles machte sie fremdartig, wie Besucher aus einer anderen Welt.

»Die bleiben viel unter sich. Nur Felias ist gesellig«, erklärte Michelle.

»Aber auch nur bei euch Mädchen«, wandte Nick ein.

»Zumindest wissen wir von ihm, dass er nicht schwul ist, nicht wahr, Calista?« Michelle blickte sie herausfordernd an. »Du hast es ja bereits ausgiebig ausgetestet.«

»Höre ich da etwa Neid in deiner Stimme?«

»Sicher nicht«, schnaubte Michelle.

»Sind sie ein Pärchen?«, fragte Lilly und setzte sich auf einen kleinen Vorsprung im Mauerwerk.

»Raphael wird wohl kaum schwul und zugleich mit Anni zusammen sein können«, spottete Calista.

Lilly sah wieder zu ihm hinüber, und ihre Blicke trafen sich. Die Welt stand auf einmal still, und sie glaubte, in seinen eisblauen Augen zu versinken. Doch er zeigte keine Reaktion, wandte sich gleichgültig ab und redete weiter mit Anni. Lilly schämte sich für ihr Verhalten. Da schmachtete sie einen Jungen an, der sich offenbar nicht für sie interessierte. Sie war zu dürr und schlaksig, ihre Nase zu spitz; kein Wunder, dass ein Junge wie er sie nicht bemerkte.

Calista grinste hämisch. »Mach dir keine Hoffnungen, alle

wissen, dass du eigentlich nicht hierhergehörst. Ich finde es ja eine Zumutung, dass wir mit gewöhnlichen Menschen zusammen die Schule besuchen müssen. Immerhin zahlen wir eine Menge für unsere Privilegien.«

»Geld kann man sich erarbeiten, Niveau nicht«, konterte Lilly. »Zu schade für dich.«

Calista riss den Mund auf, aber offensichtlich fiel ihr keine passende Erwiderung ein.

»Das trage ich mir rot in den Kalender ein«, lachte Michelle. »Calista ist sprachlos.«

9

Der erste richtige Schultag begann mit einer Reihe unangenehmer Schulstunden, in denen die Lehrer Lilly zwangen, sich vor der gesamten Klasse vorzustellen. Verlegen stammelte sie ein paar Worte, um sich dann mit hochrotem Kopf wieder zu setzen.

Sie hatte an diesem Morgen alle Kurse gemeinsam mit Evann, der sich in jeder Stunde neben sie setzte und selbst in den Pausen unaufhörlich auf sie einredete. Auch wenn sie sich schon bald einen Moment der Ruhe herbeisehnte, hatte es einen Vorteil: Sie musste nicht viel sagen, und er zeigte ihr, wo sich der Räucherturm, wie die Chemielabore von den Schülern genannt wurden, befand. Zudem kannte Evann nahezu jeden und stellte ihr einige Schüler aus ihrer Klassenstufe vor, sodass sie sich nicht mehr ganz so fremd vorkam. Nach Chemie trennten sich ihre Wege, dafür traf sie Michelle auf dem Weg zur Englischstunde bei einem gewissen Herrn Kreul. Lachend hakte sich die rothaarige Schönheit bei Lilly unter und plapperte ohne Pause. Zuerst beschrieb sie ihr sämtliche Jungs und ordnete sie in die verschiedenen Kategorien, die von arrogant bis schnuckelig reichten, ein. Dann begann sie, sich über die Lehrer, die Hausaufgaben und die Anzahl der Klausuren zu beschweren. Auch wenn Michelle ebenso viel redete wie Evann, genoss Lilly ihre unbeschwerte Art und die Tatsache, dass sie sie so behandelte, als wären sie schon ewig Freunde. Evann dagegen nahm sich selbst eindeutig zu wichtig und war regelrecht davon besessen, ihr seine Dankbarkeit zu beweisen.

Lilly erstarrte für einen Moment, als sie das Klassenzimmer, an dessen Wänden Poster von London hingen, betraten und sie Raphael und Felias entdeckte, die leise redend neben dem Fenster saßen. Raphaels Schönheit verwirrte sie. Das Sonnenlicht verlieh seiner blassen Haut einen seidigen Schimmer und reflektierte auf seinen perfekten Zähnen. Aber es waren nicht nur seine offensichtlichen körperlichen Vorzüge, die sie anzogen. Er strahlte eine Traurigkeit aus, die ihr vertraut war, die sie wie eine unsichtbare Kette miteinander verband. Was wussten die anderen Schüler schon von Verlust? Kaum einer hatte bisher mehr als den Tod eines Haustiers oder den Diebstahl eines iPods zu beklagen gehabt.

Sie ging gemeinsam mit Michelle zu einer Bank im hinteren Bereich des Klassenzimmers, vorbei an den beiden Jungs, die sie nicht beachteten.

Kaum hatten sie Platz genommen, kam ein streng aussehender Mann mit Schnauzer, grauen Haaren und einer eckigen Brille hinein. »Er ist nur halb so schlimm, wie er auf den ersten Blick erscheint«, flüsterte Michelle. Beim Anblick von Herrn Kreul war Stille eingekehrt, sodass ihre letzten Worte laut durch das Zimmer hallten.

»Dafür hat er doppelt so gute Ohren, wie ihr denkt«, sagte der Lehrer. »Und um keinerlei Komplikationen auftreten zu lassen, werde ich einige von euch bitten, sich umzusetzen.«

Lautes Stöhnen und zaghafte Proteste erklangen, als er einzelne Schüler herauspickte und an andere Plätze schickte. Lillys Herz setzte einen Schlag aus, als sie aufgerufen wurde. »Lilliana, setz dich bitte neben Raphael. Felias, du sitzt dieses Jahr allein.«

Lilly sah selbst auf die Entfernung, wie sich Raphael versteifte und Felias einen unglücklichen Blick zuwarf. Ihre Knie zitterten, als sie ihre Sachen einsammelte und über den Mittelgang zu Raphaels Bank trat. Er sah sie fast schon zornig an. Was für eine Laus war ihm nun schon wieder über die Leber gelaufen? Erschrocken sah sie zur Seite und setzte sich mit gesenkten Augen neben ihn.

Der Lehrer teilte mehrere Bücher aus und gab daraufhin einen Überblick über das kommende Schuljahr. Lilly versuchte, sich auf den Unterricht zu konzentrieren, aber Raphaels Gegenwart verstörte sie. Hin und wieder wagte sie einen verstohlenen Blick zu dem Jungen. Er schien weder sie noch den Lehrer wahrzunehmen, sondern starrte düster aus dem Fenster.

Die Stunde zog sich ewig hin, und als Herr Kreul mehrere Testbögen austeilte, um einen Eindruck von ihrem Wissensstand zu erhalten, blickte sie entsetzt auf ihre Uhr. Es war erst eine Viertelstunde vergangen. Sie drehte sich zu Michelle um, doch die redete ununterbrochen auf eine etwas rundliche Rothaarige ein und bemerkte Lillys Zeichen nicht.

Sie sollten die Grammatikaufgaben – es gab zwei verschiedene Bögen, sodass sie nicht abschreiben konnten – lösen und anschließend die Blätter tauschen, um sich gegenseitig zu korrigieren. Raphael griff nach einem Kugelschreiber und begann sofort mit der Arbeit. Lilly, die mit Sprachen ohnehin zu kämpfen hatte, fiel es schwer, sich in seiner Gegenwart zu konzentrieren. Sie beobachtete, wie seine schmale Hand über das Papier glitt. Seine Handschrift war elegant und klar und schüchterte sie beinahe ebenso ein wie seine Schönheit. Am Ende der Zeit hatte Lilly nicht alle Fragen beantwortet und gab Raphael mit gesenkten Augen ihren Bogen. Er riss ihn ihr regelrecht aus der Hand und schob ihr seinen zu. Wieso behandelte er sie plötzlich wie eine Aussätzige? Nachdem sie die Lösungsbögen erhalten hatten, kontrollierte sie gewissenhaft seinen Bogen, fand aber keinen einzigen Fehler, während er ein rotes Kreuz nach dem anderen auf ihren kritzelte. Sie hatte sogar den Eindruck, dass er sich über jedes angestrichene Wort freute!

War der immer so übellaunig? Auf einmal bereute sie es deutlich weniger, ihn belauscht zu haben. Oder hatte er es einfach nur schwer an der Schule? Immerhin hatte Calista behauptet, er sei schwul. Hatte er vielleicht ein grundlegendes Problem mit Mädchen? Dann erinnerte sie sich an die zierliche, blonde Anni. Mit ihr war er ganz entspannt gewesen – also musste es doch an ihr liegen. Was hatte sich seit ihrem letzten Gespräch verändert?

Schließlich gab er ihr den Bogen zurück. Ihre Blicke trafen sich einen Moment. Der Zorn war gewichen, aber was sie dieses Mal sah, erschreckte sie fast noch mehr. Seine Augen waren vollkommen ausdruckslos, als hätte sich ein dichter Schleier über seine Gefühle gelegt. Nichts war von dem leidenschaftlichen Funkeln zu sehen, das sie in der Nacht der Schulparty in ihnen gesehen hatte, und auch der schimmernde Stern um seine Pupillen war verschwunden. Es war, als würde ein anderer Mensch neben ihr sitzen.

Als die Schulglocke ertönte, sprang er auf, packte hastig seine Sachen und eilte aus dem Raum. Lilly blickte ihm verletzt und verstört hinterher.

»Für die Neue hat Raphael offensichtlich noch weniger übrig als für alle anderen Mädchen«, hörte Lilly Calista hinter sich lachen.

»Halt dein gehässiges Mundwerk«, fauchte Michelle sie an und ging zu Lilly hinüber. »Mach dir nichts draus. Ich sagte doch, dass er seltsam ist.«

Der nächste Tag verlief ereignislos. Lilly lernte immer mehr Schüler kennen und verbrachte viel Zeit mit Michelle und

Amy. Mit Raphael hatte sie keinen weiteren gemeinsamen Kurs, auch beim Mittagessen entdeckte sie ihn nicht.

Am Abend ging Samuel mit seinem Vater aus, um sich in den Fitnessräumen der Aurinshöhe auszutoben und ein Fußballspiel anzusehen, damit Lilly und ihre Mutter das Haus für sich hatten, um ihren traditionellen Mittwochvideoabend abzuhalten. Dabei aßen sie bergeweise Fastfood und Süßigkeiten, quatschten, bis sie heiser waren, und schauten kitschige alte Filme. Heute hatte sich Lilly *Grease* ausgesucht, und während Olivia Newton-John von ihren Ferien mit John Travolta träumte, packte sie die Kartons vom Chinesen aus: süßsaures Huhn mit Reis, Frühlingsrollen, Krabbenchips, gebratene Nudeln und Peking-Ente. Nachdem sie alles auf dem hölzernen Wohnzimmertisch, dessen Platte aus beigefarbenen Fliesen bestand, verteilt und einen Stapel Servietten aus der Küche geholt hatte, sah es aus, als hätten sie noch ein Dutzend Leute zum Essen eingeladen.

»Unglaublich sexy Schuhe hast du da«, neckte Moni sie und deutete auf Lillys Hausschuhe, weiche Stoffstiefel, die mit einem langhaarigen, pinkfarbenen Kunstfell bezogen waren. Ein Geschenk ihrer Mutter zum sechzehnten Geburtstag. Lilly tanzte lachend ein paar Schritte aus dem *Schwanensee*, bevor sie neben Moni, die heute eine violette Brille mit eckigen Gläsern und intensiv grünen Lidschatten trug, auf die Couch fiel. Moni nahm sich eine Frühlingsrolle und knabberte genüsslich daran. »Wie gut, dass ich Diäten schon vor Langem aufgegeben habe.«

Lilly kicherte. Sie hatte kaum Ähnlichkeit mit ihrer Mutter: Wo diese rundlich und klein war, war sie dürr und hochgewachsen. Moni war ein quirliger, offenherziger Mensch, während Lilly eher zurückhaltend und schüchtern war. »Du hast die Augen deines Vaters«, pflegte ihre Mutter zu sagen, wobei Sehnsucht ihr Gesicht verdunkelte.

»Nun, Süße, wie findest du die Schule?«

»Scheint ganz in Ordnung zu sein.«

Moni blickte sie scharf an. »So schlimm?«

»Eigentlich nicht.« Lilly wusste nicht, wie sie ihre Gefühle beschreiben sollte. Auf der einen Seite fühlte sie sich fremd, auf der anderen mochte sie Michelle und Amy. Aber Raphaels seltsames Verhalten und das belauschte Gespräch beunruhigten sie. »Ich habe ein Mädchen kennen gelernt, Michelle, sie ist sehr nett.«

»Die Rothaarige?«

»Du wirst sie mögen.«

»Und der Rest? Sind sie total abgehoben?«

»Du meinst, weil sie Geld haben?«

Moni steckte sich ein Stück Ente in den Mund und nickte, während sie kaute.

»Ja, aber die meisten bilden sich darauf nichts ein.« Lilly dachte an Calista. »Ein paar Idioten gibt es immer.«

Moni stupste sie an. »Und was hältst du von Samuel?«

Lilly senkte den Blick und stocherte mit ihren Stäbchen in den gebratenen Nudeln. »Er ist nett.«

»Nur nett?« Ihre Mutter hob zweifelnd eine ihrer Augenbrauen. Sie konnte das richtig gut. »Ich sehe doch, wie du ihn manchmal anschaust.«

»Das bildest du dir ein. Außerdem ist er so etwas wie mein Bruder.«

Moni schnaubte. »Nicht auf dem Papier, und er scheint ein süßer Kerl zu sein, anders als dieser Stefan.«

»Oh, bitte hör auf, mich zu verkuppeln, ja? Und solltest du dir nicht vielmehr Sorgen machen? Immerhin leben wir unter demselben Dach.«

Moni strich ihr über die Wange. »Liebes, du bist kein Kind mehr. Bald wirst du achtzehn. Ich kann mit der Realität umgehen.«

Aber kann ich das? Lilly dachte an Raphael und das Kribbeln, das sie immer bei seinem Anblick verspürte, auch wenn er sich wie der größte Idiot benahm. Sie schüttelte den Kopf. »Samuel ist süß, aber ich glaube, ein großer Bruder ist mir gerade lieber.«

»Liegt es an Stefan? Hat er dir so wehgetan?«

»Eigentlich nicht. Ich habe die letzten Tage kaum an ihn gedacht.« Zu ihrer Überraschung stellte sie fest, dass das stimmte. Hätte ihre Mutter ihn nicht erwähnt, hätte sie ihn schon längst vergessen.

»Späte Einsicht ist auch eine Einsicht. Ich mochte ihn nie.«

»Ja, Mom, ich weiß«, stöhnte Lilly. »Du hast kein Geheimnis daraus gemacht.«

»Das Vorrecht der Mütter«, grinste Moni.

»Dann nehme ich jetzt das Vorrecht der Töchter in Anspruch und weigere mich, weiter über mein Liebesleben zu diskutieren.« Sie nahm sich die Schachtel mit dem süßsauren Huhn und setzte sich im Schneidersitz vor den Fernseher. John Travolta ließ sich gerade mit der doofen Brünetten ein. Jungs waren doch alle gleich.

»Wie geht es dir denn? Alles okay mit Thomas?«, fragte Lilly mit vollem Mund. Filmegucken war langweilig, wenn man sich nicht unterhalten konnte. Zumindest wenn man den Film bereits gefühlte hundert Mal gesehen hatte.

»Es ist anders. Fast so wie früher mit deinem Dad.« Moni biss sich auf die Lippen und blickte Lilly besorgt an. »Tut mir leid ... Ich wollte nicht ...«

»Ist schon gut, Mom.« Lilly schluckte. »Lass uns weiterschauen.«

Nachdem sie satt waren, stellten sie die Reste in den Kühlschrank, machten etwas Popcorn in der Mikrowelle und kuschelten sich auf die Couch. Wie immer konnte sich Moni am Ende des Films bei *You're the One That I Want* nicht beherrschen, sprang auf und zog Lilly mit sich. Als Thomas und Samuel das Haus betraten, tanzten sie so wild und sangen so laut, dass sie die beiden nicht bemerkten, bis sie laut loslachten.

10

Am nächsten Morgen begann der Tag mit einigen Arbeitsstunden, die sie nutzen sollten, um Projekt- und Hausaufgaben zu erledigen. Lilly freute sich auf den Nachmittag, an dem sie das erste Mal seit ihrem Umzug eine Tanzstunde haben würde. Trotzdem war sie enttäuscht, als sie Raphael beim Mittagessen nirgends entdeckte. Sie wollte mit ihm sprechen, herausfinden, was sich verändert hatte. So konnte es schließlich nicht weitergehen.

Michelle lud sie ein, am Abend ins Madjane zu kommen. Offensichtlich trafen sich dort jeden Donnerstag die Oberstufenschüler. Lilly stimmte zu, nachdem Samuel eingewilligt hatte, sie zu begleiten.

Der Tanzkurs fand in der letzten Stunde statt, damit bei Interesse ausreichend Zeit für weiteres Training zur Verfügung stand. Der Tanzsaal lag unter dem Dach des Hauptgebäudes und war größer als Lillys altes Ballettstudio. Zu ihrer Überraschung befanden sich nur drei Mädchen in den Umkleidekabinen, die sich anscheinend bereits lange kannten und aus der Mittel- und Oberstufe stammten. Sie waren sehr schlank mit muskulösen Beinen und trugen ihre Haare streng nach hinten gebunden. Eine hochgewachsene Brünette mit Sommersprossen begrüßte Lilly freundlich. »Du bist die Neue«, stellte sie fest. »Tanzt du schon lange?«

»Seit ich vier Jahre alt war«, antwortete Lilly verlegen.

»Dann musst du ja richtig gut sein!«

Die Mädchen umringten sie und löcherten sie mit Fragen, aber ihre Neugierde richtete sich ausschließlich auf das Tanzen, sodass Lilly ihnen unbefangen antworten konnte und sich dabei sogar wohlfühlte.

Als es zur Stunde klingelte, gingen sie gemeinsam hinein und wurden von einer kleinen, zierlichen Frau in einem schwarzen Gymnastikanzug begrüßt, die mit ihren großen Rehaugen und ihren schmalen Zügen an eine Französin erinnerte. Es war für Lilly ein schönes Gefühl, in einer kleinen Gruppe zu lernen und die Aufmerksamkeit der Lehrerin nicht mit einem Dutzend anderer Tänzerinnen teilen zu müssen. Sie waren alle ungefähr auf dem gleichen Niveau, wobei Lilly mehr Erfahrung bei Aufführungen und mehr Sicherheit bei Sprüngen aufwies.

Die Lehrerin, Frau Magret, freute sich über den Neuzugang und fing sogar an, einen Auftritt zum Halbjahresfest zu erwägen.

Die Zeit verging viel zu schnell. Lilly hatte das Gefühl, sich gerade erst aufgewärmt zu haben, als die Doppelstunde bereits wieder vorbei war. Die anderen Mädchen rannten beim Klang der Glocke kichernd in die Umkleide, während Lilly allen Mut zusammennahm und die Lehrerin bat, noch ein wenig trainieren zu dürfen. Der große Tanzsaal mit seinen Spiegelwänden und der Fensterfront, aus der man über das Dorf blicken konnte, bot viel mehr Möglichkeiten als ihre wacklige Ballettstange in ihrem Zimmer.

»Du bist eine herausragende Tänzerin, Kind«, sagte Frau Magret und lächelte sie an. »Warum bist du nicht auf einer Tanzakademie?«

Lilly zuckte mit den Schultern. »Ich denke nicht, dass ich gut genug dafür bin, und ich will nicht nur in der zweiten Reihe tanzen.«

Die Lehrerin nickte verständnisvoll. »Wenn man die Wahl

hat, sollte man das Tanzen immer nur als ein Hobby betreiben. Es ist ein schmerzlicher Weg.«

»Waren Sie Profitänzerin?«

Frau Magret schritt zur Fensterfront und blickte hinaus. Lilly befürchtete schon, sie wäre zu weit gegangen, als sie antwortete. »Ja, aber auch nur zweite Reihe. Es ist hart, wenn man erkennt, dass man nicht das Potenzial für mehr hat.« Sie drehte sich wieder um und lächelte Lilly an. »Aber ich habe hier mein Glück gefunden, und es freut mich, mit jungen Talenten zu arbeiten und in anderen die Liebe zum Tanz zu erwecken.«

Sie verabschiedete sich von Lilly und verließ den Saal. Lilly genoss für einen Moment die Stille, dann legte sie Musik auf und fuhr in ihrem Training fort. Sie war so in das Tanzen vertieft, dass sie ihren Zuschauer erst bemerkte, als ein leises Klatschen von der Tür aus erklang. Felias stand dort und strahlte sie an, doch auch dieses Mal erreichte das Lächeln seine Augen nicht. »Habe ich dich endlich gefunden.«

Auf einmal fühlte Lilly sich ganz nackt, als sein Blick über ihren Körper glitt. Sie nahm ihr Handtuch, mit dem sie sich sonst den Schweiß abwischte, und hüllte sich darin ein. »Tanzt du auch?«

Er lachte. »Sicher nicht.«

»Was willst du dann hier?«

»Ich wünsche der holden Dame meine Aufwartung zu machen, um sie um ihre Gesellschaft an diesem Abend zu bitten.«

»Ich bin bereits mit Samuel und Michelle im Madjane verabredet.« Lilly biss sich auf die Unterlippe. Das hatte sie nicht sagen wollen. Es klang beinahe, als wollte sie ein Date mit ihm, würde sich aber nur noch ein wenig zieren. Er war Raphaels Freund. *Und Raphael ist offenbar ein wankelmütiger Spinner. Vergiss ihn.*

Felias schlenderte auf sie zu und trat so dicht an sie heran, dass sie sein Aftershave riechen konnte, ein herber Duft, der an Nadelhölzer erinnerte. Fasziniert sah sie ihm in die grünen Augen und stellte fest, dass auch bei ihm der silberne Stern um die Pupillen verschwunden war. Sie wollte ihn gerade danach fragen, als Raphael den Raum betrat. Als er Felias und sie so nahe beieinander stehen sah, runzelte er die Stirn. »Du hast wohl unsere Verabredung vergessen. Wäre Anni nicht gewesen, hätte ich dich noch ewig gesucht. Wir müssen reden. Allein.« Er schenkte Lilly keine Beachtung, trotzdem wagte sie einen Vorstoß und ging auf ihn zu.

»Bist du doch noch sauer auf mich?«

Er musterte sie argwöhnisch. »Warum sollte ich?«

»Weil ich euch bei der Party belauscht habe. Ich habe mich zwar bereits mehrfach entschuldigt, aber so abweisend, wie du dich verhältst ...«

Eine steile Falte bildete sich auf seiner Stirn. »Ich weiß nicht, wovon du sprichst.«

Lilly starrte ihn überrascht an.

»Was auch immer vorgefallen ist, kann offensichtlich nicht wichtig gewesen sein«, mischte sich Felias ein und trat hastig einen Schritt von Lilly zurück. Auf einmal schien er es sehr eilig zu haben. »Lass uns gehen.« Er legte Raphael einen Arm um die Schulter, winkte ihr zu und verließ den Saal.

Lilly blieb verwirrt zurück. Sie verstand Raphaels Reaktion nicht. Wenn das Belauschen nicht der Grund für seine Ablehnung war, was war es dann?

11

Das Madjane lag in der Mitte des Waldes, sodass niemanden die laut dröhnende Musik störte. Wer nicht tanzen wollte, stand draußen vor dem Eingang oder machte es sich auf den einfachen Holzbänken bequem. Lilly hatte einen edlen Klub erwartet und war von der rustikalen Schlichtheit des einstöckigen Gebäudes, das früher als Sägewerk gedient hatte, überrascht. Trotzdem trugen die Schüler allesamt edelste Kleidung, und die Mädchen stöckelten in glitzernden Pumps und knappen Röcken über den von Schlaglöchern übersäten Boden. Für einen Moment schämte sich Lilly für ihren klapprigen Passat, mit dem ihre Mutter sie und Samuel hergebracht hatte. Dann straffte sie die Schultern, gab Moni einen Kuss und stieg aus. Sie würde sich nicht so leicht einschüchtern lassen.

Im Inneren herrschte eine drückende Hitze, die die Jugendlichen nicht davon abhielt, sich dicht gedrängt auf der kleinen Tanzfläche zu verausgaben. Die Betonwände waren in einem dunklen Braun gestrichen, an der Decke verliefen dicke Stahlrohre, und Metallgitter bedeckten den Boden, sodass man das Gefühl bekam, mitten in einer Fabrik zu feiern. Ein alter VW-Bus war zu einer Bar umgebaut worden, und in einer Ecke gab es ein kleines Café, das durch schalldichte Fenster von der dröhnenden Musik abgeschirmt war. Calista saß dort mit einer ihrer Freundinnen und schlürfte einen Latte macchiato.

»Michelle ist an der Bar«, Samuel deutete auf die rothaarige Schönheit. »Ich würde gerne mit Nick quatschen.« Er wies mit dem Kopf in Richtung des Jungen, der wie immer von Isabel belagert wurde. »Ist das okay für dich?«

Lilly nickte. »Ich komme schon zurecht. Viel Spaß.«

Samuel umarmte sie zum Abschied und ging dann zu Nick hinüber, auf dessen Gesicht sich beim Anblick der nahenden Rettung Erleichterung abzeichnete.

Lilly schlenderte zu Michelle und begrüßte ihre Freundin. Sie teilten sich eine Cola, anschließend suchten sie Amy und zerrten sie gemeinsam auf die Tanzfläche. Obwohl Lillys Muskeln vom Training schmerzten, genoss sie die hämmernden Beats und vergaß vollkommen die Zeit, bis Michelle sie keuchend anstieß. »Ich brauche eine Pause!«

Lilly nickte ihr zu, woraufhin sie sich zusammen mit Amy durch das Getümmel kämpften und schließlich erschöpft in eine der Sitzgruppen fielen. »Durst«, stöhnte Michelle theatralisch.

Nach einem mitleidigen Blick auf Amy, die sich schweißüberströmt mit den Händen Luft zufächelte, ging Lilly zur Bar und bestellte drei große Apfelsaftschorlen. Michelle würde sich zwar beschweren, aber es würde ihr besser bekommen als eine Cola. Plötzlich hatte sie das Gefühl, beobachtet zu werden. Sie drehte sich um und entdeckte in einigen Metern Entfernung Raphael. Wie immer sah er unglaublich gut aus, und unter seinem engen, blauen Shirt konnte sie die Bewegung seiner Brustmuskeln ausmachen, als er sich streckte. Rasch wandte sie sich ab – sie wollte nicht erneut seinem Zorn oder seiner Gleichgültigkeit ausgesetzt sein –, nahm das Tablett mit den Gläsern und kehrte zu ihren Freundinnen zurück.

Michelle stürzte ihr Glas in einem Zug herunter und trank gleich noch die Hälfte von Lillys, bevor ihr üblicher

Redeschwall einsetzte. Während sie mit einem Ohr lauschte, wagte Lilly einen Blick auf Raphael. Er stand neben Felias und diskutierte mit ihm und einem Mädchen, das Lilly nicht kannte. Sie war groß und schlank, aber nicht zu dünn – sie hatte eher die Figur einer durchtrainierten Sportlerin und schulterlange, dunkle Haare.

Offensichtlich stritten Raphael und Felias erneut, während das Mädchen beschwichtigend auf sie einzuwirken versuchte. Lilly erkannte, dass sie ebenso anders war wie Anni und die kleine Asiatin. Neidisch bewunderte sie ihre anmutigen Bewegungen, denen sie selbst als Tänzerin nicht nahekam. Raphael blickte sorgenvoll zum Café. Bildete sie es sich ein, oder starrte er wieder Samuel an?

»Ich sagte doch, du solltest ihn lieber vergessen«, meinte Michelle plötzlich.

Verlegen drehte Lilly sich um. »Wenn das so einfach wäre.«

»Klar, er sieht gut aus, aber ansonsten ist er ziemlich langweilig«, stellte Amy fest. »Er lacht nie und redet nur selten mit jemandem außerhalb seiner Clique.«

Lilly wollte nicht über Raphael sprechen. Zu unsicher war sie sich ihrer Gefühle für ihn. »Warum forderst du Felias nicht zum Tanzen auf?«, fragte sie stattdessen, um das Thema zu wechseln.

Amy seufzte betrübt. »Dazu fehlt mir der Mut.«

»Wir können es auch wie in der Grundschule machen, und ich stecke ihm ein Zettelchen von dir zu«, frotzelte Michelle.

»Bloß nicht!«, schrie Amy auf und stieß der Rothaarigen in die Seite.

Lilly war froh, dass die Mädchen auf den Themenwechsel eingegangen waren, und konzentrierte sich auf deren unbeschwertes Geplänkel. Auf einmal änderte sich die Musik, wurde langsamer und ging in die uralte Ballade *Nothing Compares 2 U* von Sinéad O'Connor über.

»Och nee«, stöhnte Michelle. »Schnulzen-Stunde.«

»Das ist ja fast schon antik. Wir müssen …« Amy hielt mitten im Satz inne und riss die Augen auf.

Eine samtige Stimme erklang hinter Lilly. »Darf ich um den Tanz bitten?«

Sie fuhr herum und stieß beinahe ein Glas vom Tisch. Da stand er: Raphael. Er lächelte sie schief und unglaublich süß an. »Mich?«, fragte sie überrascht. Aus seinen Launen sollte jemand schlau werden!

»Du sollst eine gute Tänzerin sein.« Er bot ihr seine Hand an.

Trotz ihres Ärgers ergriff sie seine Hand und erschauerte, als seine Finger zärtlich über ihre strichen. Gemeinsam gingen sie zur Tanzfläche, auf der sich nach und nach eng umschlungene Pärchen einfanden. Michelles Grinsen folgte ihnen ebenso wie die Blicke der anderen Schüler. Lilly glaubte förmlich, deren Getuschel zu hören, auch wenn es aufgrund der Musik unmöglich war. Aber ihr war es gleichgültig. Vielleicht erfuhr sie nun mehr über diesen seltsamen Jungen.

Auf der Mitte der Tanzfläche zog Raphael sie an sich, sodass sie gezwungen war, ihre Arme um seinen Hals zu schlingen.

»Endlich habe ich wieder etwas Zeit mit dir«, sagte er so leise, dass nur sie es hören konnte.

Sie sah auf. In seinen tiefblauen Augen lagen ein warmes Leuchten und eine Lebendigkeit, die ihnen am Tag gefehlt hatten. Auch der silbrige Stern schimmerte wieder schwach um seine Pupillen. »Ich hatte nicht den Eindruck, dass dir sonderlich viel daran gelegen hätte.« Sie spürte, wie er sich versteifte, und bereute ihre Worte sofort. »Tut mir leid«, murmelte sie.

»Es ist mein Fehler«, sagte er. »Es ist nicht immer einfach …« Er verstummte.

Für eine Weile tanzten sie schweigend.

»Ich muss ständig an dich denken«, flüsterte er in ihr Ohr.

»Und warum hast du mich dann in Englisch oder heute Nachmittag so unfreundlich behandelt?«

Sofort verdüsterte sich seine Miene wieder; fast bereute sie es, diese Frage gestellt zu haben, aber auch nur fast. »Ich sagte doch, es ist kompliziert.«

»Ist es das nicht immer?«

»Vermutlich.«

Er nahm eine Hand von ihrer Hüfte und strich sanft über ihre Wange. Sie hob den Kopf und sah ihm in die Augen. Für einen Moment schien die Welt stillzustehen. Wenn er sie so ansah, vergaß sie alles andere, vergab sie ihm jedes Vergehen.

Da erstarrte er und fuhr zurück. »Das darf ich nicht … tut mir leid«, stammelte er, wandte sich hastig ab und verschwand im Gedränge, bevor Lilly ihn aufhalten konnte.

Sie blieb einen Moment schockiert stehen. Was war nun schon wieder los? Gedankenverloren strich sie über die Stelle, an der seine Finger ihre Wange berührt hatten. Dann packte sie die Wut. Was bildete dieser Kerl sich ein, wie er sie behandeln konnte? Sie stapfte zu Amy und Michelle zurück. Ihren Fragen wich sie aus. Sie hatte keine Lust, Raphaels seltsames Verhalten zu analysieren. Der Kerl konnte ihr gestohlen bleiben. Aber auch wenn sie sich bemühte, war ihr die Freude an dem Abend vergangen, und sie musste sich zwingen, ein Lächeln aufzusetzen. Endlich war es kurz vor Mitternacht, und Samuel kam an ihren Tisch, um sie abzuholen. Sie hatten ihren Eltern versprochen, nicht zu spät nach Hause zu kommen.

12

Nachdem sie das Madjane verlassen hatten, gingen sie die Straße, die über den bewaldeten Hügel aus dem Tal führte, entlang.

»Du magst diesen Raphael?«, fragte Samuel. Er schwankte leicht und sprach nur schleppend. Der Alkohol hatte seine Spuren hinterlassen.

Sie antwortete nicht.

»Ich finde ihn seltsam.«

Lilly sah ihn scharf an. »Weshalb?«

»Er sieht mich manchmal so merkwürdig an – als ob ich etwas getan hätte und nur nicht wüsste, was.«

Was sollte sie darauf antworten? Ihr waren diese Blicke ja auch schon aufgefallen. »Er ist ein Idiot. Mach dir seinetwegen keine Gedanken.« Sie blickte zum Himmel hinauf. Morgen würde Vollmond sein. Bereits jetzt schimmerte die silberne Mondscheibe durch die dicke Wolkendecke, spendete dabei den Wandernden aber kaum Licht, sodass sie sich konzentrieren mussten, um nicht von der Straße in den tiefen Graben zu rutschen.

»Mist«, fluchte Samuel.

Lilly sah auf.

»Ich habe meine Jacke vergessen. Wartest du kurz? Ich bin in zwei Minuten wieder da.«

Sie nickte stumm. Was sollte ihr hier im Nirgendwo schon zustoßen?

»Ich beeile mich«, versicherte er ihr, dann rannte er los und wurde bereits nach wenigen Schritten von der Dunkelheit verschluckt.

Währenddessen schlang sie ihre Arme um den Oberkörper. Sie hätte ihren Mantel mitnehmen sollen. Nun, da sie sich nicht mehr bewegte, fröstelte sie. Der Ruf eines Käuzchens hallte durch die Nacht und wurde aus der Ferne vom heiseren Gebell eines Hundes beantwortet. Drückende Angst kroch in ihr empor, bis ihr ganzer Körper von einer Gänsehaut bedeckt war und ihr das Gefühl drohenden Unheils vermittelte. Sie fühlte tausend Augen auf sich ruhen, dabei war es so gespenstisch still. Sie beschloss, langsam in Richtung Aurinsbach zu gehen, wünschte sich, dass Samuel bald zurückkam. Ein Rascheln im Gras ließ sie zusammenfahren. Doch es war nur eine schwarze Katze, die eilig die Straße passierte und auf der anderen Seite im Dunkeln verschwand.

Irgendwo sprang laut dröhnend ein Motor an – vermutlich eine dieser getunten Angeberkarren. Früher hatte sie nur schwer der Versuchung widerstehen können, einen Mercedes-Stern abzubrechen oder einen Kratzer auf einem Porsche zu hinterlassen. Sie hatte immer gedacht, sie hätte nichts mit diesen reichen Leuten gemeinsam, nun ging sie mit ihnen auf die Schule, freundete sich mit ihnen an – und es gab keinen Zweifel, dass auch Amy und Michelle bald in solchen Autos fahren würden. Was würde das alles aus ihr machen?

Endlich hörte sie Samuel nach ihr rufen, doch seine Stimme klang noch weit weg. Sie war schneller gegangen, als sie geplant hatte. Von unten drangen die Scheinwerfer eines Autos zwischen den Baumstämmen hervor, zwangen sie, die Augen zusammenzukneifen. Verdammtes Fernlicht!

Reifen quietschten, der Motor jaulte auf, als sein Fahrer rücksichtslos Gas gab. Erneut blitzten die Scheinwerfer auf. Nein. Es mussten zwei Autos sein! Da schossen sie um die Kurve, rasten dicht nebeneinander die schmale Gerade hinauf. Zwei tiefergelegte Sportwagen, einer in leuchtendem Orange, einer in Gelb, beide mit aufgeblendeten Nebelscheinwerfern. Zugleich boten sie mit ihrer neongrünen und blauen Unterbodenbeleuchtung einen gespenstischen Anblick: die modernen Rösser der apokalyptischen Reiter.

Da wurde ihr bewusst, in was für einer gefährlichen Lage sie sich befand. Sie stand am Scheitelpunkt einer Haarnadelkurve. Falls der äußere Wagen nur ein wenig zu ihr driftete, würde er sie mit sich reißen. Schnell wandte sie sich um, rannte auf den nächsten Baum zu, um sich dahinter zu verstecken, während die Autos mit unverminderter Geschwindigkeit auf sie zurasten. Entweder sahen die Fahrer sie nicht, oder es war ihnen egal.

Das Dröhnen der Motoren übertönte alle Geräusche, als Lilly sich endlich hinter den Baum warf, doch kaum glaubte sie sich in Sicherheit, setzte ihr Herz vor Schreck aus. Samuel lief keine fünfzig Meter von ihr entfernt am Straßenrand. Die Autos konnte er von seiner Position aus nicht sehen, er ahnte nicht, was da auf ihn zuraste.

Sie rief ihm eine Warnung zu, doch er hörte sie nicht. Ob es am Alkohol lag oder ob es sich um eine unglückliche Fügung des Schicksals handelte – er erkannte die Gefahr erst, als es zu spät war. Die Sportwagen schossen an Lilly vorbei, wobei Kiesel in die Luft spritzten, als der eine über die Stelle rutschte, an der sie zuvor noch gestanden hatte. Der orangefarbene Porsche driftete um die Kurve, kam dabei dem Waldrand gefährlich nahe und hielt direkt auf Samuel zu. Lilly schrie auf, als das Kreischen von Bremsen und Quietschen der Reifen auf dem Asphalt durch die Nacht drang. Der Fahrer hatte keine Chance. Der Wagen neben ihm verhinderte ein Ausweichen zu seiner Linken und zur Rechten lauerte der Abgrund.

Für Lilly spielten sich die nächsten Sekunden wie in Zeitlupe ab. Samuel riss die Augen auf, als ihn die Stoßstange erfasste. Das Geräusch des Aufpralls hallte von den Bäumen wider. Sein Kopf schlug nach hinten, als sein Körper unter ihm weggerissen wurde. Lilly glaubte, ein knirschendes, knackendes Geräusch zu hören, das das Brechen seines Genicks begleitete. Sie schrie, während er in die Luft geschleudert wurde, in einem hohen Bogen über die Straße flog und in die Böschung fiel. Der Porsche geriet ins Schleudern, hatte aber inzwischen genug Schwung verloren, sodass er kurz davor zum Stehen kam. Bei seinem Kontrahenten leuchteten nicht einmal die Bremslichter auf. Er verschwand so schnell, wie er gekommen war.

Der Motor des Sportwagens ging aus, die Lichter verdunkelten sich. Für einen Moment herrschten Stille und Dunkelheit. Totenstille. Dann sprang der Motor wieder an, das Auto setzte zurück. Lilly lief auf das Fahrzeug zu, sie besaß nicht den Mut, allein zu Samuel zu gehen. Sie wusste, dass er nicht mehr lebte, sah immer wieder, wie sein Kopf in einem unnatürlichen Winkel nach hinten schnellte. Doch sobald der Porsche gerade auf der Straße stand, gab der Fahrer Gas und raste mit quietschenden Reifen davon.

»Nein«, schluchzte Lilly und sank zu Boden. Sie fühlte sich wie gelähmt, wusste, dass sie aufstehen und nach Samuel sehen musste, und war doch nicht fähig, sich dazu zu überwinden. Erst als der Mond sich wieder hinter den Wolken hervorgekämpft hatte und die Reifenspuren auf dem Asphalt in fahles Licht tauchte, rappelte sie sich taumelnd auf und ging mit zitternden Knien zu der Stelle, an der Samuel den Hang hinuntergeschleudert worden war.

Er lag dort unten, mit grotesk verdrehtem Hals und Gliedern, die in unnatürlichem Winkel abstanden, wie bei einer zerbrochenen Puppe.

Sie schloss für einen Moment die Augen, versuchte, die strömenden Tränen zurückzudrängen, ihre zitternden Knie unter Kontrolle zu bekommen. Dann kletterte sie zu ihm, rutschte in dem nachtfeuchten Moos aus und fiel neben ihm auf den weichen, von Tannennadeln bedeckten Boden. Er lag unter einer alten Fichte, die ihre Äste wie die Schwingen eines dunklen Engels über sie breitete und leise rauschend im Wind wiegte.

Lilly nahm all ihren Mut zusammen, griff nach seiner schlaffen Hand – sie war bereits erschreckend kalt – und fühlte den Puls. Nichts. Sie schluchzte auf. »Nicht schon wieder«, flüsterte sie. Für einen Moment glaubte sie, ihren Vater vor sich zu sehen. Man hatte ihr nicht erlaubt, von ihm Abschied zu nehmen. Sie sollte ihn so in Erinnerung behalten, wie er war. Sie wollte sich nicht vorstellen, wie sehr der Unfall ihn entstellt haben mochte. Dennoch verfolgte es sie manchmal bis in ihre Träume.

Samuels tote Augen fixierten sie, rissen alte Wunden, die in ihrem Inneren schwärten, auf und vergifteten sie mit lange unterdrückten Schuldgefühlen. Eine dicke, schwarze Wolke raubte das Licht, legte einen Schleier der Finsternis über den Wald, der weiterhin in gespenstischer Stille lag.

Beim Tod ihres Vaters war es, als wäre ein Stück von ihrem Herzen mit ihm begraben worden und wachte dort über ihn. Würde es mit ihrem Mehr-oder-weniger-Bruder ebenso sein? Würde sie erneut einen Teil von sich verlieren? Sie schluchzte, vergrub ihren Kopf in ihren Händen.

Doch es war noch nicht vorbei.

Ein Knirschen erklang, ein Ruck fuhr durch Samuels Körper. Lilly schrie auf, ließ seine Hand los, als wäre sie eine giftige Natter. Sein Kopf schnellte – wie von einem Gummiband gezogen – zurück an seinen Platz. Dann schlug er die Augen auf. Lilly warf sich vor Schreck nach hinten, krabbelte weg von ihm. Es war nicht mehr Samuel, der sie anstarrte, sondern etwas Altes, unendlich Böses. Das Schwarz seiner Pupillen lief aus, verfärbte das Weiß seiner Augen, verwandelte sie in finstere Abgründe. Sie schrie erneut auf, versuchte, aus dem Graben zu klettern, verlor in ihrer Panik jedoch den Halt und rutschte zurück. Sie hörte, wie er sich hinter ihr langsam aufrichtete. Wartete darauf, dass er sie packen und herunterreißen würde.

»Oh, da habe ich wohl nicht richtig aufgepasst.«

Seine Stimme klang vertraut, fast normal, nur ein wenig verwirrt. Zögerlich drehte sie sich um. Das Schwarz in seinen Augen wurde von seinen Pupillen aufgesogen. Die Wunden schlossen sich, ließen ihn wie ihren süßen Stiefbruder aussehen. Doch er wirkte noch immer anders, fremdartig. Lilly konnte es nicht genau beschreiben, es war nur ein Gefühl, aber dafür umso eindrucksvoller. Wie ein dunkler Waldsee, unter dessen Oberfläche ein Ungeheuer lauerte. »Samuel?«, flüsterte sie.

»Wer hat denn hier einen Schlag abbekommen, dass du deinen Bruder nicht erkennst?« Ein heimtückisches Lächeln glitt über seine Lippen, verschwand aber ebenso schnell wieder.

Träumte sie? Nein, sie spürte die Feuchtigkeit durch ihre Jeans dringen, roch den erdigen Duft des Waldes, hörte ihre hektischen Atemzüge. Was auch immer geschehen war, es war real. »Wir müssen zur Polizei und dich ins Krankenhaus bringen«, stammelte Lilly. Krampfhaft bemühte sie sich, die Bilder des Unfalls zu verdrängen, sich einzureden, dass ihr Gehirn ihr vor Schock einen Streich gespielt hatte. Sie sollte sich auf das Wesentliche konzentrieren, trotzdem schnürte es ihr die Kehle zu.

Samuel schüttelte den Kopf, als hätte er vor wenigen Minuten nicht noch in einem unnatürlichen Winkel abgestanden. »Mir geht es gut. Nur ein paar Kratzer und blaue Flecke. Ich will nur nach Hause. Ich bin müde, unendlich müde.« Seine Stimme verlor sich in einem Flüstern.

Er bot ihr seine Hand an, um ihr aufzuhelfen, doch Lilly tat so, als hätte sie sie nicht bemerkt, und sprang auf die Beine. Sie wollte ihm nicht zeigen, wie erschüttert sie in Wirklichkeit war. Nicht nach allem, was sie gesehen hatte. Oder glaubte, gesehen zu haben. Alles in ihr schrie danach, davonzurennen, aber sie beherrschte sich. Hier im Dunkeln hätte sie keine Chance, ihm zu entkommen.

Es ist nur Samuel, dein viel zu süßer Stiefbruder, redete sie sich immer wieder ein. Sie konzentrierte sich auf ihre Atmung, zwang sich, ruhig zu werden. Es war schwer. Am liebsten wäre sie weinend zu Boden gesunken. Sie hatte sich immer gefragt, wie es die Figuren in Zombie- oder Serienkiller-Filmen schafften, nicht zusammenzubrechen und wie erstarrt auf den Tod zu warten. Sie hatte sich nie vorstellen können, dass sie den Mut aufbringen könnte, weiterzukämpfen. Trotzdem gelang es ihr, sich zumindest äußerlich in den Griff zu bekommen.

Sie wartete, bis Samuel die Böschung hinaufgeklettert war, dann folgte sie ihm.

Auf dem Weg nach Hause spürte sie, dass etwas anders war. Das Gefühl von Vertrautheit war verschwunden. Er strahlte keine Freundlichkeit, keine Wärme mehr aus. War er überhaupt Samuel? Was schritt dort neben ihr?

Lilly atmete auf, als die Lichter von Aurinsbach vor ihr auftauchten, und mit dem Schein der ersten Straßenlaternen kehrte auch ihr Mut zurück. Wie hatte sie nur so überreagieren können? Der Unfall hatte bei ihr eine Schockreaktion ausgelöst, ihr Gehirn hatte ihr einen Streich gespielt. Eine vollkommen natürliche Reaktion, wenn man bedachte, dass der Tod ihres Vaters sie noch immer verfolgte.

Sie ergriff Samuels Hand, zwang ihn, sich zu ihr umzudrehen. »Bist du sicher, dass es dir gut geht?«

»Nein …«, flüsterte er so leise, dass sie ihn kaum hören konnte. Ein Aufflackern von Angst zeigte sich in seinen Augen, das aber sofort wieder verschwand. Dann richtete er sich auf, und sein Gesichtsausdruck wurde unnahbar. »Ich bin wirklich nur müde. Schließlich wird man nicht jeden Tag angefahren.«

»Mir würde es besser gehen, wenn wir dich im Krankenhaus durchchecken lassen.«

»Und dazu Thomas und Moni aufwecken? Du weißt, was für Sorgen sie sich machen würden, und das, da sie doch gerade erst ihre neuen Stellen angetreten haben.«

»Trotzdem«, beharrte Lilly. »Du weißt, wie mein Vater gestorben ist.«

Er seufzte, legte ihr eine Hand auf die Schulter, aber die Bewegung wirkte mechanisch, wie eine antrainierte Reaktion. »Ich mache dir einen Vorschlag: Wenn ich morgen nicht ganz auf den Beinen bin, gehe ich zum Arzt.«

Sie zögerte. Es war unvernünftig, und sein seltsames Verhalten bewies, dass etwas nicht stimmte. Dennoch willigte sie ein. Äußerlich sah er unverletzt aus, sein Benehmen konnte sich auch durch den Schock verändert haben. Zudem: War sie sicher, dass nicht sie es war, die seltsam reagierte? Immerhin hatte sie sich eingebildet, ihn tot vor sich liegen zu sehen. Sie brauchten wohl beide Schlaf.

Sobald sie das Haus betraten, tapste ihnen Don verschlafen und leise winselnd entgegen. Doch bei Samuels Anblick stellten sich ihre Nackenhaare auf. Knurrend wich sie zurück. »Alles in Ordnung, Mädchen«, redete Samuel beschwichtigend auf sie ein. »Ich bin nur dreckig.«

Aber Don ließ sich nicht beruhigen, rannte ins Wohnzimmer und verkroch sich in ihrem Körbchen. Er zuckte mit den Schultern. »Sie war schon den ganzen Tag etwas durcheinander. Lassen wir sie ausschlafen.« In seinem Blick lag die unausgesprochene Drohung, nicht weiter nachzufragen.

Lilly schluckte. Was war Wirklichkeit und was Einbildung? »Ich hole mir noch ein Glas Wasser.«

»Wir müssen Moni und Thomas nichts von dem Unfall erzählen. Das würde sie nur unnötig aufregen.« Er starrte sie an.

»Wenn du meinst.« Sie ging in die Küche, wollte auf einmal nur weg. Die Angst war mit einem Schlag wieder da. »Gute Nacht«, presste sie über ihre Lippen.

Sie wartete, bis seine Schritte auf der Treppe erklangen und er in seinem Zimmer verschwand. Dann atmete sie erleichtert auf, legte ihren Kopf auf die Tischplatte und schloss einen Moment die Augen. Wurde sie verrückt?

Sie ging zu Don und kraulte sie. »Wenn du nur reden könntest«, murmelte sie. »Du weißt, was mit ihm ist, oder?«

Die Hündin blickte sie aus tieftraurigen Augen an. Lilly kuschelte sich an das Tier heran, bettete ihren Kopf auf Dons Seite und genoss ihre Wärme. Nachdem Samuel aus dem Bad gekommen war und sie sich sicher war, dass er nicht noch einmal hinauskommen würde, umarmte sie die Hündin und schlich dann die Treppe hinauf. Sie verriegelte zum ersten Mal in ihrem Leben ihre Zimmertür und kroch, ohne sich auszuziehen, unter die Bettdecke. Die Schuhe stellte sie direkt vor ihr Bett, sodass sie im Notfall schnell in sie hineinschlüpfen konnte. Sie lauschte auf Geräusche aus Samuels Zimmer, doch selbst als diese verstummten, fand sie keine Ruhe. Immer wieder spielte sich der Unfall vor ihren Augen ab, hörte sie das Quietschen der Reifen, roch die Abgase. Bei jedem Knacken zuckte sie zusammen, bis sie schließlich aufstand und leise nach unten ging, um Don zu holen. Die Hündin schien über ihre Gegenwart dankbar zu sein und rollte sich zu ihren Füßen zusammen. Der gleichmäßige Herzschlag des Tieres, der gegen die weiche Haut ihrer Fußoberseite pochte, wiegte sie nach längerer Zeit in einen unruhigen, von wirren Bildern durchsetzten Schlaf.

13

Am nächsten Morgen wachte Lilly mit verquollenem Gesicht und Kopfschmerzen auf und hoffte, dass sie nur einen grausamen Albtraum gehabt hatte, aber Samuels Benehmen beim Frühstück belehrte sie eines Besseren. Etwas schien alle Fröhlichkeit aus ihm gesaugt zu haben. Selbst Moni und Thomas sahen ihn verwundert an, als er steif sein Brötchen aß. Sie vertraute ihren Erinnerungen zwar nicht völlig – Zombies gab es schließlich nur im Film, oder? –, aber sie war sich sicher, dass sie sich nicht alles eingebildet hatte.

Lilly bat ihre Mutter, sie mit zur Schule zu nehmen, und gab vor, sich beim Tanzen den Knöchel verstaucht zu haben. Sie wollte nicht mit Samuel allein sein, nicht solange sie nicht wusste, was sie tun sollte. So tun, als wäre nichts geschehen? Ihn noch einmal auf den Vorfall ansprechen?

Kaum saßen sie im Passat – Thomas hatte erst am Nachmittag Unterricht –, blickte Moni sie prüfend an. »Vorhin bist du noch ohne Schwierigkeiten gelaufen. Was ist los? Hast du Streit mit Samuel?«

Lilly schluckte schwer. Sie wollte ihre Mutter nicht anlügen, aber was sollte sie ihr sagen? Die Wahrheit? Dass Samuel gestorben war, um dann wie ein Zombie wieder aufzustehen? Moni würde sie sofort zum wiederholten Male zu einem Psychologen schicken. Sie wollte ihren traurigen Blick voller Selbstvorwürfe nicht abermals spüren. Sie hatte ihn nach dem Tod ihres Vaters zu oft gesehen. »Nein, er ist nur wegen einem Mädchen etwas unglücklich, und ich dachte, ich lasse ihm mal Zeit für sich.«

»Das ist lieb von dir.«

Lilly senkte voller Scham den Kopf.

Moni verstand diese Geste falsch. »Du wirst sehen, er wird sich bald wieder erholen.«

»Er hat sich bemüht, ein guter, großer Stiefbruder für mich zu sein, und nun, da er ein Problem hat, weiß ich nicht, wie ich ihm helfen soll.« Auch wenn ihre Mutter an ein anderes Problem dachte, traf es den Kern ihrer Schwierigkeiten, versuchte sie sich ihre Lüge schönzureden.

»Du musst auf dein Herz hören.« Moni lächelte. »Es wird dir eine Antwort geben.«

Wenn es nur so einfach wäre, dachte sie. Wie sollte sie ihm helfen, wenn sie nicht wusste, was überhaupt vorging? Bevor sie zu einer Lösung kam, trafen sie an der Schule ein, und sie verabschiedete sich von ihrer Mutter, die den alten Passat in einer dunklen Ecke des Lehrerparkplatzes abgestellt hatte. Offensichtlich schüchterten auch sie die vielen edlen Fabrikate ein.

Lilly hatte an diesem Tag keinen Kurs gemeinsam mit Samuel, sodass ihre erste große Herausforderung in der Englischstunde bestehen würde, die sie mit Raphael zusammen hatte. Sie war den ganzen Tag über nervös und trieb selbst die gelassene Amy mit ihrer zappeligen Art in den Wahnsinn.

»Ein Kerl sollte ein Mädchen nicht so behandeln, und du solltest dir das nicht gefallen lassen«, redete Michelle in der Mittagspause auf sie ein.

Lilly nickte nur stumm. Was sollte sie auch sagen? Michelle hatte ja Recht, trotzdem konnte sie ihr aufgeregt klopfendes Herz nicht beruhigen. Dabei war sie sich nicht sicher, was sie für Raphael empfand. Auf der einen Seite fühlte sie sich zu ihm hingezogen, auf der anderen stieß sie sein sonderbares Verhalten ab. Außerdem war sie wütend, weil er sie einfach so hatte stehen lassen. Bei diesem Gefühlschaos war es nicht verwunderlich, dass sie so hibbelig war.

Endlich war es so weit. Mit zittrigen Knien ging sie zu Englisch. Raphael saß bereits auf seinem Platz und begrüßte sie mit einem schlichten »Hallo«.

Verdutzt starrte sie ihn an und wäre beinahe über ihre eigene Tasche gestolpert. Sie hatte mit Vielem gerechnet, aber nicht damit, dass er vorgab, zwischen ihnen wäre nichts vorgefallen.

»Ist alles in Ordnung, du bist gestern so schnell verschwunden?«, wagte sie einen direkten Vorstoß. Nach der letzten Nacht fehlten ihr die Nerven für vorsichtige Formulierungen.

Raphael schien nach einer passenden Erwiderung zu suchen, erst als sie schon glaubte, er würde nicht mehr antworten, sah er sie an. Seine Augen wirkten so leer wie die Tage zuvor, und den silbrigen Stern um seine Pupillen konnte sie auch nicht entdecken. Keine Leidenschaft, Zorn oder irgendein anderes Gefühl lag in ihnen. »Ich musste dringend weg.«

»Und das fiel dir mitten beim Tanzen ein?«

»Wir haben getanzt?«, fragte er sie überrascht.

Lilly starrte ihn an. Was für ein Spiel trieb er?

»Natürlich haben wir«, er setzte ein unechtes Lächeln auf. »Es tut mir leid, ich bin manchmal etwas durcheinander.«

Das ist eine krasse Untertreibung, dachte Lilly.

In dem Moment betrat Herr Kreul den Raum und schob ein Regal mit einem Fernseher und DVD-Player vor sich her.

Während sie einen Film über die USA in den Roaring

Twenties schauten, herrschte eine angespannte Atmosphäre zwischen ihnen. Sie spürte, dass er etwas vor ihr verbarg, etwas, das sein merkwürdiges Verhalten erklärte. Gab es etwas in Aurinsbach, das Jungs verrückt werden ließ? Oder lag es an ihr? Konnte es Zufall sein, dass sich Samuel so verändert hatte?

Sie war erleichtert, als die Stunde vorbei war, auch wenn Raphael aus dem Raum stürzte, als würden ihn tausend Furien jagen. Gleichzeitig versetzte ihr das Wissen, ihn die nächsten Tage nicht mehr zu sehen – es war Wochenende, und samstags hatten sie keinen Kurs gemeinsam –, einen Stich.

»Der hat sie doch nicht mehr alle«, sagte Michelle zu ihr und trat an ihren Tisch. »Ich habe euch tanzen sehen, da war er mehr als nur ein wenig an dir interessiert, und nun das.«

»Vielleicht ist er nur schüchtern«, wandte Amy ein.

Lilly schüttelte traurig den Kopf. Das glaubte sie nicht. Bei ihrem Tanz und ihrem Gespräch am Waldweg wirkte er nicht sehr unsicher, eher zu selbstbewusst und erfahren für einen Jungen seines Alters.

Auf dem Weg zur Physikstunde sah sie Raphael mit Anni reden. Sie blickten immer wieder zum Speisesaal hinüber.

Dort saß Samuel allein an einem Tisch und kaute mit starrem Blick an einem Stück Brot. In Lilly keimte ein Verdacht auf. Wusste Raphael, was mit ihrem Mehr-oder-weniger-Bruder los war? War das die Erklärung für sein Verhalten? Sie seufzte. Aber der Unfall hatte sich erst letzte Nacht ereignet, und Raphael hatte sich vorher schon seltsam benommen. Und wenn sie vom selben befallen sind? Das konnte nicht sein, versuchte Lilly sich einzureden. Samuel jagte ihr Angst ein. Das war bei Raphael nicht der Fall, selbst dann nicht, als er zornig auf sie gewesen war.

In der folgenden Physikstunde hatte Lilly Schwierigkeiten,

sich zu konzentrieren, und schloss beinahe einen Kondensator falsch an. Gott sei Dank war Nick ihr Laborpartner. Er verstand erstaunlich viel von Physik und übernahm die praktischen Arbeiten.

Nach der Schule machte Lilly einen Spaziergang, um sich darüber klar zu werden, was um sie herum vorging. Die Sonne brannte für diese Jahreszeit viel zu heiß vom Himmel, es war absolut windstill. Selbst den Vögeln war es zu warm, sodass nur einige bunte Schmetterlinge am Wegesrand flatterten, während sie durch den Ort wanderte. Sie entdeckte einen kleinen Buchladen und einen Kiosk, war aber zu aufgelöst, um hineinzugehen. Wurde sie verrückt? Oder war da gestern wirklich etwas geschehen? Don hatte sich am Morgen noch immer seltsam verhalten und sich versteckt. Auch jetzt, als sie zum Haus zurückkehrte, sah sie Don nirgendwo im Garten umherlaufen oder hörte sie bellen. Die Hündin war trotz ihrer ungeheuren Masse verstört und ängstlich. Was war da nur letzte Nacht passiert? Sie hatte genau gesehen, wie Samuels Genick brach, wurde vom Anblick seiner starren, toten Augen verfolgt. Sie wusste, dass Menschen einen Genickbruch überleben konnten. Eine Klassenkameradin in München – dort hatte sie vor Stuttgart gelebt – war eine Treppe heruntergefallen und hatte daraufhin leichte Genickschmerzen. Ihre Mutter schickte sie zum Arzt, obwohl sie sich von ihrer Tochter anhören musste, dass sie überfürsorglich sei. Beim Röntgen war dann der Bruch deutlich zu sehen. Das Mädchen lebte noch, aber bei Samuel war es anders. Er war wirklich gestorben. Dessen wurde sie sich immer sicherer.

Moni und Thomas hatten am Vortag im Garten einen Tisch und einen Sonnenschirm aufgebaut, sodass Lilly beschloss, draußen ihre Hausaufgaben zu machen. Sie stellte ihre Tasche ab und ging ins Haus, um sich ein Glas Cola und einen Muffin zu holen. Die Terrassentür, die in die Küche führte, stand offen, nur ein Fliegengitter verschloss die Tür. In dem weichen Gras verursachten ihre Schritte kein Geräusch, als sie zur Tür ging und bei Samuels Anblick erstarrte. Er saß am Küchentisch vor einem Glas Wasser, neben dem ein Esslöffel lag, und beobachtete eine dicke blauschwarze Fliege, die surrend ihre Kreise zog. Plötzlich schoss seine Hand mit einer Geschwindigkeit nach vorne, die fast zu schnell war, um ihr zu folgen, und packte das Insekt. Lilly hörte das Brummen in seiner Handfläche. Samuel legte seine Faust auf das Glas, öffnete sie, sodass die Fliege direkt in das Wasser fiel. Dann nahm er den Löffel und verfolgte, wie das Geschöpf um sein Leben kämpfte. Die Fliege schwamm verzweifelt im Kreis, versuchte, an den glatten Glaswänden zu entkommen, doch sie hatte keine Chance. Immer wieder rutschte sie ab. Ein Mal gelang es ihr, sich ein winziges Stück herauszuziehen. Ihre Flügel schlugen in einem panischen, hohen Ton, bevor sie erneut abrutschte und untertauchte. Samuel grinste, tauchte den Löffel in das Wasser und drückte die Fliege hinunter. Ein bösartiges Lächeln spielte um seine Lippen, während er beobachtete, wie die Bewegungen des Insekts langsamer wurden. Dann, als Lilly schon dachte, das Tier wäre tot, ließ er es los. Sobald es die Oberfläche durchbrach, erwachte es zu neuem Leben, setzte seine hoffnungslose Suche nach einem Ausweg fort. Lilly war regelrecht erstarrt. Auch wenn es nur eine Fliege war, war es das Grausamste, das sie je gesehen hatte, und die Freude, die sie in Samuels Augen entdeckt hatte, während er den Todeskampf des kleinen Krabbeltieres beobachtete, ließ Angst in ihr hochkriechen. Ein kalter Schauer lief ihr den Rücken hinunter. Nachdem er das arme Tier ein zweites Mal hinuntergedrückt und in letzter Sekunde wieder losgelassen hatte, blickte er plötzlich auf und sah Lilly direkt ins Gesicht. Sie fuhr zusammen und wäre beinahe nach hinten gefallen, als sie die ganze Boshaftigkeit in seinen Augen traf.

»Kann ich dir helfen, Schwesterherz?«

»Was machst du da?« Lilly fasste sich, wollte sie sich doch nichts anmerken lassen. Sie öffnete das Fliegengitter, ging hinein und nahm das Glas. An der Spüle goss sie das Wasser über ihre Handfläche aus, sodass die Fliege zwischen ihren Fingern zu liegen kam. Doch es war zu spät. Ein letztes Zucken erschütterte den kleinen Körper, die Flügel spannen mit den Wassertropfen einen Bogen aus schillerndem Licht, dann war sie tot. Tränen stiegen Lilly in die Augen. »Warum hast du das getan?«

Er lächelte eisig, stand auf und trat dicht an sie heran. Ein kalter Hauch strich über ihre Haut, als er sich vorbeugte und ihr ins Ohr flüsterte: »Sei froh, dass es nur eine Fliege war.«

Lilly wich zurück, doch da drehte er ihr den Rücken zu und ging nach oben. *Don!*, schoss es Lilly durch den Kopf. Panisch rannte sie aus der Küche, suchte nach der Hündin. Hatte Samuel ihr womöglich etwas angetan? Tränen der Erleichterung rannen ihr über die Wange, als sie Don zusammengekauert in einer Ecke des Wohnzimmers fand. Sie hätte nie gedacht, dass ein derart großer Hund sich so klein machen konnte. Lilly ging neben ihr in die Knie und streichelte ihre breite Brust. »Was ist mit ihm geschehen?«

Don winselte.

»Komm mit mir.«

Die Hündin leckte ihr über die Hand, stand auf und folgte ihr in den Garten. Während Lilly sich damit abplagte, sich auf ihre Hausaufgaben zu konzentrieren, legte sich Don neben ihr in die Sonne und fiel in einen tiefen Schlaf. Ab und an zuckten ihre Beine im Traum, und sie stieß ein leises Fiepen aus.

14

Am Abend fuhren Moni und Thomas nach Heidelberg, um in einem 5-Sterne-Restaurant ihr neues gemeinsames Leben zu feiern. Lilly fürchtete sich bei dem Gedanken, allein mit Samuel im Haus zu bleiben, aber sie wollte ihrer Mutter nicht den Abend verderben. Was sollte sie ihr auch sagen? Dass sie vor dem Sohn ihres Freundes Angst hatte; glaubte, dass er von etwas Bösem besessen war? Vor wenigen Tagen hatte sie noch von ihrem neuen Mehr-oder-weniger-Bruder geschwärmt.

So schloss sie sich in ihr Zimmer ein und setzte sich auf den Balkon, um ein Buch zu lesen. Doch bei jedem Geräusch zuckte sie zusammen, und nachdem sie einen Absatz vier Mal von vorne angefangen hatte, beschloss sie, sich mit Training abzulenken. Also stand sie auf und zog ihre Sportkleidung an: schwarze Leggings, ein weites, graues, ärmelloses Shirt, das ihr bis zur Hüfte reichte, und ein Paar fliederfarbene Stulpen. Dann steckte sie ihre Haare zu einem Dutt hoch und begann mit leichten Dehnübungen. Inzwischen hatte sie einige ihrer Puzzles aufgehängt, sodass sie ihr zusammen mit dem Vanilleduft ein behagliches Gefühl vermittelten. In einer Ecke lehnten ein kitschiges Bild von einem Einhorn und eines mit Delfinen, die vor der Kulisse eines tropischen Sonnenuntergangs in die Luft sprangen, an einer Wand. Als kleines Kind hatte sie diese Motive geliebt, und auch jetzt musste sie sich eingestehen, dass sie ihr immer noch gefielen. Bisher hatte sie sie nicht aufgehängt, um sich nicht vor Samuel zu blamieren. Aber das war inzwischen wohl ihr kleinstes Problem im Umgang mit diesem Jungen. Nach zwanzig Minuten war ihre Muskulatur aufgewärmt, und sie schnürte ihre Spitzenschuhe, um mit dem ernsthaften Training anzufangen. Sie liebte es, zu tanzen, sich auf die exakte Bewegung jedes einzelnen Körperteils, selbst der Fingerspitzen, zu konzentrieren, und das Gefühl der Beherrschung, das es ihr gab. Beim Tanzen verflogen ihre Sorgen sowie jeglicher Schmerz und nahmen an diesem Abend auch die Angst mit sich. Nach einer Stunde beendete sie das Training und schlüpfte unter die Dusche, die sie so heiß einstellte, dass der Dampf in Schwaden aufstieg. Nachdem sie sich mit ätherischen Ölen eingerieben hatte, ging sie in ihr Zimmer, um ihre Füße, eine ihrer Schwachstellen, zu massieren. Das abendliche Ritual hatte ihr gefehlt, und für einige Augenblicke fühlte sie sich völlig entspannt, losgelöst von ihren Problemen. Umso mehr fuhr sie zusammen, als sie schwere Schritte im Erdgeschoss hörte und das Zuschlagen der Terrassentür. Samuel!

Mit einem Schlag kehrten Lillys Ängste zurück, aber auch Erleichterung darüber, dass er sich nicht mehr im selben Haus befand. Was tat er um diese Uhrzeit draußen? Es gab keine Party, jedenfalls wusste sie von keiner, und er hatte seit dem Unfall nicht so auf sie gewirkt, als würde er auf Freundschaften Wert legen. Sie presste ihre Nase an das Fenster, das zum Balkon führte, und starrte in die Dunkelheit. Da sah sie eine Bewegung und erkannte Samuel, der über die Wiese auf den Wald zuging. Neugierde packte sie. Kurz entschlossen schnappte sie sich ihr Handy und den Hausschlüssel und eilte nach unten. Sie musste herausfinden, was hier vorging. Rasch zog sie ihren Mantel und ein Paar feste Schuhe an, spähte in den Garten hinaus und trat in die Dunkelheit.

»Das ist Wahnsinn«, flüsterte sie, als sie Samuel zwischen den Bäumen verschwinden sah. Es war Vollmond und die Nacht so hell, dass sie keine Taschenlampe benötigte. Ich muss es tun, versuchte Lilly ihre aufkeimende Panik mit Logik zu unterdrücken, während sie ebenfalls auf den Wald zuging. Sie konnte niemandem von dem Unfall erzählen. Sie würden sie für verrückt halten. Zudem war er irgendwie ihr Bruder, und als Familie musste man zusammenhalten. Wieder sah sie Samuel mit gebrochenen Augen vor sich liegen. Dann verwandelten sich seine Züge in die ihres Vaters, bis sie nicht mehr wusste, wen sie vor sich hatte.

Sie war leicht außer Atem, als sie zwischen die Bäume trat, durch deren dichtes Dach das Mondlicht in zarten Strahlen fiel. Die Luft roch würzig und prickelte auf Lillys Haut, gab ihr das Gefühl, lebendig zu sein. Obwohl die in Silberlicht getauchten Farne, das feucht schimmernde Moos und die feinen Nebelschwaden der Welt eine magische, unwirkliche Atmosphäre verliehen, fühlte sich Lilly irgendwie realer, existenter. Nicht mehr nur eine Schachfigur im Spiel des Lebens, die den Anweisungen folgte und gute Noten schrieb, sondern ein eigenständiges Wesen, erfüllt von Gedanken und Träumen.

Zuerst blieb sie enttäuscht stehen. Samuel war nirgends zu entdecken. Dann sah sie ihn geduckt von Baum zu Baum pirschen. Er gleicht einem Raubtier auf der Jagd, stellte sie mit einem Schaudern fest und verbarg sich hinter einem breiten Baumstamm. Der Wald hier war künstlich angelegt worden, sodass die Bäume in exaktem Abstand zueinander standen und nur wenige Büsche auf dem von Nadeln bedeckten Boden wuchsen.

Lilly beobachtete Samuel, bis er in der Dunkelheit zu verschwinden drohte, dann folgte sie ihm, immer im Schatten der Bäume bleibend. Der Boden war weich und feucht, sodass sie sich lautlos bewegen konnte. Nach einiger Zeit bekam sie Angst, dass sie sich verlaufen konnte. Von der Schule aus hatte sie die gewaltigen Ausmaße des Waldes gesehen. Sie konnte hier vermutlich für Tage umherirren, ohne jemandem zu begegnen, falls sie die Orientierung verlor. Sie blickte nach oben, doch die Tannen standen zu dicht, um genug vom Himmel zu sehen und sich an den Sternen zu orientieren. Nur ab und an sah sie ein schwaches Funkeln zwischen den Ästen. Sie begann damit, kleine Markierungen in die Erde zu ritzen, und hoffte darauf, dass sie so den Weg zurückfinden würde. Sie wusste nicht, wie lange sie bereits durch den Wald lief – sie wagte es nicht, ihr Handy herauszuholen, das Licht des Displays würde sie nur zu leicht verraten –, als Samuel am Rand einer Lichtung neben einem niedrigen Busch anhielt und in einer raubtierhaften Bewegung in die Knie ging. Dann entdeckte sie es: Zwischen den Büschen döste ein junges Reh. Die Feuchtigkeit der Nacht brachte sein Fell im Mondlicht zum Glitzern.

Witternd hob Samuel die Nase in den Wind, schwenkte den Kopf in seltsam abgehackten, reptilienhaften Bewegungen von einer Seite zur anderen. *Kann er mich riechen?* Lilly erschauderte bei dem Gedanken, doch der Wind wehte von Samuel auf sie zu, sodass sie sicher sein sollte. In dem Moment erkannte Lilly, was er vorhatte. Sie überlegte noch, ob sie es wagen konnte, sich zu erkennen zu geben, da schoss er schneller, als ein Mensch sein durfte, auf die Lichtung und stürzte sich auf das Reh. Lilly hörte einen fast menschlichen Schrei, als er mit seinen breiten Händen den Hals des Tieres umklammerte und das wild um sich tretende Reh auf die Wiese zog. Im Mondlicht fing Lilly einen Blick aus dessen angsterfüllten schwarzen Bambi-Augen auf. Er zwang das Tier mit unglaublicher Kraft auf den Boden, wich den um sich schlagenden Hufen, die tiefe Furchen ins Erdreich gruben, geschickt aus, bis er es so platziert hatte, dass die einzige Gegenwehr aus dem panischen Zucken des Körpers bestand. Die Flanken des Tieres hoben sich in hastigen Atemzügen, die abrupt aufhörten, als Samuel dem Reh den Hals zudrückte. Die Nüstern weiteten sich, als es verzweifelt versuchte, Luft einzusaugen.

Lilly wollte schreien, ihn davon abhalten, dem armen Geschöpf Leid zuzufügen, während sie zugleich schreckliche Angst verspürte. Was würde ihn daran hindern, sie ebenso erbarmungslos zu töten wie dieses unglückliche Wesen? Hier draußen im Wald würde niemand ihre Schreie hören, niemand sie finden.

Samuel lockerte die Finger um den Hals. Das Reh sog tief die Luft ein, der Widerstand wurde stärker, dann drückte er erneut zu, bis das Zappeln der zierlichen Hufe erlahmte und schließlich vollkommen zum Erliegen kam.

Lilly liefen die Tränen über die Wangen, sie unterdrückte ein Schluchzen. Was war aus Samuel geworden? Was für ein Geschöpf war zu solch sinnloser Grausamkeit fähig?

Samuels Blick wanderte langsam zum Himmel, an dem die Sterne in unberührter Pracht strahlten, als würde er einer unsichtbaren Erscheinung folgen. Ein seltsames Lächeln, eine Mischung aus Trauer, Faszination und Boshaftigkeit, spielte um seine Lippen. Dann ließ er den Kopf des Tieres achtlos in das sommerdürre Gras fallen, stand auf und klopfte sich gelassen seine Hose ab.

Plötzlich erklang ein leises Knacken im Wald. Er fuhr herum, suchte nach dem Verursacher des Geräuschs. Lilly zuckte zusammen und duckte sich tief hinter ihrem Baumstamm. Erst jetzt wurde sie sich ihrer Dummheit bewusst. Sobald Samuel umdrehte, um nach Hause zurückzukehren, würde er sie unweigerlich passieren. Wie sollte sie sich vor ihm verbergen? Die Tränen, die sie aus Mitleid um das Reh vergossen hatte, wandelten sich in Tränen der Angst.

Dann knackte es erneut. Samuel drehte sich langsam im Kreis, sondierte den Wald und begab sich in eine lauernde Haltung.

15

Da kamen sie, so schnell, dass sie kaum mit dem menschlichen Auge zu erfassen waren. Drei Jungen und ein Mädchen sprangen von Baum zu Baum, hinterließen einen glitzernden Schweif aus winzigen in der Luft schimmernden Partikeln, die Lilly an Sternenstaub erinnerten, schossen auf die Lichtung und umzingelten Samuel. Ihre Bewegungen waren kraftvoll und elegant, und sie waren schön, unglaublich schön. Selbst das Mondlicht schien sich vor ihrer Anmut zu verneigen und verwob sich zu einem funkelnden Schleier, der sie umhüllte, sodass Lilly sie zwar nicht genau erkennen, dafür aber den Vorgängen auf der Lichtung umso besser folgen konnte. Plötzlich schoss das Mädchen vor und attackierte Samuel mit einem Tritt, der auf sein Gesicht zielte. Doch er duckte sich mit unglaublicher Schnelligkeit, und ihr Fuß traf ins Leere. Von da an entbrannte ein heftiger Kampf. Die Jugendlichen umtanzten einander und griffen in kurzen, präzisen Vorstößen an. Zuerst glaubte Lilly, der Kampf wäre rasch vorbei. Vier gegen einen. Aber dann bemerkte sie, dass Samuels Bewegungen noch genauer und schneller waren als die der anderen. Immer wieder parierte er die Tritte und Hiebe und teilte dafür wuchtige Schläge aus, die von den Bäumen widerhallten.

Der Kampf verlagerte sich in ihre Richtung, einer der Jungen sprang vor, um einen Treffer in Samuels Gesicht zu landen. Zeitgleich warf sich das Mädchen hinter ihn, darum bemüht, ihn beim Ausweichen zu Fall zu bringen. Samuel schien mit diesem Trick gerechnet zu haben. Er duckte sich, rollte sich zur Seite ab und kam Lilly damit gefährlich nahe. Hektisch blickte sie sich um. Gab es ein anderes Versteck, das sie schnell erreichen konnte? In wenigen Metern Entfernung entdeckte sie einen von hohen Farnen umgebenen Baum.

Samuel befand sich erneut in der Mitte der Angreifer, und die Jugendlichen konzentrierten sich ausschließlich auf den Kampf. Die perfekte Gelegenheit! Sie sprang auf, stolperte den ersten Schritt, da ihre Beine eingeschlafen waren, dann rannte sie geduckt zum Baum und warf sich in die Farne.

Nach einem Augenblick sah sie vorsichtig auf. Niemand schien sie bemerkt zu haben. Um das Geschehen nicht aus den Augen zu verlieren, robbte sie rückwärts den letzten Meter auf den Baum zu, um sich dahinter zu verbergen. Da zerbrach ein Ast, der eine kleine Kuhle im Erdboden bedeckt hatte, mit lautem Knacken.

Einer der Jungen, der am nächsten zu ihr stand, blickte auf und sah ihr direkt in die Augen. Raphael! Doch dies war nicht der Junge, den sie aus der Schule kannte. In seinen Augen lag eine fremdartige Wildheit, sie waren erfüllt von Hass und Wut. In dem Moment packte Samuel ihn und schleuderte ihn wie eine Puppe gegen einen Baumstamm, der unter dem Aufprall erzitterte. Lilly stieß einen leisen Schrei aus. Raphael musste sich alle Knochen gebrochen haben! Sie widerstand dem Impuls, zu ihm zu rennen, und beobachtete entgeistert, wie er äußerlich unverletzt aufstand und sich erneut auf Samuel stürzte. Dann erkannte sie einen blonden Schopf. Felias! Auch er schlug mit unglaublicher Härte auf Samuel ein, dessen Kräfte nun doch langsam nachließen. Blut spritzte ins Gras; eine Platzwunde klaffte auf seiner Stirn.

Lilly ertrug den Anblick nicht länger. Sie würden ihn töten! Was auch immer aus Samuel geworden war, das durfte nicht geschehen! Sie erinnerte sich an das Gespräch zwischen Raphael und Felias, das sie belauscht hatte. Offensichtlich hatten sie nicht von einem Computerspiel gesprochen, sondern von dem Mord an ihrem Mehr-oder-weniger-Bruder.

Samuel stolperte, verfing sich in einer vertrockneten Brombeerranke und ging zu Boden. Felias nutzte die Gelegenheit und drosch seine zu Fäusten geballten Hände in dessen Gesicht, sodass das Blut spritzte.

»Nein!« Lilly schrie unwillkürlich auf. Verfluchte sich gleichzeitig für ihren Leichtsinn.

Für einen Moment kam der Kampf zum Erliegen. »Wer ist da?«, rief Felias.

»Familie«, flüsterte Lilly, bevor sie all ihren Mut zusammennahm, sich aufrichtete und an den Rand der Lichtung trat. Sie wollte nicht noch jemanden verlieren. Auch wenn mit Samuel etwas nicht stimmte, sie sich erst seit Kurzem kannten, lebten sie doch wie eine Familie zusammen. Und Familien mussten zusammenhalten.

Als Samuel den Kreis durchbrach und einen Satz nach hinten machte, stellte sie sich vor ihn.

Überrascht starrten die Jugendlichen sie an. Neben Raphael standen ein Junge mit kurzen, blonden Haaren, grasgrünen Augen und der Statur eines Bären und ein Mädchen, das mit seinen streng nach hinten gebundenen dunkelbraunen Haaren und den vollen Lippen an eine junge Ausgabe von Angelina Jolie erinnerte. Samuel nutzte die Verwirrung, um sich seitlich von Lilly fortzubewegen. Seine Kleider waren zerrissen und blutverschmiert, doch die tiefe Platzwunde über seinen Augen schloss sich unter Lillys entgeisterten Blicken.

Raphael trat einen Schritt vor. »Lilly.« Aufrichtige Sorge klang in seiner Stimme mit. Die Wut war aus seinen Augen verschwunden, dafür leuchtete der silberne Stern um seine Pupillen heller als je zuvor.

Die anderen bildeten eine schützende Mauer in seinem Rücken und musterten sie abschätzend.

»Geh nach Hause, vergiss, was du hier gesehen hast«, beschwor Raphael sie. Beim Klang seiner samtenen, musikalischen Stimme wäre sie am liebsten seiner Aufforderung gefolgt. Seine Schönheit raubte ihr den Atem. Von seiner Haut stiegen schimmernde Wolken von Sternenstaub auf, der sie an den silbrigen Sternenstaub aus einem alten Film erinnerte. Sie streckte ihre Hand aus und fuhr hindurch. Er blieb nicht an ihr kleben, sondern umspielte sie in weichen Wogen. Nur mit Mühe konnte sich Lilly auf ihre Absichten konzentrieren. Wie konnten so schöne Geschöpfe so brutal sein?

»Das werde ich nicht«, erwiderte sie mit fester Stimme. »Er ist mein Stiefbruder.« Sie versicherte sich mit einem raschen Seitenblick, dass Samuel sich nicht rührte, doch dieser beobachtete sie mit einem spöttischen Lächeln.

»Du kennst ihn erst seit wenigen Tagen«, fuhr Felias dazwischen. »Verschwinde.« Die fröhliche, leichtfertige Maske war von ihm abgefallen und offenbarte nun, was Lilly in ihm gespürt hatte: Hass, Zorn und Selbstgerechtigkeit.

»Nein, ich werde nicht zulassen, dass ihr ihm etwas antut.«

»Du weißt nicht, was du da tust«, beschwor Raphael sie. »Du begehst einen schrecklichen Fehler.«

»Ich habe dich und Felias gehört, erinnerst du dich?«, fragte Lilly bitter. »Ihr wollt ihn töten.« Sie drehte sich um und blickte in Samuels Gesicht. So vertraut und doch so fremdartig. Angst zeigte er keine. Trotzdem ließ Lilly sich nicht beirren. Was auch immer er war, sie durfte nicht zulassen, dass er starb. Wie sollte sie sonst jemals ihrer Mutter oder Thomas wieder unter die Augen treten können? »Ich werde nicht mit ansehen, wie ihr ein unschuldiges Leben auslöscht.«

»Verschwinde, sieh nicht hin und lass uns unser Werk vollbringen. Du hast ohnehin schon mehr Schaden angerichtet, als du jemals wiedergutmachen kannst.« Felias wollte auf sie zugehen, doch Raphael hielt ihn zurück.

»Du weißt nicht, was er ist«, flüsterte er.

»Nein, aber ich weiß, dass man niemals töten darf.« Es erschreckte sie, dass sie so selbstverständlich von Samuels Andersartigkeit sprachen. Bisher hatte sie noch die leise Hoffnung gehegt, sich alles nur einzubilden, falsche Schlüsse aus harmlosen Begebenheiten zu ziehen, aber dieses Gespräch und die von Sternenstaub umwehten Jugendlichen ließen es bittere Wahrheit werden.

»Es gibt Ausnahmen.« Felias trat nach vorne, packte sie grob am Arm. »Verschwinde, es ist die letzte Warnung.«

»Wirst du mich sonst auch töten?«, fuhr Lilly ihn an.

»Willst du es darauf ankommen lassen?« In seinen Augen stand wilde Entschlossenheit.

»Lass sie los«, fauchte Raphael ihn an.

Der bärenartige Junge und das Mädchen umkreisten in der Zwischenzeit Samuel, ließen ihn keine Sekunde aus dem Auge. Ihre Bewegungen waren unglaublich leicht und elegant, als schwebten sie.

»Sie bringt uns alle in Gefahr«, sagte Felias.

»Es ist unsere Schuld. Wir waren leichtsinnig. Wir dürfen kein unschuldiges Leben auslöschen.«

Lilly lief ein Schauer den Rücken hinunter, als ihr bewusst wurde, dass die beiden Jungen tatsächlich über ihren Tod diskutierten. Die ganze Situation wurde immer bizarrer. Sie sah Raphael an. Im Gegensatz zu Felias war sein Gesicht nicht von Zorn entstellt. Traurigkeit und tiefes Mitleid zeigten sich auf seinen makellosen Zügen.

»Sagt mir, was Samuel ist, was ihr seid. Vielleicht verstehe ich es«, bat Lilly.

»Das geht dich nichts an«, antworteten Felias und Raphael gleichzeitig.

»Ich werde euch nicht verraten«, beteuerte Lilly, doch an Felias' hartem Gesichtsausdruck konnte sie erkennen, dass ihre Bemühungen vergeblich waren.

»Halt sie fest«, fauchte er und wollte sich wieder auf Samuel stürzen.

Lilly schrie und warf sich auf ihn. Achtlos fegte er sie zur Seite, und sie wäre gestürzt, hätte Raphael sie nicht aufgefangen. Die Nähe seines Körpers ließ sie erschauern. Sie spürte seine muskulösen Arme um ihre Taille, fühlte seinen Atem über ihren Nacken streichen. Doch der Augenblick war viel zu schnell vorbei, als er sie wieder losließ.

»Wenn du ihn tötest, gehe ich zur Polizei«, sagte Lilly und versuchte, die Erinnerung an Raphaels Berührung zu verdrängen.

Höhnisch wandte sich Felias um. »Denkst du, sie werden dir glauben?« Er deutete auf das tote Reh.

»Warum nicht? Vier Jugendliche, die einen anderen verprügeln. Das klingt nicht ungewöhnlich.«

Felias fluchte, sah Raphael beschwörend an. »Das wird kein gutes Ende nehmen. Lass uns jetzt einen Schlussstrich ziehen.«

In den Gesichtern der beiden anderen zeigten sich widerstreitende Gefühle, doch sie mischten sich nicht in die Diskussion ein. Nur das Mädchen blickte immer wieder verstohlen mit einer Mischung aus Mitleid und Bewunderung zu Lilly hinüber.

Raphael schüttelte den Kopf und schob Lilly hinter sich.

»Ich werde den Tod einer Unschuldigen nicht akzeptieren. Wir ziehen uns zurück.«

»Das könnte unser aller Tod bedeuten.«

»Dann soll es so sein.« Raphael nickte dem anderen Jungen und dem Mädchen zu, die sich nach kurzem Zögern zurückzogen, dann wandte er sich an Samuel. »Wenn Lilly irgendein Leid geschieht, werde ich dich bis ans Ende der Welt jagen.«

Samuel lächelte höhnisch, doch in seinen Augen flammte so etwas wie Furcht auf, als er die Entschlossenheit in Raphaels Stimme hörte.

Lilly bebte, als ihr bewusst wurde, dass sie zwar gesiegt hatte, dafür aber mit diesem neuen, bösartigen Samuel in ihr Haus zurückkehren musste. Ihr Herz pochte in einem rasenden Rhythmus. Raphael packte sie an ihren Schultern und drehte sie zu sich. Seine Nähe ließ alle Furcht verschwinden. Es fiel ihr schwer, ihren Kopf nicht an seine breite Brust sinken zu lassen, um für einen Moment die Welt um sie herum zu vergessen. Sie schlug die Augen nieder, doch Raphael legte sanft einen Finger unter ihr Kinn und zwang sie, ihn anzuschauen. »Pass auf dich auf. Du ahnst nicht, auf was du dich eingelassen hast.« Er lächelte sie an. »Verlier nicht deinen Mut.« Er strich ihr zart über die Wange, dann wandte er sich ab und ging zu den anderen. Felias starrte sie finster an. Sie erwiderte seinen Blick. »Falls Samuel etwas geschieht, egal was, gehe ich zur Polizei und berichte von dem, was ich gesehen habe. Ob sie mir glauben oder nicht, sie werden Nachforschungen anstellen.«

Felias ballte seine Hände zu Fäusten. »Verschwinde«, fauchte er Samuel an.

Dieser lachte auf, spuckte vor ihnen aus und raste dann mit unglaublicher Geschwindigkeit davon. Selbst auf dem feuchten, weichen Boden trafen seine Füße mit einer solchen

Wucht auf, dass die Erde erzitterte. Sekunden später war das stampfende Geräusch seiner Schritte verklungen. Nur der einsame Schrei einer Eule durchbrach die Nacht.

Felias und die beiden anderen Jugendlichen wandten sich ebenfalls ab und verschwanden in eleganten Sprüngen im Wald, doch Lilly nahm sie kaum wahr. Raphaels Gegenwart beanspruchte ihre ganze Aufmerksamkeit. Er sah sie ernst an. »Versprich mir, vorsichtig zu sein.«

Sie nickte, woraufhin er sich umdrehte und fast ebenso schnell wie Samuel, nur viel leichtfüßiger und eleganter davonrannte. Nur ein schwacher, glitzernder Schleier erinnerte an seine Gegenwart. Lilly holte tief Luft und wartete, bis das Glitzern verblasst war, dann wandte sie sich um und ging nach Hause. Ab und an konnte sie die Sterne am Himmel leuchten sehen und fand mithilfe des Nordsterns und ihren Markierungen ohne Schwierigkeiten den Weg nach Hause, aber sie fühlte sich beobachtet. War Raphael bei ihr und beschützte sie? Doch wann immer sie sich umdrehte, konnte sie niemanden entdecken.

Der Weg war weit, sodass sie viel Zeit zum Grübeln hatte. Sie verstand nicht, was sie gesehen hatte. Zwei Dinge wusste sie allerdings mit Gewissheit: Etwas Böses beherrschte Samuel, und Raphael war kein Mensch.

Endlich trat sie aus dem Wald und sah, dass in ihrem Haus Licht brannte. Thomas' Wagen stand auf der Straße, und sie war überaus erleichtert, nicht allein mit Samuel zu sein.

Vorsichtig schloss sie die Haustür auf. Im Wohnzimmer lief eine Folge *Miami Vice*, und Monis leises Schnarchen mischte sich mit den Fernsehgeräuschen. Lilly schlich nach oben. Sie hatte Glück: Die beiden bemerkten sie nicht.

Rasch zog sie sich aus, putzte die Zähne, wobei sie die Tür einen Spalt offen ließ, um nicht von Samuel überrascht werden zu können, und ging dann in ihr Zimmer. Sie schloss sorgfältig hinter sich ab und rollte sich schließlich unter ihrer Bettdecke zusammen. Erst jetzt merkte sie, wie müde und erschöpft sie war. Trotz ihres vor Angst pochenden Herzens fiel sie innerhalb weniger Augenblicke in einen traumlosen Schlaf.

16

Der Wecker klingelte unbarmherzig, setzte mit seinem schrillen Geräusch ihr Innerstes in Vibration.

»Es ist doch Samstag«, stöhnte Lilly verschlafen und stieß sich den Kopf an, als sie sich aufrichtete. Sie hatte sich im Schlaf dicht an die Wand unter die Schräge gepresst. Verwirrt schaute sie ihre zerknüllte Bettwäsche an, dann fiel ihr alles wieder ein. Fast hoffte sie, die Ereignisse der vergangenen Nacht nur geträumt zu haben, einen langen, schrecklichen Albtraum, aber sie wusste, dass es die Wahrheit war. Sie musste herausfinden, was um sie herum vorging. Auf der Aurinshöhe gab es selbst am Samstag Kurse, sodass sie einen Vorwand hatte, dorthin zu gehen und Raphael oder einen der anderen Jugendlichen zur Rede zu stellen. Es wusste ja niemand, dass sie erst später Unterricht hatte.

Da Moni nicht zur Arbeit musste, bemühte sich Lilly, leise zu sein, während sie sich anzog und duschte. Das warme Wasser und der heiße Dampf spülten die Beklommenheit aus ihren Knochen, und neue Zuversicht erfüllte sie. Vermutlich war sie nur in ein Spiel hineingeraten, eine Art verdrehtes Rollenspiel, wie es ein paar durchgeknallte Jungs an ihrer alten Schule betrieben hatten, die an Wochenenden mit Latexschwertern und Kettenhemden in den Kampf gezogen waren. Oder ihre neuen Mitschüler spielten ihr einen Streich, vollzogen ein seltsames Aufnahmeritual und würden sie später lachend begrüßen.

Als sie das Haus verließ, holte sie erleichtert Luft. Sie war Samuel noch nicht begegnet. Irgendwann würde sie wieder mit ihm sprechen müssen, doch so früh am Morgen fühlte sie sich nicht bereit dazu.

Ein Dunstschleier bedeckte den Himmel, vereinzelte Nebelwolken zogen über den Wald hinweg, krochen zum Schloss hinauf und verfingen sich in den unzähligen Türmchen. Genau die richtige Atmosphäre, um ihre neu gewonnene Entschlossenheit mit den Wolken davonziehen und die Erinnerungen wieder lebendig werden zu lassen. Trotzdem ging sie weiter, spürte die Feuchtigkeit, die sich als dünner Film auf ihre Haut legte, und genoss den erdigen Geruch des nahenden Herbstes.

Kurz bevor sie durch das große Tor trat, erklangen die Glocken zur zweiten Stunde. Lilly atmete tief durch – sie hatte somit noch etwas Zeit. Unruhig lief sie im Hof auf und ab. Sie wusste nicht, was sie zu Raphael sagen sollte. *Hey, du und deine Kumpels wolltet doch gestern meinen Stiefbruder töten – gab es dafür einen speziellen Grund, oder ist es einfach ein Hobby von euch?* Das traf zwar den Nagel auf den Kopf, klang aber selbst in ihren Ohren zu freakig.

Hinter Lilly quietschte es laut, als durch eine unauffällige Tür direkt neben dem Eingangstor der griesgrämige, dürre Hausmeister trat und sie misstrauisch anstarrte. Bevor sie ihm Rede und Antwort stehen musste, was sie hier zu suchen hätte, schlenderte sie betont lässig zum Haupteingang. Im Inneren überlegte sie kurz, was sie nun machen sollte, und beschloss dann, dass es an der Zeit war, die Schule etwas genauer zu erkunden. Dank der altmodischen Messing- und Eisenschilder mit den altertümlichen Gravuren verlor Lilly zwar nicht gänzlich die Orientierung, trotzdem beschlich sie nach und nach das Gefühl, im Kreis umherzuirren. Sie konnte schwören, dass sie bereits vier Mal an einem

Wegweiser zum Schwimmbad vorbeigekommen war, und jedes Mal zeigte er in eine andere Richtung. Hier sind es nicht alle Wege, die nach Rom führen, sondern zum Schwimmbad, dachte sie.

Dennoch genoss sie ihre Erkundungstour. Je weiter sie sich von dem auf Hochglanz polierten Eingangsbereich entfernte, desto deutlicher trat der ursprüngliche Festungscharakter zum Vorschein. Schwarz angelaufene Kerzenhalter hingen an Wänden aus dicken Steinblöcken oder Fachwerk, die von Wandteppichen und Gemälden in üppigen, goldenen Rahmen geziert wurden. Schwere Vorhänge umschmeichelten die Spitzbogenfenster, weiche Kissen luden zum Verweilen in den Fensternischen ein. Trotzdem hatte auch hier die moderne Technik Einzug gehalten: Im Mauerwerk verborgene Lichtleisten spendeten indirektes Licht, auf großen Holzschreibtischen standen Flachbildschirme und Computer, die vermutlich mehr kosteten, als Moni in einem Monat verdiente.

Kurz bevor das Ende der Schulstunde eingeläutet werden würde, machte sich Lilly auf den Rückweg und kam am Aufgang zum Turm vorbei, in dem ihre Ballettstunden stattfanden. Sie entschied, noch kurz nach oben zu gehen, in der Hoffnung, Frau Magret dort anzutreffen, um sie zu fragen, ob sie den Raum auch außerhalb des Unterrichts für ihr Training benutzen dürfte. Selbst wenn sie in ihrem Zimmer üben konnte, liebte sie die Atmosphäre, die in einem leeren Ballettstudio herrschte. Tausend Augen, die einen aus den Spiegeln beobachteten, und doch waren es nur die eigenen.

Kaum war sie die ersten Stufen der Wendeltreppe hochgestiegen, da hörte sie eine vertraute Stimme und Schritte näher kommen. Raphael! Er unterhielt sich mit einem Mädchen und schien aus dem Gang zu kommen, der zur Rektorin führte. Sie traute sich nicht, ihm entgegenzutreten. Es war eine Sache, sich vorzunehmen, mit jemandem zu sprechen, und eine ganz andere, es in die Tat umzusetzen. Vor allem wenn man sich aus unerklärlichen Gründen so zu der Person hingezogen fühlte, dass es einem schwerfiel, sich zu konzentrieren. So verharrte Lilly reglos, bis sie Raphael zusammen mit Anni an ihr vorbeigehen sah. Schließlich überwand sie ihre Angst, trat von der Treppe hinunter und rief leise Raphaels Namen.

Er wandte sich um und starrte sie ausdruckslos an.

»Hallo, Lilly«, rief Anni fröhlich. »So heißt du doch, oder? Wir sind uns noch gar nicht vorgestellt worden. Mein Name ist Anni Nioll.« Ihr offenes Lächeln, das ihre perfekten weißen Zähne offenbarte und Lilly unwillkürlich an eine Zahnpastawerbung denken ließ, passte so gar nicht zu Raphaels düsterem Gesichtsausdruck. Auch Anni fiel offenbar die angespannte Atmosphäre auf, sodass sie sich schnell verabschiedete, aber nicht, bevor sie Lilly nicht das Versprechen abgerungen hatte, sich mal mit ihr auf einen Kaffee zu treffen.

»Was willst du?« Raphaels Augen wirkten tot und kalt, so völlig anders als letzte Nacht.

Lilly trat unbehaglich von einem Fuß auf den anderen. Seine abweisende Art schüchterte sie ein, mehr als es seine vor Wut flammenden Augen vermocht hatten. »Mit dir über letzte Nacht sprechen«, sagte sie zögerlich, zurückhaltender, als sie es von sich gewohnt war.

»Was soll da gewesen sein?«

Lilly starrte ihn verdutzt an. Glaubte er, sie durch Leugnen loszuwerden? »Du, Felias und ein paar andere wolltet Samuel töten?«

»Das ist der Neue, dein Bruder, richtig?«

»Tu doch nicht so, als wüsstest du das nicht!«, fauchte sie.

»Du bist ja nicht ganz dicht«, brummte Raphael. »Ich war letzte Nacht im Internat und habe geschlafen.«

Er sagte das mit einer derartigen Überzeugung und blickte sie dabei an, als wäre sie verrückt, dass Lilly für einen Moment ins Zweifeln geriet. Hatte sie alles nur geträumt?

Raphael nutzte den Moment, um sich umzudrehen und die Treppe herunterzugehen.

»Du kannst nicht einfach abhauen«, rief Lilly ihm hinterher, doch er blickte nicht einmal zurück.

In dem Augenblick läuteten die Schulglocken, Türen öffneten sich, und die Schüler strömten zum Speisesaal. Samstags gab es statt des Mittagessens ein spätes Frühstück mit allem, was das Herz begehrte: Marmorkuchen, süße Puddings, Cornflakes, Würstchen und Eier, aber Lilly verspürte keinen Hunger. Sie ließ sich in der Menge treiben, bis sie den Tisch von Amy und Michelle erreichte, die sich einen Blaubeermuffin teilten und ihr ebenfalls ein Stück anboten.

»Jetzt schau nicht so kritisch«, wurde sie von Michelle begrüßt.

»Hm«, brummte Lilly nur und kabberte lustlos an ihrem Stück. Sie war noch immer in Gedanken bei Raphael und seiner seltsamen Reaktion.

»Sie hat nur ein schlechtes Gewissen, wegen der Unmengen an Kalorien, die in dem Muffin stecken«, sagte Amy.

»Als ob sie das nötig hätte.«

»Nun, würdest du auch etwas auf deine Ernährung achten, müsste ich mir nicht das Gejammer über deine überflüssigen Pfunde anhören.«

»Ich jammere nie!«

»Oh, selbst meine Knie sind zu dick«, äffte Amy sie nach.

Michelle knuffte sie in die Seite. »Sei nicht so gemein.«

Lilly hörte ihnen nur mit einem halben Ohr zu. Sie konnte Raphaels Reaktion immer noch nicht fassen. Was brachte es ihm, den Vorfall zu leugnen? Und wo waren die anderen Jugendlichen hergekommen? Lilly hatte sie nie zuvor gesehen, weder im Internat noch im Dorf. Gut, sie war neu hier, aber sie hatte angenommen, dank Evann und Michelle inzwischen alle in ihrem Alter zu kennen. Doch viel entscheidender war die Frage, was sie waren. Wieso waren sie so schnell, stark und in eine Art Sternenstaub gehüllt?

»Hörst du mir überhaupt zu?« Michelle sah sie vorwurfsvoll an.

»Tut mir leid, ich habe gerade an etwas gedacht.«

Michelle grinste. »Lass mich raten: an Raphael.«

»Nein ...« Sie wurde rot. »Nicht so, wie du denkst.«

»Ach, mach dir nichts draus. So geht es allen Neuen, entweder sie schwärmen für Felias oder Raphael – je nachdem, ob man auf melancholische Träumer oder blonde Verführer steht. Und manche werden davon nie geheilt.« Sie sah Amy bedeutungsvoll an.

»Er ist gar nicht so schlimm«, wehrte diese sich. »In ihm steckt viel mehr, als man auf den ersten Blick glaubt.«

Wenn du nur wüsstest, wie Recht du hast, dachte Lilly. Aber der Zorn und der Hass, der unter der Fassade lauerte, war mit Sicherheit nicht das, was Amy erwartete.

»Weißt du, ob Samuel eine Freundin hat?«, wandte sich Michelle an Lilly.

Innerlich stöhnte sie auf. Mussten sich ihre beiden neuen Freundinnen ausgerechnet für die unpassendsten Jungs interessieren? Sie dachte an Raphael. Viel besser war sie auch nicht, doch immerhin wusste sie, dass etwas nicht mit ihm in Ordnung war. Aber was sollte sie Michelle nun antworten? Sie wollte nicht, dass sie sich mit ihrem Stiefbruder anfreundete. Nicht nach all dem, was geschehen war. »Ich glaube, er trauert einem Mädchen aus Stuttgart hinterher.« Allmählich gingen ihr die Lügen leichter von den Lippen.

»Dann werde ich versuchen, ihn ein wenig abzulenken«, grinste Michelle.

»Lass ihm lieber noch ein bisschen Zeit. Es war alles etwas viel für ihn mit dem Umzug, neuer Familie und so.«

Michelle zog einen Schmollmund. »Nun gut, aber nicht lange. Er ist viel zu süß, um ihn trauern zu lassen. Und ich bin sehr gut im Trösten.«

Vor der Englischstunde wartete Lilly draußen auf Raphael. Sie hatte sich entschlossen, noch einmal mit ihm zu sprechen. Vielleicht hatte er nur wegen des anderen Mädchens, dieser Anni, so seltsam reagiert. Zu ihrer Erleichterung kam er allein. Trotzdem fiel es ihr schwer, ihn anzusprechen. Selbst wenn ihm am Tage die magische Aura fehlte, die ihn nachts umgab, flatterten in ihrem Magen tausend Schmetterlinge, wenn sie ihn sah, und seine unwirsche Reaktion von vorhin machte es auch nicht leichter. »Warte mal kurz«, bat sie ihn.

Er blieb stehen, drehte sich zu ihr um und sah sie erwartungsvoll an. »Was ist?«

»Können wir ein Stück zur Seite gehen?« Lilly hatte bemerkt, dass Calista sie neugierig beobachtete, und wollte ihr keine weitere Munition für ihre Sticheleien liefern.

Unwillig runzelte er die Stirn, folgte ihr aber in den Gang hinein. »Also, was gibt es?«

Die Sachlichkeit in seinem Ton verunsicherte Lilly noch mehr. »Ich wollte noch einmal mit dir wegen letzter Nacht sprechen.«

»Sag mal, bist du eine verrückte Stalkerin?«, fuhr er sie an. »Ich sagte doch, dass ich in meinem Zimmer war und geschlafen habe.«

»Ach ja, und warum habe ich dich dann draußen im Wald gesehen?«

»Das ist eine wirklich gute Frage«, blaffte er sie an. »Vielleicht solltest du mal einen Psychologen aufsuchen. Und jetzt lass mich in Ruhe.«

Lilly starrte ihn sprachlos an, während er sich abwandte und zu seinem Platz ging. Wütend folgte sie ihm und knallte ihre Tasche auf den Tisch. Er schüttelte nur den Kopf, sah jedoch nicht zu ihr auf.

Sie schluckte einen bissigen Kommentar hinunter. Die Genugtuung, sie verletzt zu haben, wollte sie ihm und Calista, die sie weiterhin beobachtete, nicht gönnen. Da er sie so hatte abblitzen lassen, blieb ihr nur noch eine Möglichkeit, um herauszufinden, was hier vor sich ging. Sie musste mit Samuel sprechen.

In ihrem Kopf rasten die Gedanken durcheinander. Wurde sie verrückt? Brauchte sie tatsächlich wieder eine Psychologin? Dr. Marris, die Therapeutin, die sie nach dem Tod ihres Vaters besucht hatte, hatte sie gewarnt, dass Kleinigkeiten ausreichen könnten, um sie aus dem Gleichgewicht zu bringen. Hatte Samuels Unfall, wie auch immer er sich zugetragen haben mochte, bei ihr einen Schockzustand ausgelöst?

Sie spielte nervös mit ihrem Bleistift. Das wollte sie nicht glauben. Ja, sie fühlte sich verwirrt, verzweifelt, aber das lag nicht an einem Schock, sondern weil die ganze Welt verrückt geworden zu sein schien.

Am Ende der Stunde atmete sie erleichtert auf. Sie beschloss, nicht lockerzulassen, bis Samuel ihr nicht eine vernünftige Erklärung bot.

Bevor sie jedoch nach Hause gehen konnte, hielt Evann sie auf und teilte ihr mit, dass die Rektorin sie zu sehen erwartete. Warum, konnte er ihr allerdings nicht sagen.

Mit einem mulmigen Gefühl ging sie zum Büro von Madame Favelkap und klopfte gegen die massive, geschlossene Holztür. Nach ein paar Minuten schwang sie lautlos auf. Lilly sah in den dämmrigen Raum mit holzgetäfelten Wänden, mehreren Lampen, die an Gaslichter erinnerten, Regalen voller Bücher und Akten hinein und entdeckte die Rektorin hinter ihrem gewaltigen Schreibtisch, der sie regelrecht winzig erscheinen ließ. Wie hatte sie die Tür öffnen und dann so schnell wieder hinter ihren Tisch gelangen können? Da sah Lilly, wie Madame Favelkap ihre Hand von einem kleinen Knopf löste. Also nur ein Trick, um Schüler einzuschüchtern. Lilly schluckte. Es funktionierte, obwohl sie den Mechanismus durchschaut hatte, zuckte sie unter dem strengen Blick der Rektorin zusammen. »Setzen Sie sich«, wurde sie aufgefordert.

Sie tat, wie ihr geheißen, und nahm auf einem dick gepolsterten Stuhl mit geschwungenen Armlehnen Platz.

»Sie ahnen vermutlich, warum ich Sie gerufen habe?«

Lilly schüttelte den Kopf.

Madame Favelkap seufzte und faltete ihre Hände. Unter ihrer Haut wand sich erneut ein dunkler Schatten, als würden unzählige winzige Schlangen unter ihr nisten. »Ich hörte, dass Sie einige meiner Schüler belästigen und sie verfolgen.«

»Wie bitte?« Lilly starrte sie fassungslos an.

»Ich weiß, dass Sie es in Ihrem Leben schwer hatten, deshalb freue ich mich, Sie im Rahmen unseres Förderprogramms auf dem Internat begrüßen zu können, aber wir haben einen strengen Verhaltenskodex.«

»Ich habe doch nichts getan«, begehrte Lilly auf.

»Dann waren Sie nicht letzte Nacht im Wald, haben heute einem Schüler seltsame Dinge vorgeworfen? Auch wenn Sie nicht auf der Aurinshöhe leben, erwarte ich, dass Sie sich an dieselben Ausgangsregeln halten. Alles andere führt nur zu bösem Blut.«

Lilly stutzte. Wie konnte die Rektorin von den Ereignissen wissen? Sie erinnerte sich an Amys Andeutung, dass Felias sehr vertraut mit Madame Favelkap war. Hatte er ihr davon erzählt? Aber das würde ja bedeuten, dass sie wusste, was hier vor sich ging. Mit einem Mal erschien es Lilly nur allzu logisch. Wie sollte es ihr entgehen, dass sich einige ihrer Schüler so absonderlich benahmen? »Sie wissen, was hier vor sich geht. Sie wissen, was mit Samuel geschehen ist.«

»Sie sind in Angelegenheiten geraten, die Sie nichts angehen. Es tut mir leid, wenn Sie dadurch einen unangenehmen Start hatten, aber ich möchte Sie bitten, sich nicht weiter einzumischen.«

»Das kann ich nicht«, antwortete Lilly. Es war sinnlos, der Rektorin etwas vorzuspielen. Sie würde schnell erfahren, dass sie nicht aufgab. Wie konnte sie auch? Sollte sie zulassen, dass ein Junge getötet wird? Akzeptieren, dass Dinge vor sich gingen, die sie nicht erklären konnte?

»Das ist Ihr Fehler«, bemerkte die Rektorin mit Bedauern, ob aufrichtig oder gespielt, wusste Lilly nicht zu sagen. »Soll ich einen Vermerk notieren, dass Sie aufsässig sind und den Frieden an der Schule stören? Das würde es Ihnen sehr schwer machen, einen Studienplatz zu bekommen, selbst wenn Sie Ihren Abschluss bei uns machen.«

»Sie drohen mir?« Lilly schnappte nach Luft. »Ich könnte Sie anzeigen! Dann würden die Vorgänge hier untersucht werden.«

»Oder Sie verschwinden vorher. Sie wären nicht das erste Mädchen, das von zuhause davonläuft.«

»Das würden Sie nicht wagen!«

»Sind Sie sich da sicher?« Madame Favelkap beugte sich vor, sodass Lilly auch unter ihrer Gesichtshaut die dunklen Bewegungen sehen konnte. Selbst durch ihre Augen huschte es. Sie lehnte sich so weit wie möglich in ihrem Stuhl zurück.

»Aber so weit müssen wir es ja nicht kommen lassen.«

Die Rektorin lächelte sie an. »Gehen Sie nicht in den Wald und mischen Sie sich nicht in Angelegenheiten ein, die nicht Ihre sind.«

»Samuel ist mein Stiefbruder.«

»Erst seit Kurzem. Wie wichtig kann Ihnen Ihre Bindung zu ihm schon sein? Ich könnte Sie natürlich auch von der Schule verweisen und Ihre Mutter dadurch zwingen, von hier wegzugehen.«

Lilly sah sie stumm an. Das durfte einfach nicht passieren!

»Ich weiß das von Ihrem Vater.«

»Lassen Sie meinen Vater aus dem Spiel«, fuhr Lilly sie an, doch Madame Favelkap ließ sich nicht aus der Ruhe bringen.

»Ihre Mutter ist endlich wieder glücklich. Wollen Sie das wirklich ruinieren? Es liegt in Ihrer Hand. Sie müssen nur loslassen. Ich versichere Ihnen, dass es zum Besten aller ist.« Sie deutete auf die Tür. »Sie können jetzt gehen.«

Lilly stand benommen auf, aber bevor sie hinausging, wandte sie sich noch einmal um. »Ich werde einen Weg finden.«

Madame Favelkap lächelte kalt. »Normalerweise würde ich Ihre Entschlossenheit zu schätzen wissen, aber hier ist sie unangebracht. Halten Sie sich vor allem von Raphael fern. Ich will Sie nicht mehr in seiner Nähe sehen.«

17

»Hallo, beste Tochter der Welt«, wurde Lilly von Moni begrüßt, kaum dass sie die Haustür geöffnet hatte.

»Hey, Mom.«

»Warst du in der Schule?«

»Hm.« Normalerweise spürte ihre Mutter, wenn sie nicht reden wollte, aber heute schienen ihre mütterlichen Instinkte zu versagen, oder sie ignorierte sie. Jedenfalls wurde Lilly in die Küche geschoben, wo ihr Moni ein großes Glas mit einem Inhalt von milchiger, rötlicher Farbe vorsetzte.

»Probier mal.«

»Was ist denn das?« Lilly hob misstrauisch das Glas und schnupperte an dem Getränk.

»Ein Erdbeer-Blutorange-Milchshake mit Zimt.«

Bis zur Erwähnung des Zimts hatte es gar nicht schlecht geklungen, aber Lilly wollte ihre Mutter nicht vor den Kopf stoßen und nahm einen Schluck. Es schmeckte gar nicht so scheußlich, wie es klang.

»Ist Samuel da?«

»Er müsste noch in der Schule sein. Seid ihr denn nicht gemeinsam hingegangen? Ich dachte, ihr versteht euch so gut.«

»Er war schon weg, als ich aufgestanden bin«, log Lilly. Es fühlte sich immer noch seltsam an, ihrer Mutter die Wahrheit vorzuenthalten, aber vorerst hatte sie keine andere Wahl.

»Ich muss noch ein paar Besorgungen machen. Wer hätte gedacht, dass es so einen Unterschied macht, ob man in einem Haus oder in einer Wohnung lebt? Früher reichte ein Staubsauger, nun brauchen wir auch noch Besen und Wischmopp. Möchtest du mitkommen? Ich fahre nach Heidelberg – hier im Ort haben die Läden um die Uhrzeit schon geschlossen.«

Lilly schüttelte den Kopf und nahm tapfer einen weiteren Schluck von dem Milchshake. »Ich lege mich lieber etwas hin und mache dann meine Hausaufgaben.«

Moni gab ihr einen Kuss auf die Wange, suchte anschließend fünf Minuten lang ihren Autoschlüssel, bevor sie ihn auf der Fensterbank entdeckte, umarmte sie und verließ das Haus. Lilly wartete, bis ihre Mutter davongefahren war, dann rief sie Don zu sich und hielt ihr den Milchshake hin. Die Hündin schnupperte kurz an dem Getränk und blickte Lilly dann vorwurfsvoll an, als wollte sie sich darüber beschweren, dass sie für so etwas aufgestanden war.

»Hast ja Recht«, murmelte Lilly, stand auf und holte aus einer Dose einen Hundeknochen, der so groß war, dass ein Pinscher vermutlich einen ganzen Tag daran genagt hätte. Don dagegen biss nur einmal darauf und schluckte ihn herunter. »Du bist gierig«, sagte Lilly und goss seufzend den Milchshake in den Ausguss. Dann ging sie nach oben und versuchte, sich auf ihr Puzzle zu konzentrieren, aber sie war zu nervös. Samuel machte ihr Angst, doch sie musste aus ihm ein paar Antworten herausquetschen.

Lilly hörte seine Schritte, noch bevor er das Haus betrat, öffnete leise ihre Zimmertür und spähte die Treppe hinunter. Als sie Samuels blonden Haarschopf und sein sanftes Gesicht sah, wollte sie die Ereignisse der letzten Tage als einen wirren Albtraum abtun. Vielleicht wurde sie tatsächlich verrückt, aber dann sah Samuel auf, und ihre Blicke trafen sich. Die Boshaftigkeit in seinen Augen ließ Lillys Hoffnung wie eine Seifenblase zerplatzen. Das war nicht mehr ihr liebenswerter Stiefbruder, sondern etwas anderes, etwas, durch dessen Adern Hass rann, dessen Fleisch getränkt von Grausamkeit war. Während Raphaels Augen vorhin tot wie die eines Zombies gewirkt hatten, so sprang Lilly die Lebendigkeit bei Samuel regelrecht an. Er nahm jedes Detail in sich auf, musterte sie von oben bis unten.

Lilly atmete tief ein und umklammerte beim Hinuntersteigen das Treppengeländer, dessen Farbe an vielen Stellen durch die zahlreichen Hände, die im Lauf der Jahre über es hinweggestrichen hatten, abgeblättert war. Samuel beachtete sie nicht weiter, zog seine Jacke und Schuhe aus und ging in die Küche, wo er sich ein Glas Wasser nahm. Dasselbe Glas, in dem er die Fliege ertränkt hatte. Dann öffnete er den Kühlschrank und holte eine Packung Rinderfilets heraus. »Ich brate dir auch gerne eines.« Er wandte sich zu ihr um und grinste gemein. »Ich mag es blutig, und du?«

Lillys Haut kribbelte. Alles in ihr schrie ihr zu, wegzulaufen, doch sie wollte nicht so einfach aufgeben. Sie musste herausfinden, was hier vor sich ging. *Wissen ist Macht.* War das nicht eine alte Weisheit? In diesem Moment verstand sie sie zum ersten Mal völlig. Sie setzte sich an den Küchentisch, verschränkte ihre Hände ineinander, damit ihr Zittern nicht so auffiel, und antwortete ihm mit gezwungener Lockerheit: »Ich verzichte. Aber was ist eigentlich los mit dir? Du bist seit dem Besuch im Madjane so verändert.«

»Ich weiß nicht, was du meinst.« Er holte eine Pfanne aus einem Küchenschrank, gab ein Stück Butterschmalz hinein und wartete darauf, dass das Fett schmolz.

»Du weißt genau, was ich meine«, fuhr Lilly ihn an. »Der Unfall.«

Er blickte sie an und lächelte, wobei sein Lächeln an ein

Zähnefletschen erinnerte. »Vermutlich habe ich mir den Kopf gestoßen.«

Lilly wusste, dass er mit ihr spielte, aber was blieb ihr anderes übrig, als darauf einzugehen, wenn sie der Wahrheit näherkommen wollte? »Und was war mit der Fliege, die du getötet hast?«

Jetzt lachte Samuel laut auf. »Bist du eine von denen, die um jedes tote Insekt weinen?«

»Bieg es dir nur so zurecht, wie es dir gerade passt. Wir beide wissen, dass hier etwas Seltsames vor sich geht, und ich werde herausfinden, was es ist.«

Da sprang Samuel mit einem Satz auf sie zu, stellte sich ganz dicht vor sie hin und blickte drohend auf sie herab. »Und was willst du dann tun? Ich würde es mir gut überlegen, du hast keine Ahnung, zu was ich fähig bin.«

Lilly sammelte all ihren Mut. Sie durfte keine Schwäche zeigen, wenn sie weiter mit ihm in einem Haus leben wollte. Sie hob einen Fuß und trat ihm mit dem Absatz auf die Zehen. Samuel schrie kurz auf und torkelte einen Schritt zurück.

»Wenn du mir nicht sagst, was hier vor sich geht, werde ich Raphael und die anderen nicht davon abhalten, dir etwas anzutun.«

Samuels Schmerzen schienen schnell nachzulassen, denn er setzte erneut sein spöttisches Lächeln auf. »Mach dir um mich keine Gedanken. Frag dich lieber, was ich deinen Freunden antun werde, wenn du weiterhin deine Nase in Angelegenheiten steckst, die dich nichts angehen. Und dann ist da ja auch noch deine Mutter. An deiner Stelle wäre ich sehr vorsichtig mit dem, was ich sage und tue. Wir wollen ja nicht, dass sie wie eine Fliege oder ein Reh endet.«

Lilly starrte ihn fassungslos an. Hatte sie sich womöglich von Anfang an in Samuel getäuscht? Traf auf ihn zu, was man über Psychopathen sagte, dass sie sich hinter der Maske eines normalen, unscheinbaren Menschen verbargen? Aber das erklärte nicht, warum Raphael und Felias sich ebenfalls so merkwürdig benahmen und Samuel jagten.

Doch so einfach wollte sie nicht aufgeben. Beim Verlassen der Küche flüsterte sie ihm zu: »Du kennst mich auch nicht.«

18

In der Dämmerung kam Moni zurück und fragte, ob Lilly mit ihr einen Film ansehen wollte, aber ihr war nicht nach Gesellschaft zu Mute. Viel zu sehr beschäftigte sie die Frage, was sie jetzt machen sollte. Den Dingen ihren Lauf lassen? Abwarten, ob Samuel wieder normal wurde, oder seine Warnung ignorieren und ihn, Raphael und Felias weiter mit Fragen löchern, bis vielleicht einer nachgab und ihr endlich die ersehnten Antworten gab?

Sie ging ins Bad, um sich die Zähne zu putzen. Sie wollte früh ins Bett gehen, Musik hören und versuchen, Klarheit in ihre Gedanken zu bekommen. Ihre vier elektrischen Zahnbürsten hingen ordentlich in ihren Halterungen, die Thomas so sorgfältig festgeschraubt hatte, dass ein Schlangenmensch auf ihnen sogar einen Handstand hätte machen können, ohne sie aus den Verankerungen zu reißen. Lillys trug einen blauen Ring, Thomas' war grün, Monis rot und Samuels gelb. Jeder seine Farbe. Tränen rannen über ihre Wange. Angst und Trauer stachen wie glühende Nadeln in ihrem Körper. Auch wenn sie es nicht hatte zugeben wollen, aber sie hatte sich so sehr eine Familie gewünscht. Endlich normal sein, ein stabiles Leben führen mit Familienpizzen, Spieleabenden und Ausflügen. Sie wollte Samuel necken, wenn er mit einem Mädchen anbandelte, wollte sich bei ihm ausheulen können, wenn sie Streit mit ihrer Mutter hatte. All das, was ihre Freundinnen hatten und nie zu würdigen wussten.

Plötzlich fiel ihr auf, dass der Duschvorhang zugezogen war, und erklangen da nicht Atemgeräusche? Sie war so durcheinander gewesen, dass sie ihre Umgebung vorher nicht beachtet hatte. Mit angehaltenem Atem streckte sie die Hand nach dem Vorhang aus, dann packte sie ihn, wobei das Plastik raschelte, und riss ihn auf.

Samuel lag angezogen, sogar mit Hausschuhen, in der Badewanne, starrte sie entsetzt an. Sein Gesicht vollkommen verquollen – er musste geweint haben. »Bitte geh«, flüsterte er.

Sie sah ihn misstrauisch an. War das eine Falle?

»Du sollst mich so nicht sehen.«

Zweifel hin oder her – er sah wirklich erbärmlich aus. Sie setzte sich auf den Wannenrand. »Was machst du hier?«

»Ich weiß es nicht. Ich habe geträumt, und plötzlich stand ich hier …« Seine Hand schoss vor, packte sie am Handgelenk, während er sie eindringlich ansah. »Werde ich allmählich wahnsinnig? Denn weißt du, eine Stimme lacht in meinem Kopf.« Seine Hände verkrampften sich. »Bitte sag mir, dass ich nur träume.« Er sah sie flehentlich an, unendliches Leid spiegelte sich auf seinem Gesicht wider.

Was sollte sie ihm antworten? Lügen? Verwandelte er sich etwa zurück in ihren süßen Stiefbruder, auf den die Mädchen flogen? »Ich bring dich in dein Zimmer, dann hole ich dir einen Tee.« Sie wollte ihm aufhelfen, doch er bewegte sich nicht.

»Ich will so nicht leben. Kann mir denn niemand helfen? Diese Stimme, sie wird immer lauter.« Er vergrub seinen Kopf in den Händen, raufte sich die Haare.

Lilly schluckte, ging neben ihm in die Knie und versuchte, ihn zu beruhigen. Wie konnte sie ihm helfen? Sie wünschte, Moni oder Thomas wären da, aber sie waren vorhin zu einem abendlichen Spaziergang aufgebrochen.

Er stöhnte Mitleid erregend, warf sich nach hinten, sein ganzer Körper wurde von Zuckungen erfasst. Dann lag er mit einem Mal still. Lilly ahnte, was nun passieren würde. Trotzdem beugte sie sich vor, strich über sein Gesicht, das von kaltem Schweiß bedeckt war. »Es wird alles wieder gut«, murmelte sie mit tränenerstickter Stimme. »Ich werde dich nicht im Stich lassen.«

In diesem Moment schlug er die Augen auf. Das Schwarz lief quecksilbrig aus seinen Pupillen aus, erfüllte das warme Braun mit Boshaftigkeit.

»Überraschung«, fauchte Samuel.

Lilly wich langsam zurück. Der Wandel war so schlagartig passiert. Eben noch hatte sie ihren Stiefbruder vor sich gehabt, wie sie ihn kennen gelernt hatte, und nun schien ein völlig anderes Wesen vor ihr zu stehen, pulsierend von Bösartigkeit. Ihr Herz raste. Nun, da sie die Verwandlung, die schwarzen Augen erneut sah, war sie sich sicher, dass sie den Unfall nicht geträumt hatte. Irgendetwas musste von Samuel Besitz ergriffen haben, aber noch hatte ihr Stiefbruder offensichtlich nicht vollkommen verloren. »Was bist du?«

Die Pupillen sogen das Schwarz auf, verliehen ihm ein normales Aussehen. »Die Unendlichkeit.«

Beinahe hätte Lilly gelacht. Was für eine absurde Antwort! Dennoch hielt sie sich zurück. Etwas sagte ihr, dass er es ernst meinte. »Ich verstehe das nicht.«

Er lachte abfällig, stieg aus der Badewanne. »Wie solltest du auch, Menschlein.«

Lilly verfluchte sich, dass sie vorhin die Badezimmertür geschlossen hatte. Wollte sie ihm entkommen, musste sie zuerst einen Schritt auf ihn zu machen, um die Tür zumindest einen Spalt öffnen zu können. Bevor sie jedoch den Gedanken zu Ende geführt hatte, ragte er vor ihr auf, zwang sie, zurückzuweichen, bis sie den Türknauf in ihrem Rücken spürte. Sie fühlte seinen Atem auf ihrer Haut, roch den vertrauten Geruch von Samuels Aftershave, unter den sich eine fremdartige, abstoßende Note mischte.

Er berührte ihre Wange, ließ seine Finger über ihren Nacken streichen. »Wir könnten viel Spaß haben«, hauchte er ihr ins Ohr.

»Nicht in diesem Leben.«

Wieder dieses bösartige Lächeln. »Das könnte ich ebenfalls einrichten.« Seine Hand glitt tiefer, näherte sich ihren Brüsten.

Lilly sog scharf Luft ein. Was auch immer von Samuel Besitz ergriffen hatte, sie würde nicht kampflos aufgeben. Ihm nicht zeigen, wie sehr sie sich fürchtete. Davor, dass ihr Traum von einer Familie platzen könnte, dass Moni erneut mit der Trauer um den Verlust eines geliebten Menschen konfrontiert werden würde, davor, dass sie selbst nicht damit umgehen könnte.

Sie holte aus, so weit es ihr in dem beengten Raum möglich war, gab dem Wesen, das vorgab, ihr Stiefbruder zu sein, eine schallende Ohrfeige und stieß ihn von sich, um sogleich aus der Tür zu stürmen und sich in ihrem Zimmer einzuschließen. Es dauerte lange, bis sich ihr Herzschlag beruhigt hatte, sie nicht mehr um jeden Atemzug kämpfen musste, sich nicht das erste Mal in ihrem Leben einer Ohnmacht nahe fühlte.

Trotz des schrecklichen Erlebnisses und dem Wissen, dass Samuel in dem Haus auf sie lauerte, fühlte sie grimmige Genugtuung. Immerhin wusste sie nun, dass sie sich den Unfallhergang nicht eingebildet hatte. Irgendetwas war mit ihrem neuen Stiefbruder geschehen, etwas schien von ihm Besitz ergriffen zu haben, wie in einem dieser alten Science-Fiction-Filme. Noch wusste sie zwar nicht, was sie mit dem Wissen anfangen sollte, aber zumindest war ein erster Schritt getan.

19

Die Lust, die mich vor wenigen Minuten beherrscht hatte, pulsiert noch immer in mir.

Ein herrliches Gefühl.

Ich strecke mich, um jeden Millimeter dieses Körpers in Besitz zu nehmen, beobachte dabei meine Bewegungen im Spiegel. Zu viele Eindrücke prasseln auf mich ein. Gerüche. Farben. Geräusche. Wie können die Menschen mit ihrem begrenzten Verstand solch eine Informationsflut verarbeiten?

Ich lausche in mich hinein, trete in Verbindung mit dem Kollektiv. Stelle meine Frage, erhalte die Antwort, wobei im Summen der Stimmen Verärgerung liegt. Die Art Verärgerung, die ein Mensch über einen Schnitt im Finger verspüren mochte. Eine Behinderung, nicht weiter schlimm, aber vermeidbar. Ich hätte natürlich zuerst selbst nachdenken können. Die Antwort liegt auf der Hand: Sie filtern aus, nehmen nur wahr, was sie wollen. Ein großer Vorteil für uns, um unter ihren Augen zu leben.

Noch beherrsche ich den Körper nicht völlig. Zu neu bin ich auf dieser Welt. Bisher habe ich den Zustand als rein geistige Essenz der Existenz in körperlichem Sinne vorgezogen.

Ich streiche durch meine Haare, spüre ihre Weichheit. Die Körperlichkeit zu erleben ist faszinierend. Allmählich verstehe ich, warum so viele von uns, die wir doch eins sind, ständig danach streben.

Ich schotte mich von den Gedanken des Kollektivs ab – die plötzliche Stille lässt mich das erste Mal etwas spüren, das die Menschen als Furcht bezeichnen würden. Ein Individuum? Kann ein Wesen wie ich zu einer einzigartigen Kreatur werden?

Eine der vielen Fragen, deren Beantwortung uns bisher nicht gelungen war.

Es war nicht zweckdienlich gewesen, das Mädchen so zu erschrecken. Noch beherrsche ich den Körper nicht vollständig. Sein ehemaliger Besitzer hat sich noch nicht völlig von ihm gelöst, gewinnt ab und an die Oberhand.

Ich muss vorsichtiger sein. Zu viele Fehler.

Ich gehe ins Zimmer des Menschenjungen. Meinem Zimmer. Dort lasse ich die Rollläden hinunter, schließe die Augen, blende alle Gerüche und Geräusche aus. Ergebe mich der wohltuenden Finsternis.

Soll ich sie einfach töten?

Der Tod fasziniert mich, wie jeden meiner Art. Wir existieren, formulieren eigene Gedanken und sind dennoch nur Teil eines Ganzen, eine Drohne. Hören wir auf zu existieren, gehen wir im Kollektiv auf. Beschließt dieses, dass genau diese Drohne erneut gebraucht wird, erschafft es eine exakte Kopie. Die Endlichkeit einer Existenz, der unwiederbringliche Verlust eines Wesens, birgt für uns das größte Geheimnis.

Tod. Vernichtung. Bald.

20

Als es völlig dunkel war, zog Lilly ihre Schlafsachen, Panty und Spaghettitop, an und ging erneut ins Bad. Obwohl sie ein mulmiges Gefühl hatte, bemühte sie sich nicht, leise zu sein. Sie wollte Samuel nicht das Gefühl geben, dass sie ihn fürchtete, auch wenn es der Wahrheit entsprach. Immerhin waren Moni und Thomas zurück, sodass sie sich etwas sicherer fühlte. Sie wusch sich mit eiskaltem Wasser das Gesicht, putzte die Zähne und trug anschließend eine duftende Lotion auf. Als sie fertig war, löschte sie das Licht und trat auf den Flur, der im Dunklen lag. Ihre Haut kribbelte, als sie leise Atemgeräusche hörte. Lauerte Samuel auf sie? Lilly verfluchte die seltsame Anordnung der Lichtschalter in dem alten Haus, die das Licht im Flur nur am Treppenaufgang anschalten ließ, hastete allen guten Vorsätzen zum Trotz, sich keine Angst anmerken zu lassen, in ihr Zimmer und schloss zitternd die Tür hinter sich. Während sie sich gegen die Tür lehnte, tasteten ihre Finger nach dem Lichtschalter. Endlich fand sie ihn, und helles Licht durchflutete den Raum.

So konnte es nicht weitergehen, sagte sie zu sich. Tränen traten ihr in die Augen. Sie wollte wieder zurück nach Stuttgart, weg von Samuel, Raphael und der seltsamen Rektorin. Sie wäre sogar gerne wieder in Stefans Arme gesunken, wenn er sie dafür aus diesem Albtraum befreite. Sie wollte wieder eine beste Freundin haben, mit der sie über alles quatschen konnte, und keine Geheimnisse mehr vor ihrer Mutter haben.

Ein leises Klimpern riss sie aus ihren Gedanken. Es kam vom Fenster. Verwirrt hielt sie den Atem an, bis das Geräusch erneut erklang. Jemand warf mit kleinen Steinchen gegen ihr Fenster! Wie in den kitschigen Filmen, die Moni so mochte.

Lilly schob den Vorhang zur Seite und spähte nach draußen. Raphael stand im Garten. Angestrahlt vom weichen Licht des Monds wirkte er geradezu überirdisch schön. Sein schwarzes Haar stand ihm verwegen zu allen Seiten ab, und sein dunkelblaues Shirt und die engen Bluejeans betonten seine schlanke, muskulöse Figur. Lilly zögerte einen Moment. Was wollte er hier? In der Schule hatte er sie noch abblitzen lassen, sie womöglich selbst bei Favelkap verpetzt, und nun stand er wie ein verhinderter Romeo vor ihrem Balkon? Doch als er sich bückte, um ein neues Steinchen zu suchen, öffnete sie rasch die Tür und trat nach draußen. Raphael bemerkte sie und lächelte so freudig, dass es Lilly ganz warm wurde. Sie beugte sich über das Geländer. »Was willst du denn hier?«

»Wir müssen reden. Komm bitte runter.«

Lilly lag schon eine schnippische Antwort auf der Zunge, doch sie wollte sich die Gelegenheit, mehr zu erfahren, nicht entgehen lassen, auch wenn ihr das Spiel, das Raphael mit ihr trieb, gewaltig auf die Nerven ging. »Also gut.« Ein kühler Lufthauch ließ sie erschauern. Fröstelnd strich sie sich mit den Händen über die bloßen Arme. Raphaels Blick wanderte an ihr herab, und er errötete. In dem Moment bemerkte Lilly, dass sie sich nichts übergezogen hatte und nur in Panty und Top dastand. Offensichtlich wurde es zu ihrer Gewohnheit, halb nackt vor irgendwelchen Jungs herumzuspringen. Ohne einen weiteren Kommentar flüchtete sie in ihr Zimmer, zog sich ein langes, schwarzes T-Shirt mit einem Blumenmuster und eine Jeans an und löschte das Licht. Dann öffnete sie die Tür einen Spalt und vergewisserte sich, dass die Atemzüge auf dem Flur verschwunden waren, um sodann barfuß die Treppe hinunterzuschleichen. Moni und Thomas schliefen aneinandergekuschelt auf der Couch, sodass Lilly sich unbemerkt ihre Schuhe schnappen und durch die Haustür nach draußen verschwinden konnte. Sie setzte sich auf die Eingangstreppe, zog sich ihre Sneakers an und ging leise am Haus vorbei in den Garten. Suchend blickte sie sich um, bis Raphael aus dem Schatten einer alten Tanne trat und ihre Hand ergriff. Bei der Berührung durchfuhr es Lilly wie ein Stromschlag. Seine Haut war so warm und weich, und seine Nähe ließ ihr Herz rasen. »Wir müssen weg von hier«, flüsterte er. »Er darf uns nicht sehen.«

Er wollte sie mit sich ziehen, doch sie blieb einfach stehen. Was bildete der Kerl sich ein? Mal war er nett, dann ließ er sie abblitzen und wollte offensichtlich ihren Stiefbruder töten. Wie konnte er ernsthaft glauben, dass sie allein mit ihm in den Wald ging? »Auf keinen Fall. Falls du mir etwas zu sagen hast, kannst du es auch hier tun.«

Er sah sie überrascht an, als wäre er es nicht gewohnt, dass sich ihm jemand widersetzte. »Ich verspreche dir, dass dir nichts geschieht. Dein Bruder darf uns nicht zusammen sehen. Es wäre nicht sicher für dich.«

»Sag mir, was hier vor sich geht, und ich komme mit dir«, beharrte sie. »Wie soll ich mich schützen, wenn ich nicht weiß, was hier passiert?«

»Bitte.« Seine Stimme klang so verzweifelt, in seinen Augen, in denen wieder der silberne Stern leuchtete, spiegelte sich solch aufrechte Sorge, dass Lilly kurz davor war, nachzugeben.

Er zögerte, rang offensichtlich mit sich. »Gut ... Komm mit, und ich werde dir eine Frage beantworten.«

»Drei.«

»Übertreib es nicht. Zwei.«

»Okay«, willigte sie zögernd ein. Sie war es auf jeden Fall nicht gewohnt, sich derart gegen andere durchsetzen zu müssen.

Er ergriff erneut ihre Hand, führte sie aus dem Garten hinaus bis zum Waldrand, ohne sie auch nur eine Sekunde loszulassen. Lilly wäre am liebsten bis ans Ende der Welt mit ihm gegangen, hätte alles andere zurückgelassen. Wie konnte er nur so widerstreitende Gefühle in ihr auslösen?

»Bleib dicht hinter mir«, sagte er, sobald sie die ersten Bäume erreichten. »Ich führe dich.«

Eine Wolke verdeckte den Mond, sodass Lilly in dem spärlichen Licht kaum etwas erkennen konnte, allerdings hielt Raphael bei jedem Hindernis inne und warnte sie, wann immer ein Ast quer über dem Weg hing oder Wurzeln aus dem Erdreich ragten. An schwierigen Stellen reichte er ihr seine andere Hand und half ihr hinüber, wobei Lilly seine Nähe nur noch nervöser machte. Sie setzte auf die Liste der immer mehr werdenden Fragen nun auch, warum er so gut im Dunkeln sehen konnte. Schließlich hielten sie auf einer winzigen Lichtung inne, die durch einen umgestürzten Baumriesen, der im Fall noch einige jüngere mit sich gerissen hatte, verursacht worden war. Die Wolke gab den Mond wieder frei, sodass Lilly die wilde Schönheit dieses Ortes bewundern konnte. Von den zerbrochenen Ästen hingen lange Ranken hinunter, und eine dicke Schicht Moos bedeckte den Stamm, an dem an manchen Stellen tellerförmige Pilze dicht auf dicht wuchsen. Efeu raschelte unter ihren Füßen, als sie zu dem Baum gingen und sich nebeneinander hinsetzten. Lilly spürte die Wärme von Raphaels Körper neben sich und hätte ihn zu gerne berührt, sich an ihn gekuschelt und seine Arme um sich gefühlt. Sie sah ihn verlegen an, wobei sich ihre Blicke, seiner voller Traurigkeit und Sorge, trafen.

»Was bist du?«, flüsterte Lilly.

»Ist das deine erste Frage?«

21

Sie schüttelte den Kopf. Wie sollte sie sich auf zwei beschränken, wenn sie unzählige hatte. Nachdenken, ermahnte sie sich. Was ist dringend? Samuel. Aber was war wichtiger – zu wissen, warum Raphael ihn töten wollte, was er war oder wie sie ihm helfen konnte?

»Du hast so schönes Haar«, murmelte er und streckte seine Hand aus, um es zu berühren.

Für einen Moment vergaß Lilly all ihre Fragen. Das Einzige, was zählte, war Raphael, seine Augen und seine Nähe, die ihr Herz schneller pochen ließ.

Er nahm eine ihrer Haarsträhnen, so vorsichtig, als wäre sie aus Porzellan, drehte sie um seinen Finger. Plötzlich erstarrte er und zog dann seine Hand zurück. Der Zauber war gebrochen. Sein Gesicht verhärtete sich. »Tut mir leid, ich sollte das nicht tun.«

»Das kann nicht dein Ernst sein! Glaubst du, du kannst einfach so mit meinen Gefühlen spielen?«

»Nein, ich müsste mich von dir fernhalten, aber wie soll ich das?« Er stand auf, lief vor dem Baumstamm auf und ab. »Wie könnte ich ruhig bleiben, wenn du mit *ihm* unter einem Dach wohnst und ich nichts tun kann, um dich zu beschützen?«

Sie stand auf, stellte sich ihm in den Weg. »Dann sag mir einfach, was hier vor sich geht.«

»Ich darf nicht … Es gibt Regeln.«

»Regeln sind dazu da, gebrochen zu werden.«

Er schüttelte den Kopf. »Nicht diese. Die Konsequenzen wären nicht abzusehen.«

»Du hast mir versprochen, zwei Fragen zu beantworten. Brichst du damit nicht bereits die Regeln?«

»Das tue ich längst – allein mit meiner Anwesenheit.« Er seufzte, lächelte leicht gequält. »Stell deine Fragen, ich beantworte sie, so gut ich kann.«

Sie setzte sich wieder auf den Stamm. »Erst möchte ich etwas anderes wissen. Warum tust du das für mich?«

Raphael ging vor ihr auf die Knie, strich ihr eine Strähne aus dem Gesicht. »Weil du, mein seltsames Mädchen, dich irgendwie in mein Herz geschlichen hast.«

Lilly spürte, wie sich ihre Wangen bei dieser Offenbarung verfärbten. Doch durfte sie ihm glauben?

»Ich habe das Gefühl, dass du mich verstehen könntest«, fuhr er fort. »Wenn ich dich sehe, möchte ich mit dir reden, deine Geheimnisse ergründen und meine mit dir teilen.« Er seufzte. »Wenn nur nicht alles so kompliziert wäre.«

Selbst die Traurigkeit in seinem Gesicht tat seiner Schönheit keinen Abbruch. Seine Wehmut umhüllte ihn wie ein flauschiger Wintermantel, begleitete ihn ebenso wie Lilly die Trauer um ihren Vater. War das der Grund dafür, dass sie sich so verbunden fühlten? Wussten sie beide, was es heißt, einen Verlust hinnehmen zu müssen?

Raphael nahm ihre Hand und drückte sie sanft. So saßen sie eine Weile nebeneinander, sahen zwischen den Baumwipfeln zu den Sternen empor. Lilly genoss die Stille, benötigte sie dringend, um ihr klopfendes Herz zu beruhigen und das Chaos in ihren Gedanken zu besänftigen. Doch bereits nach wenigen Minuten bereute sie es, ihren Mantel nicht mitgenommen zu haben. Der Herbst hielt Einzug in das Land – die Nächte wurden immer kälter und feuchter –, und sie fror unter ihrem T-Shirt. Sie versuchte, sich nichts anmerken zu lassen, aber ein leichtes Zittern konnte sie nicht unterdrücken.

»Ist dir kalt?«

Lilly nickte. »Etwas.«

Er legte einen Arm um ihre Schulter und zog sie an sich. »Ich kann dich wärmen.«

Für einen Moment versteifte sich Lilly. Die Nähe war ungewohnt. Aber dann gab sie nach und kuschelte sich an ihn, legte ihren Kopf auf seine Schulter. Er war unglaublich warm, sodass sie bereits nach kurzer Zeit zu frieren aufhörte. Sie lauschte seinem Herzschlag, schloss die Augen und wünschte sich, dass die Zeit niemals vergehen würde, sie nie wieder in die Realität zurückfinden müsste. Trotzdem richtete sie sich nach einigen Minuten auf. »Meine erste Frage lautet: Was ist mit Samuel geschehen?«

Er seufzte. »Ich hatte gehofft, du hättest die Abmachung vergessen. Lass mich überlegen, wie ich es dir am besten verständlich mache.« Er scharrte mit einem Fuß in der lockeren Erde, bis er ein kleines Loch gegraben hatte. »Lass uns damit anfangen, was du weißt.«

Lilly sah ihn misstrauisch an. Wollte er sich nur eine Geschichte ausdenken, die zu ihrem Wissen passte? Trotzdem berichtete sie ihm von dem Unfall und Samuels Benehmen danach.

»Deine Erinnerungen täuschen dich nicht. Dein Stiefbruder ist wirklich gestorben, und den Augenblick, in dem sich seine menschliche Seele vom Körper löste, nutzte ein mächtigeres Wesen, sich seiner zu bemächtigen.«

Lilly sah ihn zweifelnd an. »Seele?«

»Ist es so abwegig, dass es etwas Derartiges gibt?«

»Es gibt keinen Nachweis für ihre Existenz.«

Er lachte. »Die Denkweise der Moderne. Nur weil etwas

noch nicht bewiesen ist, kann es dennoch existieren. Wie sonst erklärst du dir Samuels Verhalten?«

»Nehmen wir an, ich glaube dir.« Sie drehte wie immer, wenn sie aufgeregt war, den silbernen Verlobungsring an ihrem Finger hin und her. »Was genau ist es?«

Er schüttelte den Kopf. »Mehr kann ich dir dazu nicht sagen. Es reicht, wenn du weißt, dass Samuel nicht mehr existiert. An seine Stelle ist etwas von Grund auf Böses getreten.«

»Aber ich habe doch mit ihm gesprochen!«

Er sah sie überrascht an. »Das kann nicht sein. Das Ding spielt nur mit dir.«

»Das glaube ich nicht«, beharrte Lilly. »Er war verzweifelt, suchte Hilfe. Warum sollte er das tun?«

»Um genau diese Reaktion hervorzurufen. Dich zum Verzweifeln zu bringen, deine Angst und Trauer zu genießen. Daran labt es sich.«

»Wie kann ich ihm helfen?«

»Lass uns ihn erlösen, bevor er anderen Leid zufügt. Für ihn gibt es keine Rettung.«

»Das glaube ich nicht«, begehrte Lilly auf. »Du lügst.« Tränen strömten ihr über die Wangen. Sie konnte nicht mehr. Es war alles zu viel. Viel zu viel. Sie war doch nur ein Mädchen, das sich ein normales Leben gewünscht hatte.

Raphael zog sie in seine Arme. »Ich wünschte, es wäre so.« Er streichelte ihre Haare, murmelte beruhigende Worte, während Lilly weinte und weinte. Sie glaubte, niemals mehr aufhören zu können. War zu erschöpft, um sich noch daran zu stören, dass sie sich bei einem Jungen, den sie kaum kannte, ausheulte.

Sie wusste nicht, wie viel Zeit vergangen war, bis sie sich beruhigte. Sie löste sich von ihm, kramte ein verknülltes Taschentuch hervor und trocknete sich verschämt die Augen.

»Du solltest vergessen, was du gesehen hast«, sagte Raphael so leise, dass sie ihn kaum verstand.

»Das kann ich nicht, und ich kann auch nicht zulassen, dass ihr Samuel etwas antut.«

»Er ist nicht …«, setzte Raphael an.

»Was?«, fuhr ihn Lilly an. »Nicht mein Stiefbruder? Ich weiß, aber das gibt euch noch lange nicht das Recht, ihn zu töten. Hast du jemals daran gedacht, was es für seinen Vater und meine Mutter bedeuten würde, falls er stirbt? Selbst wenn dir sein Leben nichts bedeutet, wie kannst du Menschen Leid zufügen wollen, die du nicht kennst?« Am Ende ihrer kleinen Rede wurde Lilly immer leiser und schämte sich fast für ihren Ausbruch.

»Bitte«, flehte er sie an. »Du schwebst in Gefahr. Ich will nicht, dass dir etwas zustößt. Ich könnte nicht damit leben.«

Die Aufrichtigkeit in seinen Augen, der Schmerz in seiner Stimme schockierten Lilly. Trotzdem waren mit einem Mal all die Fragen wieder da, drängten sich zwischen sie und errichteten eine unsichtbare Wand, die sie voneinander trennte.

»Ich kann das nicht zulassen.«

Er zog sie in seine Arme. »Was mache ich nur mit dir, mein seltsames Mädchen«, murmelte er in ihr Haar.

»Ich weiß es nicht.«

Er löste sich von ihr. »Ich bringe dich nach Hause. Du bist müde.«

Lilly blinzelte und verneinte, wobei sie ein Gähnen unterdrückte.

Raphael lachte, wodurch die Trauer einen Augenblick von ihm abzufallen schien. Wie herrlich musste es sein, ihn jeden Tag lachen zu sehen? Womöglich selbst der Grund für dieses wunderbare Geräusch zu sein?

»O doch …«

»Ich kann morgen länger schlafen.«

Er strich ihr sanft durchs Haar. »Ich muss weg.« Er stand auf und zog sie hoch. Dann sah er ihr in die Augen, so intensiv, dass Lilly sich verschämt abwandte. Er fasste unter ihr Kinn und zwang sie, ihn wieder anzusehen. Lilly war so fasziniert von seinen Augen, dem silbrigen Stern um seine Pupillen, dass sie fast nicht hörte, was er sagte.

»Du bist etwas Besonderes.«

Lilly setzte zu einer Antwort an, da legte er einen Finger auf ihre Lippen. »Psst, schlaf darüber. Komm morgen Abend ins Madjane, und wir reden.«

»Wir haben den ganzen Tag frei. Können wir nicht da reden?«

Raphael schüttelte erneut den Kopf. »Morgen Abend.«

Schweigend gingen sie zu Lillys Haus zurück. Sie wollte den Frieden nicht stören, dennoch war sie sich der unsichtbaren Mauer zwischen ihnen bewusst.

Zurück in ihrem Bett tobten tausend Gedanken durch ihren Kopf. Spielte Raphael nur mit ihr? Konnte sie dieser Geschichte von Seelen und übernommenen Körpern glauben? Und wenn ja – wie sollte sie dann jemals Samuel retten?

Über all diesen Fragen fiel Lilly in einen unruhigen Schlaf.

22

Das Frühstück am nächsten Morgen war äußerst bizarr. Die Stimmung war nach außen hin fröhlich. Samuel mimte den perfekten Sohn, bereitete Rühreier mit frischem Toast zu und scherzte ausgelassen mit Moni und Thomas. Er berichtete von seinen Kursen, den Lehrern und benahm sich wie ein normaler Teenager. Nur Lilly bekam seine andere Seite zu spüren. Wann immer sie einen Moment allein waren oder sich ihre Blicke trafen, grinste er sie böse an. Ein Mal fing er sogar eine Fliege aus der Luft und zerdrückte sie zwischen seinen Fingern.

Schließlich entschuldigte sich Lilly mit der Ausrede, dass sie Hausaufgaben zu erledigen hätte, und ging in ihr Zimmer. Sie spürte die besorgten Blicke ihrer Mutter in ihrem Rücken, als sie die Küche verließ, und wusste, dass Moni sich fragte, ob ihre Tochter mit der neuen Situation zurechtkam. Das schlechte Gewissen verschlimmerte Lillys ohnehin bedrückte Stimmung, aber was sollte sie ihrer Mutter auch sagen? Und in Samuels Nähe hielt sie es keinen Moment länger aus. Immer wieder tauchten die Bilder von dem sterbenden Reh vor ihren Augen auf.

Gegen Mittag rief Michelle an und fragte, ob sie nicht Lust hätte, sich mit ihr und Amy zum Eisessen zu treffen. Lilly war überrascht zu hören, dass es in Aurinsbach ein Café gab, aber anscheinend verkaufte eine Frau namens Mama Lipetta – in ihren Ohren klang der seltsame Name wie nach einer

Figur aus einem Kinderfilm – in einem Hinterhof selbst gemachte Eiscreme und handgebrühten Kaffee.

Michelle versprach, sie in einer halben Stunde abzuholen. Als es klingelte, lief Lilly direkt zur Tür. Trotzdem konnte sie ihre Freundin nicht vor Monis Neugierde retten. Unter einem Redeschwall, begleitet von einem überschwänglichen Lächeln, wurde sie in die Küche gelotst. »Möchtest du einen Cappuccino?«

»Mama«, stöhnte Lilly. »Du weißt doch, dass wir auf einen Kaffee verabredet sind. Da musst du ihr nicht einen von deinen Instant-Cappuccinos aufdrängen.«

»Ich zwinge sie doch nicht«, wischte Moni den Einwand beiseite und gab ein paar Löffel von dem Pulver in eine pinkfarbene Tasse, auf der rote Kussmünder prangten und in grellgelben Lettern der sinnige Spruch »Küssen nur in Füssen« stand. Lilly erinnerte sich nur zu gut daran, wie sie bei einem verregneten Sommerausflug in einen Geschenkshop gegangen waren und bei einem kauzigen alten Mann diese Tasse gekauft hatten. Es war zwar total tourimäßig und irgendwie auch peinlich gewesen, aber sie liebte diese verrückten Aktionen ihrer Mutter.

»Sie ist nur zu höflich, um Nein zu sagen.«

»Keine Sorge, ich bin ein Koffein-Junkie«, wandte Michelle ein. »Ich kann gar nicht genug von dem braunen Zeug bekommen.«

»Geht mir genauso«, lachte Moni und rückte ihre grellrote Brille zurecht. »Es freut mich, dass Lilly bereits eine nette Freundin gefunden hat. Wie findest du es denn im Internat?«

Während Moni Michelle aushorchte, ihrer Meinung nach unauffällig, blickte Lilly sie entschuldigend an, doch der rothaarigen Marilyn Monroe schien das elterliche Verhör sogar Spaß zu machen.

Schließlich entließ Moni sie in die Freiheit, und sie eilten kichernd hinaus. »Tut mir leid, dass meine Mutter dich so ausgefragt hat«, sagte Lilly.

»Ach Unsinn, Moni ist toll. Ich wünschte, meine Mom wäre auch so.«

»Ist sie das nicht?«

»Ich sehe sie nur selten. Für sie zählen nur Arbeit und das Ansehen der Familie. Deshalb färbe ich meine Haare alle paar Monate in einer anderen Farbe.« Michelle wickelte eine ihrer roten Locken auf ihren Zeigefinger, an dem sie, wie an allen anderen Fingern auch, einen breiten Silberring trug. »Sie rastet jedes Mal aus, wenn sie mich sieht, und es ist ihr superpeinlich, mich so zu Geschäftsessen und Festen mitzunehmen.«

Lilly blinzelte gegen das grelle Sonnenlicht an. Michelle tat ihr leid. Sie selbst hatte zwar ihren Vater verloren, aber ihre Freundin wirkte, als wäre sie bereits als Waise geboren worden.

»Lass uns über etwas anderes reden«, schlug Michelle vor. »Hast du schon den neuen Song der Stargazer gehört? Mikael hat so eine tolle Stimme und sieht auch noch zum Anbeißen aus.«

Lilly hörte die Musik zwar auch ganz gerne, war aber nicht so ein fanatischer Fan wie Michelle, die das Geburtsdatum von jedem Bandmitglied auswendig kannte. Trotzdem unterhielt sie sich gerne mit ihr über die Band, bis sie bei Mama Lipettas Eiscafé ankamen. Es befand sich tatsächlich in einem Hinterhof, und nur ein winziges handgemaltes Schild wies den Weg. In dem Hof hatte man schlichte, weiße Plastikstühle aufgestellt, und drei knallgelbe Sonnenschirme spendeten Schatten. Bei Mama Lipetta handelte es sich um eine freundliche, rundliche Frau mit kräftigen Armen, in deren schwarzen Haaren die ersten grauen Strähnen schimmerten. Sie hatte einen starken italienischen Akzent, und ihr Gang erinnerte an das Watscheln einer Ente, aber Lilly mochte sie auf Anhieb.

Beim Eis konnte man zwischen sechs verschiedenen Sorten wählen und dann entweder einen Fruchtbecher daraus machen – Mama Lipetta gab einfach etwas von einem Fruchtmix aus der Dose hinzu –, Sahne dazu nehmen oder das Eis pur genießen. Serviert wurde das Ganze in bunten Plastikschälchen.

Amy wartete bereits auf sie und schloss sich ihnen an, als sie zur Theke gingen. Sie nahm zwei Bällchen Vanille, Michelle Schoko und Himbeere, und Lilly entschied sich für Erdbeere und Banane. Nachdem sie alle noch Früchte und Sahne dazu genommen hatten und jeder eine große Tasse Kaffee hatte, schlenderten sie zu einem Tisch nahe der Hauswand, an der einige kümmerliche Rosen sich an einem Rankgitter festhielten.

»Ist das nicht herrlich?«, fragte Michelle. »Kein Latte macchiato, Cappuccino mit irgendeinem Flavour, Espresso oder andere Spielereien, sondern ganz schlichter Kaffee.«

Amy nippte an ihrer Tasse. »Manchmal sind die einfachsten Dinge doch die schönsten.«

»Schade, dass Samuel nicht mitgekommen ist. Ich hätte deinen schnuckeligen Bruder zu gern wiedergesehen«, brachte Michelle zwischen zwei Bissen Eis hervor.

Lilly zuckte zusammen. »Ich finde ihn die letzten Tage etwas merkwürdig.«

»Das muss so sein, Brüder verhalten sich immer seltsam.«

»Na, du musst es ja wissen«, sagte Michelle.

Lilly hob eine Augenbraue. »Hast du einen?«

Amy lachte. »Nicht nur einen, sondern gleich vier. Gott sei Dank sind sie auf einem anderen Internat. Ich habe mich geweigert, dieselbe Schule wie sie zu besuchen. Du kannst dir gar nicht vorstellen, wie lästig es ist, wenn sie glauben, den großen Bruder raushängen lassen zu müssen, und auf mich aufpassen.«

»Und trotzdem rufst du sie jeden Tag an und erzählst ihnen alles. Selbst Dinge, die sie nichts angehen«, neckte Michelle sie.

»Woher sollte ich denn wissen, dass du auf Christian stehst und ich ihm nichts von deinen Eroberungen erzählen darf?«

»Als gute Freundin musst du ein Gespür für so etwas haben. Nicht wahr, Lilly?«

Ein Tropfen Eiscreme, der auf Michelles kurze, rote Shorts fiel, rettete Lilly vor einer Antwort.

»So ein Mist, jetzt brauche ich noch ein paar Servietten.« Michelle sprang auf und starrte entsetzt auf den Fleck.

»Hier, nimm meine«, bot Lilly an und hielt ihr eine von den dünnen Papierservietten hin.

Nachdem Michelle ihr Outfit gerettet hatte, setzte sie sich wieder hin. »Jedenfalls sind Amys Brüder total süß. Nicht halb so versessen aufs Lernen wie ihr Schwesterchen.«

»Manche Menschen haben eben noch anderes im Kopf als Jungs«, versetzte Amy, sammelte ihre leeren Becher ein und brachte sie zur Mülltonne. »So bleiben uns die Wespen vom Hals.«

»Siehst du, genau das meine ich. Du denkst zu viel.«

»Und du zu wenig.«

Allmählich schwirrte Lilly der Kopf von dem Redefluss der beiden Mädchen, außerdem machte sich der wenige Schlaf der letzten Nacht bemerkbar. Trotzdem packte sie Aufregung beim Gedanken an ihr Treffen mit Raphael an diesem Abend. Sie konnte es kaum erwarten, wieder in seiner Nähe zu sein, auch wenn alles so kompliziert war. Sie wollte ihm glauben, dass er sie wirklich mochte, sich um sie sorgte.

»Kommst du heute Abend ins Madjane?«, fragte Amy und riss Lilly damit aus ihren Träumereien.

»Ja, ich habe bisher nichts anderes vor.«

»Kommt Samuel auch?«, wollte Michelle mit einem hoffnungsvollen Lächeln wissen.

»Ich habe ihn nicht gefragt«, antwortete Lilly. Was sollte sie nur wegen Michelles Interesse an Samuel unternehmen? Als Freundin müsste sie sie warnen, aber was konnte sie ihr sagen, ohne vollkommen verrückt zu wirken?

»Bring ihn bitte, bitte mit, ja?«, bettelte Michelle mit übertrieben weit aufgerissenen Augen.

»Ich werde es versuchen. Aber sag mal, was ist eigentlich mit Raphael und Felias los? Die verhalten sich ziemlich merkwürdig, und sie sind definitiv nicht meine Brüder.«

»Felias ist einfach nur ein Weiberheld, mach dir seinetwegen keinen Kopf«, stellte Michelle fest.

Lilly starrte sie verdutzt an, dann erinnerte sie sich, wie er sich ihr gegenüber bei ihrer ersten Begegnung benommen hatte. Seine kampfeslustige, mörderische Seite verbarg er vor den anderen sehr gut.

»Und Raphael, nun er ist halt so. Unnahbar, kalt und doch irgendwie süß.«

»Aber findest du nicht, dass seine Launen sehr wechselhaft sind?«, fragte Lilly.

»Das muss an dir liegen.« Amy grinste sie an. »Vermutlich steht er auf dich. Da werden Jungs immer seltsam.«

Lilly wurde rot und blickte zu Boden. »Was weißt du denn über ihn?«

»Nicht viel.« Amy runzelte die Stirn. »Es wird behauptet, dass seine Eltern Amerikaner sind, die mit ihrem Unternehmen die US-Truppen beliefern.«

»Stehst du etwa auf ihn?«, erkundigte sich Michelle mit einem breiten Grinsen.

»Ich bin nur neugierig.« Lilly sah an den Gesichtern der anderen Mädchen, dass sie nicht sehr überzeugend klang. »Ich sitze doch neben ihm in Englisch, aber er ist immer so schweigsam.«

»Mach dir keine Hoffnungen«, sagte Amy und rührte in ihrer Tasse. »So ziemlich jedes Mädchen hat schon ihr Glück bei ihm versucht, doch er zeigte an keiner Interesse.«

»Aber süß ist er«, seufzte Michelle. »Warum bekommen immer die schwierigsten Jungs das beste Aussehen? Das ist doch eine totale Verschwendung.«

»Vielleicht ist er wirklich schwul«, warf Amy ein.

»Das glaube ich nicht«, widersprach Lilly viel zu schnell.

Neugierig blickten sie die anderen an.

»Ach, hast du irgendwelche Beweise oder Erfahrungen aus erster Hand?«

Lilly überlegte kurz, was sie sagen konnte. Es tat gut, mit den Mädchen zu sprechen, auch wenn sie ihnen nicht alles erzählen durfte. Aber vielleicht konnte sie die Wahrheit ja etwas zurechtbiegen. »Ich habe ihn gestern Abend zufällig getroffen, und wir haben ein bisschen geredet.«

Amy und Michelle lauschten gebannt ihren Worten.

»Und was ist dann passiert? Hat er dich geküsst?«, fragte Amy.

»Nein, aber als ich gefroren habe, hat er einen Arm um mich gelegt und mich gewärmt und mir übers Haar gestrichen.«

»Das ist ja der Wahnsinn!«, stöhnte Michelle. »Der mag dich.«

»Aber pass bloß auf, dass Calista das nicht mitbekommt. Die platzt vor Eifersucht.« Amy runzelte besorgt die Stirn.

»Ach, würde ihr gerade recht geschehen.«

»Läuft eigentlich etwas zwischen dir und Nick?«, fragte Lilly, um von sich und Raphael abzulenken.

»Nick?«, fragte Amy überrascht.

»Danke, Lilly«, sagte Michelle. »Sie will mir einfach nicht glauben, dass er verrückt nach ihr ist.«

»Das versteht ihr falsch, er ist wie ein Bruder für mich.«

Michelle rückte ihren Stuhl in die Sonne und holte aus ihrer Handtasche eine dunkle Sonnenbrille mit großen, runden Gläsern hervor. »Er wäre aber gerne mehr als ein Bruder. Außerdem passt ihr gut zusammen.«

Für einen Moment herrschte Stille, während sie die warme Spätsommerluft genossen und dem Zwitschern der Vögel zuhörten. Doch Michelle hielt die Tatenlosigkeit nicht lange aus und wippte mit den Füßen. »Auf was steht Samuel eigentlich?«

»Keine Ahnung, ich kenne ihn doch kaum«, wich Lilly aus.

»Du wohnst mit ihm zusammen. Irgendetwas musst du doch wissen.«

»Ich habe einen Baseballschläger in seinem Zimmer gesehen.« Lilly beabsichtigte nicht, ihr irgendwelchc hilfreichen Hinweise zu geben. Sie musste sich etwas einfallen lassen, um sie von Samuel fernzuhalten.

»Na, danke für den Tipp«, schnaubte diese. »Soll ich mir eine Catcher-Ausrüstung zulegen und vor ihm strippen?«

Amy lachte auf. »Seine Aufmerksamkeit hättest du dann sicher.«

»Mehr kann ich dir auch nicht sagen.«

Michelle blickte Lilly misstrauisch an. »Wenn du ihn doch für dich willst, sag es lieber gleich.«

»Nein, nein«, wehrte Lilly ab. Kaum hatte sie es ausgesprochen, bereute sie es. Vielleicht sollte sie tatsächlich vorgeben, auf Samuel zu stehen, damit ihre Freundin ihm nicht zu nahe kam.

Als Mama Lipetta an ihren Tisch trat, bestellten sie alle

noch einen Kaffee. Mit den frischen Tassen wendete sich das Gespräch anderen Dingen zu. Sie sprachen über die Lehrer, den Unterricht und wie so oft in Michelles Anwesenheit über Stargazer. Zu Lillys Erleichterung war Samuel damit vorerst vergessen. Dafür grübelte sie darüber nach, was sie Raphael bei ihrem Treffen sagen sollte. Sie beabsichtigte nicht, einfach so zu tun, als hätte sie nie etwas gesehen, und Samuel womöglich von den Jugendlichen töten zu lassen. Aber sie wollte Raphael auch nicht verärgern, sondern viel mehr Zeit mit ihm verbringen und ihn besser kennen lernen. Oder sogar mehr.

23

Den frühen Abend verbrachte Lilly in ihrem Zimmer, nachdem sie sich von Amy und Michelle verabschiedet hatte, und arbeitete an ihrem Puzzle. Wenn sie so weitermachte, würde sie bald ein neues kaufen müssen. Moni hatte sie mit sorgenvoller Miene beobachtet, als sie nach oben verschwunden war, sobald sie Samuel im Wohnzimmer entdeckt hatte. Bald würde sie mit ihr reden wollen, und Lilly wusste nicht, was sie ihr dann entgegnen sollte.

Je näher der Abend rückte, desto nervöser wurde sie. So albern und kindlich sie sich auch vorkam, es beschäftigten sie nicht nur die Rätsel um Samuel und wie sie ihm helfen konnte, sondern auch Raphael. Er sah umwerfend gut aus, eigentlich viel zu gut, um sich mit einem Mädchen wie ihr abzugeben. Er konnte jede haben, vor allem, da er so lieb und fürsorglich sein konnte, wenn er nicht wieder dieses seltsame Verhalten an den Tag legte. Seine wechselhaften Launen erschreckten sie fast noch mehr als die Tatsache, dass er mit seinen Freunden Samuel etwas antun wollte. Trotzdem glaubte sie nicht, dass sie einen Kuss von ihm verweigern würde.

Sie verbrachte viel Zeit mit der Auswahl ihrer Kleidung, bis sie sich für Hotpants aus schwarzem Jeansstoff, eine blickdichte weiße Strumpfhose, dicke schwarze Stiefel mit Schnallen und einen schwarz-weiß geringelten, hautengen Pullover entschied. Zusammen mit ihren silbernen Kreolen und einem leichten Make-up fand sogar sie sich ansehnlich.

Schließlich ging sie nach unten, um in der Küche darauf zu warten, dass sie abgeholt werden würde. Moni war hin- und hergerissen zwischen der Freude, dass Lilly bereits so viele Freunde gefunden hatte, und der Sorge, dass sie am nächsten Tag zu müde für die Schule sein könnte.

»Ich könnte eine Bedienungsanleitung für Töchter im Teenageralter gebrauchen«, jammerte sie.

»Du machst deine Sache gut.«

Moni nahm sich ein Glas Cola und setzte sich zu Lilly an den Küchentisch. »Genau das bereitet mir Sorgen. Normalerweise sollten Kinder in deinem Alter ihre Eltern hassen.«

Lilly lachte. »Wenn das dein Problem ist, kann ich gerne ein bisschen rumschreien.«

»Nicht nötig«, wehrte Moni ab.

Draußen hupte es, und Lilly sprang auf. Sofort war das Kribbeln in ihrem Bauch wieder da. Gleich würde sie Raphael wiedersehen.

»Komm aber nicht zu spät nach Hause.«

»Nein, Mom«, rief Lilly im Hinausrennen. Vor der Tür stand ein funkelnagelneuer, dunkelroter BMW mit Nick, der eine Klasse wiederholen musste und deshalb der Älteste war und bereits einen Führerschein besaß, hinter dem Steuer. So ein Luxusinternat zu besuchen hat auch seine Vorteile, schoss es Lilly durch den Kopf, als sie sich auf die Rückbank zu Michelle und einem sommersprossigen Mädchen mit karottenfarbenem Haar quetschte. »Das ist Mel«, stellte Michelle sie vor. »Ihr kennt euch, glaube ich, noch nicht.«

Amy saß vorne neben Nick, und als *Love in the Darkest Hour* von den Stargazer lief, drehte sie es sehr zum Leidwesen von Nick auf volle Lautstärke auf. Als die anderen Mädchen zu singen anfingen, steckte die gute Stimmung auch Lilly an, und sie fiel mit ein. Auch wenn Nick sich lauthals beschwerte und drohte, niemals wieder einen Haufen verrückter Weiber mitzunehmen, bemerkte Lilly, wie er immer wieder verstohlen zu Amy hinübersah. Offensichtlich stand er auf sie, aber Amy bemerkte es wirklich nicht. Sie sollte mit ihr darüber sprechen, vielleicht schlug sie sich daraufhin Felias aus dem Kopf, dann musste sie sich nicht auch noch Sorgen um sie machen. Nachdem der Song zu Ende war, lehnte sich Michelle lachend an sie.

»Und bist du aufgeregt wegen deinem Date?«

»Oh, mit wem bist du denn verabredet?« Mel beugte sich neugierig vor, und auch Nick blickte Lilly aus dem Rückspiegel an, während er die Musik leiser drehte.

»Mit Raphael.« Michelle zog den Namen betont in die Länge.

»Mit dem aus unserer Klassenstufe?«, fragte Mel mit weit aufgerissenen Augen. »Das glaube ich nicht.«

»Calista wird ausrasten, wenn sie das mitkriegt.« Michelle lachte. »Das geschieht der Zicke gerade recht.«

Lilly fühlte sich gar nicht wohl bei der Aufmerksamkeit, die ihrer Verabredung beigemessen wurde. Wie peinlich wäre es, wenn er sie wieder so eiskalt abblitzen ließ wie in der Schule?

Selbst Amy drehte sich nun zu ihnen um. »Ich bin so neidisch. Ich wünschte, Felias würde mich auch um ein Date bitten.«

Nicks Schultern sackten unmerklich herunter. Er tat Lilly leid, und sie fragte sich, wie Amy so blind sein konnte. »Ein Date würde ich es nicht nennen. Wir wollten nur reden.«

»Klar«, Michelle lachte. »Zwischen dem Rumknutschen werdet ihr vermutlich auch ein paar Worte wechseln.«

Lilly war froh, als sie am Madjane ankamen, sie endlich aussteigen konnte und so den Sticheleien ihrer Freundinnen entkam. Dafür verstärkte sich nun ihr Bauchkribbeln, und vor lauter Aufregung wäre sie am liebsten wieder umgekehrt.

Im Eingangsbereich sammelten sich die Jugendlichen, um ihre Eintrittskarten zu kaufen und ihre Pässe kontrollieren zu lassen. Daneben saßen auf einer Bank ein paar Raucher und wirkten etwas verloren.

»Die sehen aus wie die beiden alten Männer, die bei meiner Oma im Dorf immer auf einer Bank an der Straße sitzen und den Verkehr beobachten«, kicherte Amy.

»Lasst uns reingehen. Mir wird kalt«, sagte Michelle und zog ihren langen Mantel aus, unter dem sie einen sehr kurzen Minirock trug, hohe Stiefel und ein hautenges schwarzes Top.

»Ich werde nie verstehen, warum ihr Mädchen immer halb nackt herumrennen müsst und euch dann über die Temperatur beschwert«, grummelte Nick.

»Als ob euch Kerlen das nicht gefallen würde«, konterte Michelle. »Aber jetzt los, bevor ich hier festfriere.«

»Dann würdest du wenigstens den Mund halten.«

Michelle schubste Nick und schnaubte empört. »Das war nicht nett.«

Schließlich stellten sie sich am Schalter an.

Amy stupste Lilly in die Seite. »Da ist Felias.« Sie deutete in eine dunkle Ecke hinter der Eingangstür, in die sich der blonde Junge gedrückt hatte. »Dann wird Raphael auch schon da sein.«

Bei der Vorstellung begann Lillys Herz heftig zu klopfen. So hatte sie sich noch nie gefühlt. Auch nicht bei Stefan. Es war immer schön gewesen, ihn zu sehen, aber diese Aufregung und Nervosität war neu für sie. Dann tauchte eine aufgedonnerte Schwarzhaarige, die sicherlich schon über zwanzig war, neben Felias auf, und die beiden gingen gemeinsam hinein. Amy blickte ihnen traurig hinterher.

»Vergiss ihn«, flüsterte Lilly ihr ins Ohr. »Wenn er nicht merkt, wie toll du bist, ist er es ohnehin nicht wert.«

Nachdem sie ihre Eintrittskarten abgegeben hatten und sich von einem Türsteher mit Glatze und Ziegenbart einen Stempel, dieses Mal ein Totenkopf, geholt hatten, schlenderten sie zur Bar und bestellten sich eine Cola. Anschließend stellten sie sich an den Rand der Tanzfläche und sahen den anderen zu.

»Wo hast du denn deinen schnuckeligen Bruder gelassen?«, fragte Michelle. »Ich dachte, du wolltest ihn mitbringen.«

»Keine Ahnung. Ich habe ihn nicht gesehen.«

»Er hat sicher ein Handy. Du hättest ihn anrufen können. Du weißt doch, dass ich total auf ihn stehe.« Michelle verschränkte die Arme vor ihrer Brust und starrte sie an.

»Tut mir leid«, sagte Lilly und hoffte, dass ihre Freundin sich bald wieder beruhigen würde.

Michelle murmelte etwas von Langeweile und verschwand auf der Tanzfläche, wo sie sofort von einem schlaksigen Jungen aus der Stufe über ihnen angetanzt wurde. Kurz darauf stieß Nick mit geröteten Wangen zu ihnen und fragte Amy, ob sie mit ihm tanzen wollte.

»Ich kann Lilly nicht allein lassen.«

»Ach Unsinn«, fuhr Lilly dazwischen, froh darüber, dass Nick endlich die Initiative ergriff. »Hab etwas Spaß. Ich komme auch gleich.«

»Sicher?«

»Klar, nun verschwinde schon.«

Nick sah sie dankbar an, packte Amy an der Hand und zog sie auf die Tanzfläche. Lilly blickte sich um, konnte Raphael aber nirgends entdecken. Ihre Aufregung ließ nach und wurde von zunehmender Enttäuschung überdeckt. Nicht nur, dass Raphael sich oft seltsam verhielt, nun versetzte er sie auch noch. Sie war kurz davor, zu Fuß nach Hause zu gehen, als sich eine Hand auf ihre Schulter legte.

24

Lass uns tanzen.« Trotz des Lärms erkannte Lilly sofort seine Stimme und wandte sich mit einem dümmlichen Grinsen, das sie sich bei seinem Anblick nicht verkneifen konnte, um. Als hätte er es geplant, wurde in diesem Moment die Kuschelrunde ausgerufen, und der DJ legte eine schrecklich schnulzige Ballade vom aktuellen Gewinner einer dieser Casting-Shows auf. Raphael ergriff ihre Hand, führte sie in die Mitte der Tanzfläche, legte eine Hand auf ihren Rücken und zog sie so dicht an sich, dass sie gezwungen war, ihre Arme um seinen Hals zu schlingen. Seine Nähe ließ ihre Haut kribbeln, ihr Herzschlag beschleunigte sich. Sie wagte es kaum, ihn anzusehen, denn er würde ihr sofort anmerken, was sie empfand.

»Schön, dass du gekommen bist«, flüsterte er ihr ins Ohr und beugte sich dabei so weit vor, dass sein Atem ihren Nacken kitzelte.

»Schön, dass du da bist«, war ihre nicht sehr geistreiche Antwort. Sie biss sich auf die Unterlippe. Wenn sie so weitermachte, würde er sie für unterbelichtet halten.

»Tut mir leid, ich wurde aufgehalten.«

»Du wirst mir sicherlich nicht sagen, von was.«

Raphael schüttelte den Kopf. Er hob eine Hand und strich ihr sanft eine Strähne aus dem Gesicht, folgte dann mit den Fingerspitzen dem Verlauf ihres Kinns bis hinunter zum Hals. »Du bist wunderschön«, sagte er leise.

»Ich?« Lilly starrte ihn ungläubig an.

»Natürlich du. Du bist mir sofort aufgefallen.«

Raphaels Hand wanderte zu ihrem Rücken und glitt langsam ihr Rückgrat hinunter. Lilly spürte die Wärme seiner Berührung und lehnte sich an ihn. Hätte er sie in diesem Moment geküsst, wäre sie nur zu willig gewesen. Aber Raphael hatte anderes im Sinn. Immer wieder fuhren seine Hände über ihren Rücken, liebkosten ihren Nacken und lösten Gefühle in ihr aus, die sie so noch nie erlebt hatte. Verlangen stieg in ihr auf, und sie war kurz davor, die Initiative zu ergreifen und ihn einfach zu küssen, als die letzte Ballade endete und von einem rockigen Song abgelöst wurde. Raphaels Lippen strichen über ihre Wange, als er ihr ins Ohr flüsterte: »Lass uns von der Tanzfläche verschwinden.«

Lilly nickte stumm und ließ sich von ihm in einen ruhigeren, dunkleren Teil des Madjane führen, wo er sie in eine Ecke zog. Nun, da seine Berührungen sie nicht vollkommen in seinen Bann zogen, erinnerte sich Lilly daran, dass sie nicht nur hier war, um mit ihm zu schmusen. Er wollte sie abermals an sich ziehen, aber diesmal ließ sie es nicht zu. »Ich kann nicht vergessen, was ich gesehen habe. Ich brauche ein paar Antworten.«

Raphael ließ sie los, als hätte er sich an ihr verbrannt. »Ich kann dir keine geben.« Er sah sie ernst an. Der weiche Schimmer verschwand aus seinen Augen, die Trauer kehrte zurück. »Ich kann dir nur mich geben.«

»Aber …«, begehrte Lilly auf.

Da packte Raphael sie an den Schultern und sah sie eindringlich an. Der silberne Stern um seine Pupillen funkelte. »Ich will dir alles verraten, aber ich darf nicht. Du weißt, dass Samuel böse ist. Meine Aufgabe ist es, ihn zu töten.«

Lilly starrte ihn stumm an. Wie konnte sie das zulassen? Und doch wollte sie nicht ohne seine Nähe leben.

Als sie schwieg, legte sich ein Schatten über sein Gesicht. Er ließ sie los, sank zurück gegen die Wand. »Du weißt, wie es ist, wenn man einen geliebten Menschen verliert. Es gab einmal ein Mädchen. Ich glaubte, die wahre Liebe gefunden zu haben.« Er wurde immer leiser. Lilly musste sich vorbeugen, um ihn zu hören. »Dann kam ein Wesen wie Samuel und tötete sie.«

»Das tut mir so leid.«

»Verstehst du jetzt, warum ich nicht zulassen kann, dass er weiter frei herumläuft? Ich wollte nie wieder etwas für ein Mädchen empfinden, mich nie wieder dem Schmerz aussetzen, und dann tauchst du auf.« Er zog sie in seine Arme. »Bitte, ich weiß, was ich da von dir verlange, aber lass mich dich beschützen«, flüsterte er. »Ich will dich nicht verlieren, nicht jetzt, da ich dich gerade gefunden habe.«

Bevor Lilly etwas antworten konnte, wandte er sich ab und verschwand in der Menge. Sie versuchte, ihm zu folgen, doch er bewegte sich schnell und mit unheimlicher Eleganz, schien die Menschen um ihn herum nicht zu berühren, sodass sie ihn bereits nach wenigen Metern aus den Augen verlor. Trotzdem gab sie nicht auf und kämpfte sich bis zum Ausgang durch. Draußen sah sie ihn am Waldrand heftig mit Felias diskutieren. Lilly rannte auf sie zu, doch sie bemerkten sie nicht, sondern drehten ihr den Rücken zu und tauchten in der Schwärze des Waldes unter.

Sie verlangsamte ihren Lauf und ging stoßweise atmend auf die Bäume zu. Ein leichter Schimmer hing zwischen den moosbewachsenen Stämmen und erinnerte an die Anwesenheit der beiden Jungen. Kurz erwog sie, ihnen zu folgen, aber sie fühlte sich weder mutig noch kräftig genug, um dieses Abenteuer zu wagen. Zu viele Gefühle stritten in ihrem Inneren um die Vorherrschaft, zu groß war ihre Angst, Samuel im Dunkeln zu begegnen.

In dem Moment trat dieser aus dem Madjane und kam auf sie zu. Lilly wollte ihm ausweichen und im Getümmel des Eingangsbereichs verschwinden, doch er war schneller, packte ihren Arm und trat so dicht an sie heran, dass die anderen sie für ein Liebespaar halten mussten. Mit einem anzüglichen Lächeln legte er eine Hand an ihre Hüfte. Angewidert riss sie sich los. »Lass das«, fauchte sie ihn an.

»Komm schon, Kleine. Du willst es doch auch. Du hast mich vom ersten Tag an mit Blicken verschlungen. Und unsere Eltern wären sicherlich hocherfreut, wenn wir uns so gut verstehen.«

»Du meinst wohl eher entsetzt.«

»Weil wir die Wände erzittern lassen würden, wenn wir ficken?«

Bei den groben Worten riss Lilly empört den Mund auf.

»Ach, tu doch nicht so, kleine Miss-rühr-mich-nicht-an. War dir bisher keiner gut genug? Ich kann dir zeigen, was ein echter Kerl ist.« Anzüglich kreiste er mit den Hüften, seine Zunge glitt lasziv über seine Lippen.

»Ich weiß nicht genau, was du bist«, stellte Lilly fest. »Aber ein echter Kerl sicher nicht.«

Samuel lachte. »Da hast du Recht. Aber um eine frigide Jungfer zu befriedigen, reicht es.«

In dem Moment hupte es, und Nick winkte ihr aus seinem BMW zu. »Amy sagte, dass du eventuell eine Mitfahrgelegenheit brauchst.«

Dankbar lief Lilly zu ihm und stieg auf den Beifahrersitz. »Wir haben gesehen, wie du hinausgerannt bist. Alles okay?«

Lilly nickte nur stumm. Sie brachte jetzt keinen Ton heraus, sonst würde sie in Tränen ausbrechen.

»Raphael ist seltsam. Mach dir nichts draus.«

Lilly kuschelte sich in die Ecke, zog die Knie hoch und

schlang ihre Arme um die Beine. Nick verstand, dass sie jetzt nicht reden wollte, und schwieg. Erst als sie vor ihrem Haus ausstieg, drückte er kurz ihre Hand und lächelte sie aufmunternd an.

In dieser Nacht weinte sie sich in den Schlaf und wachte mehrfach mit verquollenen Augen und schmerzendem Kopf auf.

25

Die Stunden am nächsten Vormittag zogen an Lilly vorbei. Sie war so in ihre Gedanken versunken, dass sich der Schulalltag wie das Leben eines anderen Mädchens anfühlte. Immer wieder spürte sie Samuels Hand auf ihrer Hüfte oder hörte Raphaels verzweifelte Worte. Es versetzte ihr einen leichten Stich, dass er geglaubt hatte, bereits seine große Liebe gefunden zu haben. Wie lange mochte das her sein? Ein Jahr? Zwei? Wie sollte sie mit einem Mädchen konkurrieren, das er geliebt und verloren hatte. Wollte sie das überhaupt? Wenn sie bedachte, wie sehr sie der Verlust ihres Vaters noch immer schmerzte, konnte sie sich kaum vorstellen, dass er bereit für eine neue Beziehung war.

Selbst Evanns Versuche, ein Gespräch mit ihr während der Deutschstunde anzufangen, blieben erfolglos. Lilly hatte keine Ahnung, wie es mit ihr und Raphael weitergehen sollte. Sie wollte ihn mit jeder Faser ihres Seins. So viel stand fest. Bei der Erinnerung an seine Berührungen, wie sich sein Körper beim Tanzen an ihren geschmiegt hatte, lief ihr ein Schauer den Rücken hinunter, und die Härchen an ihren Armen stellten sich auf. Doch ebenso sehr wollte sie Samuel schützen. Sie klammerte sich verzweifelt daran, dass sie im Bad tatsächlich mit dem echten Samuel gesprochen hatte – und das bedeutete Hoffnung. Vielleicht gab es noch eine Chance, mit ihm zu sprechen. Sie musste ihn weiter beobachten. Sie hoffte nur, dass Raphael so schnell nichts gegen ihn unternahm. Sie wusste nicht, ob sie ihm das jemals verzeihen könnte.

In Mathematik würde sie an diesem Vormittag allein sitzen, da Evann an einer Besprechung der Stufensprecher teilnahm. Im Klassenzimmer befanden sich bereits einige als Streber verschriene Schüler, die sie nicht beachteten, als sie zu ihrem Platz schlenderte. Sie freute sich auf die Ruhe, die ihr vielleicht die Gelegenheit geben würde, mit ihren Gefühlen ins Reine zu kommen. Der Lehrer, Herr Teptoe, betrat mit ein paar Minuten Verspätung den Raum – einen fremden Jungen im Schlepptau. Auf den ersten Blick wirkte er unauffällig: Dunkle Augen, blasse Haut, gekleidet in schlichte, aber edle Kleidung, doch etwas irritierte Lilly an ihm. Sie konnte es nicht genau benennen. War es das leicht arrogante Lächeln, das er ihnen schenkte? Oder die glatt nach hinten gegelten schwarzen Haare, die ihm zusammen mit den perfekt geschwungenen Augenbrauen und den fleischigen Lippen in jedem Horrorfilm die Rolle des Psychopathen eingebracht hätten?

Der Lehrer schob ihn vor die Klasse. »Das ist Ansgar von Wishausen, ein neuer Mitschüler.«

Pflichtschuldig murmelten die Schüler eine Begrüßung – die Mädchen deutlich enthusiastischer als die Jungen. Auf einigen Gesichtern konnte Lilly klar das Interesse ablesen. Zugegeben, er könnte ebenso als androgynes Männermodel durchgehen, aber sie wurde das Gefühl nicht los, dass der Psychopath besser zu ihm passte.

»Such dir einen Platz«, forderte Herr Teptoe, woraufhin Ansgar sofort auf Lilly zuging. Wie ein Hund, der die Angst eines Menschen witterte und sich erst recht in dessen Nähe begab.

Als hätte er ihre Gedanken gelesen, lächelte er sie an. Lilly schluckte, als er sich neben sie setzte. Sie spürte, wie etwas in ihr darauf drängte, fortzurennen. Was war nur los mit ihr?

»Hi«, sagte er mit samtiger, dunkler Stimme und reichte ihr eine perfekt manikürte Hand. »Ich finde es immer toll, wenn Mädchen sich für Mathe interessieren.«

Pflichtschuldig stellte sie sich vor, gab dann jedoch vor, sich auf den Unterricht konzentrieren zu wollen. Ab und an sah sie zu ihm hinüber. Warum fühlte sie sich in seiner Gegenwart nur so unwohl? Es war, als müsste sie es wissen, als läge die Antwort vor ihren Augen, nur dass sie sie nicht als solche erkannte.

Am Ende der Stunde verabschiedete sie sich, bevor er sie erneut ansprechen konnte. Dank der zwei albern grinsenden Mädchen, die sich an Lilly vorbeidrängten, entkam sie schnell in den Gang.

In der Cafeteria entdeckte sie Michelle, die sich gerade ein Tablett und zwei Teller nahm. Sie gesellte sich zu ihr, wobei sie das aktuelle Angebot studierte.

»Wo ist denn Amy?«

»Sitzt draußen. Heute gibt es Fisch«, antwortete die Rothaarige.

»Und sie erträgt den Anblick von toten Meerestieren nicht?«

»Quatsch. Sie hat eine üble Fischallergie. Der Geruch genügt schon, um ihr Gesicht wie eine Melone anschwellen zu lassen. Was meinst du? Mag sie lieber Rucola- oder Endiviensalat?«

Lilly zuckte mit den Schultern. »Lass uns von jeder Sorte einen nehmen und sie uns teilen.«

»Gute Idee, aber die Tomaten bekommt ihr.«

Amy saß draußen auf einer kleinen Mauer in der Sonne. Michelle setzte sich zu ihren Füßen und lehnte sich gegen den kühlen Stein. Während Lilly ihren Gedanken nachhing, beklagten die beiden anderen Mädchen sich über die Menge der Hausaufgaben und die bevorstehenden Tests, bis Michelle auf einmal ein leises Quieken ausstieß. »Da ist Samuel, und er kommt auf uns zu!«

Lilly blickte auf und sah ihren Stiefbruder gelassen auf sie zuschlendern. Nichts wies auf sein verqueres Verhalten der letzten Tage hin, stattdessen trug er ein offenes Lächeln zur Schau, von dem sie zugeben musste, dass es verdammt sinnlich wirkte.

Mit dunkler, warmer Stimme fragte er, ob er sich zu ihnen setzen dürfe. Bevor Lilly ihn abwimmeln konnte, rückte Michelle zur Seite und deutete neben sich.

»Wie kommt es, dass Mädchen wie ihr so allein hier draußen sitzt – eine hübscher als die andere?« Bei den letzten Worten sah Samuel Michelle tief in die Augen.

»Wir genießen die Sonne, aber nun scheint sie noch ein Stückchen heller.«

Amy rollte mit den Augen und kicherte leise. Dann zwinkerte sie Lilly zu.

Während Michelle und Samuel weiterflirteten, versuchte Lilly, die zunehmende Begeisterung ihrer Freundin mit kritischen Einwürfen zu dämpfen. Nach einigen warnenden Blicken und Gesten reichte es dieser.

»Jetzt entspann dich doch mal. Was ist nur los mit dir? Man könnte meinen, du sitzt auf einem Ameisenhaufen.«

»Lass sie.« Samuel legte Michelle einen Arm um die Schulter. »Zickigkeit scheint in ihrer Natur zu liegen.«

Lilly gab für den Moment auf und stocherte lustlos in ihrem Salat herum. Als Freundin sollte sie Michelle von Samuel fernhalten. Wenn sie wüsste, wie er wirklich war, würde sie mit ihm nichts zu tun haben wollen. Aber die Wahrheit würde sie ihr niemals glauben, sondern sie für einen eifersüchtigen Freak halten. Dafür kannten sie sich einfach nicht lange genug. Selten war Lilly so bewusst gewesen, wie einsam sie war. Durch die ganzen Umzüge hatte sie keine Freunde, die sie bereits seit dem Sandkasten kannte. Niemanden, dessen Gedanken sie fast lesen konnte, weil sie so vertraut miteinander waren. Keine beste Freundin, mit der sie alle Geheimnisse teilen konnte. Trotzdem musste sie etwas unternehmen.

»Wie geht es deiner Freundin in Stuttgart?«, wandte sie sich mit unschuldigem Blick an Samuel. »Tut mir leid. Ich habe ihren Namen vergessen.«

Sofort nahm Michelle ihre Hand von Samuels Arm. Lilly grinste innerlich. Ihr Plan schien zu funktionieren.

»Welche Freundin?«, fragte er.

»Die, die mit dir Schluss machen wollte, weil du rauchst.«

»Du rauchst?« Michelle starrte Samuel angewidert an. »Davon hast du mir nichts erzählt.«

»Ich habe aufgehört, und das Mädchen ist Geschichte. Das war noch vor meinem Jahr in den USA.« Samuel lehnte sich auf der Bank zurück und sah Michelle direkt in die Augen. »Um die Gegenwart einer so tollen Person genießen zu dürfen, würde ich jederzeit auf Zigaretten verzichten.«

»Das ging aber schnell«, warf Lilly ein. Ihr gefiel es nicht, dass Michelle bereits wieder näher an Samuel heranrückte.

»Ist es denn bei dir anders? Hattest du nicht in Stuttgart diesen Stefan, und nun rennst du wie ein kleines Hündchen hinter diesem Raphael her?«

Darauf fiel Lilly keine schlagfertige Antwort ein. Sie wünschte sich nicht zum ersten Mal, dass sie das Mundwerk ihrer Mutter geerbt hätte. Trotzdem erleichterte sie es, zu sehen, dass sich zumindest etwas Skepsis auf Michelles Gesicht abzeichnete.

Oft würde sie solche Aktionen allerdings nicht bringen

können, und das bedeutete, dass sie dringend herausfinden musste, was hier vor sich ging. Sie seufzte leise. Und das war nicht so einfach möglich, wenn sie mit Raphael zusammen sein wollte.

»Achtung, Zicke im Anmarsch«, wisperte Amy und deutete mit dem Kopf zur Tür, durch die gerade Calista mit einer Diätcola und einem Apfel in der Hand trat. Dann entdeckte sie Samuel und kam, gefolgt von Isabel, zu ihrer Bank hinüber.

»Samuel, was machst du denn hier bei den Langweilern?«, flötete sie mit einem aufgesetzten Lächeln. Dabei beugte sie sich so weit vor, dass ihr unnatürlich großer Busen beinahe aus ihrem viel zu knappen Oberteil herausquoll. »Setz dich doch zu uns. Ich brauche Hilfe bei den Englischaufgaben.«

»Lass dir von deinem Daddy einen Privatlehrer kaufen«, fauchte Michelle und legte eine Hand besitzergreifend auf Samuels Oberschenkel.

Calista riss den Mund vor Empörung auf. Bevor der Streit eskalieren konnte, schaltete sich jedoch Samuel ein. »Vielleicht später. Jetzt gerade gefällt es mir hier ziemlich gut.« Er lächelte Michelle vielsagend an.

Calista starrte die beiden fassungslos an, dann stieß sie verächtlich die Luft zwischen den Zähnen aus, wandte sich ab und stöckelte in ihren viel zu hohen Absätzen davon. »Schade um dich, Samuel. Warum sich manche Jungs mit solchen Versagern abgeben, werde ich nie verstehen.«

»Habt ihr Calistas Blick gesehen?«, lachte Amy. »Das war herrlich.«

»So eine Abfuhr hat sie vermutlich noch nie bekommen. Allein deswegen könnte ich dich umarmen«, sagte Michelle und himmelte Samuel dabei offen an.

Auch wenn es Lilly mit Genugtuung erfüllte, dass Samuel nicht sofort auf Calista angesprungen war, wäre es ihr in diesem Fall lieber gewesen. Dann hätte sie sich zumindest keine Gedanken mehr um Michelle machen müssen. Wobei sie sich eingestehen musste, dass sie sich auch Sorgen um Calista machen würde. Sie mochte zwar eine Mega-Zicke sein, aber einen Freak wie Samuel hatte sie dennoch nicht verdient. Zu ihrer Erleichterung stand dieser jedoch auf und verabschiedete sich, um noch in der Bibliothek ein Buch abzuholen.

»Zumindest sind wir diese Zicke erst mal los«, stellte Amy fest, während sie gemeinsam mit Michelle dem Jungen hinterherblickte.

»Für dieses Weib fallen mir noch einige andere Bezeichnungen ein«, lachte Michelle. »Schlampe, Tussi, HATM.«

»HATM?«, fragte Lilly.

»Hirnamputiertes Tittenmonster. Ist dir nicht aufgefallen, dass bei ihren Möpsen jemand ganz gewaltig nachgeholfen hat?« Michelles Augen funkelten.

»So genau habe ich nicht hingesehen.«

»Solltest du aber. Auch wenn sie ein HATM ist, muss man sagen, dass sie ihr Geld wert waren. Nur schade, dass man den Charakter nicht ebenso einfach aufhübschen kann.«

»Ich finde sie zu groß«, wandte Amy ein. »Vorher war sie so flach wie eine Entenbrust, und nun scheinen ihre Brüste regelrecht zu platzen. Ich warte nur darauf, dass jemand eine Nadel in sie hineinsticht, um sie explodieren zu sehen.«

Bei der Vorstellung musste Lilly kichern.

»Was ist denn so amüsant?«, fragte jemand in ihrem Rücken. Sie brauchte sich nicht umzudrehen, um die Stimme zu erkennen. Ansgar.

»Mädchensache«, antwortete Michelle und musterte den Jungen. Offensichtlich gefiel ihr, was sie sah. »Bist du neu hier?«

Er nickte. »Es gab eine Überschneidung im Unterricht bei meiner alten Schule in Russland. Ich musste zuerst meine

Abschlussprüfungen ablegen, sodass ich erst jetzt hier anfange.«

»Das klingt spannend«, sagte Amy.

»Setz dich doch zu uns«, forderte ihn Michelle auf.

Lilly war sich nicht sicher, ob sie froh sein sollte, dass Michelle nicht vollkommen auf Samuel fixiert war, oder sich Sorgen machen, da sie bei diesem Ansgar ein ungutes Gefühl hatte.

Er kam um die Mauer herum und setzte sich trotz seiner dunklen Stoffhose auf den Rasen, wobei er ein Tablett mit vier Milchshakes balancierte. »Nehmt euch.« Er lächelte Lilly an. »Ein kleines Dankeschön dafür, dass ich mich neben dich setzen durfte.«

Zögernd griff sie zu. »Das wäre nicht nötig gewesen. Ich bin auch neu hier.«

Michelle sog genüsslich an ihrem Strohhalm. »Hm ... Erdbeere. Meine Lieblingssorte. Dann kennt ihr euch bereits?«

»Wir hatten Mathe zusammen«, antwortete Lilly.

Die Blicke, die Amy und Michelle ihr daraufhin schenkten, waren eindeutig. Wie hatte sie es nur wagen können, ihnen nichts von dem neuen Typen zu erzählen?

»Wieso warst du in Russland?«, fragte Amy. Wie immer interessierten sie fremde Länder.

»Mein Vater importiert Gold und andere Metalle von dort. Um die Sprache und Kultur kennen zu lernen, schickte er mich auf ein russisches Internat. Da man dort allerdings die Schule früher beendet als bei uns, bestand er darauf, dass ich hier auch noch mein Abi mache.«

»Das muss ja ätzend sein«, stellte Michelle fest. »Da hast du also schon einen Abschluss und musst trotzdem weiter die Schulbank drücken.«

Ansgar lächelte sie an. »Bei so netter Gesellschaft wird es vielleicht nicht so schlimm.«

26

Sie plauderten noch eine Weile, und allmählich fragte Lilly sich, ob sie bei seinem Anblick nicht einfach überreagiert hatte. Immerhin waren ihre Nerven sehr angespannt. Kein Wunder, wenn sie bei Fremden misstrauisch war. Jedenfalls war es spannend, Ansgar bei seinen Erzählungen zuzuhören. Sie kannte die russische Kultur kaum, sodass sie enttäuscht war, als kurze Zeit später die Pausenglocke klingelte. Sie hatte für einige Augenblicke sogar vergessen, dass sie in der nächsten Stunde Englisch haben würde. Mit klopfendem Herzen machte sie sich auf den Weg zum Unterrichtsraum. Gleich würde sie Raphael wiedersehen.

Unruhig mit den Füßen wippend, saß sie auf ihrem Platz und wartete darauf, dass er kam. Er hatte zwar gesagt, dass er sich tagsüber weiterhin abweisend verhalten würde, aber so schlimm wie zuvor würde es hoffentlich nicht sein.

Als er dann jedoch den Raum betrat, wünschte sich Lilly verzweifelt an einen anderen Ort. An seiner Seite ging Calista, redete mit einem albernen Lachen auf ihn ein und strich immer wieder über seinen Arm, in den sie sich eingehakt hatte. In diesem Moment fühlte Lilly sich unglaublich dumm und naiv. Wie hatte sie auch glauben können, dass er sich ernsthaft für sie interessierte? Ein Junge, der so gut aussah und so charmant sein konnte wie er. Er konnte jede haben, und ein Mädchen wie Calista, reich und schön, passte viel besser zu ihm.

Als hätte sie ihren Blick bemerkt, sah Calista zu ihr und schenkte ihr ein hämisches Grinsen. Lilly spürte die Blicke der anderen Jugendlichen zwischen ihnen hin- und herwandern und hörte sie leise tuscheln.

Raphael blieb bei Calista, bis Herr Kreul das Zimmer betrat und alle an ihre Plätze gingen. Flüchtig lächelte er Lilly an.

Sie fühlte sich zugleich gedemütigt, zornig und traurig. Zornig, weil er offensichtlich nur mit ihr gespielt hatte und das auch noch offen vor der ganzen Klasse zur Schau stellen musste. Traurig, weil sie ihn noch immer mochte und, auch wenn es verrückt war, am liebsten in seinen Armen Zuflucht gesucht hätte.

Zu Beginn der Doppelstunde mussten sie nur einige Grammatikaufgaben lösen, auf die Lilly sich konzentrierte, um das Bild von Raphael und Calista aus ihrem Kopf zu verbannen. Dann allerdings sollten sie sich mit ihrem Tischnachbarn zusammentun und einander abwechselnd Fragen stellen.

Raphael fing an und fragte sie auf Englisch, was sie von dem schönen Spätsommerwetter halten würde. Bei dieser belanglosen Frage und dem neutralen Lächeln, das er ihr dabei schenkte, setzte bei Lilly der Verstand für einen Moment aus. Anstatt ihm zu antworten, fauchte sie ihn an. »Wie ist es, so einen wechselhaften Charakter zu haben? Macht es Spaß, mit den Gefühlen eines Mädchens zu spielen? Hast du dich gut amüsiert? Bist du wirklich so ein oberflächlicher Idiot?«

Die ersten Fragen stellte sie noch auf Englisch, aber dann wurde sie lauter und lauter, und bei der letzten schrie sie ihn auf Deutsch an. Alle, selbst Herr Kreul, starrten sie an. In der Stille hörte sie Calista lachen. »Jetzt ist sie völlig durchgeknallt. Immer diese Unterschicht-Gören, die sie uns aufs Auge drücken.«

In dem Moment rettete Lilly das Klingeln, das die Stunde beendete. Sie schnappte ihre Sachen und stürmte nach draußen.

Raphael lief hinter ihr her. »Was habe ich dir denn getan?«

Beinahe wäre sie umgedreht, um ihm eine Ohrfeige zu verpassen, aber da trat auch schon Calista an seine Seite. »Lass sie, sie ist es nicht wert.«

Genau in diesem Augenblick kam Madame Favelkap um die Ecke, blickte durch ihre hässliche Brille von einem zum anderen. Lilly rannen inzwischen die Tränen über die Wangen, doch die Rektorin schien kein Mitleid mit ihr zu haben. »Fräulein Melsten.« Ihre Stimme schnitt messerscharf durch den Lärm der anderen Schüler. »Ich muss mit Ihnen sprechen.«

Lilly war versucht, sie zu ignorieren. Sie war für eine weitere Auseinandersetzung mit ihr alles andere als bereit, doch sie wusste, dass es dadurch nur noch schlimmer würde und Madame Favelkap eventuell ihre Drohung wahrmachen würde. Mit gesenktem Kopf trottete sie hinter ihr her, bis die Rektorin einen unbenutzten Klassenraum öffnete. Mit einer herrischen Bewegung forderte sie Lilly auf, einzutreten, und schloss die Tür hinter sich.

»Hatte ich mich nicht unmissverständlich ausgedrückt?«

»Doch, Madame. Es war nicht so, wie es für Sie zu sein scheint.«

»Ich höre.« Die Rektorin hob eine ihrer feinen Augenbrauen.

»Ich habe einen Fehler in Englisch gemacht, Raphael wollte mich nur trösten.«

»Wenn Sie das sagen. Aber ich werde Sie im Auge behalten. Beherzigen Sie meine Warnung.«

Lilly glaubte abermals, etwas unter der Haut der Rektorin

zu sehen, das sich wand. Direkt am Hals neben der Schlagader. Hastig blickte sie zur Seite. »War das alles?« Sie war überrascht, wie selbstsicher ihre Stimme klang.

Madame Favelkap nickte ihr zu und entließ sie. Doch Lilly hatte keine Lust, den anderen Schülern wieder unter die Augen zu treten. Sie hastete zur Toilette, um ihr verwischtes Make-up zu richten. Nach dem Ausbruch wollte sie nicht auch noch wie ein aus dem Zoo entlaufener Waschbär aussehen. Nachdem sie sich einigermaßen akzeptabel zurechtgemacht hatte, wartete sie so lange, dass sie es gerade pünktlich zu Beginn der nächsten Stunde schaffte und mit gesenktem Blick an ihren Platz huschte. Immerhin besuchten nur wenige Schüler aus ihrem Englischkurs den Intensivkurs Physik, trotzdem hatte sie das Gefühl, von allen angestarrt zu werden. Vermutlich hatte sich die Geschichte von ihrem peinlichen Ausbruch bereits wie ein Buschfeuer verbreitet. Es gab keinen anderen Ort auf der Welt, an dem Klatsch so schnell die Runde machte wie an einer Schule.

Obwohl Lilly Physik mochte, zog sich die Stunde endlos dahin. Sie hatte sich selten so gedemütigt und in die Ecke getrieben gefühlt. Und das alles nur wegen eines Jungen, oder zwei, wenn man Samuel mit einrechnete.

Am Ende des Unterrichts wurde Lilly von Michelle erwartet. »In Kunst war heute früher Schluss. Wir können also gemeinsam zum Sport gehen.«

»Uh«, seufzte Lilly. »Daran hatte ich gar nicht mehr gedacht.«

»Du bist doch supersportlich«, sagte Michelle und musterte sie von oben bis unten. »Selbst an deinen dünnen Armen sieht man die Muskeln deutlich.«

»Ich kann tanzen, aber in allem anderen bin ich eine Niete. Besonders beim Laufen und Kugelstoßen.«

»Da bist du zumindest besser dran als ich. Ich kann gar

nichts«, grinste Michelle. »Letztes Jahr hatten wir einen süßen, jungen Lehrer – der gab einem auch für ein Zwinkern eine gute Note, aber dieses Jahr müssen wir uns mit Frau Metzger herumärgern.«

»O Mann«, lachte Lilly. »Der Name ist schon gruselig.«

»Und passend. Wenn sie dir Hilfestellung bei irgendwelchen Sprüngen gibt, hast du danach blaue Flecken.«

Der Sportplatz und die Halle befanden sich nicht im Internat, sondern im Tal am Rand der Ortschaft. Zu Lillys großer Überraschung gab es keinen Shuttle-Service für die reichen Kids. Sie mussten tatsächlich laufen. Selbst wenn man bereits Auto und Führerschein besaß, wurde es nicht gestattet, zu fahren. Der Marsch ins Tal wurde als Aufwärmübung für den Unterricht angesehen und sollte den Willen und die Ausdauer der Schüler trainieren, zitierte Michelle Madame Favelkap.

Während sie in der schwülen Spätsommerluft über den Asphalt liefen, der in der Hitze flimmerte, kickte Michelle ein Steinchen zur Seite und sah Lilly an. »Du hattest in Englisch einen Streit mit Raphael?«

Lilly wurde rot und rieb sich verlegen die Arme. »Streit kann man es nicht nennen. Ich habe geschrien, er hat nur blöd aus der Wäsche geguckt.«

»Wow«, sagte Michelle. »Vor der ganzen Klasse?«

»Ja«, antwortete Lilly zerknirscht.

»Und Herrn Kreul?«

»Leider.«

»Zu so viel Berühmtheit habe selbst ich es nicht in so kurzer Zeit gebracht.« Michelle lachte und trat nach einem weiteren Steinchen.

»Ich könnte gern darauf verzichten. Ich weiß nicht, was da in mich gefahren ist.«

Als Michelle bemerkte, dass Lilly sich tatsächlich Vorwürfe machte, wurde sie sofort ernst. »Mach dir nichts draus. In zwei, drei Tagen ist es wieder vergessen, denn dann zerreißen sich alle über einen neuen Skandal das Maul.«

Da raste ein feuerrotes Cabrio heran und hielt neben ihnen. Calista saß am Steuer, hatte sich das blonde Haar im Stil der 50er mit einem gepunkteten Kopftuch nach hinten gebunden und trug eine große Sonnenbrille. Neben ihr zupfte Isabel an ihrer dünnen, weißen Bluse.

»Muss schlimm sein, wenn man erkennt, dass man doch nur zweite Wahl ist – aber gleich so herumzubrüllen.« Calistas Augen funkelten tückisch. »Immerhin weiß nun jeder, wie gestört du bist.«

Lilly starrte sie nur stumm an. Die anderen mochten sich in ein paar Tagen neuen Skandalen zuwenden, doch Calista würde sie ihren Auftritt nie vergessen lassen.

»Wer war denn zweite Wahl?«, fragte Michelle. »Raphael ist gestern bei Lilly abgeblitzt, sonst würde er dich immer noch nicht anschauen.« Sie packte Lilly an der Hand und zog sie weiter.

»Fahr endlich weiter«, maulte Isabel. »Ich will mich beim Umziehen nicht beeilen müssen.«

Nachdem die beiden in ihrem Cabrio davongebraust waren, regte sich Michelle immer noch auf. »Diese blöden Zicken würde ich am liebsten bei Frau Metzger anschwärzen.«

»Warum tust du es nicht?« Lilly selbst wollte zwar keinen weiteren Streit anzetteln, aber ihre Freundin wirkte, als käme sie gerade erst in Fahrt.

»Das bringt nichts. Frau Metzger ist so angetan von Calistas Sportlichkeit, dass sie ihr alles verzeiht. Vielleicht hat sie ihr sogar erlaubt, mit dem Auto zum Sport zu fahren, da sie im Gegensatz zu uns Normalsterblichen keine Aufwärmübung benötigt.«

»Calista ist gut in Sport?« Das hätte Lilly ihr gar nicht zugetraut. Auf sie wirkte sie wie ein Modepüppchen, das ständig Angst um abgebrochene Fingernägel hatte.

»Ja, leider. Vor allem in Leichtathletik glänzt sie. Sie hat sogar an ein paar Wettkämpfen teilgenommen. Aber sag mal, was läuft da eigentlich zwischen dir und Raphael? Gestern dachte ich noch, ihr wärt zusammen. Calista sind beinahe die Augen aus dem Kopf gefallen, als sie euch hat tanzen sehen. Das war ein herrlicher Anblick.«

Lilly seufzte. »Ich habe keine Ahnung. Er ist heute wie ausgewechselt.« Sie stockte. Bei Samuel war es doch ebenso gewesen, nur dass bei ihm die Veränderung dauerhaft war. Bestand da eine Verbindung?

»Ich habe ihn schon immer für etwas merkwürdig gehalten, aber das übertrifft alles. Wie kann man Calista dir vorziehen?«

Lilly hörte ihr nur mit halbem Ohr zu. Raphael war nicht das erste Mal am Tag so sonderbar. Vielleicht wäre er heute Abend wieder ganz anders? Samuel war für kurze Zeit während der Dämmerung normal gewesen. Die abstrusesten Gedanken schossen ihr durch den Kopf. Standen Raphaels und Samuels Verhalten irgendwie im Zusammenhang mit Tag und Nacht? War Raphael ebenfalls von einem fremdartigen Wesen besessen?

Obwohl sie es nicht wirklich glaubte, stand für sie fest, dass sie am Abend mit ihm reden musste. Und wenn es nur war, um ihm zu sagen, was sie von seinem unmöglichen Benehmen hielt. Sollte sie vielleicht auch Samuel noch einmal in der Dämmerung abfangen?

27

Lilly entschuldigte sich vom Abendessen, indem sie behauptete, mit Freundinnen im Internat gegessen zu haben, und war dabei heilfroh, dass sie dadurch Samuels Gegenwart nicht ertragen musste. Moni wirkte zwar enttäuscht, war zugleich aber auch glücklich, dass ihre Tochter so schnell Anschluss gefunden hatte. Lilly mochte es nicht, sie anzulügen, doch sie wollte ihr ebenso wenig erzählen, dass sie nachts loszog, um mit einem Jungen zu sprechen, der sie vor der ganzen Klassenstufe gedemütigt hatte. Lilly gefiel diese Entwicklung überhaupt nicht. Früher hatte es keine Geheimnisse zwischen ihr und ihrer Mutter gegeben, nun wurde es fast schon zur Gewohnheit. Umso trauriger fand sie es, da Moni ihre beste Verbündete wäre, sie ihr alles anvertrauen sollte. Aber sie kannte ihre Mutter gut genug, um zu wissen, dass sie zu modern und rational war, um ihr die Geschichte zu glauben. Ihre Lösung wäre erneut ein Psychologe. Ihr hatten die Gespräche mit der Doktorin zwar geholfen, so sehr, dass das zerrüttete Verhältnis zu ihrer Mutter sich zum Besseren wandte, aber sobald an ihrer neuen Schule bekannt geworden war, dass sie einen Seelenklempner besuchte, war sie nur noch die durchgeknallte Tussi gewesen. So einsam wie damals wollte sie nie wieder sein.

Lilly schlüpfte in ein Paar feuerrote Sneakers, verabschiedete sich mit einem gebrüllten »Tschüss« und eilte aus dem

Haus. Draußen wehte ein kühler Wind und kündigte das seit über einer Woche prophezeite Gewitter an, das sie von der schwülen Hitze befreien sollte. Die kräftigen Böen ließen Lillys Haare wild um ihren Kopf flattern und zwangen sie, es zusammenzubinden. Obwohl es lächerlich war, sich herauszuputzen, nur um mit einem Jungen zu sprechen, der vermutlich das Interesse an ihr verloren hatte, hatte sie viel Zeit im Bad und bei der Auswahl ihrer Kleidung verbracht. Soll er doch sehen, was er verpasst, dachte sie trotzig.

Die Sonne war bereits hinter den Baumwipfeln verschwunden, sodass Lilly im Schein der Laternen zum Internat hinaufstieg. Sie hatte keine Ahnung, wie sie Raphael finden sollte. Sie konnte schließlich nicht einfach in den Jungentrakt hineinspazieren. Aber darüber würde sie sich erst Gedanken machen, wenn es so weit war.

Plötzlich war er da. Eben noch war Lilly allein auf der Straße gewesen, jetzt stand er hoch aufgerichtet neben ihr. Die Haare vom Wind zerzaust, hüllte ihn eine Wolke aus Sternenstaub ein, die im Licht des Mondes, der sich durch ein Loch in der Wolkendecke gekämpft hatte, glitzerte.

»Was machst du hier?«, fuhr er sie an und trat dicht an sie heran, wodurch er noch größer und einschüchternder wirkte. Sein ganzer Körper zitterte, seine Hände waren zu Fäusten geballt, und trotzdem wünschte sich Lilly nichts sehnlicher, als in seinen Armen zu liegen. Jetzt hatte sie wieder den Raphael vor sich, in den sie sich verliebt hatte. Nicht diese gleichgültige, regelrecht zombiemäßige Version, die sie immer in der Schule traf. Als würde tagsüber ein fahles Abziehbild von ihm umherlaufen und nachts von dem wahren Raphael ersetzt werden.

Als sie nicht antwortete, fauchte er: »Ich habe dich gefragt, was du hier machst. Allein. Habe ich dir nicht deutlich genug gesagt, dass Samuel gefährlich ist?«

Nun wurde auch Lilly wütend. Was bildete der Kerl sich eigentlich ein? Behandelte sie wie ein Spielzeug und wagte es dann noch, sie anzumaulen. »Wenn du dich nicht wie ein Idiot aufführen würdest, müsste ich dich nicht suchen, um mit dir zu reden.« Sie ballte ihre Hände. Am liebsten hätte sie ihm eine verpasst. »Erst erzählst du mir, ich wäre etwas Besonderes, dann flirtest du mit Calista und ignorierst mich, und jetzt, jetzt stehst du hier und hältst mir Vorträge, weil ich mich nicht an deine Anweisungen halte? Was bildest du dir ein, mich so zu behandeln?«

Mit jedem ihrer Worte wich der Zorn ein Stück aus Raphaels Gesicht, machte der altbekannten Traurigkeit Platz. Lilly widerstand der plötzlichen Versuchung, ihm durch die Haare zu streichen, ihre Lippen auf die seinen zu drücken und seine Trauer für einen Augenblick zu vertreiben. Was ihre Psychologin wohl zu diesem Gefühlschaos sagen würde?, fragte sie sich. Vermutlich würde sie etwas von unterdrückten Emotionen faseln und ihr ein paar weitere Sitzungen verordnen.

»Es tut mir leid«, flüsterte er so leise, dass der Wind seine Worte beinahe davontrug, bevor sie Lillys Ohr erreichten.

»Was tut dir leid?«

»Dass du da mit reingezogen wurdest. Dass das alles so unverständlich für dich sein muss. Und besonders, dass ich dich angeschrien habe.« Er trat dicht an sie heran, ergriff zaghaft ihre Hand. Seine Haut fühlte sich warm, fast schon heiß und fest an. »Ich mache mir nur solche Sorgen um dich«, sagte er leise. »Du solltest dich von mir fernhalten – ich bringe dich in noch größere Gefahr.«

Er wollte sich von ihr abwenden, doch Lilly ließ seine Hand nicht los. »Und wenn ich nicht will?«

»Dann wärst du sehr dumm.«

Lilly nahm all ihren Mut zusammen und fühlte trotzdem,

wie ihr die Röte bei den nächsten Worten in die Wangen schoss. »Ich bin gerne dumm, wenn ich dafür bei dir sein kann.« Sie klang so dämlich und hirnlos wie eines der Mädchen aus den billigen Liebesfilmen, und dennoch war es die Wahrheit. Auch wenn sie sein Verhalten ständig vor den Kopf stieß, ja selbst wenn sie sich in Gefahr brachte, wollte sie ihn besser kennen lernen und seine Gegenwart genießen. Zudem glaubte sie nicht, dass sie in der Lage war, Samuel und sein seltsames Benehmen zu ignorieren, und Raphael wusste, was es mit ihm auf sich hatte.

Seine Finger streichelten sanft ihren Handrücken. Sie sah das Zögern, die widerstreitenden Gefühle auf seinem schönen Gesicht. Dann fasste er sie unter ihrem Kinn, sah ihr tief in die Augen. »Es wird nur die Nächte geben. Am Tag können wir nicht zusammen sein. Ich werde Dinge tun, die du nicht verstehst, die dich verletzen, und ich kann dich nur im Voraus um Entschuldigung bitten. Kannst du das akzeptieren?«

»Wirst du mir jemals sagen, warum?«

Raphael schüttelte den Kopf. »Ich kann es nicht versprechen.«

Lilly starrte auf ihre Sneakers und kickte einen Stein zur Seite. Ehrlichkeit und Offenheit waren in ihren Augen notwendig, um jemandem zu vertrauen. Konnte eine Beziehung oder auch nur eine Freundschaft ohne Vertrauen existieren? Konnte sie mit jemandem zusammen sein, der Geheimnisse vor ihr hatte und sie tagsüber verleugnete? Ihr Blick fiel auf ihre verschränkten Finger. An der Stelle, an der ihre Haut aufeinandertraf, breitete sich ein leichtes Kribbeln über ihren ganzen Körper aus. Leise seufzte sie. Einige wenige Stunden mit ihm waren besser als gar keine. »Gut. Aber nur unter einer Bedingung …« Raphael sah sie misstrauisch an. »Du wirst Samuel nichts antun.«

Seine Miene verdüsterte sich. Sein Griff um ihre Hand wurde fester. »Du weißt nicht, was du da verlangst. Er ist gefährlich.«

»Er ist mein Stiefbruder, und ich weiß, dass es ihn noch gibt. Irgendwo in diesem Wesen steckt noch ein Funke von ihm.« Obwohl Raphaels Blick sie zu durchbohren schien, blieb Lilly eisern. »Wie soll ich mit jemandem zusammen sein, der einem Familienmitglied von mir Leid zufügen möchte? Selbst wenn es nicht um mich und Samuel ginge, wären da noch immer meine Mutter und Thomas. Die beiden haben es verdient, glücklich zu sein. Ich werde nicht zulassen, dass Samuel etwas geschieht und damit meine Familie zerstört wird. Nicht, solange ich nicht sicher bin, dass ich ihm nicht helfen kann.«

Raphael fluchte leise. »Ich kann nicht glauben, dass ich etwas so Törichtes tue. Aber gut. Ich verspreche dir, dass ich Samuel nichts antun werde und dass ich versuchen werde, die anderen ebenfalls davon abzuhalten. Bis du endlich einsiehst, dass uns keine andere Wahl bleibt. Ich hoffe nur, dass es dann nicht zu spät ist.«

Auch wenn sie nicht alles verstand, spürte sie doch, dass er ihr zuliebe ein großes Opfer brachte und seine Grundsätze verriet. Sie hob ihre Hand und legte sie sanft auf seine Brust. Unwillkürlich hielt sie den Atem an. Es war das erste Mal, dass sie ihn wirklich berührte. Durch seinen dünnen Pullover hindurch spürte sie seine warme Haut, die kräftigen Muskeln und das langsame Heben und Senken seines Brustkorbes. Vorsichtig legte er seinen anderen Arm um ihre Hüfte und zog sie an sich. Er blickte ihr tief in die Augen, senkte seinen Kopf. Lillys Herz raste. Sie schloss die Augen in Erwartung des Kusses. Sie glaubte schon, die Wärme seiner Lippen auf den ihren zu spüren, fühlte seinen süßen Atem über ihr Gesicht streichen, als er plötzlich zurückzuckte.

»Hört sofort auf, ihr zwei! Raph, wir müssen los!«, drang Felias' Stimme an ihr Ohr.

Wie zwei Kinder, die beim Stibitzen von Süßigkeiten erwischt worden waren, stoben sie auseinander.

»Kann das nicht warten?«

Lilly registrierte mit Zufriedenheit die Ungeduld in Raphaels Stimme.

»Nein, du musst jetzt mitkommen.« So wie Felias dastand, hinter sich nichts als die dunklen Baumwipfel vor dem nächtlichen Sternenhimmel, angestrahlt durch das sanfte Licht der Laterne, hatte er etwas überirdisch Schönes, das nur durch seinen finsteren Blick beeinträchtigt wurde.

Raphael wandte sich Lilly zu. »Es tut mir leid, aber ich werde dich morgen Abend abholen.«

Lilly nickte stumm. Das Verlangen nach ihm brannte heiß in ihrem Inneren. »Denk an dein Versprechen. Er ist mein Stiefbruder.« Kaum hatten die Worte ihre Lippen verlassen, bereute sie sie auch schon.

Als hätte er nur darauf gewartet, sprang Felias auf sie zu. »Was glaubst du eigentlich, was du hier tust?«

Lilly wich einen Schritt zurück, während sich Raphael schützend vor sie stellte und beschwichtigend eine Hand hob. »Beruhige dich.«

»Irgendjemand muss doch die Wahrheit aussprechen. Du weigerst dich ja.« Felias wischte Raphaels Hand mit einer viel zu schnellen Bewegung beiseite. Sein Blick fixierte Lilly. In seinen hellgrünen Augen leuchtete derselbe silberne Stern wie in Raphaels Augen, und von seiner Haut stieg wieder dieser seltsame Sternenstaub, diese winzigen schimmernden Partikel, auf und hüllte ihn in einen magischen Schleier. »Du mischst dich hier in Dinge ein, von denen du nichts verstehst, von denen du nichts wissen darfst. Kehr in dein kleines Leben zurück. Vergiss, was du gesehen hast.«

Lilly schüttelte den Kopf und tastete nach Raphaels Hand. Das erboste Felias noch mehr. »Glaubst du, es wird bei Rehen und Hunden bleiben?«

»Hunde?«, keuchte Lilly und dachte dabei an Don. Die süße, schlappohrige und viel zu tollpatschige Hündin. Hatte Samuel ihr etwas angetan?

»Frag doch morgen eure Nachbarn, ob ihr Hund von dem unerlaubten Ausflug beim abendlichen Spaziergang zurückgekehrt ist. Ich versichere dir, Mabou wird seinem Herrchen nie wieder morgens die Pantoffeln bringen.«

»Das glaube ich nicht«, stotterte Lilly.

»Du kannst die Augen vor der Wahrheit verschließen, aber irgendwann wird sie dich einholen. Nun komm.« Felias legte Raphael eine Hand auf die Schulter. »Wir müssen los.«

Raphael beugte sich zu Lilly vor und gab ihr einen Kuss auf die Stirn. »Weißt du, er hat Recht. Das ist ja das Traurige.« Dann ging er zu Felias, und gemeinsam rannten sie viel zu schnell und dabei dennoch elegant den Hang herunter, bis ihre schemenhaften Gestalten im Wald verschwanden. Lilly blieb zitternd zurück, und während sie sich bemühte, Felias' Worte als einen Versuch abzutun, ihr Angst einzujagen und ihre aufkeimenden Schuldgefühle zu verdrängen, blieben zwei Fragen. Hatte Samuel abermals getötet? Und was trieben Raphael und Felias nachts immer im Wald?

28

Ihre Schuhe federten auf der Wiese, die trotz des wenigen Regens der letzten Tage noch immer grün war, als sie auf den Waldrand zumarschierte. In der vergangenen Nacht hatte sie nach stundenlangem Hin und Her eine Entscheidung getroffen. Sie musste etwas unternehmen, bevor einem Menschen Leid zugefügt wurde, auch wenn Raphael deswegen wütend sein würde. So ging es nicht weiter. Vor allem, da sie auf dem Weg zur Schule einen Laternenpfahl passiert hatte, an dem ein Zettel mit dem Bild eines fröhlichen Labradors und der fetten Überschrift »Vermisst« hing. Felias hatte offensichtlich nicht gelogen. Sie versuchte zwar, sich einzureden, dass Felias nur zufällig von dem Verschwinden des Hundes gehört hatte und es nun Samuel anlastete, aber insgeheim wusste sie, dass dem nicht so war. Sie musste eine Lösung finden, eine, die nicht Samuels Tod beinhaltete.

Wer muss sterben, damit du endlich bereit bist, ihn zu opfern?, fragte sie sich. Durfte sie das Risiko eingehen, ihn am Leben zu lassen? Könnte sie es sich verzeihen, falls er weiterhin tötete, sich womöglich an einem Menschen vergriff? Nur, wie sollte sie es mit ihrem Gewissen vereinbaren, ihn einfach aufzugeben? Selbst wenn nicht ihre Familie auf dem Spiel stand, sie ihn mochte, konnte sie doch nicht zusehen, wie ein Mensch getötet wurde.

All diese Gedanken schwirrten wie ein Schwarm Heuschrecken durch ihren Kopf, während sie tiefer in den Wald vordrang. Irgendetwas musste dort sein. Raphael und Felias waren immer in den Wald verschwunden, und bei dem Angriff auf Samuel waren sie ebenfalls nicht aus der Richtung des Internats gekommen. Sie hatte zwar wenig Hoffnung, eine Spur zu finden, aber es war besser, als tatenlos herumzusitzen.

Deshalb hatte sie sich nach der Schule heimlich die GPS-Pulsuhr ihrer Mutter eingepackt, die diese sich im Rausch eines Fitnesswahns, der nicht länger als vier Wochen anhielt, gekauft hatte. Früher hatte Lilly sich darüber geärgert und sich gewünscht, sie hätte das Geld für einen neuen Fernseher ausgegeben, nun war sie dankbar dafür.

Mit der Uhr konnte sie aufzeichnen, welche Wege sie schon abgegangen war und, das Wichtigste, sie würde sich nicht verlaufen. Bewaffnet mit Wanderschuhen, ihrem Mantel und einer Flasche Wasser, hatte sie sich auf den Weg gemacht. Ihr blieben etwa drei Stunden bis zum Einbruch der Dämmerung. Sie wusste, dass ihr Ziel irgendwo im Norden liegen musste – in diese Richtung war Raphael immer losgelaufen. Mithilfe der Uhr orientierte sie sich, wählte am Waldrand einen passenden Wanderweg und marschierte los. Zuerst schien es wie ein normaler Spaziergang, auch wenn Lilly die Natur und die tierischen Laute noch immer fremd waren. Bisher waren Betonbauten ihre Bäume, Parkplätze ihre Wiesen und Autos ihre Büsche gewesen.

Sie beabsichtigte, als Erstes den Waldrand abzugehen, in der Hoffnung, auf einen besonders stark genutzten Weg oder Pfad zu stoßen, von dem aus sie ihre Suche erweitern konnte. Dabei verging die Zeit viel zu schnell; sie war kaum auf der Höhe des Internats, als die Sonne sich bedenklich den Baumwipfeln entgegenneigte. Der Gesang der Vögel verstummte, die tagaktiven Tiere zogen sich in ihre Höhlen, Nester und Bauten zurück, während die nachtaktiven erwachten und zu ihren Streifzügen aufbrachen. Ein Fuchs kreuzte nur wenige Meter vor Lilly den Pfad. Das Licht der untergehenden Sonne schien seinen rötlichen Pelz in Flammen zu setzen, während er sie mit tiefschwarzen Knopfaugen anstarrte. Er zeigte keine Furcht, wartete, bis sie ihm ganz nahe war, bevor er in lockerem Trab im Gebüsch verschwand.

Schließlich beschloss sie, die Suche für diesen Tag abzubrechen. Sie hatte einen Wanderweg und zwei schmale Pfade entdeckt, bei denen sie Spuren von häufiger Benutzung ausmachen konnte, ob von Menschen oder Tieren, die ebenfalls die Bequemlichkeit eines Weges zu schätzen wussten, vermochte sie nicht zu sagen.

Die Sonne ging schneller unter, als sie erwartet hatte. Bald schon ging das Dämmerlicht in Dunkelheit über, und es wurde schwieriger, sich zu orientieren. Sie verfluchte sich, dass sie keine Taschenlampe mitgenommen hatte, und erwog kurz, zu der hell erleuchteten Ortschaft zu gehen. Aber es wäre ein großer Umweg, und Moni würde sich Sorgen machen, wenn sie nicht bald zurück wäre. Also kämpfte sie sich weiter den Waldrand entlang, stolperte über Ranken und Mäuselöcher und wünschte sich die Betonwüsten zurück. Natur mochte von außen ja schön aussehen, aber mit pieksenden Samen im Schuh und Zweigen im Haar verlor sie irgendwie ihren Zauber. Plötzlich knackte ein Zweig in ihrer Nähe. Sie blieb stehen, spähte in den Wald hinein, doch in der grünlichen Schwärze konnte sie nichts erkennen. Erneut ein Knacken. Stille. Dann traf Lilly ein Schlag gegen die Brust, schleuderte sie nach hinten, presste ihr die Luft aus der Lunge. Nur mit Mühe konnte sie sich auf den Beinen halten, während der Schmerz in ihr pulsierte, ihr Tränen auf die Wangen trieb. Wer war das? Samuel?

Erneut ein Schlag, diesmal in den Rücken, der sie in die Knie zwang. Hatte sie nach dem ersten Angriff noch klar denken können, verspürte sie nun nichts anderes als Angst, eine alte, instinktive Angst, die sie auf die Beine brachte, sie dazu anstachelte, die Schmerzen, die brennende Lunge zu ignorieren und einfach nur loszurennen. So schnell sie konnte. Auf die Lichter zu.

Dumm. Sie war so dumm gewesen. Allein im Dunkeln. Genau davor hatte Raphael sie gewarnt.

Sie schrie, auch wenn sie wusste, dass die Häuser noch zu weit entfernt waren, als dass sie jemand hören konnte. Schreien war besser, als aufzugeben. Sie schrie noch immer, als sie erneut ein Schlag in den Rücken traf, nicht so heftig wie zuvor, aber ausreichend, um sie ins Straucheln zu bringen, sodass sie zu Boden stürzte, wobei sie sich Knie und Handflächen an scharfen Gräsern schnitt und spitze Steine sich in ihr Fleisch bohrten.

Ihr Herz raste. Die Schmerzen waren so stark, dass sie schon wieder surreal wirkten. Wie etwas, das einem anderen passierte. Sie versuchte, aufzustehen, doch ihre Kräfte versagten. Nur einen Moment Luft holen, sagte sie sich. Aber die Zeit sollte ihr nicht bleiben.

Sie wurde herumgerissen. Ein schwerer Körper setzte sich auf ihre Brust. Ein Gesicht näherte sich ihr, sein Pfefferminz-Atem strich über ihre Haut. Felias. Er war nicht im Geringsten außer Atem, sondern wunderschön wie immer, nur ohne jeden letzten Funken von zivilisiertem Gebaren. Zum Vorschein war ein wildes Tier gekommen, das soeben seine Beute gerissen hatte. Der Stern um seine Pupillen leuchtete in gleißendem Silber, der Sternenstaub stieg in feinen Schwaden von ihm auf. »Ich könnte dich jetzt töten.«

Die Emotionslosigkeit, mit der er die Worte aussprach, machte Lilly noch mehr Angst als die darin enthaltene Drohung. Sie stemmte sich gegen ihn, aber er schien ihre Gegenwehr nicht einmal zu bemerken.

»Samuel würde nicht zögern. Bald wird er sich nicht mehr beherrschen können. Überleg dir, wen du da schützt.«

Er stand auf, sah verächtlich auf sie hinab, während sie einen tiefen Atemzug einsog.

»Raphael wird davon nichts erfahren. Du würdest es bereuen.« Er wandte sich ab, verschwand mit wenigen weit ausholenden Schritten im Dunkeln.

Lilly blieb einfach liegen. Ihr fehlte die Kraft, um aufzustehen. Alles tat weh. Sie spürte jeden einzelnen Muskel, die Stellen, an denen er sie geschlagen hatte, pochten.

Was sollte sie nun tun? Aufgeben? Das kam nicht infrage. Die Angst wühlte noch immer in ihren Eingeweiden, aber zugleich war da ein Starrsinn, den sie so noch nicht an sich kannte. Sie würde sich nicht einfach so einschüchtern lassen.

Schließlich ließen die Schmerzen etwas nach, sodass sie sich aufrappeln und nach Hause gehen konnte.

29

Die nächsten Tage vergingen für Lilly wie im Flug. Die blauen Flecken, die sie von der Begegnung mit Felias davongetragen hatte, verblassten. Zuerst konnte sie sich kaum bewegen, weshalb sie vorgab, in der Badewanne ausgerutscht zu sein, aber die Prellungen verheilten schnell. Raphael erzählte sie nichts. Zum einen fürchtete sie Felias' Reaktion, wenn sie ihn verriet, zum anderen wollte sie nicht preisgeben, dass sie nach ihrem Versteck suchte.

In der Schule pendelte sich ihr Alltag ein, ihr Ausbruch im Englischunterricht war vergessen. Auch gewöhnte sie sich allmählich daran, dass Raphael, Felias, Shiori, Anni und die anderen am Tage wie ausgewechselt waren. Umso mehr Sorge bereitete es ihr, dass Samuel und Michelle sich immer näherkamen. Doch während Michelles Zuneigung offen und ehrlich war, sah sie in Samuels berechnenden Blicken, dass er nur mit ihr spielte. Würde er sie töten, sobald ihm Tiere nicht mehr genügten? Spielte er mit ihr wie eine Katze mit der Maus?

Zumindest warb auch Ansgar um ihre Aufmerksamkeit, brachte ihnen regelmäßig Leckereien und sorgte so dafür, dass sich Michelles Aufmerksamkeit nicht nur auf Samuel konzentrierte.

Sie gab ihre Erkundungsmärsche im Wald nicht auf. Sie wusste, dass sie am Tag sicher war, zumindest vor Felias. Sein und Raphaels Verhalten standen in irgendeinem Zusammenhang mit dem Wechsel von Tag und Nacht. Allerdings achtete sie darauf, niemals nach Sonnenuntergang dort zu verweilen. Je weiter sie in den Wald vordrang, desto dichter und urwüchsiger wurde er. Dadurch wurde es für sie leichter, Hinweise zu finden, dass ein Weg häufiger genutzt wurde. Ob es nach einem Regenguss ausgetretene Spuren waren oder abgeknickte Zweige, sie halfen ihr dabei, ihr Suchgebiet mehr und mehr einzugrenzen.

Allerdings hatte sie keine Gelegenheit mehr gehabt, Samuel in der Dämmerung abzufangen, sodass sie beschloss, ihre Suche die nächsten Tage früher abzubrechen, um ihn in einem passenden Moment abzupassen.

Aber all ihre Sorgen waren verflogen, wenn sie sich nachts hinausstahl oder vorgab, mit Freunden verabredet zu sein, um sich mit Raphael zu treffen. Die kleine Lichtung im Wald mit dem umgestürzten Baumstamm war zu ihrem geheimen Treffpunkt geworden. Unter einem kleinen Busch hatte Lilly einen Rucksack mit Decken versteckt, in die sie sich kuschelten, während sie aneinandergeschmiegt auf dem Baumstamm saßen oder sich in warmen Nächten auf das Gras legten. Oft sagten sie stundenlang kein Wort, genossen nur die Nähe des anderen. Manchmal redeten sie, wobei sie sich krampfhaft bemühten, schwierige Themen auszuklammern. Sobald das Gespräch sich Samuel, Raphaels Vergangenheit oder Felias zuwandte, verstummten sie. Sie wussten beide, dass sie nicht lange so weitermachen konnten. Bald würde sie die Realität einholen, mussten sie Entscheidungen treffen, die sie womöglich entzweiten, aber umso mehr klammerte Lilly sich an jede Sekunde, die ihr mit ihm verblieb. Doch so viel Zeit sie auch miteinander verbrachten, so nahe sie sich waren, so oft er sie in seine Arme zog – er küsste sie nie.

Sie glaubte nicht, dass es an mangelndem Interesse oder Verlangen lag. Zu offen stand seine Zuneigung in seinen Augen. Zudem spürte sie, wie er unter ihren Berührungen erzitterte, hörte das leise Stöhnen, das über seine Lippen kam, wenn sie ihre Finger über seinen Nacken gleiten ließ.

Es war, als wollte er ihr Gelegenheit geben, es sich anders zu überlegen, wegzulaufen, bevor es zu spät war. Und sie traute sich nicht, den ersten Schritt zu wagen, fürchtete, damit den zarten Zauber, der sie miteinander verband, zu zerstören.

An diesem Abend war jedoch alles anders. Heute hatte neben dem Bild von Mabou, dem vermissten Labrador, das Bild von Chelsea, einer hübschen, grau getigerten Katze gehangen. Ebenfalls vermisst. Während sie auf der Wiese lagen, ihre Finger eng mit denen von Raphael verschlungen, fragte sie sich, ob sie weiterhin die Augen vor der Realität verschließen durfte. Sie wusste, dass sie früher oder später die Seifenblase ihrer vorgegaukelten heilen Welt platzen lassen musste, dass sie nicht für immer so tun konnte, als würden diese schrecklichen Dinge nicht geschehen.

»Diese Katze, Chelsea, war das Samuel?«, fragte sie leise.

Raphael drehte sich zu ihr, sodass ihre Nasenspitzen sich beinahe berührten. Sein schwarzes Haar kitzelte ihre Stirn. »Ja.«

Ein einzelnes Wort, und doch barg es so viel mehr. Ihr Stiefbruder tötete weiterhin. Wer wusste schon, wie viele Tiere ihm bereits unbemerkt zum Opfer gefallen waren? Tiere, die noch leben würden, wenn Lilly Samuel nicht schützen würde. »Wird er weitermachen?«

»Ja.« Raphaels Hand strich sanft wie ein Schmetterlingsflügel über ihre Wange.

Die eine Frage brannte Lilly auf der Zunge. Wollte gestellt werden und doch wieder nicht. Minutenlang betrachtete sie den Jungen an ihrer Seite, nahm jede Linie seines Gesichts, jede Reflexion des Mondlichts in seinem Haar in sich auf. »Wird er irgendwann einen Menschen töten?«

Er sah sie ernst an. Nickte.

Sie wandte sich ab, starrte in den Sternenhimmel hinauf und lauschte dem Ruf eines Käuzchens. Sie wusste, dass er die Wahrheit sagte, wollte es aber nicht wahrhaben. Was bedeutete das für sie? Durfte man ein Leben beenden, um andere zu retten? Bisher hatte er sich nur an Tieren vergriffen, schrecklich genug, doch rechtfertigte das seine Ermordung? Bloß, wie würde sie sich fühlen, wenn er einen Menschen tötete? Trüge sie dann nicht ebenfalls Schuld daran? »Und wenn ich zur Polizei gehe?«

Raphael schüttelte den Kopf. »Das würde alles nur noch schlimmer machen. Und was willst du ihnen sagen? Dass ein paar Tiere verschwunden sind und du gesehen hast, wie er ein Reh tötete? Niemand wird das glauben. Die Einzigen, die ihn aufhalten können, sind wir.«

»Wie kann ich etwas Derartiges entscheiden, ohne sämtliche Fakten zu kennen? Ohne genau zu wissen, was aus meinem lieben, neuen Bruder geworden ist?« Tränen traten ihr in die Augen.

Raphael beugte sich vor, küsste sanft ihre feuchten Wangen. »Du musst mir vertrauen. Dir bleibt keine andere Wahl.«

An diesem Abend sprachen sie kein weiteres Wort. Sie kuschelten sich aneinander, suchten Trost in der Gegenwart des anderen. In Lilly breitete sich die Gewissheit aus, dass dies womöglich ihre letzte gemeinsame Nacht war. Die Probleme würden nicht verschwinden – im Gegenteil, irgendwann würden sie sie einholen.

Als er sie nach Hause brachte und sie zum Abschied umarmte, klammerte sie sich regelrecht an ihm fest. »Ich will dich nicht verlieren«, flüsterte sie.

Er blickte sie nur traurig an, hauchte ihr einen Kuss auf die Wange und verschwand abermals im Wald.

30

In dieser Nacht fand Lilly kaum Schlaf. Kurz vor der Morgendämmerung stand sie auf, um sich ein Glas Wasser zu holen. Als sie zurückkam, hörte sie ein Geräusch aus Samuels Zimmer, als würde sich dort jemand auf dem Boden wälzen. Sie zögerte einen Moment. Sollte sie hineingehen? Es war Dämmerung, vielleicht bekam sie die Gelegenheit, erneut mit dem wahren Samuel zu sprechen. Sie musste es wagen. Was sollte ihr im Elternhaus schon passieren?

Leise öffnete sie die Tür, spähte um die Ecke. Eine kleine Nachttischlampe mit einem giftgrünen Bezug erhellte den Raum, verlieh ihm dabei aber zugleich eine ungesunde Farbe. Samuel lag auf dem Teppich vor seinem Bett, starrte blicklos an die Decke. Sie ging neben ihm in die Knie, bettete seinen Kopf in ihrem Schoß, flüsterte seinen Namen.

»Lilly«, wisperte er, ohne den Blick von der Decke abzuwenden oder zu blinzeln.

Sie strich ihm eine Strähne aus dem Gesicht.

Er stöhnte auf, ein Laut, der all die Qualen und das Leid in sich trug, die er verspürte. »Du musst mich töten.«

»Sag so etwas nicht.«

»Ich kann nicht mehr. Ich weiß nicht, was mit mir geschieht.« Tränen traten in seine Augen.

»Ich werde dir helfen. Etwas hat von dir Besitz ergriffen. Was weißt du?«

Sein Körper verkrampfte sich. »Blut. Schmerz. Es lenkt

mich, flüstert von ewiger Schwärze. Kälte.« Er keuchte. »Selbst die Gedanken scheinen zu gefrieren. Tod. Faszination. Es kann nicht sterben. Niemals. Unendlich.« Er bäumte sich ein letztes Mal auf. »Töte mich«, wiederholte er keuchend. »Nicht alleine.« Dann rollten seine Augen nach hinten, Krämpfe schüttelten seinen Körper. Die Kreatur kehrte zurück.

Sie musste raus, bevor er sie erwischte. Sie wollte nicht, dass dieses Wesen erfuhr, dass sie mit Samuel gesprochen hatte. Oder würde die Kreatur es ohnehin erfahren? Egal. Sie wollte nicht mit diesem Ding sprechen.

Eilig hastete sie hinaus, schloss sich in ihrem Zimmer ein. Welche neuen Erkenntnisse hatte sie gewonnen? Nicht viel, stellte sie ernüchtert fest, aber immerhin wusste sie nun sicher, dass Samuel noch existierte. Gefangen in seinem eigenen Körper – was für ein schrecklicher Gedanke, aber er lebte.

Ein Klopfen an ihrer Tür riss sie aus ihren Gedanken. »Aufwachen! Du kommst zu spät zur Schule! Seit wann verschließt du denn deine Tür?«

»Ich komme.«

Kaum hatte sie die Tür geöffnet, stand sie auch schon ihrer Mutter gegenüber.

»Hast du etwa Besuch von einem Jungen?«, fragte diese neugierig und spähte über Lillys Schulter in das Zimmer.

»Nein, natürlich nicht.« Lilly senkte beschämt den Kopf. Der Morgen fing ja gut an.

»Ich verstehe dich nicht, du benimmst dich seit ein paar Tagen so seltsam. Habe ich es mal wieder verbockt?« Sie sah sie traurig an. »War das alles, der Umzug, Thomas, Samuel, zu viel?«

»Alles okay, Mom«, brachte sie hervor, um ihre Mutter zu beruhigen. Es tat ihr weh, ihr nicht die Wahrheit sagen zu können, aber selbst wenn Moni ihr glauben würde – was brachte es ihr, außer dem Wissen, dass ihr Stiefsohn sich in ein Monster verwandelt hatte? »Ich muss mich nur eingewöhnen.« Ein Blick auf die Uhr rettete sie aus der Situation. »Ich muss mich beeilen. Es ist schon spät.«

Auch Moni schien sich schlagartig daran zu erinnern, dass sie zur Schule musste, und brach in ihre gewohnte Hektik aus. »Ich nehme dich mit, aber spute dich. Thomas ist bereits losgefahren. Wir reden später.«

Lilly nickte. Sie hatte gerade noch genug Zeit, sich zu waschen und die Wimpern zu tuschen, bevor ihre Mutter ungeduldig mit dem Schlüssel klimperte.

Nachdem sie in halsbrecherischem Tempo zur Schule gerast waren, schaffte es Lilly, wenige Sekunden vor dem Klingeln in das Klassenzimmer zu huschen und sich auf ihren Platz zu setzen.

An diesem Tag vergingen die Schulstunden quälend langsam. Es war das erste Mal, dass ihr auffiel, wie viel mehr Unterricht sie im Vergleich zu einer normalen Schule hatte. Es gab keinen einzigen Tag ohne Nachmittagsunterricht, und oft lagen dort wichtige Kurse wie Physik und Mathematik. Sie wollte mit Raphael reden, ihm sagen, dass sie wieder mit Samuel gesprochen hatte. Vielleicht würde er ihr dieses Mal glauben, sie einweihen, und sie konnten gemeinsam einen Weg finden, ihn zu retten. Zudem wollte sie zurück in den Wald. Sie glaubte, ihrem Ziel sehr nah zu sein, was auch immer es sein mochte.

In der Mittagspause saß sie unruhig neben ihren neuen Freundinnen und musste erneut ansehen, wie Samuel mit Michelle flirtete. Seit sie wusste, dass er ein weiteres Tier getötet hatte, steigerte sich ihre Sorge ins Unermessliche. Als er einen Arm um Michelles Schultern legte, konnte sie sich einen schlecht gelaunten Kommentar nicht verkneifen.

»Was ist los mit dir?«, zischte Michelle sie an. »Entspann dich und hör auf, mich anzustarren, als hätte ich deinen Lieblingspulli geklaut.«

Lilly stand auf, packte Samuel am Arm. »Ich muss mit dir reden.«

Er zuckte mit den Achseln und folgte ihr in eine Ecke der Cafeteria, wo sie sich hinter einer zerrupft aussehenden Palme vor den Blicken der anderen versteckten.

»Lass die Finger von Michelle«, fauchte sie ihn an.

»Sonst was?« Er grinste höhnisch. »Schickst du mir dann deine kleinen Freunde? O Mann, ich zittere vor Angst.«

»Ich werde ihr die Wahrheit sagen.«

Er lachte. »Sie wird dich für verrückt halten.«

»Vielleicht, aber sie ist auch neugierig. Sie würde mitkommen, um dich bei der Dämmerung zu suchen. Willst du das Risiko eingehen, nur um mich zu ärgern?«

Mit einem Mal schoss seine Hand vor. Er wirbelte sie herum und drückte sie gegen die Wand. »Glaubst du, ich bin das einzige Raubtier, das hier wildert?« Er beugte sich vor, leckte über ihr Ohr.

Lilly schüttelte sich vor Ekel, als seine feuchte Zunge ihr Ohrläppchen entlangglitt. Sie zog ihr Knie an, traf ihn mit Schwung zwischen den Beinen. Mit einem Aufstöhnen sank er zu Boden. »Immerhin empfindest du offensichtlich Schmerzen«, raunte sie ihm zu, bevor sie zu den anderen zurückkehrte. Michelle sah sie zwar misstrauisch an, gab sich jedoch mit der Ausrede zufrieden, dass Samuel zu seinem Vater gerufen worden war und er Ärger wegen einer schlechten Note bekommen würde.

31

Da die Sonne sich dem Horizont näherte, waren die Schatten lang und verschwammen unter den Nadelbäumen zu drückender Dunkelheit, in der es knisterte und knackte. Wäre nicht das fröhliche Vogelgezwitscher gewesen, hätte Lilly sich wie in einem Horrorfilm gefühlt. Sie lachte. Viel besser als die typische Blondine, die in den dunklen Keller stieg, obwohl jeder wusste, dass das kein gutes Ende nehmen kann, war sie auch nicht.

Sie war direkt nach der Schule nach Hause geeilt, hatte sich einen Müsliriegel, eine Flasche Wasser und Kaugummis geschnappt und war zu ihrer nächsten Erkundungstour aufgebrochen. Bald würde niemand den Wald besser kennen als sie. Sie fühlte sich fast schon zuhause in dem schattigen Grün, gab besonderen Bäumen Namen – wie einer Fichte, deren Wurzeln an einem Hang nach und nach von der weggewaschenen Erde bloß gelegt wurde, sodass ihr verwobenes Netz an die Oberfläche trat.

Nach einer Weile bog der Weg in Richtung Osten ab. Lilly erwog bereits, zurückzugehen und einen anderen zu wählen, als ein deutlich schmalerer Weg, der zum Teil von hohen Gräsern überwuchert war, nach Norden abzweigte. Ein umgeknickter Zweig veranlasste sie, ihm zu folgen, und nach einiger Zeit stellte sie fest, dass er offensichtlich regelmäßig genutzt wurde. Das Gras war an manchen Stellen niedergetreten, und abgebrochene Äste lagen auf dem

Boden. War sie auf der richtigen Spur, oder war es nur ein Wildwechsel?

Je tiefer sie in den Wald vordrang, desto unheimlicher wurde es. Die Bäume standen immer dichter, die wenigen Laubbäume wurden von Nadelholz verdrängt, die das Sonnenlicht fast gänzlich ausschlossen, und was noch gruseliger war: Es wurde still. Kein Vogel zwitscherte, das einzige Knacken im Gehölz stammte von Tannenzapfen, die auf den Boden fielen.

Lilly beschlich das Gefühl, einen Fehler gemacht zu haben. Irgendetwas stimmte nicht. Sollte sie umkehren? Da sah sie ein Licht zwischen den Bäumen hindurchschimmern. Neugierig lief sie weiter, bis sie auf einer großen, von saftigem Gras bedeckten Lichtung stand, durch die ein schmaler Bach plätscherte. An ihrem Rand befand sich eine alte Ruine. Sie konnte nur erahnen, was es einst gewesen war, die übrig gebliebenen Steine waren rissig und von Efeu überwuchert, aber sie glaubte, die Grundrisse eines großen Hauses, vielleicht eines Gehöfts, zu erkennen.

Auch wenn es ein sehr idyllischer Ort war, war Lilly enttäuscht. Hier schien niemand zu sein. Da fiel ihr auf, dass die Wiese gemäht worden war. Warum sollte das jemand mitten im Wald machen? Gespannt ging sie auf das Gemäuer zu und hielt den Atem an, als sie hinter einer hohen Steinwand eine Hütte, fast schon ein kleines Häuschen, entdeckte, das gut getarnt durch herabhängende Zweige und Efeu an die Mauer geschmiegt stand. Zwar hatten sich auf dem Dach aus Wellblech Nadeln und Tannenzapfen angesammelt, und das Holz, aus dem die Wände bestanden, war an zahlreichen Stellen schwarz verfärbt, doch die Hütte wirkte dennoch gepflegt. Jemand hatte Fenster in die Holzwände eingesetzt, und es lag sogar eine Gummifußmatte vor der Tür. Auch wenn eine innere Stimme sie drängte, umzudrehen, war ihre Neugierde zu groß. Sie wollte endlich wissen, was hier vor sich ging. Zuerst versuchte sie, durch eines der Fenster zu spähen, aber sie waren wie bei Wohnmobilen getönt, sodass sie außer ein paar Umrissen nichts erkennen konnte. Dann legte sie ihren Rucksack ab, um sich schneller bewegen zu können, und öffnete vorsichtig die Tür. Halb hatte sie damit gerechnet, dass sie verschlossen war, aber sie ließ sich ohne einen Laut aufschieben. Im Inneren fand sie sich in einer Art Vorraum wieder, wie man ihn in einem richtigen Haus erwartet hätte, nur dass es viel dunkler war. Auf einem wackligen Schuhregal standen abgewetzte Sneakers und Turnschuhe. Ging sie nach den Größen, mussten sich hier drei verschiedene Menschen aufhalten oder zumindest regelmäßig hierherkommen. An einem Kleiderständer hingen mehrere Jacken, alle zweckdienlich, außer einer blassrosafarbenen Lederjacke mit weißer Fellfütterung. Kurz erwog Lilly, sich mit einem lauten »Hallo« anzukündigen, dann beschloss sie, die Hütte lieber weiter heimlich zu erkunden. Sie öffnete die nächste Tür und befand sich in einem Flur, von dem verschiedene Zimmer abzweigten. Mit angehaltenem Atem öffnete sie die erste Tür und blieb überrascht stehen, als sie ein wohnliches Zimmer entdeckte, mit Kiefernholzmöbeln, hellgelben, geblümten Vorhängen, Fernseher – so einem alten mit ausziehbarer Antenne – und einem großen Bett, in dem zwei der Jugendlichen schliefen, die bei dem Angriff auf Samuel dabei gewesen waren. Die Angelina-Jolie-injung hatte sich an den bärenartigen Jungen geschmiegt, der schützend einen Arm um sie gelegt hatte, und obwohl sie offensichtlich in einem tiefen Schlaf lagen, spürte Lilly die Liebe, die zwischen den beiden existierte. Mit einem Mal spürte sie Tränen in ihre Augen treten. Sie wünschte sich ebenfalls, solch eine Vertrautheit zu finden. Da kam ihr ein schrecklicher Gedanke: Lebten sie überhaupt noch? Wie konnten sie so fest schlafen, um nicht zu bemerken, dass sie hier stand? Dann sah sie zu ihrer Beruhigung, wie sich ihre Brustkörbe langsam hoben und senkten. Vorsichtig schloss sie die Tür und ging zum nächsten Raum, bei dem es sich ebenfalls um ein Schlafzimmer handelte, in dem aber nur ein Einzelbett stand. Die anderen beiden Türen waren verschlossen, und als Lilly ihr Ohr an die eine hielt, hörte sie dahinter kein Geräusch. Am Ende des Ganges gab es noch eine letzte Tür, hinter der sich eine Art Gemeinschaftsraum mit einem großen Tisch und einer Wohnküche befand, von dem aus sie das leise Knattern eines Generators hörte. Also hatten sie tatsächlich Strom, nur auf fließendes Wasser mussten sie offenbar verzichten, wenn Lilly die Wasserkanister, die in einer Ecke standen, richtig deutete. Warum lebten diese Jugendlichen hier im Wald? Und was hatten Felias und Raphael mit ihnen zu tun? Statt Antworten zu finden, hatte sie das Gefühl, dass sich nun noch mehr Fragen vor ihr auftürmten. Sollte sie einfach gehen? Kurz überlegte sie, dann entschloss sie sich, das Mädchen zu wecken. Sie hatte nicht böse gewirkt, eher lieb und sanft, und sie glaubte nicht, dass sie ihr etwas antun würde. Sie ging zurück in das Zimmer, schlich zum Bett, um den Jungen nicht zu wecken, und rüttelte leicht an ihrer Schulter. Doch die Angelina-Jolie-in-jung rührte sich nicht. Sie versuchte es erneut, dieses Mal kräftiger, war aber auch nicht erfolgreicher als zuvor. »Hey«, rief sie, nicht mehr darauf bedacht, den Jungen nicht zu stören, doch selbst darauf reagierten sie nicht. Es war, als lägen sie in einem Koma.

Was ging hier nur vor? Mit einem Mal wirkte die Stille gespenstisch, ihre eigenen Atemzüge dröhnten laut in ihren Ohren. Sie sank in einen altmodischen Holzstuhl mit dunkelgrünem Bezug, der gegenüber dem Bett stand. Da saß sie nun in einem Zimmer mit zwei scheintoten Jugendlichen und war ihrem Ziel kein Stück nähergekommen. Plötzlich entdeckte sie einen Bund Schlüssel auf dem Nachttisch. Ob einer von ihnen zu den verschlossenen Türen passte?

Kurz entschlossen ergriff sie ihn und versuchte ihr Glück an der ersten Tür. Mit dem zweiten Schlüssel hatte sie Erfolg. Vor ihr lag ein lang gestreckter Raum, durch dessen einziges Fenster gerade genug Licht fiel, um die Unmenge an Erinnerungsstücken, Bilder, Möbel und Vasen, erkennen zu können. Langsam ging sie in das Zimmer hinein. Sie fühlte sich wie in einem Antiquitätenladen, nur lagerten hier Gegenstände aus den verschiedensten Regionen und Epochen. Sie entdeckte eine chinesische Vase, silbernes Geschirr und sogar ein kostbares Fabergé-Ei aus einem dunkelgrünen Edelstein, der mit Gold verziert worden war und dessen Inneres, in dem sich ein Miniatur-Schloss befand, mit dunklem Samt ausgekleidet worden war.

Bei ihrer nächsten Entdeckung gaben ihre Beine vor Schock nach. Es war ein verblichenes, leicht gelbstichiges Schwarz-Weiß-Foto, wie Lilly sie aus ihren Geschichtsbüchern kannte. Eine Gruppe junger Männer, zum Teil mit Zigaretten im Mund, war darauf zu erkennen. Sie waren offenbar für den Krieg gerüstet: Helme, Gewehre um die Schultern und die hintergründige Angst in ihren Augen ließen keinen Zweifel daran. Doch das Erschreckende war, dass sie zwei von ihnen kannte: Felias und Raphael.

Sie ging in die Knie, stützte sich mit zittrigen Armen auf dem Boden ab. Wie konnte das sein? Sie waren seit dem Tag, an dem das Foto aufgenommen worden war, keinen Tag gealtert. War es nur ein Photoshop-Trick? Sie öffnete den Rahmen, holte das Foto heraus und drehte es um: *Summer 1916*.

War das sein großes Geheimnis? War er unsterblich?

Sie sah aus dem Fenster. Es wurde langsam dunkel. Trotz ihres Schocks musste sie sich beeilen, wenn sie nicht in der Nacht allein durch den Wald laufen wollte. Zuerst musste sie jedoch in den anderen Raum sehen, auch wenn sie nicht wusste, ob sie noch mehr solcher Enthüllungen verkraften würde.

Schwerfällig rappelte sie sich auf, während sie versuchte, sich Vernunft einzureden. Es kam vor, dass Kinder ihren Eltern zum Verwechseln ähnelten. Vielleicht war das Foto bloß ein Erinnerungsstück an Raphaels Urgroßvater. So seltsam ihr die Dinge auch erscheinen mochten – so abgefahren konnte es doch nicht sein?

Bevor sie die nächste Tür öffnete, holte sie noch einmal tief Luft. Trotzdem zog ihr der Schreck, der sie durchfuhr, beinahe die Beine unter dem Körper weg. Sie fand sich in einer säuberlich aufgeräumten Waffenkammer wieder, in der sich allerdings keine Gewehre oder Pistolen befanden, sondern Keulen, Morgensterne, Stangenwaffen aus Holz und Metall, Schwerter in allen erdenklichen Formen sowie Waffen, die Lilly nie zuvor gesehen hatte.

In was war sie nur hineingeraten? Wozu all die Waffen? Ihr wurde bewusst, wie wenig sie von Raphael wusste. War er ein Killer?

Ein weiterer Blick aus dem Fenster ermahnte sie, das Grübeln auf später zu verschieben. Sie achtete darauf, keine Spuren zu hinterlassen – keine verräterischen Wassertropfen, Blätter oder Zweige –, ging nach draußen, schnappte sich ihren Rucksack und trabte in den Wald zurück.

Dank der GPS-Uhr fand sie den Weg schnell nach Hause, und in ihrem Kopf wirbelten die Gedanken derart durcheinander, dass sie ganz vergaß, sich vor dem stillen, im Dämmerlicht liegenden Wald zu fürchten. Ihre Mutter war zwar misstrauisch, als Lilly sie begrüßte, aber allmählich gewöhnte sie sich an ihre Wanderungen. Gegen Bewegung an der frischen Luft konnte sie schließlich keine Einwände erheben.

32

Raphael holte sie nach Einbruch der Dunkelheit ab, und zusammen gingen sie zu ihrer Wiese. Ein vom Mond in weißes Licht gehüllter Wolkenschleier bedeckte den Himmel und tauchte die Welt in einen silbrigen Schimmer. An dem moosbewachsenen Baumstamm angekommen, breiteten sie eine Decke aus, wobei sie eine Igelfamilie aufstörten, die daraufhin unter grunzenden und quiekenden Geräuschen das Weite suchte. Lilly musste beim Anblick der Baby-Igel lachen. Mit ihren weich aussehenden Stacheln, den dunklen Knopfaugen und emsig wackelnden Nasen sahen sie zu süß aus.

Doch ihre Freude hielt nicht lange. Bisher hatten Raphael und sie kein Wort gewechselt. Sie wusste nicht, was sie sagen sollte. Ihm enthüllen, dass sie sein Versteck entdeckt hatte? Dass sie von den Waffen wusste? Ihn auf einem fast hundert Jahre alten Bild gesehen hatte?

»Du bist so still«, sagte er und strich über ihren Kopf, der an seine Brust gelehnt war. »Bedrückt dich etwas?«

»Ich habe wieder mit Samuel gesprochen. Dem echten.«

Er seufzte, schloss die Augen. »Er spielt mit dir, nutzt deine Gefühle aus.«

»Das glaube ich nicht. Er wollte, dass ich ihn töte. Warum sollte er das sagen?«

»Das ist kompliziert.«

»Bitte«, flehte sie. »Ich muss einfach mehr wissen.« Sie

legte ihm eine Hand auf den Unterarm. Sie war noch nie so kurz davor gewesen, auf die Knie zu fallen und jemanden um etwas anzubetteln, doch wenn sie ihn so dazu bewegen konnte, ihr endlich mehr zu verraten, würde sie nicht zögern. Sie hielt die Ungewissheit, die Zerrissenheit zwischen ihrer Zuneigung zu Raphael und dem Wunsch, ihren Stiefbruder und ihre Familie zu beschützen, nicht länger aus.

Er schwieg, spielte versonnen mit einer ihrer Haarsträhnen. Lilly lehnte ihren Kopf an seine Schulter, unterdrückte die Tränen, die ihr in die Augen traten. Was sollte sie nur tun? Samuel litt offensichtlich schrecklich. Durfte sie zulassen, dass er getötet wurde? Konnte sie seinem Wunsch Folge leisten und ihn dem Tod überlassen?

»Falls Samuel tatsächlich noch in dem Körper steckt, musst du ihn fragen, ob er einen Ausweg kennt«, brach Raphael das Schweigen. »Vielleicht hat er Zugang zum Wissen der Bestie.«

Ein Hoffnungsschimmer! Lillys Herz machte einen freudigen Hüpfer. »Was für eine Bestie?«

Er schwang ein Bein über den Baumstamm, sodass er rittlings auf ihm saß, und sah sie ernst an. »Ich kann nicht länger damit leben, dass du in der Gegenwart dieser Kreatur lebst, ohne zu wissen, mit was du es zu tun hast.« Die Sterne um seine Pupillen erstrahlten in hellem Silberglanz, ließen ihn wie ein magisches Wesen aus einer anderen Welt wirken. »Du musst mir versprechen, dass du niemanden in dieses Geheimnis einweihst.«

»Felias wäre gar nicht glücklich darüber«, stellte Lilly fest.

»Nein, und die anderen auch nicht. Ich verstoße schon gegen mehr Regeln, als du dir vorstellen kannst, nur weil ich hier bei dir bin.«

»Warum tust du es dann?«

»Ist das nicht offensichtlich?«, fragte er und hauchte ihr einen Kuss auf die Stirn. Mit einem Mal war die Ernsthaftigkeit wie weggewischt, und statt des Zauberwesens saß ihr erneut der unglaublich süße Junge gegenüber.

Sie errötete. »Aber warum ich?«

Verlegen senkte er den Kopf und ergriff ihre Hand. Seine Stimme war kaum mehr als ein Flüstern. »Seit ich dich das erste Mal sah, wusste ich, dass du für mich bestimmt bist. Du bist diejenige, auf die ich gewartet habe, und nichts kann mich von dir fernhalten.« Er umklammerte ihre Finger so fest, dass es fast schon wehtat. »Ich habe es versucht, aber wenn ich nicht bei dir bin, fühlt es sich an, als fehlte ein Teil von mir.«

Lilly war von seinen Worten zu überwältigt, um ihm zu antworten. Stattdessen schlang sie ihre Arme um ihn, schmiegte sich so eng an ihn, dass sie sein Herz gegen das ihre schlagen spürte. »Wie lange hast du gewartet?«, fragte sie.

Sein Körper wurde für einen Augenblick ganz steif. »Zu lange.« Er löste sich von ihr und deutete zum Himmel empor. »Siehst du das Dunkle zwischen den Sternen?«

»Du meinst den Leerraum zwischen den Sonnensystemen und Galaxien?«

Er nickte. »Ja, aber es ist viel mehr als das. Im ganzen Weltraum gibt es Strahlung, Energie, selbst dort, wo für das Auge nur das Nichts existiert. Diese Energie formte sich im Anbeginn der Zeit zu einem Verstand, einem Wesen so unfassbar für menschliche Begriffe, wie es die Vorstellung von der Gesamtheit der Erde für einen Regenwurm ist.« Er brach ein Stück Rinde von dem Holzstamm, auf dem sie saßen, ab und kratzte gedankenverloren das weiche Moos von ihm weg. »Irgendwann packte es die Neugier. Es breitete seine Fühler aus, begann, das Universum zu erforschen, und hörte niemals damit auf. Ab und an schenkt es seine Aufmerksamkeit auch der Erde.«

Plötzlich fühlte Lilly die Kälte der Nacht und schlang die Arme um sich. »Samuel«, hauchte sie.

Raphael nickte, zerbröselte die Rinde in seinen Händen und ließ sie zu Boden fallen. »Du hast gesehen, wie er starb und wie eine sogenannte Sternenbestie von ihm Besitz ergriff.«

»Das kann nicht sein«, murmelte sie. Sie wollte nicht wahrhaben, was sie da hörte. Gegen Krankheiten konnte man etwas unternehmen, selbst wenn ihr Stiefbruder in die Fänge von irgendwelchen kriminellen Organisationen geraten wäre, hätte sie versuchen können, ihm zu helfen. Doch wenn Raphael Recht hatte? Wenn tatsächlich eine uralte Kreatur von Samuel Besitz ergriffen hatte? Das durfte nicht wahr sein! »Wie soll das funktionieren?«, fragte sie mit hörbarer Skepsis.

»Ich kann dir nicht die genauen medizinischen Abläufe erklären. Wie du dir vorstellen kannst, ist es kein populäres Forschungsthema.« Ein trauriges Lächeln umspielte seine Lippen. »Aber wenn ein Mensch stirbt – bevorzugt ein junger, da ältere selten die Kraft haben, die Übernahme zu überstehen – und in dem Augenblick diese Kreatur, diese energetische Manifestation, die Erde berührt, splittert sich ein Teil von ihr ab, fährt in den Körper, heilt ihn mit ihrer Macht und lenkt ihn von da an.«

Ihr fuhr ein Schauer den Rücken hinunter. »Das klingt grausam und unglaubwürdig. Wie soll so ein Wesen existieren? Und warum sollte es der Erde Beachtung schenken? Wir sind doch nur einer von Millionen Planeten. Und wie soll so eine Berührung aussehen?«

»Lilly«, beschwor Raphael sie. »Ich kann dir nicht alles erklären. Ich bin kein Wissenschaftler, vieles verstehen wir selbst nicht. Aber ist es so unvorstellbar, dass eine Art Überwesen existiert? Die Menschen glauben seit ewigen Zeiten an Götter, Teufel und Dämonen. Vielleicht haben diese Geschichten ihren Ursprung in dieser Wesenheit.« Er schloss die Augen und dachte einen Moment nach, bevor er ruhiger fortfuhr. »Versuch, es dir als eine Art verdrehten Gott vorzustellen. Eine Kreatur, die so mächtig und allumfassend ist, dass sie an den unterschiedlichsten Orten, womöglich sogar Zeiten, zugleich sein kann.«

Sie rückte ein Stück von ihm ab. Das klang viel zu sehr nach der wirren Predigt eines Verrückten. Noch erschreckender war allerdings, dass sie keine andere Erklärung für die schrecklichen Ereignisse der letzten Tage fand. »Dann behauptest du also, dass Samuel von einem Ableger dieses gottgleichen Wesens besessen ist? Einer Sternenbestie?«

Raphael nickte. »Sieh mich bitte nicht so an.« Er senkte den Kopf. »Ich lüge nicht.«

»Genau das befürchte ich. Entweder bist du wahnsinnig, oder ich lebe in einer Welt, von der ich offenbar nicht viel weiß.« Hätte Lilly in dem Moment in Worte fassen müssen, was sie empfand, hätte sie gesagt, dass ihr Herz sich anfühlte, als würde es entzweigerissen. Eine abgedroschene Phrase, die sie bisher nur mit den Augen hatte rollen lassen, doch nun verstand sie sie. Sie wollte ihm so gerne glauben, aber wie sollte sie etwas so Ungeheuerliches akzeptieren? »Und was will *es*?«

»Seine Ableger sind wie kleine, übermächtige Kinder. Sie wollen alles wissen, erproben und sind selbst absolut unsterblich. Was gibt es da Faszinierenderes als den Tod?«

»Das verstehe ich nicht. Existieren mehrere von ihnen auf der Erde? Und wie wollt ihr etwas Unsterbliches töten?«

»So viele Fragen.« Er lachte bitter und legte seine Hände auf ihre Oberschenkel.

Trotz ihrer Verwirrung setzte seine Berührung ihre Haut in Flammen. Für einen Moment konzentrierte sie sich nur auf seine Finger, genoss seine Wärme und Nähe. Ein Augenblick der Ruhe, bevor sie in ihre Welt zurückkehrte, die mehr und mehr auseinanderbrach.

»Ich kenne nicht sämtliche Antworten. Samuel ist nicht die einzige Sternenbestie, ihre Anzahl ist groß, und sie sind uns gegenüber in Macht und Wissen im Vorteil. Sobald sie sich von dieser energetischen Manifestation abgespalten haben und in einen Körper fahren, erhalten sie sowohl einen eigenen Verstand als auch eine eigenständige Identität. Zugleich sind sie alle gedanklich miteinander verbunden. Zu unserem Glück scheinen sie dennoch durchaus Geheimnisse für sich zu behalten. Erst wenn ihre sterbliche Hülle vernichtet wird, kehren sie zu der gottgleichen Kreatur zurück, gehen in ihr auf und teilen ihr Wissen mit ihr.«

Vom langen Sitzen tat Lillys Hintern weh. Ein Astknoten drückte sich schmerzhaft in ihr Fleisch, sodass sie sich ebenfalls rittlings auf den Baumstamm setzte, wobei sie ihre Oberschenkel auf seine legte und ihren Kopf gegen seine Brust lehnte. Sie versuchte, ihre Gedanken zu ordnen, zu verstehen, was sie da hörte. Samuel war von einer Art bösen Gott beziehungsweise dessen Ableger besessen? Konnte es noch verrückter werden?

»Junge Bestien sind leicht zu töten«, fuhr Raphael leise fort. Seine Finger strichen gedankenverloren durch ihre Haare. »Sie sind unerfahren, überwältigt von ihrer Körperlichkeit und angetrieben von der Faszination des Tötens. Zudem spüren wir ihre Gegenwart, können ihre Geburt vorausahnen, während sie später lernen, sich vor uns zu verbergen. Mit zunehmendem Alter gewinnen sie an Macht und Raffinesse. Einfache Morde genügen nicht mehr. Sie zetteln Kriege an, inszenieren Amokläufe, Kriegsverbrechen … Für einen Menschen ist es kaum nachzuvollziehen, doch ebenso wie uns der Tod immer fasziniert hat, so ist es bei diesen Wesen, nur deutlich ausgeprägter. Allmächtig, allwissend, unsterblich, und trotzdem werden sie eines nie erfahren: den Tod.«

»Aber wenn es so mächtig ist, wie könnt ihr es dann besiegen?« Sie hob den Kopf, sah ihm in die Augen. Mit einem Mal bekam sie Angst um ihn. Falls es stimmte, was er da sagte, lebte er ständig in großer Gefahr. An ihre eigene Situation – das Zusammenleben mit einer Bestie hatte nie auf der Liste ihrer Kindheitsträume gestanden – wollte sie gar nicht erst denken.

»Durch den Übergang in die Körperlichkeit verlieren sie einen Teil ihrer Macht und des Wissens. Vermutlich ist das menschliche Gehirn zu beschränkt, um all die Informationen zu fassen. Mit der Zeit werden sie jedoch stärker – wir gehen davon aus, dass sie den Wirtskörper an ihre Bedürfnisse anpassen.«

»Kann man Samuel nicht zurückverwandeln, irgendwie sein wahres Ich hervorholen?«

»Er ist bereits tot, Lilly. Seine Zeit auf der Erde war abgelaufen – nur seine Hülle ist noch übrig.«

Sie befreite sich aus seinen Armen und drehte sich um. »Woher willst du das wissen? Ich habe mit ihm gesprochen! Er ist noch da!«

Er schüttelte den Kopf. »Der Kampf währt schon ewig, seit Anbeginn der Menschheit, und es ist noch nie gelungen, eine Bestie zurückzuverwandeln. Du musst ihn aufgeben.«

Sie wollte das nicht wahrhaben. »Habt ihr es denn jemals versucht? Solange er atmet, besteht eine Chance!«

»Er ist gefährlich. Die Sternenbestien werden mit jedem Tag auf der Erde mächtiger. Schon jetzt kann er jeden von uns töten. Uns bleibt nicht mehr viel Zeit, bevor er auch für unsere Gruppe unbesiegbar wird.«

»Dann bist du eine Art Krieger?« Sie legte den Kopf schräg. Das erklärte die Existenz der Waffen, die sie entdeckt hatte. Blieb das rätselhafte Foto.

»Ebenso wie Anni, Shiori und Felias. Unsere Aufgabe ist es, diese Kreaturen zu vernichten, mehr darf ich dir nicht sagen. Ich breche ohnehin schon sämtliche Regeln.«

Sie erinnerte sich an die kleine, drahtige Asiatin. In der Schule war sie still und unauffällig, saß meistens alleine und redete nur, wenn es sich nicht vermeiden ließ. Trotzdem fiel es ihr nicht schwer, sie sich als Killerin vorzustellen, ganz im Gegensatz zu der sanften fröhlichen Anni. »Hast du schon eine Bestie getötet?«

Er senkte den Kopf, vermied Augenkontakt. »Mehrfach.«

Lilly rückte ein Stück von ihm ab, starrte seine Hände an. Hände, die bereits ein anderes Leben beendet hatten. Mörder!, schoss es ihr durch den Kopf. Waren seine Opfer ebenfalls noch in ihren Körpern gewesen? Hatten sie mit ansehen müssen, wie sie umgebracht wurden? Der Gedanke, dass er gemordet hatte, erschütterte sie. Auch wenn sie die Notwendigkeit verstand, sah sie unweigerlich den zitternden Samuel vor sich, der sie um Hilfe anflehte. Abrupt stand sie auf. »Ich muss nachdenken.«

»Ich bringe dich nach Hausc.«

»Ich gehe allein.« Sie sah ihn an. Der Schmerz in seinem Gesicht versetzte ihr tausend Stiche, mitten ins Herz, dennoch konnte sie nicht einfach so tun, als hätte sich nichts geändert.

»Ich verstehe.« Er hauchte ihr einen Kuss auf die Wange. »Ich werde auf dich warten. Ein Leben ohne dich kann ich mir nicht mehr vorstellen«, flüsterte er in ihr Ohr.

Während sie dem Waldweg zurück nach Aurinsbach folgte, spürte sie seine Gegenwart. Sie wusste, dass er sie nicht allein lassen würde, bis sie zuhause war. Doch wie sicher war es da?

Die Lichter des Ortes schimmerten durch die Baumstämme hindurch, als sie die Beherrschung verlor. Von Schluchzern geschüttelt, sank sie gegen eine Birke. Die Situation entzog ihr all ihre Kraft. Es war so aussichtslos. Samuels Tod – die Frage, ob sie ihn nicht doch hätte retten können – würde sie ewig verfolgen, falls sie zuließ, dass man ihn tötete. Zugleich hatte sie solche Angst. Sie krümmte sich zusammen. Der Gedanke, im selben Haus mit ihm zu leben, zu schlafen, während er sich nur wenige Meter entfernt befand, schnürte ihr die Kehle zu. Moni, Thomas, Michelle ... Sie alle waren ahnungslos – leichte Beute für eine Sternenbestie.

Ihre Tränen versiegten. Erschöpft lehnte sie sich gegen den Baumstamm. Ihr blieb nicht mehr viel Zeit. In der nächsten Nacht würde sie erneut zu der Ruine gehen. Bevor sie nicht alles wusste, die Gewissheit hatte, dass Raphael nicht verrückt war, würde sie keine Entscheidung fällen. Kalter Schweiß trat ihr bei der Vorstellung, allein in der Dunkelheit durch den Wald zu streifen, auf ihre Haut. Doch gefährlicher, als mit der Bestie unter einem Dach zu leben, konnte es auch nicht sein. Sollte sie keine Erkenntnisse gewinnen, die sie weiterbrachten, würde sie zulassen, dass Raphael Samuel tötete.

Ein neuerlicher Schluchzer erschütterte ihren Körper. Solange Samuel noch herumlief, selbst wenn er besessen war, bestand Hoffnung. Mit seinem Tod würde sie erlöschen. Sie zitterte. Was würde mit ihrer Familie geschehen? Würde Moni die Kraft haben, diesen Verlust zu überstehen? Wäre ihre Mutter stark genug, Thomas zur Seite zu stehen?

Abermals unzählige Geschenke von mitfühlenden Nachbarn und Freunden, die doch nicht verstanden, wie es in ihnen aussah, wie es sich anfühlte, wenn die Welt zersplitterte und man sich beim Zusammenkehren der Scherben die Finger blutig schnitt. Wieder eine verregnete Beerdigung, bei der man die Überreste eines geliebten Menschen dem kalten, nassen Erdreich übergab, während einem der Matsch in die Schuhe sickerte. Regentropfen, die die Tränen verbargen, gepaart mit dem schweren Geruch von Friedhofsblumen, der die Sinne benebelte.

Woher sollte *sie* die Kraft nehmen, das erneut durchzustehen?

33

Sie starrte aus verquollenen Augen an die Decke ihres Zimmers, das nur von ein paar Vanilleduftkerzen erleuchtet wurde. Selbst der vertraute Duft hatte ihr in dieser Nacht nicht geholfen, Ruhe zu finden. Ihr Kopf schmerzte und fühlte sich vom vielen Weinen dumpf an. Außerdem durchlebte sie einen ständigen Wechsel an Gefühlen. Mal glaubte sie vorbehaltlos alles, was Raphael ihr erzählt hatte, dann nagten die Zweifel an ihr, und sie hinterfragte sämtliche Aussagen von ihm. Mal wollte sie sich ihm entgegenstellen und Samuel um jeden Preis verteidigen, nur um ihn einen Augenblick später dem Tod zu überlassen.

Was für ein Mensch war sie, dass sie ernsthaft darüber nachdachte?, fragte sie sich. Durfte man einen guten Menschen einfach aufgeben? Einen opfern, um viele zu retten?

Sie wusste, dass sie diese Fragen nie wieder loslassen würden, ganz gleich, wie sie sich entschied. Sie unterdrückte einen frustrierten Aufschrei, als eine Welle von Selbstmitleid sie überflutete. Hatte sie denn nicht genug durchlitten, um einen unbeschwerten Moment des Glücks verdient zu haben?

Am nächsten Morgen wünschte sie sich, als sie die Vorhänge zur Seite zog und vom grellen Sonnenlicht geblendet die Augen zusammenkniff, dass ihre Mutter keinen so gesunden Schlaf hätte, sodass sie ein paar Schlaftabletten aus der Hausapotheke hätte klauen können. Der Schlafmangel zehrte an ihren Kräften, sie fühlte sich schrecklich ausgelaugt. Im Unterricht fiel es ihr schwer, sich zu konzentrieren, und selbst Evann gab seine erfolglosen Versuche, sie in ein Gespräch zu verwickeln, schnell wieder auf.

Lustlos holte sie am Nachmittag ihre Sportsachen aus dem Spind und machte sich auf den Weg zum Tanztraining. Mit gesenktem Kopf trottete sie den schmalen Gang zur Treppe entlang, die in den Turm hinaufführte. Beinahe wäre sie mit Ansgar zusammengestoßen, als dieser aus dem kleinen Büro kam, in dem die Buchhalterin der Schule, eine spitznasige, zierliche Blondine, arbeitete, doch er packte sie rechtzeitig an den Schultern und hielt sie auf Abstand. »In welchen Sphären treibst du dich denn gerade rum?« fragte er lächelnd.

Lilly zuckte überrascht zusammen, dann versteifte sie sich unwillkürlich. Obwohl der Junge heute zugegebenermaßen unglaublich süß aussah – er hatte auf das eklige Gel verzichtet und trug seine schulterlangen, tiefschwarzen Haare offen, wodurch sein Gesicht viel weicher wirkte –, stieß etwas an ihm sie ab. Sie musterte ihn unauffällig, konnte aber nicht erkennen, was genau sie störte. Lag es an ihr? Hatte sie sich vielleicht einfach so sehr an Raphaels Perfektion gewöhnt? »Sorry«, murmelte sie und zwang sich zu einem Lächeln. »Hast du noch Papierkram zu erledigen?«

Er deutete auf seine edle Ledertasche, die über seine Schulter hing und aus der ein Bündel Papiere hervorquoll. »Ich hätte nie gedacht, dass ein Umzug von Russland nach Deutschland so viel Bürokratie nach sich zieht. Und mein Dad weigert sich, mir zu helfen. Er meint, dass das zum Erwachsenwerden gehört.«

Lilly kicherte. »Sag das bloß nicht meiner Mutter, sonst kommt sie noch auf dumme Gedanken.«

»Sie arbeitet hier in der Schule?«

Misstrauisch beäugte sie ihn. »Der Schulklatsch scheint sich schnell auszubreiten.«

»Mag sein, aber bis zu mir ist er noch nicht vorgedrungen.« Er deutete den Gang hinunter. »Ich begleite dich ein Stück. Ich muss ohnehin in diese Richtung.«

Die Wände warfen das Echo ihrer Schritte zurück, als sie den Korridor entlanggingen.

»Ich bin deiner Mutter auf dem Sekretariat begegnet. Sie freute sich darüber, dass du und Samuel jetzt nicht mehr die einzigen neuen Schüler in eurer Klassenstufe seid.«

Das klang logisch, musste Lilly zugeben. Trotzdem blieb das unbehagliche Gefühl, auch wenn sie zugleich die weiche Melodie seiner Stimme genoss.

Als sie jedoch an der Treppe ankamen und sie sich umwandte, um sich von ihm zu verabschieden, beugte sich Ansgar vor. Sein Atem strich ihr über den Nacken, woraufhin sich dort die feinen Härchen aufstellten und ein beklemmendes Gefühl sie regelrecht überrollte.

»Ich weiß, wie du deinen Bruder retten kannst.«

Ihre Augen weiteten sich. »Vor seinem Vater, falls der ihn beim Rauchen erwischt?«, lachte sie gezwungen.

»So viele verschwundene Haustiere«, flüsterte er.

»Keine Ahnung, wovon du sprichst.« Sie trat einen Schritt zurück. Was ging hier vor?

»Sollte es dir wieder einfallen, komm morgen Nachmittag in den Raum 23.«

Er wollte sich abwenden, doch Lilly packte ihn am Arm und hielt ihn auf. »Was soll das?«

Er sah sich um, vergewisserte sich, dass sie niemand beobachtete. »Sieh her.«

Plötzlich flutete das Schwarz aus seinen Pupillen, erfüllte seine Augen, verwandelte seine Augenhöhlen in finstere Abgründe. Wie bei Samuel. Erschrocken ließ sie ihn los, wischte sich die Hand an ihrer Jeans ab. Das durfte nicht sein! Ansgar war ebenfalls eine Sternenbestie?

»Wir sehen uns morgen.« Ein siegessicheres Lächeln spielte um seine Lippen. »Denk gar nicht daran, deinen Freunden von mir zu erzählen. Du würdest es bereuen.«

Dieses Mal hielt sie ihn nicht auf, als er fortging. Noch eines von diesen Monstern? Was wollte es von ihr? Sie glaubte keinen Augenblick, dass Ansgar aus reiner Freundlichkeit bereit war, ihr zu helfen. Trotzdem wollte sie die Chance, die sich ihr durch ihn bot, nicht so einfach ausschlagen.

Widerwillig erklomm sie die Treppe zum Tanzsaal. Zumindest würde sie beim Training nachdenken können, auch wenn sie sich selten so wenig darauf gefreut hatte wie heute. Geistesabwesend begrüßte sie die anderen Mädchen, die alle schon umgezogen waren und über ihre Kostüme für die Aufführung im kommenden Januar tratschten.

Sie wusste, dass sie Raphael von ihrer Entdeckung berichten sollte, aber was wäre die Konsequenz? Würde er Samuel sofort töten, um nicht gegen zwei Gegner gleichzeitig kämpfen zu müssen? Zudem nagte die Frage an ihr, ob Ansgar vielleicht wirklich eine Möglichkeit kannte, Samuel zu retten. Oder war es nur ein Trick? Ein Schritt nach dem anderen, ermahnte sie sich. Diese Nacht würde sie zu der Ruine im Wald gehen. Je mehr sie über die Vorgänge in Erfahrung brachte, desto einfacher würde es werden, Entscheidungen zu treffen. Was für einen Unterschied machte es, ob sie Raphael gleich warnte oder sich erst anhörte, was die Sternenbestie zu sagen hatte?

Nachdem sie sich umgezogen hatte, gesellte sie sich zu den anderen und begann mit den Aufwärmübungen. Es wunderte sie, dass Frau Magret noch nicht da war. Normalerweise war die kleine Französin immer überpünktlich. Sie legte eine Hand auf die Ballettstange und ging die Grundpositionen durch. Sie konzentrierte sich ganz auf die vertrauten Bewegungen und fand so einen Moment der Ruhe, bis die Tanzlehrerin in Begleitung von Calista den Raum betrat.

»Was macht die denn hier?«, hörte sie ein Mädchen entsetzt fragen.

Frau Magret hob missbilligend eine Augenbraue. »Calista war so freundlich, anzubieten, mit uns zu trainieren. Nachdem uns letztes Jahr drei Tänzerinnen verlassen haben, sind wir zu wenige, um eine vernünftige Aufführung auf die Beine stellen zu können.«

Lilly musterte die Schwarzhaarige skeptisch. Sie hatte nicht die typische Figur einer Balletttänzerin. Viel zu viele Rundungen, auch wenn sie zugeben musste, dass sie durchtrainiert war und ihre Armmuskeln deutlich hervortraten.

»Ich hatte die letzten Jahre Privatunterricht«, erklärte Calista mit überheblichem Blick. »Dabei beschränkte sich meine Ausbildung nicht nur auf klassisches Ballett. In Absprache mit Frau Magret werde ich an unserer Choreografie mitarbeiten, um eine moderne Form des Balletts auf die Bühne zu bringen.«

Aufgeregtes Flüstern breitete sich aus. Lilly musterte die Gesichter der Mädchen. Sie sah in den Mienen sowohl Entsetzen über die Vorstellung, Calista als eine Art Trainerin zu haben, als auch Begeisterung über die Möglichkeit, etwas Neues auszuprobieren.

»Wir werden heute Salsa tanzen, um zu sehen, wie ihr damit zurechtkommt.« Frau Magret legte eine CD in den Player ein, woraufhin ein feuriger Rhythmus aus den Boxen dröhnte.

In den folgenden Stunden musste Lilly feststellen, dass so ein lateinamerikanischer Tanz viel schwerer zu erlernen war, als sie erwartet hatte. Die Schritte begriff sie schnell, doch die Art, sich zu bewegen, war vollkommen anders als beim Ballett. Es dauerte bis zum Ende der Stunde, bis sie sich nicht mehr ganz so schrecklich unbeholfen fühlte. Calista konnte natürlich nicht anders, als ihnen zu zeigen, wie perfekt es bei ihr aussah. Mit ihren langen schwarzen Locken und üppigem Busen wirkte sie dabei unglaublich sexy. Das anerkennende Lächeln der Lehrerin machte es auch nicht besser, sodass Lilly am Ende verstimmt in die Umkleide ging. Nun vermieste ihr diese Zicke also auch noch das Tanzen. Als hätte sie nicht bereits genug Probleme.

Sobald sie sich umgezogen hatte, schnappte sie sich ihre Tasche, um so schnell wie möglich nach Hause zu kommen. Sie musste dringend noch ein paar Stunden schlafen, bevor es Nacht wurde. Beim Hinausgehen fiel ihr Blick auf Calista. Sie war nur halb angezogen und frischte gerade ihr Make-up auf. Sie hätte schwören können, dass das Mädchen sich dabei besonders viel Zeit ließ.

Lilly schüttelte den Kopf. Sollte sie doch machen, was sie wollte.

34

Endlich war es dunkel, und Lilly schlich sich leise nach draußen. Moni und Thomas waren in eine DVD vertieft, als sie hinter ihnen vorbeihuschte. Aber anstatt wie sonst aneinandergekuschelt zu reden und zu kichern, saßen sie stocksteif und still nebeneinander. Schuldbewusst dachte Lilly daran, dass sie die letzten Tage kaum noch mit ihrer Mutter gesprochen hatte. Gab es Probleme in ihrer Beziehung?

Sobald sie die ersten Schritte in den Wald gegangen war, kamen erneut Zweifel an ihrem Handeln auf. Es war Wahnsinn, in der Nähe von zwei Sternenbestien und einem wütenden Felias allein umherzustreifen. Trotzdem ging sie weiter. Sie würde sich nicht wie ein Feigling verkriechen.

Ein stetiges Rascheln kleiner Tiere drang aus dem Unterholz, und der feuchte, erdige Geruch des Waldes hing schwer in der Luft, während sie den Weg entlangschritt. Sie hatte zwar eine Taschenlampe mitgenommen, wagte jedoch nicht, sie einzuschalten, sodass sie sich im spärlichen Mondlicht ihren Weg suchte. Anfangs fiel es ihr noch leicht, aber sobald sie den breiten Waldweg verlassen hatte und in den schmalen Pfad abbog, wurde es beschwerlich. Immer wieder stolperte sie, blieb an hervorstehenden, abgebrochenen Ästen hängen und ritzte sich sogar die Haut an den scharfkantigen Enden. Immerhin hatte sie ihre GPS-Uhr – ohne sie hätte sie sich vermutlich verlaufen.

Plötzlich strichen klebrige Fäden über ihr Gesicht und saugten sich an ihrem Hals fest. Ein Spinnennetz! Als sie auch noch kleine haarige Beinchen auf ihrer Kopfhaut spürte und wie etwas rasch versuchte, in ihren Nacken zu krabbeln, musste sie sich sehr beherrschen, um nicht laut aufzuschreien. Blind griff sie nach hinten, bekam die Spinne zu fassen und schleuderte sie von sich. Dann wischte sie sich in hektischen Bewegungen das Gesicht ab und bemühte sich, die Spinnenfäden so gut wie möglich aus ihren Haaren zu entfernen. Sie schluckte schwer. Manchmal vermisste sie das Stadtleben doch. Keine ekligen Krabbelviecher, die auf einem herumturnten. Zittrig holte sie Luft. Lange würde sie nicht mehr den Mut aufbringen, weiterzugehen, und bei dem Gedanken an den Rückweg graute es ihr.

Trotzdem setzte sie ihren Weg fort, blickte dabei immer wieder über ihre Schulter zurück und lauschte auf verdächtige Geräusche. Fast schon erwartete sie, Samuels oder Ansgars Gestalt zwischen den Bäumen auftauchen zu sehen. Oder vielleicht schlichen auch ein paar ganz gewöhnliche Mörder durch den Wald. Lillys Magen zog sich zusammen, während die Angst drohte, sich ihrer zu bemächtigen. Denk logisch, ermahnte sie sich. Als wenn Räuber, Vergewaltiger und sonstiges zwielichtiges Pack nichts Besseres zu tun hätten, als nachts durch einen abgelegenen Wald zu laufen, in der Hoffnung, auf ein Opfer zu treffen. Da boten sich die Städte viel mehr an.

Doch alle Ermahnungen halfen nicht. Die seltsamen Laute des Waldes, die Dunkelheit und die für sie noch immer fremdartigen Gerüche schwemmten ihren rationalen Verstand davon und machten Angst und Unsicherheit Platz. Eine Weile später zeigte das GPS an, dass sie nur noch wenige Meter von der Lichtung mit der Ruine entfernt war. Sie entschloss sich, einen Bogen zu schlagen, um nicht unbeabsichtigt einem der Jugendlichen in die Arme zu stolpern. Wer wusste, was sie da erwartete? Nun wurde der Weg noch beschwerlicher. Auf der einen Seite war es nahezu unmöglich, etwas zu sehen, auf der anderen Seite musste sie jegliches Geräusch vermeiden. Bei jedem Knacken unter ihren Schuhen zuckte sie zusammen, blieb einen Augenblick stehen, um zu überprüfen, ob irgendetwas auf sie reagierte.

Schließlich kam sie an ihrem Ziel an und versteckte sich hinter einem hohen Busch, dessen vertrocknetes Laub ihr zusätzlichen Schutz bot. Bei dem Anblick, der sich ihr nun bot, fielen all ihre Ängste schlagartig von ihr ab. Shiori stand mitten auf der Wiese und vollführte mit einer etwa drei Meter langen Kette, an deren Enden jeweils Gewichte befestigt waren, Kampfübungen. Dabei wirbelte sie die Kette so schnell um sich herum, dass sie silbrige Bahnen in die Luft wob. Von der zwar außergewöhnlich hübschen, aber doch irgendwie unauffälligen Asiatin war nichts mehr zu erkennen. Vor ihr stand eine Kriegerin aus vergangenen Zeiten, voller Kraft und Kampfesmut. Sie trug nur eine kurze Hose, sodass ihre straffen Muskeln bei jedem Ausfallschritt deutlich zu sehen waren.

Plötzlich nahm sie Anlauf, sprang mit einem gewaltigen Satz in die Luft und vollführte einen gestreckten Salto. Bei der Landung ging sie mit katzengleicher Eleganz in die Knie und verharrte einen Moment. Die Kette lag wie eine schmale, silbrige Schlange im Gras, eines der Gewichte nicht weit von Lilly entfernt, die sich eine Hand vor den Mund presste, um einen erschrockenen Aufschrei zu unterdrücken. Sie kniff die Augen zusammen, um das Ding besser erkennen zu können. Es erinnerte sie an die Drachenkopfschnalle, die Shiori ständig trug. Da begriff sie. Die Asiatin brachte tatsächlich diese tödliche Waffe, gut getarnt als Schmuckstück, mit in die Schule! Nun betrachtete Lilly das Mädchen noch genauer. Auch um sie stieg dieser silbrige Staub auf. Jetzt, da sie sich nicht mehr bewegte, wirkte sie – in den silbrigen Glanz gehüllt und mit ihren onyxfarbenen Haaren – wie eine Märchengestalt.

Auf einmal stürmte der Junge, den Lilly bei ihrem letzten Besuch zusammen mit dem anderen Mädchen schlafend vorgefunden hatte, auf Shiori zu. In den Händen hielt er einen langen Stab, den er mit voller Kraft auf den Schädel der Asiatin hinunterschnellen ließ. Beinahe hätte Lilly aufgeschrien, um sie zu warnen, biss sich aber im letzten Moment auf die Unterlippe, um sich zu beherrschen.

Shiori fiel blitzschnell nach hinten, ergriff dabei ihre Kette und schlang sie um den Stab, wodurch sie ihn so umlenkte, dass er sich mit einem dumpfen Laut ins Erdreich grub. Der Junge geriet ins Stolpern, wobei sich ihr die Gelegenheit bot, ihm von hinten in die Kniekehlen zu treten, sodass er schwer auf den Boden stürzte. Mit einem Kampfschrei warf sich das Mädchen auf ihn, doch es dauerte nur wenige Sekunden, dann schleuderte er sie von sich.

Beide rappelten sich blitzschnell auf und gingen in federnden Schritten auf Abstand. Sie wirbelte ihre Kette in funkelnden Bahnen um sich. Von da an entbrannte ein heftiger Kampf. Immer wieder ließ sie ihre Drachenköpfe auf sein Gesicht zurasen, doch es gelang ihm jedes Mal, sie rechtzeitig abzublocken. Im Gegenzug bemühte er sich, das Mädchen mit seinem langen Stab niederzuschmettern. Dann geschah alles sehr schnell. Shiori warf sich zu Boden, vollführte eine Rolle nach vorne, bei der sie aus ihrem Stiefel ein Messer zog, durchbrach seine Deckung und stieß mit der Klinge auf seine ungeschützte Kehle zu.

Lilly schloss die Augen. Sie wollte das Blutbad nicht sehen. Doch statt eines gequälten Stöhnens hörte sie kurz darauf ein tiefes, volles Lachen. Der Junge stand mit erhobenen

Händen vor der kleinen Asiatin, grinste diese an, nur um sogleich zur Seite zu springen, als seine Freundin, bewaffnet mit zwei Dolchen, aus einem Gebüsch sprang und Shiori attackierte. Das neue Mädchen, die Angelina-Jolie-in-jung, die Samuel angegriffen hatte, war weder so flink wie Shiori noch so kraftvoll wie der Junge, aber sie schien jede Bewegung ihrer Gegnerin voraussagen zu können und parierte sie mit Leichtigkeit. Für Lilly war es faszinierend, diesen Kampf zu beobachten und die unterschiedlichen Kampfstile und Fähigkeiten zu erkennen, obwohl sie selbst keine Ahnung von Kampfsport hatte und unwillkürlich vor der rohen Brutalität zurückschreckte. Shioris Präzision und unglaubliche Geschwindigkeit, die unbändige Kraft des Jungen und die vorausschauende Taktik des anderen Mädchens machten die Kontrahenten zu ebenbürtigen Gegnern. Dabei waren sie die ganze Zeit in diese glitzernde Wolke gehüllt, die dem Szenario eine unwirkliche Atmosphäre verlieh.

Und dann trat er aus den Ruinen: Raphael. Sofort vergaß Lilly den Kampf. Seine Schönheit, wie er stolz und aufrecht im Mondlicht dastand, nur in eine Jeans und ein enges T-Shirt gekleidet, unter dem sich seine Muskeln abzeichneten, raubte ihr den Atem. Schlagartig brandete in ihr der Wunsch auf, seine warme Haut unter ihren Fingern zu spüren. Sie bereute ihre Reaktion in der vergangenen Nacht. Er mochte getötet haben – ein wahrlich erschreckender Gedanke –, aber sie glaubte ihm, wenn er sagte, dass es in seinen Augen notwendig war, dass er es nur tat, um andere zu schützen. Sie vertraute ihm. Diese Erkenntnis traf sie wie ein Schlag. Lange Zeit war sie der Überzeugung gewesen, dass sie außer ihrer Mutter niemandem mehr wirklich Vertrauen entgegenbringen konnte, doch bei Raphael war es anders.

Völlig in seinen Bann gezogen, fühlte sie sich vollkommen

überrumpelt, als sie plötzlich jemand im Nacken packte und zu Boden drückte. »Na, wen haben wir denn hier?«

Felias!, schoss es ihr durch den Kopf. Obwohl ihre Prellungen längst verheilt waren, durchzuckte sie eine Welle des Schmerzes, als sie sich an seinen letzten Angriff erinnerte. O Gott! Was er jetzt wohl mit ihr machen würde?

Sie versuchte, etwas zu sagen, aber mit dem Gesicht im Dreck brachte sie nicht mehr als ein Nuscheln hervor.

»Ich lasse dich los, aber wage es nicht, davonzulaufen.«

Der Griff in ihrem Nacken lockerte sich, dann war sie frei. Zaghaft drehte sie sich um und sah ihn an. Wie in jeder Nacht war von dem sorglosen und fröhlichen Jungen nichts mehr zu sehen. Aus kalten, harten Augen starrte er sie an. »Ich sollte dir fast schon dankbar sein, dass du hier auftauchst. Jetzt bleibt Raphael keine andere Wahl.«

Sie las in seinem Gesicht, dass sie die Ruine nicht mehr lebend verlassen würde. Sie musste fliehen! Aus ihrer kauernden Haltung heraus vergrub sie ihre Hände in der Erde und schleuderte ihm den Dreck entgegen. Das Ablenkungsmanöver gelang ihr. Während Felias sich fluchend die Erde aus den Augen rieb, rannte sie los. Sie musste dicht an ihm vorbei, doch er war nicht dazu in der Lage, sie aufzuhalten. Wenige Schritte später war sie im Unterholz verschwunden. Aber wohin sollte sie? Sie gab sich nicht der Illusion hin, dass sie ihm davonlaufen konnte. Er war viel zu schnell. Sollte sie sich verstecken? Doch die Vorstellung, die ganze Nacht allein irgendwo unter einem Busch oder einer Wurzel zu kauern, ohne zu wissen, ob sie noch immer nach ihr suchten, erschreckte sie. Ihr war klar, dass sie das nie durchhalten würde. Früher oder später würde sie sich verraten. Es gab nur eine Hoffnung: Raphael. Sie musste darauf bauen, dass er sie beschützen würde. Nun würde sich zeigen, ob er ihr Vertrauen tatsächlich verdiente.

Sie schlug einen Haken und rannte so rasch, wie sie konnte, auf die Lichtung zu. Ihr Atem ging stoßweise, Tränen der Angst traten in ihre Augen. In der Dunkelheit konnte sie kaum etwas erkennen, sodass sich eine Brombeerranke um ihren Arm wickelte, Stoff zerriss und blutige Striemen auf ihrer Haut hinterließ. Unterdrückt schrie sie auf. In dem Moment, in dem sie auf die Wiese hinausstürmte, Raphael schon vor Augen, hörte sie es hinter sich krachen und bekam einen heftigen Stoß zwischen die Schulterblätter, der sie zu Boden warf. Schmerzhaft scheuerten ihre Knie über den rauen Untergrund.

35

Der spielerische Kampf der Jugendlichen kam sofort zum Erliegen. Alle wandten sich ihnen zu und starrten Lilly entgeistert an. Raphael erfasste die Situation innerhalb weniger Sekunden. »Nein!« Er hob die Hand und rannte auf Felias zu. In dessen Augen glommen Wut und Frustration auf. Beinahe hätte er Lilly geschlagen, da war Raphael auch schon da und stieß ihn zur Seite. Die anderen blieben wie erstarrt stehen. Ihre Blicke wanderten zwischen den dreien hin und her. Offensichtlich wussten sie nicht, was sie tun sollten. In dem Augenblick des Schweigens, während Felias voller Enttäuschung zu Raphael hinaufsah, kam Anni aus der Hütte heraus. An den Händen trug sie Handschuhe, von denen spitze Dornen und schmale Klingen abstanden. Für Lilly war der Anblick des sonst so sanften und fröhlichen Mädchens, das nun kampfbereit näher kam, fast noch das Unwirklichste in der ganzen Situation.

Raphael beugte sich vor, reichte ihr die Hand und half ihr auf die Beine. Sie verschränkte ihre Finger fest in seine und weigerte sich, ihn wieder loszulassen.

»Sie kennt unseren Zufluchtsort«, sagte Felias. »Sie weiß nun endgültig zu viel. Du kennst die Konsequenzen.«

Raphael stellte sich schützend vor Lilly. »Und du weißt, dass ich nicht zulassen werde, dass wir einem Unschuldigen Leid zufügen. Egal wem.«

Lillys Knie zitterten, und sie lehnte sich an Raphael. Vorher hatte sie das Adrenalin in ihren Adern gestärkt, nun ließen ihre Kräfte nach. Das nüchterne Gespräch, bei dem es um ihr Leben ging, brachte sie an ihre Grenze.

Felias' Mund verzog sich verächtlich. »Ziehst du tatsächlich eine Sterbliche unserer Freundschaft vor? Nach all den Dingen, die wir gemeinsam durchgestanden haben? Trotz unserer Aufgabe?«

Wovon sprachen sie? Lilly setzte zu einer Frage an, doch ein Druck von Raphaels Hand brachte sie zum Schweigen. Er schüttelte traurig den Kopf. »Wir wussten beide, dass unsere unterschiedlichen Ansichten irgendwann aufeinanderprallen würden. Lass mich mit ihr reden, sie wird uns nicht verraten.«

»Wie kannst du dir dessen gewiss sein? Vielleicht nicht jetzt, aber was passiert in einem Jahr oder in zehn, wenn sie nicht mehr so vernarrt in dich ist?«

»Ich vertraue ihr.«

Anni trat an Raphael heran, zog einen Handschuh aus und legte ihre Hand auf seine Schulter. »Ich habe dich gewarnt. Du hättest auf mich hören sollen«, wisperte sie.

»Das mag sein, aber das ändert nichts an der Tatsache, dass wir keinen Unschuldigen töten können. Gerade du müsstest das verstehen.«

Anni senkte den Kopf. Als sie wieder aufsah, schimmerten Tränen in ihren Augen. »Wie konntest du es bei deiner Erfahrung überhaupt so weit kommen lassen? Wie konntest du so verantwortungslos sein und uns in diese Lage bringen? Warst du es nicht, der mir erzählt hat, dass man Sterbliche nicht in sein Leben lassen soll? Dass es nur zu Leid und Unglück führt?«

Nun erwachten auch die anderen aus ihrer Starre. Shiori stellte sich neben Felias und musterte Lilly abschätzig, dann wandte sie sich an Raphael. »Du hast alles riskiert für eine kleine Liebelei. Du kanntest das Risiko, trotzdem war es dir egal. Wie kannst du da von Freundschaft oder Zuneigung sprechen?«

Getroffen senkte er den Blick. Lilly drückte seine Hand, um ihm zu zeigen, dass sie ihm keinen Vorwurf machte. Wut kochte in ihr hoch. Die Asiatin tat so, als wäre sie ein dummes Schaf, ohne freien Willen, dabei hatte sie Raphael bedrängt. Außerdem war es ihre eigene Entscheidung gewesen, ihm zu folgen.

»Lea, Torge, was sagt ihr dazu?«, fragte Felias den bärenartigen Jungen und die Angelina-Jolie-in-jung. Lilly sah ihm an, dass er glaubte, die Antwort zu kennen. »Wollt ihr unser aller Schicksal riskieren, nur um dieses Mädchen zu schützen? Wollt ihr eure letzten Tage auf der Flucht verbringen?«

Sie musterte die beiden Jugendlichen. Letzten Tage? Sie sahen nicht aus, als würden sie bald sterben. Ganz im Gegenteil. Und warum sprachen sie von ihr als Sterbliche? Waren es wahrhaftig Raphael und Felias auf dem Foto gewesen? Sie schaltete einen Moment ihren rationalen Verstand aus, der ihr zuschrie, dass sie verrückt war, auch nur darüber nachzudenken. Waren sie wirklich unsterblich? Doch wie passte dann das Gerede vom baldigen Tod dazu?

Immerhin hatte die Ablenkung dafür gesorgt, dass sich ihr rasendes Herz beruhigte. Sie fühlte sich wie ein Kaninchen in der Falle. In Felias' Augen leuchtete die Mordlust. Sie hatte keinen Zweifel, dass er nicht zögern würde, sie zu töten. Er hatte nur auf eine Gelegenheit gewartet. Und Raphael? Würde er sich gegen seine Freunde stellen? Ihr Herz begann wieder, hektisch zu schlagen. Sie wollte nicht sterben! Sie war nicht bereit dazu. Ihr Magen verkrampfte sich, während sie sich bemühte, ihre Angst unter Kontrolle zu bekommen. Hätte sie auch nur einen Funken Hoffnung gehabt, dass es etwas brachte, wäre sie auf die Knie gefallen und hätte unter Tränen um ihr Leben gebettelt.

»Das ist nicht unsere Entscheidung. Wir müssen auf Ras warten.« Lea klang ruhig und besonnen. Sie sah Lilly aus ihren leicht schräg stehenden, graugrünen Augen mitleidig an.

»Ich will sie nicht töten, aber ich erkenne die Schwierigkeit der Situation.« Torges Worte erinnerten an ein Donnergrollen, so tief war seine Stimme. »Ras ist unser Anführer. Lea hat Recht, wir müssen auf ihn warten. Er wird eine Lösung kennen.«

Sie sah sich um. Gab es eine Möglichkeit, zu entkommen? Sich zu verschanzen, bis der Morgen graute und sie vielleicht in Schlaf fielen oder was auch immer bei Tageslicht mit ihnen geschah? Inzwischen zitterte sie so stark, dass Raphael sie besorgt ansah und sacht mit seinem Daumen über ihren Handrücken strich.

Die Ruine und das Haus schieden aus. Sie kannten sich dort besser aus als sie. Der Wald? Wie sollte sie es jemals bis dahin schaffen?

»Und wenn sie abhaut?« Felias war ihrem Blick gefolgt und erkannte darin seine Chance. Er war offensichtlich nicht bereit, so schnell aufzugeben.

Raphaels Mund verzog sich verächtlich. »Glaubst du ernsthaft, sie könnte uns entwischen?«

»Wer weiß, vielleicht hat sie sich mit Samuel verbündet, und er wartet nur auf uns.«

Da eine Flucht aussichtslos war, sammelte Lilly all ihren Mut und ging in den Angriff über. Selbst eine in die Enge getriebene Maus konnte noch zubeißen. Sie würde nicht kampflos oder heulend untergehen. »Wie kannst du es wagen, etwas Derartiges anzudeuten?« Sie trat vor und stieß Felias gegen die Brust. »Ich bin hier, weil ich wissen will, was vor sich geht. Ich kann nicht zulassen, dass ihr meinen Stiefbruder tötet, aber auch nicht, dass er einem Menschen Leid zufügt. Erklärt mir, was hier los ist. Ich verspreche, euch nicht zu verraten.«

Selbst in Shioris dunklen Augen flammte bei ihrer kleinen Rede ein Funken Respekt auf.

»Es gibt mehrere Möglichkeiten«, sagte Anni ruhig. »Wir beruhigen uns und warten auf Ras.«

Lilly atmete tief ein und schenkte Raphael ein zögerliches Lächeln. Seine Gegenwart gab ihr die Kraft, das Ganze durchzustehen. Ihre Lunge brannte, als die kalte Waldluft in sie strömte. Sie hatte gar nicht bemerkt, dass sie vergessen hatte, zu atmen.

»Ich will nicht auf Ras warten, ich will überhaupt nicht mehr warten. Wir sitzen herum, wir debattieren, aber wir handeln nicht. Dabei ist die Gefahr uns allen bewusst.« Felias entwand der überraschten Lea einen Dolch und stürzte sich auf Lilly.

Bevor Raphael reagieren konnte, kam jedoch Torge zu Hilfe, packte ihn an den Schultern und schmetterte ihn zu Boden. »Ich kapier ja, worum es dir geht, aber ich werde nicht zulassen, dass du dich nicht an unsere Regeln hältst. Wir sind ein Team und keine Einzelkämpfer.«

Shiori half dem blonden Jungen hoch, ihr Gesicht zur Maske erstarrt. »Wollt ihr es wirklich auf ein Blutvergießen unter uns ankommen lassen? Wegen eines Menschen? Mir scheint, Saiph und ich sind die Einzigen, die sich der Gefahr bewusst sind.«

Lilly stutzte, als das Mädchen Felias mit diesem merkwürdigen Namen ansprach. Die Dinge wurden immer seltsamer. Zudem schienen sie sich nicht so einig zu sein, wie es auf den ersten Blick wirkte. Felias und Raphael waren offensichtlich Freunde – auch außerhalb der Schule. War sie der einzige

Grund für ihren Streit? Oder steckte mehr dahinter? Er hatte angedeutet, dass er eigentlich nicht mit ihr zusammen sein durfte, nur hatte sie nie wirklich über die möglichen Konsequenzen nachgedacht. Und Anni? Sie hielt zu Raphael, ebenso wie Shiori zu Felias, während der bärenartige Junge und seine Freundin in der Mitte standen. Was für eine verzwickte Lage. Und wer war dieser Ras, von dem sie als ihren Anführer sprachen? Und bei was führte er sie an? Erneut halfen ihr die Fragen dabei, sich zu beruhigen, die Angst, die in ihrem Inneren wühlte, zu ignorieren.

Sie sah zu Raphael hinüber, und er schenkte ihr ein kurzes Lächeln, bevor er sich wieder auf die anderen konzentrierte.

Shiori und Felias traten ein paar Schritte zurück, doch nicht, um nachzugeben, sondern um sich kampfbereit zu machen. Das Mädchen spannte die Kette zwischen seinen Fingern, Felias wog den Dolch in seinen Händen. Raphael schob Lilly hinter sich. Sie spürte, wie sich sein ganzer Körper anspannte. Verzweifelt suchte sie nach einer Lösung. Sie wollte nicht, dass es zu einem Kampf kam, aber sie war auch nicht bereit, zu sterben. Die Spannung unter den Jugendlichen wurde nahezu greifbar.

»Genug«, donnerte es plötzlich von oben herab, als hätte ein alter griechischer Gott vom Olymp aus gesprochen.

Lilly sah erschreckt auf und entdeckte einen jungen Mann, der mit den Füßen auf einem Ast kurz unterhalb des Baumwipfels stand und sich lässig mit nur einer Hand festhielt. Dann sprang er mit einem Satz herunter und ging beim Aufprall elegant in die Knie. Während er sich langsam erhob, wirkte er wie ein Engel der Nacht, der auf die Erde herabgestiegen war. Langes schwarzes Haar umrandete ein Gesicht mit einem aristokratischen Kinn und dunklen, erdfarbenen Augen, die unter dichten Augenbrauen, deren linke von einer Narbe geteilt wurde und ihm dadurch einen verwegenen Ausdruck verlieh, lagen. Er war fast so groß wie Torge, aber schmaler gebaut, wodurch er sehniger und noch gefährlicher erschien. Seine Kleidung war schlicht: schwarze Jeans, dunkelgrünes Shirt und eine dicke, schwarze Lederjacke. Dieser Eindruck wurde nur von einer silbernen Kette, an der ein großer, rotbraun gemaserter Stein hing, gebrochen. Hatte Lilly Felias und Raphael schon für gut aussehend gehalten, so übertraf dieser junge Mann sie bei Weitem. Jedes Modemagazin hätte sich darum gerissen, ihn auf dem Cover präsentieren zu dürfen, dabei wirkte er weder weichlich noch feminin, sondern strahlte eine raue Männlichkeit aus.

Raphael und Felias setzten gleichzeitig zu reden an, doch mit einer herrischen Geste brachte der Neuankömmling sie zum Schweigen.

»Aber Ras«, begehrte der blonde Junge auf.

»Schweig, wir werden das in Ruhe besprechen.« Er wandte sich Lilly zu. Unter seinem strengen Blick fingen ihre Knie wieder zu zittern an. »Du warst töricht, Mädchen.«

Es kam Lilly seltsam vor, dass er sie auf diese Weise ansprach. Er war vielleicht fünf oder sechs Jahre älter als sie. »Ich hatte keine andere Wahl.«

Ras schüttelte den Kopf. »Man hat immer eine Wahl.« Dann sah er Raphael mit gerunzelter Stirn an. »Ich bin enttäuscht von dir. Du gibst vor, dieses Mädchen zu lieben, dennoch hast du sie in Gefahr gebracht.«

Lillys Mund öffnete sich vor Überraschung. Er liebte sie? Hatte er das tatsächlich gesagt? Für einen Moment trat ihre Angst in den Hintergrund, um mit Ras' nächsten Worten, die er an sie richtete, mit voller Wucht zurückzukehren.

»Ihr beide habt leichtfertige Entscheidungen getroffen. Wir müssen nun eine Lösung finden. So lange bleibst du hier. Solltest du davonlaufen, werden wir dich jagen und töten. Antares wird dich nicht schützen können und auch sonst niemand.« Er sah Raphael dabei eindringlich an, bis dieser den Kopf senkte.

Sie nickte stumm, während ihr wieder neue Fragen durch den Kopf geisterten. Antares? War das nicht der Name eines Sterns? Hatten sich diese Jugendlichen etwa irgendwelche verrückten Codenamen gegeben wie in einem billigen Spionage-Film?

Felias brütete still vor sich hin, während sie zur Hütte gingen. Lilly hatte immer noch das Gefühl, sich nicht wirklich in der Realität zu bewegen. Alles wirkte so unwahrscheinlich und irreal; einzig Raphaels Hand, die ihre fast schon schmerzhaft fest umklammerte, zeigte ihr, dass sie nicht träumte.

Torge zog Lea an sich und gab ihr einen Kuss auf die Wange. Der liebevolle Blick, den sie ihm schenkte, ließ Lilly sich errötend abwenden. Sie fühlte sich, als hätte sie bei etwas sehr Privatem gelauscht. Shioris Gesichtsausdruck dagegen war unergründlich.

36

Bevor sie durch die Tür traten, hielt Raphael sie zurück und wartete, bis die anderen verschwunden waren. Dann drehte er sie grob zu sich um. »Wie konntest du das tun? Weißt du, in was für eine Gefahr du dich gebracht hast?«

Der Zorn in seinen Augen veranlasste sie, einen Schritt zurückzuweichen, doch er folgte ihr, gewährte ihr keinen Freiraum. »Ich musste es tun!« Mit einem heftigen Ruck riss sie sich los. »Wie sonst sollte ich herausfinden, was hier vor sich geht?«

Mit einem Schlag wandelte sich seine Wut in Verzweiflung. »Es tut mir leid.« Er schlug mit der Faust gegen die Wand der Hütte. »Ich habe alles falsch gemacht. Ich hätte mich nicht mehr mit dir treffen dürfen. Nur meinetwegen bist du nun in dieser Situation.«

Sie trat auf ihn zu, nahm seine Hand und küsste die aufgeschürften Knöchel. »Ich hätte Samuel trotzdem nicht aufgegeben und wäre früher oder später hier gelandet. Das hat nichts mit uns zu tun.«

Er seufzte leise. »Du bist so jung, ich hätte wissen müssen, dass du deine Neugierde nicht bezähmen kannst.« Er zog vorsichtig ein Blatt aus ihrem Haar. »Ich werde nicht zulassen, dass sie dir etwas antun. Bleib immer in meiner Nähe.«

»Aber sie sind zu viele. Du kannst sie nicht aufhalten.«

Er fasste unter ihr Kinn und sah sie liebevoll an. »Wenn

es so weit ist, rennst du davon. Folge dem Pfad in Richtung Norden, an einem umgestürzten Baum findest du eine kleine Erdhöhle, versteck dich dort bis zum Morgengrauen.«

»Ich werde dich nicht zurücklassen.«

»Sie werden mir nichts tun. Mach dir keine Sorgen um mich.« Er beugte sich vor und küsste sie sanft auf die Stirn.

Lilly wusste, dass er log. Selbst wenn Felias seinen Freund nicht verletzen würde, war sie sich sicher, dass Shiori keine Hemmungen haben würde, und Ras schien niemand zu sein, der Widerspruch duldete. Bevor sie jedoch weiter mit ihm diskutieren konnte, öffnete sich die Tür, und Ras forderte sie ungeduldig auf, hineinzukommen. Sie gingen in das Wohnzimmer und setzten sich zu den anderen an den Tisch, auf dem drei große Pizzakartons standen.

Ras zog seinen Stuhl an das Fenster und ergriff das Wort. »Die erste und wichtigste Frage für mich ist: Wie hast du uns gefunden?«

Lilly blickte ihn einen Moment schweigend an. Nach kurzem Überlegen entschloss sie sich, die Wahrheit zu sagen. Immerhin war sie nur hierhergekommen, um Antworten zu finden, und da war es nur fair, wenn sie ebenfalls ehrlich war. »Ich habe Raphael und Felias öfter im Wald verschwinden sehen, und da ich wissen wollte, was hier vor sich geht, habe ich angefangen, zu suchen. Ich kannte die ungefähre Richtung und hatte Glück.« Sie zuckte mit den Schultern.

Ras sah vorwurfsvoll in die Runde. »Muss ich euch tatsächlich an die Grundregeln erinnern? Ausgerechnet euch?« Dann wandte er sich an Lilly. »Du bist einfach nachts in den Wald gegangen? Hattest du keine Angst nach allem, was du erlebt hast?«

Bei seinem eindringlichen Blick war sie sich nicht sicher, ob er sie für verrückt oder besonders mutig hielt. Sie sah kurz zu Raphael hinüber, der stumm auf die Tischplatte starrte, und fasste seine Hand fester. »Ich war nur tagsüber unterwegs und fand dabei euer Versteck.«

»Du warst hier? Bei uns?« Torge schlug mit der Faust auf den Tisch. »Wir waren leichtsinnig! Es hätte auch jemand oder etwas anderes sein können!«

Ras hob die Hand. »Darüber reden wir später.«

Widerwillig fügte sich der bärenartige Junge. Lea lehnte sich an ihn. Man sah ihr deutlich den Schrecken an.

»Ich fand euch schlafend in euren Zimmern«, fuhr Lilly fort. »Dann bin ich wieder gegangen.«

»Damit ist doch bewiesen, dass sie uns nicht verraten wird«, sagte Raphael. »Sie hatte mehr als genug Gelegenheit.«

»Wenn Samuel sie in die Finger bekommt, wird sie nicht schweigen«, stellte Shiori beiläufig fest. »Kein kleines Mädchen kann ihm standhalten.«

Anni öffnete einen der Kartons und nahm sich ein Stück kalter Pizza mit Salami und Pilzen. »Warum bist du noch einmal hierhergekommen?«

Lilly dachte sorgfältig über ihre nächsten Worte nach. Sie durfte nicht preisgeben, dass Raphael ihr zumindest teilweise erläutert hatte, was mit Samuel geschehen war. »Was …«, setzte sie an, doch aus ihrem Mund kam nur ein heiseres Krächzen. Vor Angst war ihre Kehle ganz ausgetrocknet. Rasch nahm sie einen Schluck von der Cola, die Raphael ihr zuschob. »Was für eine andere Möglichkeit hatte ich? Niemand sagt mir etwas. Ich weiß nur, dass ihr meinen Stiefbruder töten wollt und dass er sich irgendwie verändert hat. Soll ich dabei einfach tatenlos zusehen?« Sie deutete auf Felias, der mit seinen Fingern die Tischplatte so fest umklammerte, dass seine Knöchel bleich hervortraten. »Er sagte mir, dass Menschen sterben werden, wenn ihn niemand aufhält. Wie soll ich denn da eine Entscheidung treffen?«

Ras nickte. »Eine verzwickte Situation.«

Nun meldete sich auch Felias zu Wort. »Aber zeigt uns das nicht, dass wir zu weich geworden sind? Hätten wir sie am ersten Abend direkt mit ihrem Bruder beseitigt, stünden wir nun nicht vor diesem Problem. Unsere Nachgiebigkeit hat uns alle in große Gefahr gebracht.«

»Und wer war so unvorsichtig, sich beobachten zu lassen? Wer hat sie überhaupt erst angestachelt?«, fuhr ihn Shiori an.

Lea legte ihr beruhigend eine Hand auf die Schulter. »Zu was würde es uns machen, wenn wir eine Unschuldige töten? Wären wir dann noch besser als die Bestien?«

Shiori schüttelte ihre Hand ab. »Es müssen immer Opfer gebracht werden.«

»Und welches Opfer bringst du?«, presste Raphael zwischen zusammengebissenen Zähnen hervor. »Für deine eigene Sicherheit würdest du jeden von uns ans Messer liefern.«

Blitzschnell sprang Shiori auf. »Ja, mein Leben ist mir wichtig – bin ich die Einzige, die nicht vergessen hat, wozu wir auserwählt wurden?«

Sie war kurz davor, sich auf Raphael zu stürzen, doch Ras griff nach Torges Stab und donnerte ihn ihr vor die Brust, sodass sie auf ihren Stuhl zurückfiel. »Beherrsch dich!« Erst nachdem er sich vergewissert hatte, dass sie keinen weiteren Angriff versuchen würde, lehnte er den Stab hinter sich an die Wand. »Lea hat nicht ganz Unrecht. Wir sprechen davon, ein Menschenleben auszulöschen – nur auf unseren eigenen Vorteil bedacht. Wir sind zu verhaftet in alten, finsteren Zeiten, in denen ein Leben nichts galt.«

»Es geht hier nicht nur um uns«, sagte Torge mit tiefer Stimme. »Wenn wir versagen, steht alles auf dem Spiel.«

»Darf ich auch etwas sagen?«, fragte Lilly zaghaft. Sie spürte, wie sie angestarrt wurde – von Shiori voller Misstrauen, von Felias mit unterdrückter Wut, von Lea und Anni mit Mitleid und Verständnis, von Torge mit einer Miene, die all seine Zweifel ausdrückte, und von Raphael mit Sorge und Zuneigung.

Ras nickte ihr zu. »Sprich.«

»Ich hatte so viele Gelegenheiten, euch zu verraten. Ich weiß nicht, wer ihr seid oder was ...« Sie stockte, wartete auf Protest, doch niemand schien sich an dem *Was* zu stören. »Aber ihr scheint vergessen zu haben, dass man einander vertrauen kann. Ich bin nicht dumm, wenn ihr mir erklärt, was vor sich geht, werde ich es verstehen.«

»Gut gesprochen«, sagte Ras. »Schweigt einen Moment, während ich meine Entscheidung treffe.«

Mit Erstaunen beobachtete Lilly, wie sich alle fügten – selbst Felias, dessen Stirn noch immer vor Wut zerfurcht war. Raphael sah sie besorgt an, erst als sie die Angst in seinen Augen sah, kehrte ihre eigene mit voller Wucht zurück, drohte ihren Verstand davonzutragen. In diesen Sekunden wurde über ihr Leben entschieden. Ihre Kehle zog sich zusammen, sie bekam kaum noch Luft. Raphael drückte ihre Hand, doch auch seine Berührung konnte sie in diesem Moment nicht trösten. War sie bereit, zu sterben? Sie hatte nie zuvor darüber nachgedacht. Sie war siebzehn, da erschien das Leben unendlich. Was war der Tod? Das Nichts? Würde sie einfach aufhören, zu existieren? Der Gedanke war unfassbar und grauenvoll zugleich. Ihr Atem beschleunigte sich. Raphael bemerkte es, legte einen Arm um sie und zog sie an sich. Sie vergrub ihren Kopf in seiner Halsbeuge und hoffte, dass die anderen ihre Schwäche nicht bemerken würden.

Nach einer Zeitspanne, die Lilly wie eine Ewigkeit vorkam, vermutlich aber nur wenige Minuten umfasste, durchbrach Ras die Stille. »Ich erwarte, dass meine Entscheidung von allen akzeptiert wird.« Er sah Felias, Shiori und Raphael fest an. »Wir müssen uns aufeinander verlassen können, ansonsten sind wir zum Scheitern verurteilt, und ein einzelner Mensch darf unsere Gruppe nicht entzweien. Lilly, du hast einen schweren Fehler begangen, als du uns gesucht hast. Du bist in Ereignisse geraten, die nicht für dich bestimmt sind. Aber wir können das Rad der Zeit nicht zurückdrehen. Ich beschließe hiermit, dass wir dich vorerst am Leben lassen. Solltest du jemals mit jemandem über uns sprechen, werde ich dich persönlich töten.«

Lilly hörte, wie Raphael erleichtert aufseufzte. Sie holte zittrig Luft. »Danke.«

»Damit etwas Derartiges nicht noch einmal geschieht, erwarte ich von dir, Antares, dass du sie einweihst. Erklär ihr, wer wir sind und was mit Samuel geschehen ist.«

Raphael nickte ihm zu. »Sie wird es verstehen.«

Felias stand mit gesenktem Kopf auf. »Ich werde dein Urteil akzeptieren, auch wenn ich es für einen Fehler halte.« Dann sah er Lilly an. »Ich werde dich im Auge behalten, und solltest du uns verraten, wird es nicht Ras sein, der dich zur Strecke bringt.«

»Das reicht«, fuhr ihn Ras an. »Sie hat bereits genug durchgemacht. *In dubio pro reo.*«

»Behalt dein Latein für dich.«

»Saiph!« Shiori sah ihn entsetzt an, doch er ignorierte sie und ging nach draußen. Offensichtlich hatte die Asiatin kein Problem damit, einen Menschen zu töten, aber mit Unhöflichkeit.

»Lasst ihn«, sagte Ras. »Er wird sich wieder beruhigen.« Dann wandte er sich noch einmal an Lilly. »Es mag dir im Moment leichtfallen, dieses Versprechen zu geben, aber es gilt für den Rest deines Lebens. Selbst wenn du irgendwann wütend auf Antares sein solltest, darfst du es nicht brechen.«

37

Raphael stand auf und zog Lilly mit sich. Im Eingangsbereich öffnete er ein Schränkchen und holte eine verstaubte Taschenlampe heraus. Nachdem er zwei Mal kräftig gegen sie geschlagen hatte, ging sie an und spendete ein fahles, gelbes Licht. »Wir benötigen normalerweise keine«, sagte er entschuldigend. Er führte sie zum Bach hinunter und dann ein Stück in den Wald hinein, bis sie an einen winzigen Teich kamen, an dessen Rand einige moosbedeckte Steinblöcke lagen. Sie setzten sich einander gegenüber hin. Raphael stellte die Lampe so, dass sie zusammen mit dem Mondlicht, das auf den nachtfeuchten Blättern schimmerte, ausreichend Helligkeit bot. Endlich würde die unsichtbare Mauer zwischen ihnen fallen. Sie sah ihn an und wünschte sich beim Anblick seiner leicht geschwungenen Lippen, ihn zu küssen.

Wie konnte man jemanden nur so sehr lieben? Liebe? In diesem Moment wurde sich Lilly bewusst, dass es die Wahrheit war. Sie liebte ihn – mit jeder Faser ihres Seins.

Er ergriff ihre linke Hand, drehte sie mit der Handfläche nach oben und hauchte ihr einen Kuss hinein. Ihr lief ein Schauer den Rücken hinunter, und sie schloss die Augen.

»Was ich dir jetzt erzähle, wird dich vermutlich erschrecken. Ich kann nur hoffen, dass du mich hinterher noch immer in deiner Nähe haben willst. Du brauchst mich nie zu fürchten. Das verspreche ich dir.«

»Ich werde niemals Angst vor dir haben«, versicherte sie ihm.

Er seufzte unsicher. »Das ist so schwierig. Ich habe noch nie jemandem davon erzählt.«

Sie ergriff seine Hände. »Soll ich dir Fragen stellen? Ist es dann leichter?«

Er lächelte. »Meine größte Sorge ist, was du von mir denken wirst. Aber vielleicht ist es tatsächlich besser, wenn du anfängst.«

»Was bist du?«, flüsterte sie und hielt den Atem an.

»Kein Mensch.« Seine Stimme klang heiser. »Zumindest nicht mehr. Siehst du die Sterne?« Er deutete in den Nachthimmel hinauf, der zwischen den Baumwipfeln zu erkennen war.

Sie nickte.

»Ich wurde von einem erwählt und in eine Sternenseele verwandelt.«

»Von einem Stern?« Sie sah ihn ungläubig an. Die Geschichte von dem energetischen Wesen, das von Samuel Besitz ergriffen haben sollte, war schon schwer zu glauben, aber ein Stern – physikalisch gesehen nicht viel mehr als ein gigantisches Feuer?

»Komm her.« Er streckte die Arme aus. »Es ist einfacher, wenn ich dich spüre.«

Zögerlich stand sie auf, überbrückte den Schritt Distanz zwischen ihnen, woraufhin er sie auf seinen Schoß zog und sein Gesicht in ihren Haaren vergrub. »Besser«, murmelte er.

Lilly lehnte ihren Kopf gegen seine Schulter und schloss die Augen, um sich auf seine Stimme konzentrieren zu können.

»Noch vor dem Aufkommen des Islams, des Christentums und sogar der griechischen Götter glaubten die Menschen an ein übernatürliches Wesen, nur dass es kein alter Mann mit weißem Rauschebart war, sondern die Erde selbst. Auch heute noch gibt es Religionen, die an der Vorstellung einer mystischen Macht in der Natur oder einer Muttergöttin festhalten.«

»Wie die Wicca?«

»Du meinst die modernen Hexen? Ja, ihr Glaube ist damit eng verwandt. Nur machen sie alle denselben Fehler, sie schreiben die Magie der Erde zu, nur wenige erkannten die Wahrheit und verehrten die wahre Macht: die Sonne.«

Lilly verdrehte ihren Hals, um ihn anzusehen. »Du behauptest ernsthaft, dass unsere Sonne ein Gott ist?«

»Ich habe dich gewarnt.« Raphael schmunzelte. »Noch kannst du aufstehen und gehen.«

»Das hättest du wohl gerne«, schnaubte sie und drückte sich eng an ihn. »Fahr fort.«

»Zu Befehl, meine Hoheit.« Er gab ihr einen Kuss in den Nacken, genau auf ihr Schmetterlingstattoo, der bei ihr eine Gänsehaut verursachte. »Kein Gott, wie die meisten Menschen es sich heutzutage vorstellen. Die Sonne denkt nicht wie wir. Sie plant nicht. Sie erhört keine Gebete oder sitzt zu Gericht, um jemanden in die Hölle oder den Himmel zu schicken. Sie ist einfach da, gibt uns die Kraft und Energie, zu leben. Ihr Verstand ist für uns nicht zu greifen.«

»So wenig, wie die Ameise uns begreifen kann«, hauchte Lilly. Der Gedanke, dass die Sonne in Wahrheit ein fremdartiges Lebewesen war, erschütterte sie, berührte etwas in ihrem Innersten und brachte es zum Klingen.

»Genau. Und die anderen Sterne sind ebenso beseelt. Ich kann ihr Lied jede Nacht hören.«

»Sie singen?«

Er nickte. »Es sind fremdartige Melodien. Wie Walgesang, nur ohne jeglichen Missklang. Die perfekte Harmonie.«

»Was sagen sie?«

»Ich verstehe ihre Sprache, wenn es überhaupt eine ist, nicht. Doch es schenkt mir Frieden, verspricht mir, dass alles einen Sinn hat, wir nur ein Teil von einem großen Ganzen sind.«

Die Vorstellung gefiel Lilly. Ihr Leben war ihr bisher chaotisch erschienen. Es gab keine Konstanten, nichts, auf das sie sich verlassen konnte. Wie wunderbar musste es sein, wenn man wusste, dass alles einen Sinn hatte? Dass man selbst nur zu klein war, um es zu erkennen? Wie die Wassermoleküle in einer Welle, die wild umhertanzten und dennoch gemeinsam eine harmonische Bewegung erzeugten. »Wieso hat dich dein Stern auserwählt? Wie funktioniert das?«

»Wir wissen nicht viel darüber. Es gibt nur ein paar tausend Sternenseelen auf der Welt, und wir unterhalten keine komplexen Forschungseinrichtungen. Die meisten stellen es sich so vor, dass die Sterne Strahlen reinster Energie aussenden und diese dann irgendwann auf einen Planeten und ein Lebewesen treffen.«

»Dann besteht zwischen dir und deinem Stern eine Verbindung? Kannst du mit ihm reden?«

»Nicht wirklich. Antares ist nur eine von unzähligen Stimmen im Sternenlied.«

»Deshalb hat dich Ras so genannt?«

»Wenn wir unter uns sind, nennen wir uns nur bei unseren Sternennamen.« Sein Gesicht verdunkelte sich. »Es gibt kaum etwas, das uns noch mit unserer Vergangenheit verbindet. Wir sind nicht mehr dieselben.«

»Aber warum erschaffen die Sterne euch?« Lilly war überrascht, wie locker sie diese neuen Enthüllungen aufnahm. War sie inzwischen so an all diese merkwürdigen Dinge gewöhnt, dass sie nichts mehr schockieren konnte?

»Vielleicht sind wir eine Art Botschafter oder Geschenke

für die anderen Sterne. Vielleicht halten sie über uns eine Art Kontakt. Ich weiß es nicht. Ebenso wenig wie ich verstehe, warum ich zur Sternenseele wurde. Wir vermuten, dass es etwas mit der Sternenkonstellation bei unserer Geburt zu tun hat, allerdings lässt es sich nur schwer überprüfen, da wir wenige sind und viele sich nicht mehr an ihren Geburtstag erinnern oder in Zeiten lebten, in denen das einfache Volk dem Datum keine Beachtung schenkte.«

Lillys Kehle zog sich zusammen. Das Foto. Konnte es wahr sein? War er älter, als er aussah? »Wann wurdest du geboren?«

Er sah sie mit einem unbestimmten Ausdruck an. »Ist das wichtig?«

Lilly runzelte die Stirn. War es von Bedeutung? Sie schüttelte den Kopf. »Nein, aber ich werde mich immer fragen, wie alt du wirklich bist.«

Er lachte. »Und wir wissen beide, dass du offene Fragen nicht auf sich beruhen lassen kannst.«

»Ist das so schlimm?«, fragte sie verlegen.

»Nein.« Seine Lippen strichen erneut über ihren Nacken, jagten feine Schauer über ihren Rücken und verwirbelten ihre Gedanken. »Es macht dich sehr anziehend.«

Er setzte sich wieder aufrecht hin, während ihr Herz noch immer heftig gegen ihren Brustkorb schlug. »Ich möchte dich kennen lernen«, murmelte sie. »Mir ist es egal, wie alt du bist. Selbst wenn es Jahrhunderte sind, wird es nichts an meinen Gefühlen ändern.« Sie wurde rot – so offen hatte sie nie zuvor zu einem Jungen gesprochen.

Raphael lächelte sie liebevoll an. »Ich wurde im September 1788 in Maryland geboren.«

»Dann bist du über zweihundert Jahre alt?« Lillys Augen weiteten sich. Sie vergrub ihre Finger in dem nassen Moos, das den Stein überwucherte. Der Gedanke, sich in ein so altes Wesen verliebt zu haben, war erschreckend. Sie hatte zwar gesagt, dass das Alter keine Rolle spielte, aber jetzt, da sie die Wahrheit kannte, musste sie zugeben, dass es nicht stimmte. Wie sollte sie mit seiner Erfahrung mithalten? Für ihn war sie kaum mehr als ein Kleinkind – selbst ihre Mutter war jung im Vergleich zu ihm. Und wie viele Freundinnen er wohl bereits gehabt hatte?

Raphael schien genau zu wissen, was in ihr vorging. Hatte er es womöglich schon öfter erlebt? Vorsichtig streckte er seine Hand aus, als erwartete er, dass sie sie zur Seite schlug. Dann strich er ihr sanft durchs Haar. Sie sah auf und versank in den Tiefen seiner Augen. Der silbrige Stern funkelte um seine Pupillen. In dem Moment änderte sich alles. Was bedeutete es, was er war oder wie alt er war? Sie hatte sich in ihn verliebt und nicht in irgendeine Zahl. »Es geht wieder.« Sie lachte verlegen. »Ganz so tough bin ich wohl doch nicht.« Sie fuhr mit den Fingern die Furchen des Steins nach, in dem Pilze, Moos, Wasser und kleines Getier ihre Spuren hinterlassen hatten. Sie sog die kühle, würzige Waldluft tief in ihre Lungen. »Es muss unglaublich sein, so lange zu leben.«

Er schüttelte bestimmt den Kopf. »So toll, wie man es sich immer vorstellt, ist es nicht. Ich musste mit ansehen, wie meine gesamte Familie an Typhus starb – mit Ausnahme meines großen Bruders, der wenige Jahre später im Krieg fiel. Alle meine Freunde und jeder, den ich kannte, sind tot.«

»Das ist schrecklich.« Lilly dachte daran, wie sehr sie mit dem Verlust ihres Vaters zu kämpfen hatte. Kein Wunder, dass Raphael oft traurig wirkte. Wie einsam sein Leben sein musste.

»Du hast keine Ahnung, wie schlimm.« Er vergrub sein Gesicht in ihren Haaren, schlang seine Arme um sie und zog sie dicht an sich. »Ich verrate dir ein Geheimnis, selbst Felias kennt es nicht.«

38

»Warum ausgerechnet mir?«

»Er würde es nicht so verstehen wie du. Er hatte ein hartes Leben. Sein Vater war Seefahrer, seine Mutter eine Hure. Sie starb, als er noch jung war, und sein Vater, ein prügelnder Trunkenbold, nahm ihn mit auf sein Schiff. Er hat nie gelernt, was Familie und Liebe bedeuten, hat nur erlebt, wie alles, das er kennt, stirbt und zu Staub verfällt.«

Er lockerte seinen Griff um sie, doch sie hielt seine Hände fest. Es war zu schön, ihn so nah zu fühlen, seinen Herzschlag zu hören und seinen Atem über ihr Haar streichen zu spüren. Felias tat ihr plötzlich leid, und sie konnte sein grobes Verhalten nun zumindest nachvollziehen. Die Sternenseelen mussten die einzige Konstante in seinem Leben sein. Es war nur verständlich, dass er sie um jeden Preis beschützen wollte – ebenso, wie sie es mit Samuel tat.

»Zur Zeit meiner Geburt«, fuhr er fort, »galt ich bereits als erwachsener Mann und hatte eine Frau.«

Lilly erstarrte. Das hatte sie nicht erwartet. »Ernsthaft?«

Er nickte. »Du hast das Recht, es zu erfahren. Oder ist es dir zu viel?«

Die aufrechte Sorge in seinen Augen gab Lilly die Kraft, die sie benötigte, um ihm zu verstehen zu geben, dass er fortfahren sollte. Trotzdem hatte sie mit dieser neuen Erkenntnis zu kämpfen. Verheiratet? Das war einfach nur *wow*, und kein gutes *wow*.

»Sie starb an derselben Epidemie wie der Rest meiner Familie. Ich weiß nicht, ob ich dafür dankbar sein sollte, dass mich der Fieberwahn so gefangen hielt, dass ich ihren Tod nicht bewusst miterlebte. Erst als ich wieder bei klarem Bewusstsein war, umgeben vom Gestank der einsetzenden Verwesung, begriff ich, was geschehen war. Dass ich nun allein auf der Welt war.« Seine Stimme brach.

»Ich weiß nicht, was ich sagen soll.« Sie fühlte sich vollkommen überfordert. Er hatte eine Frau gehabt? Vielleicht auch ein Kind? Das waren Dinge, an die sie nie mehr als einen flüchtigen Gedanken verschwendet hatte. Und dann waren sie vor seinen Augen gestorben? Wie sollte sie mit jemandem umgehen, dem so etwas widerfahren war?

Sie löste sich aus seinen Armen, stand auf und lief vor ihm auf und ab, bevor sie sich ihm gegenüber auf einen Stein setzte. Er ging vor ihr in die Knie und strich ihr sanft eine Strähne aus dem Gesicht. »Sollen wir ein anderes Mal weiterreden?«

Beinahe hätte sie zugestimmt, dann besann sie sich anders. Trotz ihrer körperlichen und geistigen Erschöpfung wollte sie alles erfahren. Es hinter sich bringen und anschließend in Ruhe verarbeiten. »Ich verstehe nur eines nicht. Wieso ich? Wie kann jemand wie du sich für ein Mädchen wie mich interessieren? Zwischen uns liegen Welten, und ich weiß nicht, ob ich jemals wirklich begreifen werde, was du erlebt hast, was es bedeutet, eine Sternenseele zu sein.«

»Weil du wie sie bist.« Er holte ein schlichtes, goldenes Medaillon aus seiner Hosentasche und öffnete es. Darin war das gezeichnete Bild einer jungen Frau, die Lilly wie aus dem Gesicht geschnitten war. »Tamira.«

Mit einem Mal wurde ihr kalt. »Du liebst sie noch immer.« Sie rückte ein Stück von ihm ab. »Du willst sie.«

»Natürlich nicht!«, rief er schockiert. Beschwörend hob er

die Hand. »Sorry, das kam völlig falsch rüber. Ich habe mit meiner Vergangenheit abgeschlossen, zumindest so weit es möglich ist. Anders hätte ich die letzten Jahrhunderte nicht überstanden.«

Er wartete auf ein Zeichen der Zustimmung von ihr, aber ihre eigene Ähnlichkeit zu seiner verstorbenen Frau erschütterte sie zu sehr.

»Glaubst du an Seelen?«, fragte er unvermittelt.

»Was hat das damit zu tun?«

»Antworte mir bitte.«

Sie dachte an den Moment zurück, als sie geglaubt hatte, gleich zu sterben, und sich nicht hatte vorstellen können, dass sie einfach so aufhören könnte, zu existieren. »Ja, es erscheint mir am wahrscheinlichsten.«

»Es gibt sie tatsächlich«, sagte er. »Jedes Wesen bekommt sein Leben von dem Stern geschenkt, um den sein Planet kreist. Wenn Menschen sterben, kehrt ihre Essenz, ihre Seele, zur Sonne zurück und wartet auf die Wiedergeburt.«

»Etwa als Regenwurm?«, lachte sie beklommen.

Raphael schüttelte den Kopf. »Ich weiß nicht, wie es genau funktioniert, aber wäre es wirklich so absurd? Du kennst dich doch mit Naturwissenschaften aus – die Menschen unterscheiden sich genetisch kaum von den Tieren, nur wenige Prozente trennen sie vom Affen. Vielleicht werden auch nicht alle Menschen wiedergeboren, sondern verbleiben im Licht der Sonne.«

»Kannst du die Seelen sehen?«, fragte Lilly aus einer Eingebung heraus.

Er nickte. »Es ist ein silbriger Schemen, der die Körper verlässt. In meinen Augen ist die gesamte lebendige Welt von einem Schimmern umgeben – denn selbst die unzähligen Bakterien und Einzeller, die jede Minute sterben, besitzen eine Seele, die zur Sonne zurückkehrt.«

Sie versuchte, es sich vorzustellen, endete aber immer bei den Motiven der kitschigen Puzzlebilder, die sie so gerne legte. »Das muss unglaublich schön sein.«

»Die ersten Tage nach meiner Auferstehung bin ich die ganze Nacht durch die Sümpfe gelaufen und konnte nicht fassen, wie atemberaubend die Welt sein kann. Die anderen Menschen glaubten, das Fieber und der Verlust meiner Familie hätten mir den Verstand geraubt.« Er umfasste ihren Kopf und sah ihr in die Augen. »Als ich dich gesehen habe, wusste ich, dass wir füreinander bestimmt sind. Du ziehst mich an, wie die Erde von der Sonne angezogen wird. Du bist meine persönliche Sonne, der hellste Stern von allen. Ob du nun die wiedergeborene Tamira bist oder nicht. Du bist es, die ich will.«

Er beugte sich langsam vor, und sie sah ihm in die Augen, versank in ihren meeresblauen Tiefen. Ihre ganze Haut fing zu kribbeln an, und in ihrem Magen flatterten tausende Schmetterlinge in einem aufgeregten Reigen. Sie spürte die Wärme seiner Lippen, bevor sie die ihren vorsichtig berührten und ihre Münder in einem sanften, sehnsuchtsvollen Kuss verschmolzen. Seine Hand wanderte von ihren Hüften zu ihrem Rücken und drückte sie an seine harte Brust.

So fühlte es sich also an, dachte Lilly verschwommen, wenn man von jemandem geküsst wird, den man liebte. Ihr ganzer Körper schien zu vibrieren, sie zitterte vor Glück und Aufregung und sehnte sich nach mehr, als der Kuss endete und sie sich verlegen ansahen.

»Verzeih mir, ich hätte dich nicht so überrumpeln sollen«, sagte er.

Statt einer Antwort schlang sie ihre Arme um seinen Nacken und presste ihre Lippen auf seine. Zaghaft trafen sich ihre Zungen, spielten zuerst sanft, dann fordernder miteinander. Er schmeckte süß wie Waldhonig, und das Kribbeln, das sie in Wellen durchzog, verwandelte sich in Flammen, die nur er zu löschen vermochte. Sie bestand nur noch aus Empfindungen, reagierte sensibel auf jede seiner zarten Berührungen und gehauchten Worte. Als er sich schließlich von ihr löste, vergrub sie ihr Gesicht in seinem Nacken, atmete seinen erdigen Geruch ein, der ihr inzwischen so vertraut war. »Was auch immer du bist, du machst mich so glücklich wie nichts anderes auf dieser Welt«, flüsterte sie.

Nach einem weiteren Kuss wartete sie, bis ihr Atem sich beruhigt hatte, berauscht von seiner Nähe. Trotzdem musste sie mehr erfahren. Wie sollte sie jemanden aufrichtig lieben, der so fremdartig war, wenn sie so wenig über ihn wusste? »Bist du unsterblich?«

»Unser Leben hat nur eine begrenzte Dauer. Wir leben so lange, wie das Licht des Sternes, der uns erwählt, bis zur Erde benötigt. Dann sterben wir.« Bevor sie etwas sagen konnte, lachte er. »Ich sehe in deinen Augen, dass du dich fragst, wieso. Es gibt eine unerfreuliche Bedingung, um zur Sternenseele zu werden: Man muss sterben.«

»Du bist tot? Oder vielmehr untot? Wie ein Zombie?«, fragte Lilly entgeistert.

Raphael grinste. »Ja und nein. Ich unterscheide mich kaum von dir. Ich kann zwar besser sehen, schneller rennen, höher springen, kleine Wunden heilen bei mir innerhalb von Sekunden, aber mein Herz schlägt, und ich kann endgültig getötet werden.« Er sah ihr tief in die Augen. »Ich fühle auch wie ein Mensch.«

Sie nahm ein Steinchen, das im Moos lag, und drehte es zwischen ihren Fingern. Die Geschichte wurde immer schwieriger zu glauben. Doch sie sah die Fakten und fand keine andere Erklärung dafür. Deshalb beschloss sie, es erst mal hinzunehmen und später in Ruhe darüber nachzudenken. Warum sollte es bei den Sternenseelen nicht so funktionieren wie bei den Bestien? Damit hatte sie sich ja auch abgefunden. Nun ja, zumindest fast.

»Als ich am Typhus starb, wurde es einen Moment dunkel um mich herum, dann erfüllte mich plötzlich ein Licht, versengte mein Innerstes und heilte dennoch alle meine Wunden. In diesem Moment sind wir fest mit unserem Stern verbunden. Er verbessert unsere Körper, merzt seine Schwächen aus und schenkt uns neue Lebensenergie. Allerdings hält diese Verbindung nur wenige Augenblicke an. Du kannst es dir wie einen Strahl vorstellen, der von dem Stern aus durch das Universum wandert, einen Menschen trifft, um kurz darauf vom Stern gekappt zu werden. Der Strahl fließt jedoch weiter, wie das Ende einer Angelschnur, die eingezogen wird, und aufgrund der ungeheuren Distanz dauert es lange, bis er an seinem Ziel angekommen ist.«

»Und was passiert dann?«, fragte sie.

»Wir sterben. Endgültig. Die Energie unseres Sterns hält uns am Leben, und wenn sie versiegt, bedeutet es unser Ende.«

Lilly rief sich in Erinnerung, was sie über Astronomie wusste. »Das können Jahrhunderte sein.«

Raphael nickte. »Manche von uns blicken auf ein jahrhundertelanges Leben zurück und haben noch Jahrtausende vor sich. Da wir allerdings durch Unfälle oder in Kämpfen getötet werden können, gibt es nur wenige, die wirklich alt sind. Mich hat Antares ausgewählt.« Er strich ihr sanft über die Hand. »Dadurch bleiben mir noch etwa vierhundert Jahre.«

»Unglaublich«, hauchte sie. Hätte sie nicht das Foto gesehen, würde sie ihm kein Wort glauben, aber so? Sie versuchte, sich vorzustellen, wie es sein mochte, so alt zu sein und trotzdem genau zu wissen, wann man spätestens sterben musste. Solange es in so ferner Zukunft lag, war es vermutlich nicht viel anders als bei ihr. Sie verschwendete selten einen Gedanken an ihre begrenzte Lebenszeit. Wer tat das schon? Selbst die, die dem Tod noch einmal von der Schippe gesprungen waren, nahmen sich zwar für gewöhnlich vor, von nun an jeden Tag zu nutzen, doch wer hielt das auch wirklich durch? »Sind Felias und die anderen so alt wie du?«

»Nein, Felias wurde von Saiph auserwählt und ist etwa siebzig Jahre jünger als ich – dafür hat er aber auch noch sechshundert zu leben. Ras weigert sich, seinen Menschennamen zu benutzen, und bleibt meistens für sich.«

»Ist er viel älter als du?« Sie fragte sich, ob es ab einem gewissen Alter noch einen Unterschied machte. Veränderte man sich auch nach unzähligen Jahrhunderten noch? Oder erstarrte man regelrecht in seinen Ansichten, Erfahrungen, Meinungen?

»Nein, er ist etwa fünfzig Jahre jünger, aber er hat beschlossen, alles Menschliche hinter sich zu lassen.« Raphael schüttelte den Kopf. »Ich möchte nicht wissen, was er durchgemacht hat, um zu diesem Entschluss zu kommen.«

»Euer Leben muss manchmal sehr einsam sein.«

Er nickte. »Doch ich will mich nicht beklagen. Immerhin darf ich leben. Außerdem hätte es mich auch schlimmer treffen können. Wie Lea und Torge.« Sein Gesicht verdüsterte sich. »Sie wurden von Alpha Centauri A und B auserwählt.«

Dankbar dachte Lilly an ihren Vater, der ihr so viel über Astronomie beigebracht hatte. »Das sind die Sterne, die uns am nächsten liegen«, stellte sie fest. Dann begriff sie. »Oh …«

»Sie haben insgesamt nur vier Jahre geschenkt bekommen. Ich möchte mir nicht ausmalen, wie es ist, wenn man so jung ist und bereits weiß, wann man sterben wird.«

»Wie furchtbar.« Sie zog ihn neben sich auf den Stein und kuschelte sich an ihn. Das waren zu viele Informationen auf einmal. Sie hatte ja gewusst, dass etwas Seltsames vor sich ging, aber obwohl Raphael ihr erzählt hatte, was mit Samuel geschehen war, hatte sie mit diesen Enthüllungen nicht gerechnet. Zudem hatte sie es nicht wirklich geglaubt – nicht richtig. Nun jedoch drang die Wahrheit zu ihr vor, wie die Kälte einer Winternacht, die durch jede noch so kleine Ritze kroch, nistete sie sich bei ihr ein und machte ihr Angst. Sie schloss die Augen, um ihren feuchten Glanz zu verbergen. Sie hatte sich doch nur ein normales Leben gewünscht. Familie. Freunde. Warum zerbrach ihre Welt jedes Mal, wenn sie sie mühsam zusammengeflickt hatte? Sie war es leid, und sie war müde. Trotzdem wollte sie nicht aufgeben. Wer wusste, ob sie noch einmal die Chance auf eine Familie bekam, falls Samuel starb. »Ihr seid nahezu unsterblich, uralt, unglaublich schnell und stark. Warum besucht ihr ein Internat oder haust in einer Hütte im Wald?«

Raphael nahm einen Stein und rollte ihn in seiner Hand hin und her. »Wir haben ein Handicap: Tagsüber, wenn die Sonne scheint und unsere Sterne nicht am Himmel zu sehen sind, erlischt unsere Seele. Wir sind dann regelrechte Zombies. Je mächtiger und älter wir sind, desto normaler können wir uns am Tag benehmen, und manchen fällt es sogar von Anfang an relativ leicht.«

»Aber die Sterne sind doch nicht wirklich verschwunden. Warum beeinflusst euch das?«

»Vergiss nicht, dass die Sonne ebenfalls ein Stern ist. Vermutlich überlagert ihre Kraft den Einfluss unserer Sterne.«

»Deshalb bist du in der Schule so unfreundlich zu mir gewesen. Du hast dich nicht an mich erinnert.«

Er gab ihr einen flüchtigen Kuss auf den Mund. »Es tut mir leid. Ich wollte dich nicht verletzen. Durch Konzentration gelingt es uns manchmal, Eindrücke mit in das Sonnenlicht zu nehmen. Selbst falsche Erinnerungen. So habe ich mir eingeredet, dass ich dich nicht mag, dass du mich abstößt. Mein Zombie-Ich war da wohl recht erfolgreich, im Gegensatz zu mir.« Er lachte verlegen. »Und selbst als ich mir eingestanden hatte, dass ich mich nicht von dir fernhalten kann, hat mein Unterbewusstsein mir wohl ab und an einen Streich gespielt und dich so schlecht behandelt.«

39

Ansgar saß auf einem Tisch in seinem Kellerraum, den er von der Schulleitung im Gegenzug für eine großzügige Spende seiner angeblichen Eltern – ein Anwalt, der weniger Moral als ein Mafiaboss besaß, fälschte die benötigten Dokumente – zur Verfügung gestellt bekommen hatte. Man könnte natürlich sagen, dass er den Raum gekauft hatte, aber in den modernen Zeiten waren so klare Aussagen verpönt.

Die knappen zwanzig Quadratmeter boten kaum ausreichend Platz für seine brisanten Bücher und Instrumente, die er nicht in seinem Zimmer aufbewahren konnte. Selbst das Angebot einer unverschämt hohen Summe hatte ihm kein Einzelzimmer verschafft – irgendwo endete anscheinend die Käuflichkeit der Schulleitung –, weshalb er ungewohnte Vorsicht walten lassen musste.

Er sog tief die Luft ein. Die zahlreichen Gerüche, die den Raum durchzogen – selbst die unangenehmen wie der schwache Geruch nach Schwefel und Reinigungsmittel und den Ausdünstungen der alten Putzschwämme, die in einem Schrank auf dem Gang lagerten –, faszinierten ihn. Er erinnerte sich an seine ersten Momente auf der Erde, seine erste körperliche Existenz und wie überwältigt er von den verschiedenen Aromen, die an seine Nase drangen, war. Andere Sternenbestien stürzten sich sofort auf das Töten, um das für sie unbegreifliche Phänomen des Todes zu ergründen, aber für ihn bot die Welt der Düfte einen viel größeren Anreiz. Erst Jahre später wandte er sich auch diesem Thema zu und stellte zu seiner Überraschung fest, dass ihn beides gleichermaßen faszinierte. Nannte jeder Mensch und jedes Tier zu Lebzeiten eine bestimmte Duftnote ihr Eigen, so vervielfältigten sich die Gerüche nach dem Tod, durchliefen in den Phasen der Verwesung die unterschiedlichsten Variationen.

Ein leises Klopfen erklang an der Tür. Ansgar fletschte die Zähne bei dem grimmigen Lächeln, das über seine Züge huschte. Eine seiner Schachfiguren war eingetroffen. Zeit für den nächsten Zug.

Auch wenn er sich einzureden versuchte, dass seine Handlungen auf wissenschaftlichen Interessen beruhten, von Logik geleitet wurden, wusste er, dass dies nicht die ganze Wahrheit war. Im Grunde war ihm langweilig. Nach so langer Zeit auf Erden hatte er nahezu alles gesehen und erlebt, was das menschliche Dasein zu bieten hatte. So vertrieb er sich die Zeit, indem er kleine Spielchen trieb. Menschen, Sternenseelen und auch seine Artgenossen wie Puppen in einer Aufführung tanzen ließ. Wenn er dabei der Entschlüsselung der zwei Phänomene, die sich ihm verschlossen, der Liebe und dem Tod, näherkam, sollte es ihm recht sein.

Nach einem weiteren ungeduldigen Klopfen wurde die Klinke nach unten gedrückt, und Samuel betrat den Raum. Er spürte, dass sich noch ein kleiner Rest des Wirtes gegen den Willen der Bestie in ihm behauptete. Es war ein unerfahrener Splitter der Unendlichkeit, der sich in dem Körper des Jungen befand, ebenso wie er selbst es vor unzähligen Jahren gewesen war, vollkommen überwältigt von den Eindrücken der körperlichen Existenz. Untereinander benutzten sie keine Namen. Sie waren schließlich nur Teile derselben Wesenheit, eins und doch unterschiedlich. Nur in ihrer Körperlichkeit nahmen sie immer stärker werdende Individualität an.

Die Unsicherheit flackerte in Samuels Augen, doch er versuchte, es nach außen nicht zu zeigen. Er wusste, dass jedes Anzeichen von Schwäche unter den Bestien gnadenlos geahndet wurde. »Was willst du von mir?«

»Ich wünsche, dass du Lilly vorerst kein Haar krümmst.«

»Und warum sollte ich dir gehorchen?« Primitive Lust entstellte Samuels Züge. »Ich kann es kaum noch erwarten, ihren Lebensfunken zwischen meinen Händen verrinnen zu sehen.«

Ansgar sprang vor, packte ihn an der Kehle und schleuderte ihn zu Boden, bevor er reagieren konnte. Mit voller Kraft trat er auf Samuels Brustkorb, sodass er das Knacken der brechenden Rippen hörte. Ein schmerzerfülltes Keuchen entkam seiner Lunge, doch Ansgar ließ seinen Fuß auf seiner Brust, sodass er nicht mehr atmen konnte. Kraftvolle Hände kämpften darum, ihn von sich zu schieben, hatten aber keine Chance. Ansgar war der jungen Bestie in jeder Hinsicht überlegen.

»Wenn du meinem Willen nicht folgst, zerquetsche ich dich wie eine lästige Fliege. Willst du das irdische Dasein so schnell wieder verlassen?«

Samuel schüttelte mit verzerrtem Gesicht den Kopf. Er war noch so jung, hing noch so sehr an seinem Wirtskörper. Wie lange es dauern mochte, bis sich auch bei ihm die Langweile einstellte? Der Schrecken über die Erkenntnis, dass das eigene Dasein unendlich war, gefangen in einem ewigen Kreislauf? Nicht zum ersten Mal fragte sich Ansgar, ob diese Gedanken, die ihn und die anderen alten Bestien umtrieben, sich verflüchtigen würden, sobald er wieder in der Schwärze aufging. Er hatte sich vor seiner Körperlichkeit nie Gedanken darüber gemacht. Der Schock, die Angst und die Hilflosigkeit waren erst mit seiner Ankunft auf der Erde aufgetreten. Lag eine Art Fluch auf den menschlichen Hüllen? Er machte sich eine gedankliche Notiz. Ein weiteres Geheimnis, das es zu ergründen galt.

Er lockerte seinen Griff um die Bestie, nahm seinen Fuß von ihm und schenkte ihm ein mildes Lächeln. »Ich werde sie dir überlassen, nur noch nicht jetzt.«

Samuel nickte demütig, doch Ansgar sah die Tücke und Verschlagenheit in seinen Augen. Wie alle Sternenbestien würde er seine eigenen Pläne schmieden, um die seines Gegners zu durchkreuzen. Zusammenarbeit war auf der Erde keine ihrer Stärken. Ein weiterer Fluch der plötzlichen Individualität und der menschlichen Kultur, die so viel Wert auf Eigenständigkeit legte.

Er würde sich beeilen müssen, um das Spiel zu beenden. Trotzdem lächelte er. Wer wohl am Ende dieses Spiels schachmatt sein würde? Er streckte seine Hände, sodass die Knöchel knackten. Er nicht, dessen war er sich gewiss.

40

Lilly boxte ihm leicht gegen die Schulter. »Dein seltsames Verhalten hat mich fast um den Verstand gebracht!«

»Es tut mir so leid. Ich wollte dich schützen, dich von mir fernhalten, damit du nicht in unsere Probleme hineingezogen wirst.«

»Ich bin froh, dass es dir nicht gelungen ist. Aber warum haben Lea und Torge am helllichten Tag geschlafen?«

»Es kann unglaublich verwirrend sein, wenn du dich tagsüber für einen Menschen hältst und nachts dein wahres Ich zurückkehrt. Irgendwann weißt du nicht mehr, was Wirklichkeit ist, welche Erinnerungen du dir nur selbst eingeredet hast und welche der Wahrheit entsprechen. Junge Sternenseelen können daran zerbrechen. Am einfachsten ist es, wenn man am Tag schläft. Dann läuft man auch nicht Gefahr, durch seltsames Verhalten aufzufallen.«

Lilly nickte. Wenn sie genauer darüber nachdachte, war es erstaunlich, dass sie nicht alle verrückt geworden waren. Ein Schauer lief ihr über den Rücken. Wie es wohl sein mochte, zu wissen, dass man nur für ein paar Stunden man selbst war?

»Und je älter ihr werdet, desto besser könnt ihr mit der Situation umgehen. Gibt es dann auch Sternenseelen, die am Tag ihr Bewusstsein behalten?«

»Laut Gerüchten ja, aber ich bin nie einer begegnet. Es

hängt auch sehr von unseren Fähigkeiten ab. Felias zum Beispiel ist für unsere Verhältnisse noch jung, trotzdem erinnert er sich bereits bruchstückhaft an seine Erlebnisse während des Tags.«

Lilly dachte darüber nach. Er war ihr tatsächlich niemals so tot und zombiehaft erschienen wie Raphael. »Ich bin froh, dass ich jetzt die Wahrheit kenne.« Sie fuhr mit ihren Fingern über die Innenseite seiner Handgelenke. Am liebsten würde sie nicht mehr reden, sondern einfach nur die Zeit mit ihm genießen. »Das Wesen in Samuel erinnert sich auch am Tag an alles. Wie kann das sein?«

»Weil die Kreatur, von der er abstammt, alles umfasst. Das Nichts umgibt jeden Stern, Planeten oder Mond. Zudem ist seine Macht unendlich groß im Vergleich zu einem einzelnen Stern. Nur gemeinsam haben wir eine Chance.«

»Warum kümmert ihr euch überhaupt darum?«

»Wenn eine Bestie entsteht, spüren wir es. Es ist wie eine Dissonanz im Sternenlied. Und würdest du zulassen, dass so ein Wesen sein Unwesen treibt, wenn du genau weißt, dass du es besiegen kannst? Wir kämpfen seit Urzeiten gegen sie, versuchen, die Menschen zu schützen.«

Lillys Müdigkeit war inzwischen so groß, dass sie zu frieren anfing. Ein ewiger Kampf von Gut gegen Böse, und Samuel stand auf der falschen Seite. »Habt ihr denn keinen Anführer? Jemanden, den ich fragen kann, wie ich ihm helfen kann?«

»Lilly ...« Er sah sie traurig an.

»Ja, ich weiß«, gab sie ungeduldig zurück. »Es gibt keine Möglichkeit. Aber rein theoretisch – an wen würdest du dich wenden?« Sie zitterte, nicht nur vor Kälte.

»Wir haben keinen König oder irgendeine Regierung, aber jeder respektiert und folgt den ältesten Sternenseelen.« Er sah sie sorgenvoll an. »Du frierst.«

»Es geht schon.«

»Komm her.« Er breitete seine Arme aus. Nach einem kurzen Zögern lehnte sie sich an seine Brust. Er schlang seine Arme um sie. Sie spürte seinen Atem in ihrem Nacken und das regelmäßige Schlagen seines Herzen. »Besser?«

»Ja, danke. Wo finde ich also eine von den alten?«

»Das darf ich dir nicht sagen. Zudem würde es dir auch nicht helfen. Sie kennen keine Gnade mit einer Sternenbestie.«

Sie stöhnte frustriert auf. Immer wenn sie glaubte, endlich einen Schritt in die richtige Richtung getan zu haben, musste sie feststellen, dass er sie nur in eine weitere Sackgasse geführt hatte. »Das reicht für heute.« Sie seufzte und drückte sich enger an Raphael, woraufhin er sanft ihren Rücken streichelte. Sie musste erst einmal all die neuen Informationen verarbeiten. Sie wollte nicht akzeptieren, dass es keine Hoffnung für Samuel gab.

»In Ordnung, wir reden morgen weiter.«

Lilly traten Tränen in die Augen. Verstohlen wischte sie sie weg. Diese Nacht war zu viel für sie gewesen. Erst die Wanderung durch den Wald, dann wäre sie beinahe getötet worden, und nun erfuhr sie, dass der Junge, in den sie sich verliebt hatte, in Wirklichkeit uralt und verheiratet war. Ein Schluchzen drang aus ihrer Kehle. Wie sollte sie Samuel retten, wenn dieser Kampf seit Jahrtausenden tobte? Endlich hatte Moni einen guten Mann gefunden, es gab so etwas wie Stabilität in ihrem Leben, und nun sollte alles mit dem Tod von Samuel zunichtegemacht werden? Hatten sie nicht auch etwas Glück verdient?

»Ist schon gut«, murmelte Raphael und drückte ihr kleine Küsse ins Haar, während sie all die Tränen weinte, die sie die letzten Tage unterdrückt hatte. Schließlich versiegte der Tränenstrom, und sie fühlte sich vollkommen erschöpft. Beschämt verbarg sie ihr Gesicht in den Händen, spürte dabei ihre glühenden Wangen und angeschwollenen Augen. Was musste er nur von ihr denken? Zum zweiten Mal sah er sie heulend zusammenbrechen.

Verstärkt durch ihre Müdigkeit drang die nächtliche Kälte nun trotz Raphaels Körperwärme in ihre Knochen, sodass sie wieder zu zittern anfing. »Du frierst immer noch«, stellte er fest.

»Es ist nicht so schlimm«, antwortete sie mit rauer Stimme.

»Warte hier. Ich hole dir eine von Leas Jacken.«

»Nein.« Lilly ergriff seinen Arm. »Bitte lass mich nicht allein.«

Er runzelte die Stirn. »Du wirst dich erkälten, vielleicht sogar eine Lungenentzündung bekommen.«

»Ich bin nicht aus Zucker.«

»Dann nimm wenigstens meinen Pullover.«

»Damit du krank wirst? Nein, danke.«

Raphael lachte. »Schon vergessen, dass ich kein Mensch bin? Ich friere nicht so leicht.«

Sie beobachtete, wie er sein taubengraues Sweatshirt auszog und bewunderte das Spiel seiner Muskeln unter der blassen Haut, folgte der Linie seiner Hüfte bis hinunter zu seiner tief sitzenden Jeans, die von einem braunen Ledergürtel gehalten wurde. Er war viel zu schön, um wirklich zu sein. Sehnsuchtsvoll glitt ihr Blick über seine Schultern, seine muskulösen Arme und seine langen, schmalen Finger.

»Hier, zieh ihn an.« Lilly wurde erneut rot. Was musste er nur von ihr denken, dass sie ihn derart anstarrte? Verlegen zog sie sich das Sweatshirt über den Kopf. Es war viel zu groß, aber es roch nach ihm, nach warmer, sonnenbeschienener Erde gepaart mit dem Duft von Tannennadeln.

»Ich bringe dich nach Hause. Es war ein langer Tag, außerdem musst du morgen wieder in die Schule.«

»Du auch.«

»Ja«, lächelte er. »Aber ich brauche keinen Schlaf und bin nicht zum ersten Mal in der Oberstufe. Irgendwann kann man den Stoff.«

»Du musst gar nicht schlafen?«

»Nein, wir erholen uns im Sternenlicht, wenn wir auch die Nächte verschlafen würden, bliebe uns kaum noch Zeit, um unsere Aufgabe zu erfüllen.«

Das Töten von Sternenbestien wie Samuel, dachte Lilly, sprach es jedoch nicht aus. Widerwillig stimmte sie zu. Sie war so müde, dass sie am liebsten auf der Stelle eingeschlafen wäre, wollte jedoch zugleich Raphael nicht verlassen. Zum ersten Mal fühlte sie sich ihm wirklich nah.

Er führte sie den schmalen Pfad entlang. Im Gegensatz zu ihr schien er in der Nacht fast ebenso gut wie am Tag zu sehen. Die Wanderung belebte Lillys Lebensgeister wieder, und Zweifel keimten in ihr auf. Sternenbestien? Sternenseelen?

Er fing ihren Blick auf. »Du glaubst mir nicht.«

»Doch, schon ...«, stammelte Lilly.

Er blieb stehen und stellte sich dicht vor sie. »Sei ehrlich. Ich erwarte nicht von dir, dass du mir das alles auf Anhieb abkaufst. Aber du hast Samuels Tod miterlebt, du hast uns kämpfen sehen.« Er hob seine Hand ins Mondlicht, sodass der glitzernde Staub funkelnd in die Luft stieg. »Hältst du das für menschlich?« Dann nahm er einen Ast und rammte sich die Spitze in den Unterarm.

Lilly schrie auf, als Blut hervorspritzte. »Bist du verrückt?« Sie holte ein Taschentuch aus ihrer Hose.

»Sieh hin«, forderte er sie auf. »Es heilt.«

Tatsächlich! Die Wunde schloss sich innerhalb weniger Augenblicke, bis die Haut so ebenmäßig war wie zuvor. »Dafür hat die Wissenschaft noch keine Erklärung. Vielleicht wird es sie irgendwann geben, aber im Moment musst du es einfach hinnehmen.«

Sie nickte stumm.

Er strich ihr sanft eine Strähne aus dem Gesicht und nahm ihr das Taschentuch ab, um das geronnene Blut abzuwischen. »Schlaf darüber. Morgen wird es schon leichter sein.«

Er führte sie weiter. Der Weg wurde schmaler, sodass sie dicht hinter ihm laufen musste. Immer wieder hielt er an, um Äste und Dornenranken zur Seite zu schieben, damit sie ungehindert passieren konnte. Das Mondlicht und der schimmernde Nebel, der Raphael umgab, genügten, um den Pfad einigermaßen erkennen zu können. Trotzdem war sie erleichtert, als sie auf den breiten Wanderweg kamen. Jetzt, da sie sich nicht mehr so auf jeden Schritt konzentrieren musste, kehrte die Müdigkeit mit voller Wucht zurück. »Warte«, bat sie ihn. »Ich brauche eine kurze Pause.«

Er sah sie besorgt an. »Du musst ins Bett. Ich trage dich.«

»Nein«, wehrte Lilly ab, doch er ignorierte ihren Widerspruch, fasste sie um die Taille und unter den Kniekehlen und hob sie hoch, als wäre sie leicht wie eine Feder. Erst wusste sie nicht, wohin mit ihren Händen. Zu fremd war es ihr, so dicht an einen halb nackten Jungen gedrückt zu sein. Nach kurzem Zögern schlang sie die Arme um seinen Hals, spürte seine warme Haut unter ihren Fingern und lehnte ihren Kopf erschöpft gegen seine Brust.

Nun, da er keine Rücksicht mehr auf sie nehmen musste, ging Raphael deutlich schneller. Mit weit ausholenden Schritten eilte er durch den Wald, wobei er jede Erschütterung ausglich, sodass sie sich in seinen Armen vollkommen geborgen fühlte. Sie schloss die Augen und döste vor sich hin. Im Traum ließ sie ihre Hand seine Brust hinuntergleiten, fuhr die Linien seiner Muskeln nach und sah erfreut, wie sich unter ihren Berührungen seine feinen Härchen aufstellten. Sanft hauchte sie ihm einen Kuss auf das Brustbein.

»Lilly«, seufzte er. »So kann ich mich nicht auf den Weg konzentrieren.«

Sie kicherte. Dann wurde ihr mit Entsetzen bewusst, dass sie offensichtlich wach war und ihre kühnen Taten kein Traumgespinst. Hastig legte sie ihre Arme wieder um seinen Hals und schmiegte sich eng an ihn.

Schließlich traten sie aus dem Wald und standen nicht weit von ihrem Haus entfernt. Er brachte sie bis zum Gartentor, wo er sie im Schatten eines Baums absetzte. »Bevor ich dich gehen lasse, musst du mir eines versprechen«, sagte Raphael. »Geh nie wieder allein in den Wald, vor allem nicht nachts. Es ist viel zu gefährlich, solange die Sternenbestie lebt.«

»Du wirst ihm aber weiterhin nichts tun?«

»Hast du es immer noch nicht verstanden? Dein Stiefbruder lebt nicht mehr, nichts ist von ihm übrig.«

»Ich habe mit ihm geredet«, beharrte Lilly. »Samuel existiert noch, und ich werde einen Weg finden.«

Er seufzte. »Du bist so stur.«

»Das sollte dich nicht überraschen.«

»Nein«, lachte er. »Ich liebe es.«

Lillys Herz machte einen kleinen Sprung. Es war zwar kein richtiges Liebesgeständnis, doch nicht weit davon entfernt. Für einen Moment herrschte betretenes Schweigen, dann legte Raphael seinen Arm um ihre Taille und küsste sie. Zuerst sehr sanft, um langsam fordernder zu werden, während seine Hände ihren Rücken und Nacken zärtlich liebkosten. Seine Zunge fuhr spielerisch zwischen ihre Lippen. Bereitwillig öffnete sie sich ihm, und ihre Zungen trafen sich in einem sinnlichen Spiel, das in Lilly ein Feuer entfachte. Sie presste sich an ihn, ließ ihre Finger seine Halsbeuge, seine breiten Schultern und seine schmalen Hüften erkunden. Schließlich packte er ihre Hände, legte sie um seinen Hals und glitt mit seinen Fingerspitzen ihren Arm entlang bis zur Taille. Ein Schauer lief ihr den Rücken hinunter, und als seine Finger seitlich an ihren Brüsten vorbeistrichen, stöhnte sie auf. Nach einer kleinen Ewigkeit lösten sie sich schwer atmend voneinander.

»Was machst du nur mit mir?«, murmelte er.

Sie lachte. »Dasselbe könnte ich dich fragen.«

Liebevoll strich er über ihre Wange und hauchte einen Kuss auf ihre Lippen. »Auch wenn mir der Gedanke nicht gefällt, dass du zu Samuel zurückkehrst, solltest du nun wirklich gehen.«

Lilly lehnte ihren Kopf an seine Brust. »Er wird mir nichts tun. Er weiß, dass ich als Einziges zwischen euch und ihm stehe.«

Raphael packte sie an den Schultern und schob sie ein Stück von sich. »Sei dir dessen nicht zu sicher. Bald wird er uns nicht mehr fürchten, dann kann er dich töten.«

»Bis dahin werde ich eine Lösung gefunden haben.« Sie versuchte, zuversichtlich zu klingen, aber das Zittern in ihrer Stimme verriet sie.

»Zu gerne würde ich das glauben.« Er gab ihr einen flüchtigen Kuss auf die Stirn. »Ich komme morgen Nacht wieder.«

»Ich freue mich darauf«, antwortete Lilly.

»Ich mich auch. Während des Tages werde ich allerdings weiterhin nicht sehr freundlich zu dir sein. Ich möchte nicht, dass Samuel erkennt, wie viel du mir bedeutest. Er könnte es ausnutzen.«

Sie schluckte. Das würde hart werden.

Dann wandte er sich ab und ging in den Wald zurück. Nur das Schimmern des Sternenstaubs in der Luft erinnerte noch für einige Momente an seine Anwesenheit.

Seufzend fuhr sie sich mit ihren Fingern über die Lippen. Sie vermisste ihn schon jetzt.

41

Am nächsten Morgen war Lilly so müde, dass sie das Klingeln des Weckers überhörte und erst aufwachte, als Moni gegen ihre Tür klopfte. Sie drückte ihrer Mutter einen Kuss auf die Wange und ging leise summend unter die Dusche, wo sie sich abwechselnd heiß und kalt abspülte, um ihre Lebensgeister zu wecken. Am liebsten hätte sie den Tag verschlafen, nur damit es möglichst bald Nacht würde und sie Raphael wiedersehen konnte.

Dieses Mal konnte auch dessen gleichgültiges Verhalten ihr gegenüber – immerhin war er nicht unfreundlich – ihre Laune nicht trüben, obwohl Calista sie hämisch angrinste. »Ich wäre ja stinksauer, wenn das Interesse eines Typen an mir so schnell erlischt.«

Lilly tat den Kommentar mit einem Schulterzucken ab. Sollte die Zicke denken, was sie wollte. Ihre gute Stimmung bekam erst einen Dämpfer, als sie in der Pause zu Madame Favelkap gerufen wurde. Die Rektorin lief in ihrem Zimmer ungeduldig auf und ab. Ihre kaum sichtbaren Augenbrauen zogen sich zusammen und verliehen ihr ein dämonisches Aussehen, als Lilly ihr Büro betrat. »Schließen Sie die Tür und setzen Sie sich.«

Sie schloss zwar die alte Tür aus Kirschholz, die auf Hochglanz poliert worden war, blieb aber vor dem Stuhl, auf den die Rektorin gewiesen hatte, stehen.

»Ich sagte: Setzen Sie sich.«

»Ich stehe lieber.« Furchtlos erwiderte sie ihren Blick. Sie lebte mit einer Sternenbestie unter einem Dach. Wieso sollte sie da noch einen Menschen fürchten. Dann erinnerte sie sich an die seltsamen schwarzen Schemen, die sich unter Madame Favelkaps Haut wanden. Sie sollte Raphael danach fragen.

»Hatte ich mich nicht klar ausgedrückt?«

Lilly verschränkte die Arme vor der Brust. »Sie waren sehr eindeutig«, antwortete sie bitter.

»Offensichtlich nicht.« Die Rektorin hielt in ihrer Wanderung inne und stellte sich hinter ihren überladenen Schreibtisch. »Oder wie erklären Sie, dass Sie vergangene Nacht bei der alten Greutel-Ruine aufgetaucht sind?«

»Können Sie mich tatsächlich nicht verstehen? Haben Sie denn keine Gefühle? Es geht hier um meinen Stiefbruder!«

Madame Favelkap trommelte mit ihrem Finger ungeduldig auf der Lehne ihres Bürostuhls. »Na, na, echauffieren Sie sich nicht so. Das verbessert Ihre Situation nicht. Sie wissen zu viel.«

»Sie doch auch«, begehrte Lilly auf. »Wieso glauben alle, dass ich nichts Besseres zu tun habe, als die Geheimnisse anderer Leute auszuplaudern? Was für ein Unterschied besteht zwischen uns?«

Sie zog spöttisch eine Augenbraue hoch. »Haben sie Ihnen noch nicht jedes Detail verraten? Ich bin eine Sternenhüterin und habe geschworen, die Sternenseelen mit meinem Leben zu schützen.«

»So etwas gibt es?« Lilly starrte sie verdattert an. Da taten sich ungeahnte Möglichkeiten auf. »Wie wird man zu einer Hüterin?«, fragte sie begierig. Vielleicht stieß sie auf diese Weise auf jemanden, der ihr helfen konnte.

»Glauben Sie ernsthaft, dass ich Ihre Fragen beantworten werde?«

»Bitte«, flüsterte sie. »Ich will doch nur, dass Samuel nichts geschieht.«

Die Rektorin sah sie streng an, bis ihre Züge weicher wurden. Sie seufzte und setzte sich in ihren Sessel. »Nehmen Sie bitte Platz.«

Dieses Mal entsprach Lilly ihrem Wunsch, wobei sie Madame Favelkap skeptisch ansah. Der plötzliche Stimmungswechsel irritierte sie.

»Sie erinnern mich stark an mich selbst in jungen Jahren.« Sie goss sich aus einer silbernen Thermoskanne Tee ein. »Ich würde Ihnen auch eine Tasse anbieten, aber er würde Ihnen nicht bekommen.«

»Ich bin ohnehin kein großer Teetrinker.«

»Sie wissen von den Sternenbestien und Sternenseelen?«

Lilly nickte gespannt. Welche Enthüllung würde nun folgen?

»Der Bund der Sternenhüter wurde vor Jahrhunderten von Centaurus gegründet, um die Sternenseelen in ihrem Kampf zu unterstützen.«

Lilly stutzte. »Ist Centaurus nicht eine Galaxie und kein Stern?«

Madame Favelkap sah sie überrascht an. »Sie haben gute Kenntnisse in Astronomie. Ja, in seltenen Fällen erwählt eine Galaxie einen Menschen – für gewöhnlich sind sie besonders mächtig, aber auch fremdartig.«

»Das sind Millionen Lichtjahre«, hauchte sie überwältigt.

»Angeblich lebten einige seit mehr als dreitausend Jahren auf der Erde. Wir werden es nie erfahren. Fast alle wurden von den Bestien vernichtet. Centaurus starb 1788.«

»Warum erzählen Sie mir das?«, fragte Lilly mit einem Mal misstrauisch. Sie wusste nicht, welche Rolle die Rektorin bei der ganzen Angelegenheit spielte. War sie tatsächlich eine von den Guten? Die seltsamen schwarzen Schemen wanden sich weiterhin unter ihrer Haut, verliehen ihr ein gruseliges Äußeres. »Bisher haben Sie versucht, mich von allem auszuschließen.«

»Eine wichtige Lektion, die man als Sternenhüterin lernt, ist, zu erkennen, wann man eine Niederlage einstecken muss. Ich konnte Sie nicht von meinen Schützlingen fernhalten. Nun will ich, dass Sie das Ausmaß der Gefahr begreifen, damit Sie uns nicht mehr im Weg stehen. Aber zurück zu den Sternenhütern. Die Sternenbestien kommen in Wellen auf die Erde. In manchen Jahrhunderten ist es ruhig, dann wieder tauchen sie zu Hunderten auf und bedrohen die Menschheit. Als der Bund gegründet wurde, waren die Sternenseelen in schwerer Bedrängnis. Es gab zu wenige von ihnen, und die Sternenbestien machten am Tag, wenn sie wehrlos sind, Jagd auf sie. Centaurus entschied, dass sie nur eine Chance hatten: Sie mussten einige Menschen einweihen und um Hilfe bitten.«

»Bedeutet das, dass jeder Mensch zum Hüter werden kann? Ich auch?« Lilly hielt einen Moment inne. Diese Idee klang in ihren Ohren fantastisch. Auf diese Weise könnte sie viel Zeit mit Raphael verbringen, würde seine Lebensweise besser kennen lernen, und sie könnte sich als vertrauenswürdig erweisen. Aber Madame Favelkap sah das offensichtlich nicht so.

»Auch wenn Sie nicht vermögen, das zu erkennen, verhalten Sie sich wie ein egoistisches, kleines Mädchen, das seine heile Welt nicht zerbrochen sehen will. Eine Sternenhüterin muss darüber hinaussehen, die Zusammenhänge erkennen und ihr eigenes Glück hintanstellen.«

»Sie nennen es selbstsüchtig, dass ich jemanden retten will?«

»Haben Sie sich je gefragt, warum Sie das tun?«, fuhr die Rektorin sie an. »Aus reinem Mitgefühl? Mit einem toten

Wesen, besessen vom Bösen? Oder wollten Sie nicht mit ansehen, wie Ihre Mutter und ihr Mann leiden und die heimische Idylle zerbricht? Dabei nehmen Sie keine Rücksicht darauf, dass andere Menschen, ja sogar die Sternenseelen deswegen sterben könnten.« Sie holte tief Luft und beruhigte sich. Die folgenden Worte sagte sie mit Bedacht. »Eine Sternenhüterin darf nur ein Ziel kennen: das Wohl der ihr anvertrauten Sternenseelen und der Menschheit.«

Zuerst wollte Lilly gegen diese Anschuldigungen aufbegehren, aber dann kamen Zweifel in ihr auf. War sie tatsächlich egoistisch? Wo zog man die Grenze? Enthielt Trauer um den Verlust eines geliebten Menschen nicht immer auch einen Funken Selbstsucht? Kaum jemand empfand etwas, wenn er hörte, dass ein Verwandter von einem Freund gestorben war – höchstens Mitleid mit den Hinterbliebenen. Wie ließ sich das anders erklären als mit Egoismus? Selbst Lilly musste sich eingestehen, dass sie selten daran dachte, was ihr Vater verpasst hatte, sondern ihn meistens dann vermisste, wenn sie ihn brauchte. Wurde sie also in der Tat von Selbstsucht angetrieben?

»Und was ist mit Ihnen? Sie schieben Ihre Menschlichkeit beiseite, schreiben das Leben eines Jungen ab, ohne zu versuchen, ihm zu helfen.«

»Können Sie es denn? Glauben Sie, Sie könnten eine Lösung finden? Nachdem der Krieg seit Jahrtausenden, vielleicht schon Äonen tobt?«

»Wurde denn jemals nach einer Art Heilmittel gesucht, oder waren alle nur zu sehr mit Hass und Tod beschäftigt?«

Die schwarzen Schemen unter der Haut der Rektorin gerieten in Aufruhr. »Die Sternenseelen zeigen kein Interesse daran. Sie sind wie Katzen beim Anblick einer vorbeihuschenden Maus – sie sind besessen von dem Wunsch, die Sternenbestien zu vernichten, aber die Sternenhüter haben lange Zeit nach Alternativen gesucht. Keiner von uns sieht das Blutvergießen als erstrebenswert an.«

Die Hoffnung, die Lilly gehegt hatte, zersplitterte. Musste sie sich tatsächlich an Ansgar wenden, um eine Lösung zu finden? An eine Sternenbestie? Beim Gedanken an ihn zog sich alles in ihr vor Schuldbewusstsein zusammen. Würde Raphael ihr verzeihen, falls er jemals erfuhr, dass sie es vor ihm verheimlicht hatte? Könnte sie sich selbst vergeben, wenn einem Menschen Schaden zugefügt würde? »Leben wir erneut in Zeiten, in denen die Anzahl der Bestien zunimmt?«

Madame Favelkap nickte ernst. »Die Berichte, die wir erhalten, deuten es an. Es werden jedes Jahr mehr. Deshalb ist es so wichtig, sie zu töten, bevor sie an Macht gewinnen. Mit jedem Tag werden sie stärker und mächtiger.«

Lilly zögerte einen Moment. Wie offen durfte sie der Rektorin gegenüber sein? »Hat Raphael Ihnen gesagt, dass ich mit dem wahren Samuel gesprochen habe, dass er noch immer existiert?«

»Nein.« Sie schüttelte den Kopf. »Ich gehe davon aus, dass er Ihnen nicht geglaubt hat.«

Lilly nickte.

»Das überrascht mich nicht. Wenn es um die Bestien geht, werden sie von ihren Emotionen beherrscht. Deshalb sind wir Sternenhüter so wichtig. Wir kümmern uns darum, dass sie nicht leichtfertig handeln, helfen ihnen dabei, den Tag, ohne zu große Aufmerksamkeit zu erregen, zu überstehen.«

»Für Sie scheint das keine Neuigkeit zu sein.«

Die Rektorin holte einen Schlüssel unter ihrer Bluse hervor und öffnete eine Schublade, aus der sie eine Mappe nahm. Sie zog einige Papiere heraus und reichte Lilly ein altes, gelb angelaufenes Foto, das einen Mann mit dunklem Haar, wettergegerbtem Gesicht und Schnurrbart darstellte. »Das war Anton. Im Jahr 1947 wurde er von einer Sternenbestie übernommen. Er bedrohte seine Verlobte, doch sie war so naiv, weiter an die Liebe zu glauben, und blieb bei ihm. Vor allem, da er ab und an helle Momente hatte, in denen er von einem bösartigen Wesen sprach, das ihn beherrschte.«

»Wie bei Samuel«, hauchte Lilly.

»Dann eines Tages griff er sie an, sperrte sie in den Keller und missbrauchte sie für entsetzliche Experimente. Erst Tage später – die Nachwehen des Krieges erschwerten es, die Bestien aufzuspüren – kamen die Sternenseelen und töteten Anton vor den Augen seiner Verlobten.«

Wie schrecklich, dachte Lilly. Dann sah sie die Tränen in den Augen der Rektorin schimmern und begriff. »Sie waren die Verlobte.«

Madame Favelkap legte das Foto zurück in ihre Mappe. »Ich konnte ihn nicht retten, aber das hier«, sie deutete auf die schwarzen Schemen unter ihrer Haut, »erinnert mich jedes Mal, wenn ich in den Spiegel sehe, an ihn.«

»Was ist das?«

»Niemand weiß es – vielleicht ein Teil der Sternenbestie, das er auf mich übertragen hat. Für mich ist es ein Mahnmal an die Grausamkeit der Bestien.«

Lilly sank matt im Stuhl zurück. »Das bedeutet also, dass es keine Hoffnung gibt? Das ist nicht fair.«

Favelkap sah sie mit einem Anflug von Mitgefühl an. »Kind, das Leben ist nie fair. Sie müssen erwachsen werden.«

»Ich muss nachdenken.« Sie stand auf. »Darf ich gehen?«

»Ich schreibe dir eine Entschuldigung für diese Unterrichtsstunde.« Sie kritzelte ein paar Worte auf einen Zettel. »Es ist schwer, ich verstehe es, aber manchmal müssen wir schlimme Dinge zulassen, damit sich alles zum Besten wendet.«

42

Gedankenverloren ging sie in der Mittagspause zu Amy und Michelle, die sich mal wieder über die Stargazer unterhielten. Es fiel ihr nicht leicht, die Existenz von Sternenseelen und -bestien zu akzeptieren, doch vorerst musste sie sich mit den Informationen, die sie erhalten hatte, begnügen. Sie fand einfach keine andere logische Erklärung für die Vorgänge. Doch was sollte sie wegen Ansgar unternehmen? Ihre Kehle schnürte sich bei der Vorstellung, sich mit ihm zu treffen, zu, aber durfte sie sein Angebot ausschlagen? Wenn jemand wusste, wie man die Sternenbestie aus Samuels Körper vertrieb, dann wohl einer seiner Artgenossen. Lilly gab sich allerdings nicht der Illusion hin, dass er ihr aus Nächstenliebe helfen würde, und das jagte ihr schreckliche Angst ein. Was wäre der Preis? Oder war das Treffen eine Falle? Zu ihrer Sicherheit hatte sie Pfefferspray und ein Messer mitgenommen, nur fürchtete sie, auch damit kaum eine Chance zu haben.

Bevor sie sich setzen konnte, kam Evann vorbei und fragte sie leise, ob sie einen Moment Zeit für ihn hätte. Sein Haar sah noch krauser aus als sonst, als hätte er die letzte Stunde damit zugebracht, es zu raufen. Sie folgte ihm zu einer ruhigen Ecke, wo sie sich unter vier Augen unterhalten konnten. »Was gibt's?«

»In drei Tagen ist das Dorffest. Möchtest du mit mir dahin gehen?«

Lilly erinnerte sich daran, bei ihrer Ankunft im Dorf ein entsprechendes Schild gesehen zu haben. Aber was sollte sie ihm nun antworten? »Ich weiß nicht … Dorffeste sind nicht so mein Fall.«

»Ist es wegen Raphael?«, fragte Evann. »Er behandelt dich doch total mies.«

Das hatte Lilly nicht bedacht. Es musste einen merkwürdigen Eindruck hinterlassen, wenn sie und Raphael sich tagsüber wie Fremde benahmen und nachts ihre Finger nicht voneinander lassen konnten. »Wie ich schon sagte. Ich werde vermutlich gar nicht hingehen.« Evann versuchte, seine Enttäuschung zu verbergen, aber es gelang ihm schlecht. Sie legte ihm eine Hand auf die Schulter. »Es ist wirklich lieb von dir, dass du dich um mich kümmerst, aber dank dir habe ich bereits Freunde gefunden. Du kannst also ruhig Natalia fragen. Ich weiß, sie steht auf dich.« Sie hoffte, dass an dem Gerücht, das Michelle nur zu gern weiterverbreitet hatte, etwas dran war.

Er sah sie hoffnungsvoll an. »Meinst du?«

»Klar, frag sie einfach.« Sie klopfte ihm aufmunternd auf die Schulter. Die beiden wären ein hübsches Paar. Natalia trug zwar eine Brille mit dicken Gläsern, aber dahinter funkelten ihre Augen in einem atemberaubenden Grün, und im Gegensatz zu einem großen Teil der anderen Schüler wirkte sie nicht im Geringsten eingebildet oder übermäßig verwöhnt.

In der Hoffnung, eine gute Tat vollbracht zu haben, ging sie zu ihrem Tisch, an dem eine auffällig blasse Amy und Michelle sie neugierig anstarrten.

»Was wollte er denn?«, fragte die Rothaarige und rückte das weiße Band mit roten Punkten in ihren Haaren, das sie noch viel mehr wie eine moderne Version von Marilyn Monroe aussehen ließ, zurecht. Für guten Klatsch vergaß sie sogar die angespannte Stimmung, die zwischen ihnen herrschte, seit Samuel sie anbaggerte.

»Mit mir zu diesem Dorffest gehen. Ich habe ihm gesagt, er soll Natalia fragen.«

»Wirklich?« Amy strahlte. »Sie ist total süß. Ich muss sie unbedingt davon überzeugen, an dem Abend Kontaktlinsen zu tragen. Bei den Augen wird er ihr nicht widerstehen können.« Sie seufzte. »Mich hat noch niemand gefragt.«

»Jungs sind immer schüchtern, wenn es um Mädchen geht, die sie mögen. Aber es ist eine wahre Schande, dass du auf Felias stehst. Ich hatte gehofft, du würdest aus Lillys Fehlern lernen«, sagte Michelle spitz. »Sie läuft diesem Raphael wie ein kleines Hündchen hinterher und bettelt förmlich um Prügel.«

Lilly zuckte innerlich zusammen, ließ sich aber nach außen hin nichts anmerken. Es tat ihr weh, dass Samuel ihr Verhältnis zu Michelle belastete. Sie mochte das Mädchen und hoffte, dass ihre Freundschaft die momentane Krise überstehen würde.

»Nicht alle stehen darauf, an jedem Finger einen Jungen zu haben«, konterte Amy.

»Autsch, das hat gesessen. Ich habe eben lieber zu viel Unterhaltung als gar keine. Was ist daran falsch, sich zu vergnügen? Wir sind jung!«

Amy rollte genervt mit den Augen, dann beugte sie sich vor und senkte die Stimme zu kaum mehr als einem Flüstern. »Wir haben einen Dieb an der Schule.«

»Ich dachte, das wäre nur ein Gerücht?« Michelles Augen funkelten vor Begeisterung. Gute Klatschgeschichten ließen sie jeden Ärger in Sekundenschnelle vergessen.

»Anscheinend stiehlt jemand Geld und Schmuck.«

»Hier sind doch alle stinkreich. Das ergibt doch keinen Sinn.«

»Nicht alle«, erwiderte Amy verlegen.

Lillys Augen weiteten sich. »Du glaubst doch nicht ernsthaft, dass ich etwas damit zu tun habe.«

»Natürlich nicht!«, rief Amy. »Aber es gibt hier so viele Angestellte und andere Schüler mit Stipendien.«

Wie aufs Stichwort trat Samuel an ihren Tisch und setzte sich neben Michelle. Lilly runzelte die Stirn. Nicht schon wieder!

»Magst du mit mir auf das Dorffest gehen?«, fragte Samuel die Rothaarige und strich dabei wie zufällig über ihre Hand.

Bevor sie antworten konnte, nahm sich Felias einen Stuhl vom Nachbartisch und setzte sich ebenfalls zu ihnen.

Nun, da sie darauf achtete, fiel Lilly auf, dass er im Gegensatz zu Raphael tatsächlich am Tag nicht ganz so tot wirkte. Der Wandel von Mensch zur Sternenseele bereitete ihm offensichtlich nicht so viele Probleme.

»Lilly, Amy, ich hoffe, ich breche euch jetzt nicht eure entzückenden Herzen, aber auch ich möchte die holde Michelle bitten, mich zum Fest zu begleiten.«

Amy kicherte. »Du fragst ausgerechnet das Mädchen, das dir eine Abfuhr nach der anderen erteilt?«

Auch Lilly überraschte dieser Zug. Wollte er Michelle gleichfalls schützen? Hatte er sich das im Morgengrauen eingeprägt? Sorgte er sich doch um andere?

Samuel legte besitzergreifend einen Arm um Michelles Schulter. »Sie wird natürlich mit mir gehen, nicht wahr? Ich habe schließlich zuerst gefragt.«

Michelle schüttelte ihn ab. »Ich bin kein Gewinn in einem Wettrennen.« Auch wenn ihre Worte entrüstet klangen, konnte Lilly erkennen, dass ihr die Aufmerksamkeit gefiel.

»Da siehst du es, Samuel«, sagte Felias. »Du hast keine Ahnung, was eine solch entzückende Lady begehrt.«

»Und du noch viel weniger«, fauchte Michelle ihn an.

»Tut mir leid«, murmelte er. »Ich finde nur, dass du etwas Besseres verdient hast als den Sohn eines Aushilfslehrers.«

»Lasst es doch gut sein, Jungs«, versuchte Amy, die Situation zu entschärfen.

»Wenn ihr so weitermacht, gehe ich mit keinem von euch hin«, stellte Michelle fest. Anscheinend wurde ihr das Gebaren der beiden Jungs nun auch unheimlich. Ein wenig Aufmerksamkeit war ja in Ordnung, aber nicht so ein Theater.

Samuel wollte nach der Hand der Rothaarigen greifen, doch Felias war schneller und schob sie zur Seite. »Du hast die Lady gehört. Es ist an der Zeit für uns, sich zurückzuziehen.«

»Kannst du auch normal reden? Du klingst wie aus einem vergangenen Jahrhundert.« Samuel kniff seine Augen zu schmalen Schlitzen zusammen, während das Schwarz erneut aus seinen Pupillen auslief.

Lilly sog scharf die Luft ein. Was hatte er vor? Fiel denn sonst niemandem auf, wie sehr er sich verändert hatte? Sie sah sich um, aber auf den meisten Gesichtern, auch auf denen der Schüler an den Nachbartischen, die sich neugierig umgedreht hatten, war nur Neid zu sehen, zumindest bei den Mädchen, die Jungs schienen eher auf eine Prügelei zu hoffen.

War die Zeit abgelaufen?, fragte sie sich. Entweder fürchtete Samuel nicht länger, entdeckt zu werden, oder er verlor die Beherrschung. Beides zerrte an ihren Nerven und ließ den Tag in einem bedrohlichen Licht erscheinen. Sie musste mit Ansgar sprechen, um seine Pläne herauszufinden. Sie gab sich keiner großen Hoffnung hin – falls er ihr nicht helfen konnte, würde sie Samuel aufgeben müssen. Sie senkte den Kopf, damit die anderen die Tränen in ihren Augen nicht schimmern sahen. Sie würde ihrem süßen Stiefbruder seinen letzten Wunsch erfüllen und ihn erlösen. Ihre Finger verkrampften sich. Sie fühlte sich, als würde ihre Seele zersplittern.

»Ich kann schon, aber eine gewählte Sprache zeugt nun mal von Kultur und Respekt«, konterte Felias.

Samuel ballte seine Hände zu Fäusten. Lilly befürchtete, dass er sich ungeachtet der Zuschauer auf Felias stürzen würde. Besaß dieser seine besonderen Fähigkeiten auch am Tag? Vermutlich nicht, ansonsten wäre es für sie unmöglich, sich als normale Menschen auszugeben. Ihr wurde bewusst, wie gefährdet die Sternenseelen waren, und ihr Herz zog sich in Angst um Raphael zusammen. Hatte Madame Favelkap womöglich Recht? Riskierte sie zu viel, indem sie ihren Stiefbruder schützte? In ihrem Kopf begann eine imaginäre Uhr zu ticken. Sie wusste: Ihr blieb kaum noch Zeit.

Zu ihrer Erleichterung entspannte sich Samuel und schlug Felias grinsend auf die Schulter. »Mir soll es recht sein. Wir müssen ohnehin in den Unterricht.«

In diesem Moment läutete die Schulglocke, und um sie herum brach das übliche Chaos aus.

43

Das kurze Gespräch mit Ansgar lag für Lilly bereits eine gefühlte Ewigkeit zurück. Nun, da sie allerdings wusste, was es mit den Sternenseelen und Samuel auf sich hatte, wandelten sich ihre anfänglichen Zweifel nach und nach in Entschlossenheit, sich mit ihm zu treffen. Wenn jemand wusste, wie man jemanden von einer Sternenbestie befreite, dann wohl eine dieser Kreaturen.

Während sie in den Keller hinabstieg, tastete sie nach dem Messer, das sie in der Tasche ihres Mantels verbarg. Hätte sie den Mut, ihm notfalls die Klinge in den Leib zu rammen? Auch Ansgar war einst ein harmloser Junge gewesen, ebenso wie Samuel.

Ohne anzuklopfen, betrat sie den Raum 23. Selbst die Putzkolonnen, die das Schloss sonst so sauber hielten, kamen offenbar nur selten hier vorbei. In den Ecken hingen Spinnweben, und auf dem Boden lagen tote Fliegen, die sich in dem unterirdischen Labyrinth verirrt hatten.

Sie sah sich in dem Zimmer um. Es schien bis vor Kurzem als Abstellkammer gedient zu haben, aber jemand hatte einen Teil freigeräumt und dort einen breiten Tisch aufgebaut, auf dem sich mehrere Bücher stapelten. Ansgar legte bei ihrem Eintreten eines davon zurück und drehte sich in betonter Lässigkeit um. Eine boshafte Zufriedenheit lag in seinen Zügen, die sie erschaudern ließ. »Was willst du von mir?«, fragte sie ihn scharf.

Er grinste anzüglich, trat einen Schritt auf sie zu, woraufhin sie unwillkürlich zurückwich. Sein Grinsen wurde noch breiter. »Ich mag es, wenn Mädchen ohne Umschweife zur Sache kommen.«

Sie legte die Hand auf die Klinke, gab vor, zu überlegen, einfach wieder zu gehen. »Ich habe keine Geduld für deine Spielchen.«

Er lachte. »Wie ich sagte: Ich kann dir verraten, wie du Samuel retten kannst.«

»Und das soll ich dir glauben?« Sie ging zum Tisch hinüber, blätterte in den Büchern. Sie waren in kyrillischer Schrift verfasst, sodass Lilly sie nicht entziffern konnte, aber die Abbildungen stellten grausame Experimente an Menschen und Tieren dar. Ihr lief ein Schauer den Rücken hinunter.

»Natürlich würde ich eine Gegenleistung von dir verlangen.«

»Selbstverständlich«, antwortete sie trocken. »Und vermutlich soll ich dir einfach vertrauen und darauf bauen, dass du mir anschließend hilfst.«

Er beugte sich zu ihr vor, sodass sie seinen Atem heiß über ihren Nacken streichen spürte. »Du wirst mir helfen, weil du weißt, was ich bin.«

Sie blieb stehen, auch wenn seine Nähe sie verunsicherte. Ansgar gegenüber durfte sie keine Schwäche zeigen. »Aus genau diesem Grund liegt mir nichts ferner, als dir zu helfen.«

»Und wenn ich dafür niemanden töte und auch deine geliebten Sternenseelen in Ruhe lasse?«

Lilly sah ihn an, versuchte, in seinem Gesicht zu lesen, aber es war von vollkommener Ausdruckslosigkeit beherrscht. Nur seine Augen musterten sie mit einer Intensität, die ihr für einen Moment den Atem raubte. »Warum solltest du etwas Derartiges tun?«

»Weil du für mich momentan interessanter bist. Einer der wenigen Menschen, die von uns wissen. Ein Mädchen, das mich freiwillig unterstützen wird. Eine seltene Gelegenheit.«

»Und warum sollte ich dir vertrauen?«

»Hast du eine andere Wahl? Ich kann dich, alle deine Freunde, deine Familie jederzeit töten. Du kannst mich nicht aufhalten.«

Lilly sah sich weiter im Raum um. Entdeckte eine Tasche mit Sezierbesteck, Reagenzgläser und ein Mikroskop. »Ich muss nur den Sternenseelen von dir erzählen.«

»Und wie viele von ihnen würde ich mit in den Tod reißen? Willst du wirklich das einzige Wesen vernichten, das dir helfen könnte, deinen Bruder zu retten?«

»Stiefbruder. Nicht mal das.« Sie seufzte. Sollte sie sich auf den Handel einlassen? Aber hatte sie eine Wahl? Wenn es eine Möglichkeit gab, die Menschen, die sie liebte, zu schützen, musste sie es da nicht tun? Und wenn sie Raphael von dem Treffen berichtete? Sollten die Sternenseelen doch Ansgar fangen und die Wahrheit aus ihm herauspressen. Besser als einer Bestie zu vertrauen. »Ich muss dich enttäuschen«, zischte sie. »Ich lasse mich auf keinen Handel mit dir ein.«

Das folgende Lachen ließ ihr Herz erzittern. Er war noch immer völlig entspannt, siegessicher und strahlte eine Überlegenheit aus, die sie beunruhigte. Sie ahnte, dass er ihr noch nicht alles gesagt hatte.

»Ich habe diese Antwort vorausgesehen und einen weiteren Anreiz für dich.« Er holte eine kleine Phiole aus einer hölzernen Schatulle. »Wundere dich nicht, falls Amy sich nicht so gut fühlt. Das liegt an dem Gift, das ich ihr die letzten Tage verabreicht habe. Sie wirkte heute etwas blass, findest du nicht auch?«

Lillys Augen weiteten sich, ihre Hände verkrampften sich in ihrem Mantel.

»Es ist deine Entscheidung, wie ich weiterhin mit ihr verfahre. In meinen Händen halte ich ein Gegengift, das ich ihr die nächsten Tage verabreichen werde, solltest du mir helfen. Ansonsten genügt eine weitere Dosis, um sie zu töten.«

»Was erwartest du von mir?«, fragte Lilly tonlos.

»Ich habe aufgrund einer großzügigen Spende diesen Raum für meine Studien zur Verfügung gestellt bekommen. Ich möchte ein paar Untersuchungen an dir durchführen.«

»Du wirst mich nicht aufschneiden!«, rief sie entsetzt und erinnerte sich zugleich an das, was Madame Favelkap ihr erzählt hatte. Sie wollte nicht so enden wie die Rektorin.

Ansgar lachte. »Daran hatte ich auch nicht gedacht. Mir schwebten eher einige Blutuntersuchungen und Gespräche vor.«

Durfte sie ihm vertrauen? Das klang alles viel zu harmlos. Doch sie wusste, dass sie zumindest für den Augenblick keine andere Wahl hatte. »Wenn ich einverstanden bin, gibst du Amy das Gegengift und verrätst mir in spätestens drei Tagen, wie ich Samuel retten kann.« Sie zitterte, als sie ihm die Hand reichte, um den Pakt zu besiegeln. Raphael würde ausrasten, sollte er je davon erfahren.

»Eine Woche.«

Sie nickte.

»Gut«, er lächelte zufrieden und ergriff ihre Hand. Seine Haut war kühl und weich. Er fühlte sich wie ein echter Mensch an.

»Dann setzen wir uns doch.« Er holte zwei alte Stühle, von denen die Farbe abblätterte, und stellte sie in die Mitte des Raumes.

Sie nahm ihm gegenüber Platz, blieb aber angespannt und jederzeit zur Flucht bereit. »Und nun?«

Er öffnete seine Instrumententasche und holte eine Spritze hervor. »Krempel deinen Ärmel hoch und gib mir deinen Arm.«

»Ist das dein Ernst?« Sie sah ihn ungläubig an.

»Willst du Amy und Samuel nun retten oder nicht?«, fuhr er sie ungeduldig an. »Ihr Menschen fürchtet den Tod so sehr, dass ihr nicht seht, was für ein Geschenk euch damit gemacht wurde.«

Sie zögerte noch kurz, dann zog sie ihren Mantel aus und rollte den Pullover hoch, bevor sie ihm ihren Arm reichte. »Wie meinst du das?«

Er antwortete nicht, sondern suchte wortlos nach einer Vene. Seine Finger glitten professionell über ihre Haut, doch in seinen Augen konnte sie zum ersten Mal so etwas wie Unsicherheit erkennen. Machte sie ihn etwa nervös?

Nachdem er ihr das Blut abgenommen hatte, strich sie wie zufällig über seinen Oberschenkel, als sie von ihm abrückte. Dieses Mal zuckte er leicht zusammen. Spielte er ihr nur etwas vor? Ein weiterer Schachzug in seinem Spiel?

»Warum tut ihr das?«, fragte sie, einer plötzlichen Eingebung folgend.

»Was?« Er gab einige Tropfen ihres Blutes auf einen Objektträger und stellte das Röhrchen in einen kleinen Kühlschrank, der in einer Ecke stand.

»Töten, Menschen quälen.«

»Wenn wir die Sternenseelen nicht vernichten, töten sie uns.«

»Dann ist es ihre Schuld?«

Ansgar lachte. »Das ist so einfach zu beantworten wie die Frage nach dem Huhn und dem Ei. Was war als Erstes da?«

»Wenn sie euch nicht angreifen, dann lasst ihr sie auch in Ruhe?« Ein schwacher Funken Hoffnung keimte in ihr auf.

»Das habe ich nicht gesagt. Der Krieg währt schon ewig, und nichts wird ihn je beenden können.«

»Aber warum?«

Da bröckelte schlagartig die Maske der Menschlichkeit, seine Augen färbten sich in tiefstem Schwarz, seine Stimme wurde tief und drohend. »Weil sie alles haben und wir nichts. Wir sind das Nichts.«

Die Aura der Bösartigkeit war so stark, dass Lilly unwillkürlich nach dem Messer in ihrem Mantel tastete. »Das verstehe ich nicht.«

Ebenso schnell, wie sein Zorn gekommen war, verflog er auch wieder, und vor ihr stand erneut der schmale Junge mit den dunklen Haaren. »Du stellst zu viele Fragen.«

Darauf antwortete sie nicht, und Ansgar machte einige Notizen in ein ledergebundenes Buch. Schließlich schloss er es und sah sie an. »Wir sterben niemals. Wenn unsere sterblichen Hüllen vernichtet werden, enden wir in der Kälte des Alls, verdammt, uns an jede Sekunde unseres vergangenen Lebens zu erinnern, bis wir wieder gepackt und auf irgendeine Welt geschleudert werden.«

»Ewiges Leben«, hauchte Lilly.

»Nein«, fuhr Ansgar sie an. »Ewige Verdammnis. Ihr Menschen fürchtet den Tod so sehr, dabei geht ihr ins Licht ein, dürft dort vergessen und verweilen. Alles Leid fällt von euch ab.«

»Dann wollt ihr sterben? Das ist alles?«

Er lachte. »Der Tod fasziniert uns. Deshalb töten neugeborene Sternenbestien, beobachten den Aufstieg der Seele, versuchen, den Vorgang zu ergründen. Wenn wir älter werden, verliert es wieder an Bedeutung.« Er deutete in den Raum. »Wir wenden uns ausgefeilteren Methoden zu.«

»Aber wenn ihr das den Sternenseelen erklärt, werden sie es verstehen«, sagte Lilly.

»Glaubst du das wirklich? Glaubst du, dass ein Gespräch all den Hass vernichten kann? Sie verehren die natürliche Ordnung – wir wollen sie durchbrechen.«

Sie stand auf und ging zu ihm, sah ihm tief in die Augen, um einen Funken Menschlichkeit in ihnen zu finden. Etwas, das ihre Hoffnung nähren könnte, doch da war nichts. Nur Kälte und ewige Verzweiflung. »Es muss einen Weg geben.«

Mit einem Mal verfinsterte sich Ansgars Miene. »Täusch dich nicht. Ich werde keine Sekunde zögern, dich oder deine Freunde zu töten. Ihr seid ohne Bedeutung.«

44

Am Ende des schrecklichen Tags wollte Lilly nur noch nach Hause, in ihr Bett fallen und die verbleibende Zeit bis zur Abenddämmerung verschlafen. Sie hatte Raphael nicht mehr gesehen und war froh darüber. Nachdem Ansgar sie für den Tag entlassen hatte, hätte sie es nicht auch noch ertragen, von ihm nicht beachtet zu werden. Da half ihr auch nicht das Wissen, dass es nicht seine Schuld war. Sie sehnte sich nach seinen Küssen, seiner tröstlichen Gegenwart, die sie das Chaos um sie herum für einige Momente vergessen ließ.

Doch ihre Mutter machte ihr einen Strich durch die Rechnung. Kaum betrat sie das Haus, rief sie sie zu sich. Am Klang ihrer Stimme erkannte Lilly, dass es kein angenehmes Gespräch werden würde. Sie ging in die Küche und nahm sich ein Glas Saft, während Moni Zwiebeln und Kräuter für eine Bolognese hackte.

»Wir müssen reden.«

»Hat das nicht bis morgen Zeit? Ich bin müde.«

»Nein, setz dich bitte.« Ihre Mutter gab die Zwiebeln in eine luftdicht verschließbare Box, wusch sich die Hände mit kaltem Wasser und legte dann ein Pad in ihre moderne Kaffeemaschine. »Ich mache dir einen Kaffee.«

Lilly nickte mit wenig Begeisterung. Sie vermisste ihre alte Maschine, die Vorfreude, die der Geruch von frisch aufgebrühtem Kaffee weckte, bevor man die erste Tasse trinken konnte. Ihr Vater hatte Kaffee geliebt, und sie hatte jeden Morgen bei ihm auf dem Schoß gesessen, während er sich den ersten Schluck gönnte. Diese neuen Geräte verdarben die ganze Vorfreude.

»Fühlst du dich hier nicht wohl?« Ein lautes Zischen ertönte, Dampf stieg auf, dann tröpfelte das braune Gebräu in die froschgrüne Tasse.

»Nein, alles in Ordnung«, antwortete sie. »Ich bin nur müde, habe schlecht geschlafen.«

»Du warst letzte Nacht nicht zuhause.«

»Oh ...« Lilly starrte sie entsetzt an. Das würde ein längeres Gespräch werden.

»Ich wollte gestern mit dir sprechen, und dein Zimmer war leer.«

»Ich konnte nicht schlafen und habe einen Spaziergang gemacht«, log sie und zuckte innerlich zusammen, als sie ihre Mutter erneut hinterging.

Moni seufzte, stellte den Kaffee vor Lilly und setzte sich ihr gegenüber an den Küchentisch. »Du weißt, ich freue mich darüber, dass du so schnell Anschluss gefunden hast. In Stuttgart ist es dir nicht so leichtgefallen, aber damit meine ich nicht, dass du nur noch weggehen sollst. Die Schule ist wichtig.«

»Da ist alles okay. Ich komme gut mit.«

»Wurdest du nicht zur Rektorin geschickt? Zwei Mal?«

Lilly starrte sie fassungslos an. »Wer behauptet das?«

»Samuel, er macht sich Sorgen um dich.«

Lilly nippte an ihrem Kaffee, um ihre nächste Antwort in Ruhe überlegen zu können. Verfluchte Bestie. Wenn er sie nicht töten konnte, wollte er ihr offensichtlich auf andere Weise das Leben schwer machen. »Die Rektorin wollte mit mir nur über das Tanzen sprechen, mit meinen Leistungen hatte es nichts zu tun.«

»Dann hatte er also Recht. Warum redest du nicht mehr mit mir? Ich habe auch gehört, dass du einen Freund hast.«

»Ich …« Sie wusste nicht, was sie sagen sollte. Der Riss, der in ihrer Beziehung klaffte, schmerzte sie. Frustriert ballte sie die Hände. Und das alles nur wegen Samuel! Nur allzu gern hätte sie ihrer Mutter alles anvertraut und darauf gehofft, dass sie ihr glaubte, aber sie hatte ein Versprechen gegeben, und sie wusste, dass sie es dieses Mal nicht brechen oder umgehen durfte. Mit einem Mal wurde ihr bewusst, wie schwer es sein konnte, ein Geheimnis zu hüten – und sie war für den Rest ihres Lebens dazu verpflichtet. Sie würde ihre Mutter von nun an immer anlügen müssen. »Du musst mir glauben, es ist alles in Ordnung«, versicherte sie. »Ich bin mir einfach noch nicht sicher, ob es mit dem Jungen etwas Ernsthaftes ist.«

»Ich bin nicht böse.« Moni sah sie traurig an. »Ich verstehe nur nicht, warum du dich mir nicht mehr anvertraust, was sich verändert hat. Ist es wegen Thomas? Hat er etwas getan, das dich verärgert hat? Ich spreche mit ihm.« Sie legte eine Hand auf Lillys Arm. »Bitte rede mit mir.«

Tränen traten ihr in die Augen. »Nein, Mom, Thomas ist toll. Mach dir keine Sorgen.« Sie versuchte sich an einem Lächeln, das ihr jedoch kläglich misslang. »Gib mir Zeit, mich hier einzufinden.«

Moni seufzte. »In Ordnung, aber ich würde diesen Jungen gerne kennen lernen.«

»Das wird schwierig, er hat sehr viel zu tun«, antwortete Lilly und tippte unruhig mit ihren Füßen auf dem Boden.

»Wenn er Zeit hat, sich mit dir zu treffen, wird er wohl auch die Mutter seiner Freundin besuchen können.«

Lilly stöhnte innerlich auf. Wie sollte sie ihr erklären, dass Raphael nur nachts kommen könnte? Sie würde ihn für einen Freak halten.

»Liegt es an meiner Beziehung zu Thomas?«, fragte Moni plötzlich. »Verletzt es dich, waren wir zu schnell?«

»Nein, Mom.« Lillys Herz zog sich zusammen, als sie die Trauer in Monis Stimme hörte. »Ich freue mich für dich. Es ist nur alles so neu, und ich wollte euch nicht stören.«

»Du störst mich nie.« Moni lächelte sie liebevoll an. »Aber unseren Mädchenabend geben wir nicht auf, oder?«

Lilly nickte, woraufhin ihre Mutter sie umarmte. »Leg dich hin, du siehst aus wie eine wandelnde Leiche.«

»Danke für das Kompliment«, lachte Lilly gekünstelt und stand dankbar auf. Das Ganze wurde immer komplizierter.

»Heute bleibst du zuhause und schläfst dich aus«, sagte Moni, nachdem Lilly ihre Tasse in die Spüle gestellt hatte. »Ich mache dir auch eine warme Milch mit Honig.«

»Gibst du mir Hausarrest?«, fragte sie scherzhaft, doch ihre Mutter meinte es offenbar ernst.

»So würde ich es nicht nennen, aber es ist eine dringende Bitte.«

»Also Hausarrest«, stellte Lilly trocken fest.

»Du lässt mir keine andere Wahl.«

Wortlos ging sie nach oben, doch bevor sie sich hinlegte, schaltete sie ihren Computer an und versuchte, Informationen über die Sternenseelen zu finden. Aber außer einigen alten Mythen fand sie keinerlei Hinweis. Schließlich fiel sie in ihr Bett, um wenigstens ein paar Stunden Schlaf zu bekommen, denn sie zog nicht in Erwägung, den Hausarrest zu befolgen. Allmählich machte es keinen Unterschied mehr, ob sie ihre Mutter auch in dieser Hinsicht hinterging. Beim Einschlafen überlegte sie zum ersten Mal ernsthaft, ob sie Samuel nicht den Sternenseelen überlassen sollte. Falls Ansgar ihr nicht half, und sie hatte Zweifel an seinen Absichten, würde ihr nichts anderes übrig bleiben. Sie wusste nur nicht, ob sie es jemals mit ihrem Gewissen vereinbaren könnte, ihren Stiefbruder, den sie als lieben, sanften Jungen kennen gelernt hatte, einfach so aufzugeben. Und welche Auswirkungen würde es auf ihre Beziehung mit Raphael haben? Könnte sie mit jemandem zusammen sein, an dessen Händen das Blut ihres Stiefbruders klebte? Selbst wenn er sich nicht direkt beteiligen würde, wüssten sie beide, dass er an dem kommenden Leid, das über sie und ihre Familie hereinbrechen würde, mitverantwortlich wäre.

45

An diesem Abend führte Raphael sie ins Internat. Hand in Hand gingen sie die Wendeltreppe zu einem Turm hinauf, den Lilly noch nie zuvor besucht hatte.

»Vertraust du mir?« Er blickte sie fast schon schüchtern an, ein zaghaftes Lächeln lag auf seinen Lippen.

Lilly nahm seine Hand, woraufhin sich das vertraute Kribbeln auf ihrer Haut ausbreitete. »Ja.«

Er beugte sich vor, hauchte ihr einen zärtlichen Kuss auf die Wange. Mit der anderen Hand griff er hinter sich und zog den Wandteppich zur Seite, auf dem Schüler, die ins Lernen vertieft waren, und ein Dozent in grünem Samt festgehalten waren. Dahinter kam eine schmale Tür zum Vorschein, deren schwarzes Schloss in filigrane Adern auslief, die sich in das Holz hineingruben. Zu Lillys Überraschung war die Tür nicht verschlossen. »Nach dir.« Raphael trat einen Schritt zur Seite.

Überall hingen Spinnweben, und eine dicke Staubschicht bedeckte den Boden. »Wenn du schon mal hier warst, warum sind dann keine Spuren im Staub zu sehen?«, fragte Lilly, während sie sich an ihm vorbeiquetschte. Dabei holte sie tief Atem, um möglichst viel von seinem Duft einzuatmen, der selbst die stickige Luft, die ihr aus der Dunkelheit entgegenschlug, überdeckte.

»Manche sagen, es ist ein Geschenk der Sterne – andere behaupten, dass Tote keine Spuren hinterlassen.«

Der zornige, traurige Klang in seiner Stimme veranlasste Lilly, sich ihm zuzuwenden. »Bei mir hinterlässt du Spuren.«

»Und das sollte ich nicht.«

»Es ist zu spät, sich darüber Gedanken zu machen.«

»Jetzt wird es dunkel.« Raphael ließ den Wandteppich zurückfallen und zog die Tür zu. Sofort umschloss sie die Finsternis, doch in seiner Nähe, mit seinen starken Fingern, die ihre Hand umfingen, spürte sie keine Furcht. Er zog sie dicht an sich und führte sie durch den Gang, bis sie nach einer Biegung zu einer weiteren Tür kamen.

»Schließ die Augen«, forderte er sie auf und strich ihr sanft über das Gesicht, um sich zu versichern, dass sie ihm gehorcht hatte. Ein leises Quietschen erklang, als die Tür aufschwang. Kalte Nachtluft schlug ihr entgegen, die den erdigen Geruch des Waldes mit sich brachte.

»Nur noch wenige Schritte.«

Trotz ihrer Neugierde widerstand Lilly der Versuchung, die Augen zu öffnen, und folgte Raphael in die Nacht hinaus.

»Und nun setz dich.«

Sie trat ein wenig zurück und spürte etwas Weiches an ihren Kniekehlen. Vorsichtig setzte sie sich und versank in einem flauschigen Polster. Er ließ sich so dicht neben sie fallen, dass sich ihre Oberschenkel berührten. Sanft fasste er sie unter dem Kinn, drehte ihr Gesicht zu ihm und drückte einen zärtlichen Kuss auf ihre Lippen. »Öffne die Augen.«

Das Erste, was Lilly sah, waren Raphaels Augen. Der Stern um seine Pupillen reflektierte das spärliche Mondlicht und ließ seine Augen in intensivem Blau erstrahlen. Dann blickte sie sich um und war überwältigt von der unglaublichen Aussicht. Sie befanden sich auf einer Art Erker auf der Rückseite des Schlosses. Kein Geländer und keine Mauer schützten sie vor dem Sturz in den nahezu dreißig Meter tiefen Abgrund. Doch die Angst, die Lilly bei dem Gedanken erfasste, währte nur kurz. Zu überwältigend war der Anblick des Waldes, der sich bis zum Horizont erstreckte, wo er sich mit dem klaren Sternenhimmel vereinte.

Sie saßen auf einer dunkelvioletten Couch mit übertrieben ausladenden Lehnen. Um sie herum standen Kerzen in allen erdenklichen Größen und erhellten die Nacht.

»Wie unglaublich schön«, flüsterte Lilly ergriffen.

Er sah sie liebevoll an, gab ihr einen Kuss auf ihre Wange. »Du bist so voller Leben.«

Sie drängte sich näher an ihn heran, legte ihre Hand auf seine Brust. »Dein Herz beweist, dass du das auch bist.«

»Gestohlenes Leben.«

»Geschenktes Leben.«

Raphael lächelte sie zaghaft an. »Ich habe so lange auf dich gewartet.« Er zog sie an sich. Seine Lippen spielten mit ihrem Ohrläppchen, wanderten zum Nacken hinab. Sie stöhnte leise und bog sich ihm entgegen. Sanft knabberte er an ihrem Kinn, bevor er seinen Mund auf ihren presste. Sein Kuss war leidenschaftlich und fordernd, verursachte einen ungekannten Ansturm von Gefühlen in Lilly. Sie schmiegte sich enger an ihn, umschlang ihn mit ihren Armen und wünschte sich, ihm noch näher sein zu können. Nach einer kleinen Ewigkeit löste er sich von ihr und umfasste mit beiden Händen ihr Gesicht. Tief blickte er ihr in die Augen. Die Verzweiflung, die sie in seinen sehen konnte, erschreckte Lilly. »Ich darf dich nicht verlieren.« Er beugte sich vor und flüsterte: »Lass mich ihn töten. Erst dann bist du in Sicherheit.«

»Nein.« Die Gefühle der Lust erstarben mit einem Schlag. »Das kann ich nicht zulassen.«

»Wie kannst du von mir verlangen, ihn leben zu lassen,

wenn er dir jederzeit etwas antun kann? Ich würde es nicht ertragen, eines Abends festzustellen, dass er dir Leid zugefügt hat, während ich durch den Tag gefangen war.«

»Er wird es nicht wagen. Er weiß, dass ich das Einzige bin, das ihn rettet.«

»Du hast keine Ahnung, wie mächtig er ist. Unsere Stärke liegt in der Überraschung.«

»Dann hältst du dich erst recht von ihm fern.« Angst kroch in Lilly empor, aber nicht Angst um ihr Leben, sondern um das von Raphael. Sie mussten nur noch wenige Tage überstehen, dann würde Ansgar ihr hoffentlich die Antwort auf ihre Probleme präsentieren. »Töten ist niemals eine Lösung.«

»Manchmal gibt es keine andere Möglichkeit.« Er schlug mit der Faust auf die Lehne. »Ich werde nicht noch einen Menschen an eine Sternenbestie verlieren«, fauchte er.

Sie riss erschrocken die Augen auf. Für einen unbehaglichen Moment herrschte Stille. »Wer ist gestorben?«

»Zu viele.« Er lachte zornig.

»Und an wen hast du eben gedacht?« Sie erinnerte sich an die Geschichte von der verlorenen Liebe, die er ihr erzählt hatte. Er barg noch so viele Geheimnisse. Würde sie sie jemals ergründen können?

»Das ist lange her.« Er rückte ein Stück von ihr ab.

Die plötzliche Distanz erschreckte Lilly, doch sie musste mehr über ihn erfahren. Wie sonst sollte sie lernen, ihn zu verstehen? »Ich möchte es trotzdem wissen.«

»Du weißt, dass Lea und Torge Zwillingssterne sind?«

Sie nickte. Mit einem Mal war sie sich nicht mehr so sicher, ob sie wirklich *alles* wissen wollte.

»Sie sind füreinander bestimmt, ihre Liebe lässt sie jedes Unglück überstehen, solange sie zusammen sind. Doch es gibt auch Sternenseelen, die für einen Zwillingsstern bestimmt sind, ihn aber niemals finden, wie Anni. Niemand weiß, warum ihr Zwilling bisher nicht geboren wurde oder ob er starb, bevor sie auserwählt wurde. Sie ist verdammt zur Einsamkeit, obwohl ihr Herz nach einem Partner ruft. Jede Nacht blickt sie zu den Sternen hinauf und hofft auf ein Zeichen, um die Leere zu füllen.«

In Lillys Augen schimmerten Tränen. »Dann wartest du auch auf deinen Zwillingsstern?« Sie erinnerte sich, gelesen zu haben, dass Antares ebenfalls ein Doppelstern war. Sie hatte dem zuvor jedoch keine Bedeutung beigemessen.

»Nein.« Die Trauer in Raphaels Stimme zerriss ihr beinahe das Herz. »Sie wurde geboren, doch nur für wenige Minuten. Das einzige Mal, dass ich sie berührte, war, als sie in meinen Armen starb. Eine Sternenbestie hatte sie vor mir gefunden.« Eine silbrige Träne rann ihm über die Wange.

Lilly schwoll das Herz vor Mitleid, obwohl sie zugleich einen Stich der Eifersucht spürte. Eine andere war für diesen wunderbaren Jungen auserwählt gewesen und nicht sie.

»Das Wissen, dass man in diesem Leben, diesem so schrecklich langen Leben, niemals die Liebe wiederfinden wird, ist noch grausamer als die Hoffnung, dass der Geliebte noch geboren werden wird. Und dann kamst du. Ein einfacher Mensch und doch so viel mehr.« Gequält blickte er sie an. »Verstehst du jetzt, warum ich nicht zulassen kann, dass dir etwas zustößt? Von dem ersten Moment an, in dem ich dich sah, wusste ich, dass du für mich bestimmt bist. Mein menschlicher Zwillingsstern.«

Doch Lilly nahm seine Worte kaum wahr, sie war mit ihren Gedanken woanders. »Und wenn dein wahrer Zwillingsstern wiedergeboren wird?«

»Das geschieht fast nie.« Er schüttelte den Kopf.

Aber die Vorstellung ließ sie nicht mehr los. Wie sollte sie es ertragen, ihn auf diese Weise zu verlieren?

46

Am nächsten Morgen wankte Lilly unter dem misstrauischen Blick ihrer Mutter zum Frühstückstisch. Sie fühlte sich zwischen zwei Welten gefangen. Auf der einen Seite die wundervollen, wenn auch manchmal traurigen Nächte mit Raphael und auf der anderen die nüchterne Realität, in der sie ihre geliebte Mutter hinterging. Sie nahm sich eine Tasse Kaffee und setzte sich an den Küchentisch, an dem Moni und Thomas über einem Möbelkatalog brüteten, um sich einen neuen Kleiderschrank auszusuchen. Nachdem sie ein paar Schlucke getrunken und an einem Toast geknabbert hatte, kam Samuel die Treppe hinunter, beäugte sie kritisch und fragte: »Hast du gut geschlafen? Du siehst aus, als hättest du wieder die Nacht durchgemacht.«

Sie hätte ihm am liebsten zwischen die Beine getreten, genau dahin, wo es am meisten wehtat, als sie spürte, wie ihre Mutter sie prüfend musterte. »Ich bin es nur nicht mehr gewöhnt, so lange zu schlafen«, konterte sie und hoffte, dass Moni es glaubte. Immerhin war sie tatsächlich schon seit jeher besser mit zu wenig Schlaf als mit zu viel ausgekommen.

Beim Frühstück plauderte Samuel unbefangen über die Schule, erzählte von seinen Tests und Klausuren, als wäre er ein vollkommen normaler Junge, während Lilly sich krampfhaft bemühte, sich ihre Müdigkeit nicht anmerken zu lassen und über sein scheinheiliges Verhalten nicht laut loszuschreien. Sie hatte nicht erwartet, dass es so schwer werden würde, das Geheimnis der Sternenseelen zu bewahren. Immer mehr verstand sie, warum Felias und Favelkap daran zweifelten, dass sie es ein Leben lang durchhalten konnte.

Die Schulstunden an diesem Morgen verliefen nicht viel besser. Immer wieder erwischte sie sich dabei, wie ihre Gedanken abschweiften, und sie befürchtete, mehr als die Hälfte des Unterrichts verpasst zu haben. Sie musste sich zusammenreißen. Moni war es zuzutrauen, dass sie ihre Beziehung mit Thomas aufgab und mit ihr wegzog, nur um Lillys Zukunft nicht zu gefährden.

Aus der letzten Stunde vor der Mittagspause, Geschichte, wurden sie zehn Minuten früher entlassen, da sie einen Film über das Leben der Stadtbevölkerung im Mittelalter gesehen hatten und der Lehrer erst am nächsten Tag darüber diskutieren wollte. Erleichtert packte Lilly ihre Sachen – es war ihr schwergefallen, in der Dunkelheit des Klassenraums nicht einzuschlafen – und ging zum Speisesaal. Als sie diesen jedoch betrat, blieb sie wie erstarrt stehen. Samuel stand über Michelle gebeugt an ihrem Tisch und gab ihr einen leidenschaftlichen Kuss. Eine Mischung aus Wut über sein Verhalten und Angst um ihre Freundin stieg in ihr hoch. Sie stapfte auf die beiden zu und warf ihre Tasche übertrieben laut auf den Tisch. »Könnt ihr euch kein Zimmer nehmen?«

Samuel lachte. »Scheint, als wäre mein Schwesterherz prüde.« Er hauchte einen kleinen Kuss auf Michelles Nacken, wobei er Lilly mit zusammengekniffenen Augen anstarrte. »Bis später, meine Schöne.«

Kaum war er verschwunden, fauchte Michelle Lilly an. »Was zur Hölle ist mit dir los? Bist du neidisch? Oder bist du frustriert, weil dein Schwarm dich hat abblitzen lassen?«

»Er ist nicht gut für dich«, versuchte sie, ihr Verhalten zu erklären, dabei wusste sie, wie lahm die Worte klangen.

»Ach, und warum nicht? Weil er gute Noten schreibt, einen Vater hat, der sich um ihn kümmert, und die Finger von Drogen lässt? Was in deinen Augen ist schlecht daran? Und warum solltest du besser sein? Du kommst ständig verschlafen in die Schule, als würdest du die Nächte durchfeiern, und lässt dich von Raphael wie ein Stück Dreck behandeln.«

Die Worte trafen sie hart, und ihr fiel keine Möglichkeit ein, Michelle zu warnen und von Samuel fernzuhalten, ohne ihr die Wahrheit zu sagen, was aber ihren eigenen Tod zur Folge hätte. »Du kennst ihn nicht so gut wie ich. Zuhause ist er ganz anders.«

»Du bist eifersüchtig. Du willst ihn nur für dich«, blaffte die Rothaarige sie an und stand auf.

Da erkannte Lilly ihre Chance. »Und wenn es so wäre. Würdest du dann die Finger von ihm lassen?« Mit einem Mal fiel ihr auf, wie ruhig es im Speisesaal war, und sie sah sich um. Aller Augen hatten sich auf sie gerichtet, manche sahen nun verlegen zur Seite, während andere begierig auf die Fortsetzung des Dramas warteten. Etwas weiter hinten, in der Nähe der Essensausgabe, entdeckte sie auch Raphael und Shiori, die sie ausdruckslos ansahen. Sie hoffte, dass er sich am Abend nicht mehr an diese Szene erinnern würde. Doch sie wusste, dass sie es durchziehen musste, wenn sie ihre Freundin schützen wollte.

»Erst schwärmst du von Raphael, erzählst, dass du von deinem Bruder nichts willst, und dann verlangst du von mir, die Finger von dem einzig coolen Typen zu lassen? Kannst du es so wenig ertragen, dass andere glücklich sind?«

Das Tuscheln im Speisesaal weitete sich aus.

»Was ist denn hier los?«, erklang Evanns Stimme, als er zusammen mit einer erschreckend blassen Amy – hoffentlich hatte Ansgar ihr bereits eine Dosis des Gegengifts verabreicht – und Nick an ihren Tisch trat.

»Die spinnt«, antwortete Michelle. »Macht eine Riesenszene, weil sie mich beim Knutschen mit Samuel erwischt hat.«

»Ich dachte, du stehst nicht auf ihn«, sagte Amy mit einem vorwurfsvollen Ausdruck im Gesicht.

»Und wenn doch?«, schrie Lilly, schnappte sich ihre Sachen und rannte mit brennenden Wangen nach draußen. Das war mit Abstand der peinlichste Auftritt ihres Lebens gewesen. Aber falls es half, sich die paar Tage Zeit zu erkaufen, die sie benötigte, um ihren Stiefbruder zu retten, war es das wert.

Selbst außerhalb des Speisesaals hatte sie das Gefühl, dass alle sie mit Blicken verfolgten. Ihr Streit mit Michelle würde das Gesprächsthema Nummer eins für die nächsten Wochen in der Schule sein. Vermutlich galt sie von nun an als die Irre, die sich in ihren Stiefbruder verknallte.

Voller Scham eilte sie auf die Mädchentoilette und schloss sich ein. Selbst auf diesem Edel-Internat waren die Türen mit tollen Sprüchen wie *Cindy war hier!* oder *Bitte lächeln! Sie werden gerade von der versteckten Kamera gefilmt!* beschmiert. Nur der Geruch war angenehmer, da es eine Putzfrau gab, die allein für das Reinigen der Sanitäranlagen verantwortlich war. Aber das war Lilly im Augenblick reichlich egal, sie war heilfroh, einen Rückzugsort gefunden zu haben. Es tat ihr weh, dass sie sich mit ihrer Freundin gestritten hatte. Amy würde zu Michelle halten, und damit hätte sie ihre beiden, ihre einzigen Freundinnen verloren. Und sie mochte sie wirklich – das machte es nicht einfacher. »Blöder Mist«, murmelte sie. Ihr ganzes Leben entwickelte sich zu einem gewaltigen Haufen blöden Mist. Sie trat gegen die Tür. Sie musste mit Samuel reden. Vielleicht konnte sie ihn dazu bringen, sich zumindest vorerst von Michelle fernzuhalten. Natürlich würde er es nicht freiwillig tun, aber eventuell konnte sie ihn mit den Sternenseelen erpressen.

Ungeduldig wartete sie das Ende des Schultags ab. Zu der Müdigkeit gesellten sich nun auch Kopfschmerzen. Das stete Getuschel um sie herum machte es nicht besser. Zudem musste sie in der Englischstunde mit ansehen, wie sich Calista an Raphael heranmachte, aber dieser blockierte wenigstens ihre plumpen Annäherungsversuche.

Endlich konnte sie nach Hause gehen und rannte den Hügel hinunter, wobei sie dem strahlenden Sonnenschein und den winzigen plüschigen Wolken am Himmel keine Aufmerksamkeit schenkte. Samuel hatte bereits seit einer Stunde frei, saß mit Moni am Küchentisch und nippte an einer Tasse Tee. Als sie eintrat, schenkte er ihr ein freundliches Lächeln, das seine Augen jedoch nicht erreichte.

»Möchtest du auch ein Stück Kuchen? Samuel hat Pflaumenkuchen mitgebracht«, fragte ihre Mutter.

Schleimer, dachte Lilly. Er war sehr gut darin, sein wahres Ich zu verbergen. Sie nickte und nahm sich einen Teller aus dem Schrank. Der Kuchen war noch warm und duftete himmlisch. Es gab sogar Schlagsahne dazu.

»Wolltest du nicht Raphael mitbringen?«, fragte Samuel mit einem unschuldigen Lächeln.

Sofort wurde Moni hellhörig. »Raphael, ist das dein Freund?«

»Wir sind nicht wirklich zusammen. Da kann ich ihn doch nicht gleich hier anschleppen.«

»Hm, dann muss ich mich wohl verhört haben«, sagte Samuel und lehnte sich in seinem Stuhl zurück. »Ich könnte schwören, dass er dich beim Mittagessen gefragt hat, ob er nicht deine Eltern kennen lernen darf, um sich vorzustellen. Ihm scheint viel an alten Bräuchen zu liegen.«

Sie ballte die Hände. Sie konnte jetzt wohl kaum sagen,

dass sie die Mittagspause in der Toilette eingeschlossen verbracht hatte. »Da musst du dich tatsächlich verhört haben.«

»Nun gut, ich dachte nur ... Immerhin habt ihr auf der Party ganz schön rumgeknutscht.«

»Das heißt noch lange nicht, dass ich mit ihm zusammen bin oder ihn meiner Familie vorstellen möchte«, fauchte sie ihn an.

»Lilly«, sagte ihre Mutter erschüttert.

»Ach Mom, tu doch nicht so. Du hast auch nicht eine Beziehung mit jedem Typen, den du küsst.« Sie biss sich auf die Lippen, kaum dass die Worte wie dunkle Gewitterwolken in der Luft hingen. Das hatte sie nicht sagen wollen, vor allem nicht so.

Moni sah sie gekränkt an. »Ich bin auch ein paar Jahre älter als du. Was ist nur los mit dir? Ich erkenne dich gar nicht mehr wieder.«

Ihr traten die Tränen in die Augen. »Und warum glaubst du Samuel mehr als mir? Ich bin deine Tochter!«

»Du hast dich so verändert und scheinst es nicht mal zu bemerken«, sagte Moni ebenfalls unter Tränen und stand auf.

Lilly griff nach ihrer Hand. »Es tut mir leid, ich wollte dich nicht verletzen. Lass uns noch ein Stück Kuchen essen. Es ist vermutlich einfach alles etwas viel für mich.« Es tat ihr weh, ihre Mutter so zu sehen. Das letzte Mal hatte sie sie so gekränkt, als sie sich heimlich das Schmetterlingstattoo hatte stechen lassen.

»Mir ist der Appetit vergangen.« Sie entzog ihr ihre Hand, räumte ihr Geschirr ab und ging die Treppe hoch.

Sobald Moni den Raum verlassen hatte, schien die Temperatur merklich abzukühlen. Lilly fröstelte und verspürte das dringende Bedürfnis, so schnell wie möglich abzuhauen, sodass sie direkt zur Sache kam. »Ich will, dass du Michelle in Ruhe lässt.«

Samuel lächelte sie spöttisch an. »Oder was?«

»Wir wissen beide, dass ich das Einzige bin, das zwischen dir und den Sternenseelen steht.«

»Ach, du weißt das also?« Er hob fragend eine Braue.

»Ja, und ich weiß auch, was du bist«, sagte Lilly und bemühte sich, sich ihre Unsicherheit nicht anmerken zu lassen.

»Und was bin ich?«

»Ein Parasit, der sich in meinem Stiefbruder eingenistet hat.«

Blitzschnell schossen seine Arme vor und packten Lilly an den Schultern, sodass sie nicht zurückweichen konnte, als sich sein Gesicht dem ihren näherte. »Mutig, solche Reden zu schwingen.«

Trotzig starrte sie ihn an. Sie wollte ihn ihre Angst nicht spüren lassen.

Das Schwarz seiner Pupillen überflutete wieder das Weiß seiner Augen, sodass sie bodenlosen Kratern glichen. »Du weißt gar nichts. Dein Stiefbruder ist tot, doch seine Hülle ist mir nützlich. Und was Michelle angeht: Ich habe meine eigenen Pläne mit ihr.«

»Dann werden die Sternenseelen dich töten.«

Er lachte böse. »Mach dir lieber Gedanken, was ich mit ihnen mache. Ihr Ende naht. Schon bald. Ich fürchte sie nicht mehr.«

»Das glaube ich dir nicht«, flüsterte sie heiser.

»Du wirst es erleben.« Er ließ sie los, blinzelte, woraufhin seine Augen wieder normal wurden, und verließ den Raum.

Lilly legte ihre Arme auf die Tischplatte und vergrub ihren Kopf in ihnen. Was hatte sie nur getan? Hatte sie ihn womöglich noch provoziert? Und was hatte er mit Michelle vor? Wollte er sie töten? Würde sie sein erstes menschliches Opfer werden? Sie spürte, wie jegliches Gefühl der Kontrolle, das sie gehabt hatte, sich verflüchtigte. Sie musste Ansgar dazu bringen, ihr sein Geheimnis früher zu verraten.

47

Sobald das erste Steinchen an ihrem Fenster klimperte, eilte Lilly nach draußen, rannte auf Raphael zu und fiel ihm in die Arme. Er lachte bei ihrer stürmischen Begrüßung, küsste sie, und Lillys Herz wurde so leicht, dass sie glaubte, über den Wolken zu schweben. Am liebsten wäre sie in ihn hineingekrochen, um ihm so nah wie möglich zu sein. Es tat fast schon weh, dass ihre Körper sie daran hinderten, ihre Seelen miteinander verschmelzen zu lassen.

»Es tut so gut, dich zu sehen«, flüsterte er ihr ins Ohr.

Sie sah auf und konnte es immer noch nicht fassen, dass dieser wunderbare Junge ihr gehörte. »Wo gehen wir heute hin?«

Er grinste verschmitzt. »Ich habe eine Überraschung für dich.« Er sah zum Haus und ergriff ihre Hand. »Lass uns gehen. Ich will nicht, dass Samuel uns entdeckt.«

Sie gingen zum Waldrand und traten in die Dunkelheit der Bäume. Lilly fasste Raphaels Hand noch fester, während er sie einen schmalen Pfad, der nicht viel mehr als ein Wildwechsel war, entlangführte.

»Ras wünscht dich morgen zu sehen.«

Lilly stolperte vor Schreck über einen Stein. »Hat er es sich anders überlegt?«

Er packte sie um die Taille und zog sie an sich. »Tut mir leid. Ich wollte dich nicht ängstigen. Er möchte dich nur besser kennen lernen.«

»Was werden Felias und Shiori dazu sagen?«

Seine Miene verdüsterte sich. »Sie müssen sich daran gewöhnen. Gib ihnen etwas Zeit.«

»Fürchten sie so sehr, dass ich euch verraten könnte?« Es kränkte Lilly, dass sie ihr so wenig Vertrauen entgegenbrachten. Sie mochte im Vergleich zu ihnen jung und unerfahren sein, aber das machte sie noch lange nicht zu einer Verräterin.

»Sie fürchten weniger um sich und schon gar nicht den Tod. Hast du dich denn nie gefragt, warum wir hier sind? Warum einige von uns verborgen im Wald leben?«

Beschämt senkte sie den Kopf. Daran hatte sie tatsächlich nie gedacht.

»Wir haben einen Auftrag, und wenn wir zu viel Aufmerksamkeit auf uns ziehen, kann es katastrophale Folgen haben.«

»Sollt ihr etwa jemanden töten?« Hatten sie womöglich vorher gewusst, dass eine neue Sternenbestie geboren werden würde, und lebten deshalb in dem verschlafenen Dorf?

Er löste sich von ihr und führte sie weiter in den Wald hinein. »Das ist es nicht. Keine Sorge, aber ich darf dir auch nicht mehr verraten, und dieses Mal ist es mein Ernst. Es betrifft weder dich noch Samuel. Das verspreche ich dir.«

»Dann hast du es nur erwähnt, damit ich neugierig werde?«

»Nein, du sollst verstehen, dass es für uns um mehr als unser eigenes Leben geht und warum uns die Situation solche Probleme bereitet.«

»Wirst du weggehen, wenn die Aufgabe erfüllt ist?«

Er blieb erneut stehen, schenkte ihr ein Lächeln und küsste sie auf den Mund. »Vielleicht, aber nicht ohne dich und erst in ferner Zukunft.«

Langsam gingen sie weiter. »Gibt es nur euch, oder leben da draußen noch mehr Sternenseelen?«

»Wir sind viele, aber die meisten leben als Einzelgänger. Die Jahrhunderte nagen an uns, und irgendwann suchen die Alten die Einsamkeit, wenn sie den ständigen Verlust von Freunden nicht länger ertragen.«

»Ruft sie doch herbei. Dann seid ihr mächtiger als Samuel, und er kann niemandem etwas antun.« Und sie würde die benötigte Zeit gewinnen, um herauszufinden, ob Ansgar ihn tatsächlich retten konnte.

Er seufzte. »Es ist kompliziert. Wir sind einzelne Individuen, die Sternenbestien hingegen sind alle miteinander verbunden, teilen ihr Wissen; ebenso wie die Sterne allein im All stehen und die Finsternis sie als Einheit umgibt.«

Lilly stolperte über einen Ast, aber Raphael fing sie im letzten Moment, bevor sie stürzte, auf. »Soll ich dich tragen?«

»Nein«, wehrte sie ab. »Danke.« Sie wusste, dass sie sich nicht länger auf ihr Gespräch würde konzentrieren können, wäre sie ihm erst wieder so nah.

Als hätte er ihre Gedanken gelesen, kicherte er. »Du bist viel zu neugierig.«

»Was erwartest du denn? Dass ich mir sage: He, mein Stiefbruder ist von etwas Bösem besessen, mein Freund schimmert im Dunkeln und ist am Tag ein halber Zombie, aber wen interessiert es?«

Raphael lachte. »Das wäre wohl zu viel verlangt.«

»Allerdings.«

»Die Sternenbestien sind zwar auch eigenständige Wesen, aber es scheint ein gewisser Austausch zwischen ihnen stattzufinden, vielleicht haben sie sogar eine Art gemeinsames Gedächtnis. Jedenfalls wird es nicht lange dauern, bis sich eine erfahrenere Bestie fragt, was wir hier machen, und dann wird es gefährlich.«

Sie dachte an Ansgar und fühlte das schlechte Gewissen in ihr stärker werden. Durfte sie seine Anwesenheit tatsächlich geheim halten? Sie hatte nicht den Eindruck, dass er von reiner Mordlust und Grausamkeit angetrieben wurde wie ihr Stiefbruder. Er wirkte sehr rational und überlegt. Ihr Gespräch war sogar auf eigentümliche Weise interessant gewesen. Doch machte ihn das nicht womöglich noch gefährlicher?

»Wer hat euch denn die Aufgabe zugeteilt?«

»Der Rat, der sich um unsere Angelegenheiten kümmert.« Er blieb erneut stehen, umfasste ihr Gesicht und sah ihr tief in die Augen. »Bitte, Lilly, du musst ihn frei geben.«

Beinahe hätte sie Ja gesagt, aber sie wusste, dass sie es nicht zulassen durfte. Noch nicht. Doch die Wahrheit konnte sie ihm nicht anvertrauen. »Es würde immer zwischen uns stehen. Du wärst schuld am Tod meines Stiefbruders.« Sie schluchzte auf. Es war alles zu viel. Sie belog ihre Mutter, ihre Freunde und nun auch noch den Jungen, den sie liebte. Raphael zog sie an sich, und sie legte ihren Kopf an seine Brust. »Ich weiß nicht, was ich tun soll. Ich will nicht, dass dir etwas zustößt oder jemand stirbt, doch wenn Samuel getötet wird, wird meine Familie auseinanderbrechen.«

Er strich ihr über das Haar. »Der Tod gehört zum Leben dazu. Ihr habt es in der heutigen Zeit nur vergessen. Du musst lernen, damit umzugehen.«

Lilly sah ihm ins traurige Gesicht. »Hast du es gelernt?«

Er schwieg, dann antwortete er leise: »Bei mir ist es etwas anderes. Ich sah meine Eltern, meine Geschwister sterben, alle meine Freunde, meine ganze Familie und alle Freunde, die ich seither hatte, selbst unter den Sternenseelen. Nur Felias ist mir geblieben. Der Tod begleitet mich seit Jahren.«

Lilly schmiegte sich enger an ihn.

»Auch dich werde ich irgendwann verlieren.«

»Kann ich nicht ebenfalls zu einer Sternenseele werden?«, fragte sie. »Wir wären für immer vereint.«

»Niemand kann die Auswahl der Sterne beeinflussen, und ich möchte nicht, dass du dasselbe Schicksal erleidest wie ich.«

»Ich muss also altern, während du über Jahrhunderte so jung bleibst wie jetzt?« Lilly erschütterte der Gedanke. Wie lange blieb ihnen noch? Wann würde der sichtbare Altersunterschied zu groß werden? Auf einmal erschien ihr das eigene Leben kurz und flüchtig. Was zuvor wie eine endlose Reise gewirkt hatte, schien plötzlich so eng umrissen wie ein Wochenendtrip. »Es ist alles so kompliziert«, seufzte sie.

»Wir haben uns.« Er gab ihr einen sehnsuchtsvollen Kuss. »Ich liebe dich«, flüsterte er in ihr Haar und umarmte sie so fest, dass sie keine Luft mehr bekam. Doch das bemerkte sie in dem Augenblick nicht. Er liebte sie! Mit einem Mal war aller Kummer vergessen. Am liebsten hätte sie die ganze Welt umarmt.

48

Sie folgten dem Pfad tiefer in den Wald hinein. Lilly hatte das Gefühl, dass Raphael etwas verlegen war, und sie fand es süß, dass jemand mit seiner Erfahrung immer noch aus der Fassung zu bringen war. Sie ließ ihre Finger über seinen Handrücken streichen und war froh, dass er ein Stück vor ihr lief, sodass er nicht ihr breites Grinsen sehen konnte. Schließlich kamen sie auf eine Lichtung mit einem kleinen Waldsee, der von einem munter plätschernden Bach gespeist wurde. Ein hölzerner Angelsteg führte auf das nachtschwarze Wasser hinaus, dessen beide Seiten von Kerzen in gläsernen Windlichtern gesäumt wurden. Ihr flackerndes Licht wurde tausendfach vom Wasser reflektiert.

»Das ist wunderschön«, hauchte Lilly.

Sie gingen auf den Steg, auf dessen Mitte eine kuschelige Decke lag. Beide nahmen darauf Platz.

»Und wenn jemand vorbeikommt?«

Raphael lachte. »Mitten in der Nacht im Wald? Unwahrscheinlich. Und wenn, dann würde ich sie schon lange vorher hören.«

»Stimmt, ich kann mich daran nicht gewöhnen.«

Er beugte sich vor und knabberte leicht an ihrem Hals. »Das musst du auch nicht.«

Nach einem langen, leidenschaftlichen Kuss sprang er auf. »Lass uns schwimmen gehen. Das Wasser ist noch warm vom Sommer.«

»Jetzt?«, fragte Lilly entgeistert. »Ich habe keine Schwimmsachen dabei.«

»Deine Unterwäsche genügt doch.«

»Du meinst das ernst, oder?«

Statt eine Antwort zu geben, zog sich Raphael sein Shirt über den Kopf. Lilly versuchte, ihn nicht anzustarren, als er auch seine Hose auszog, aber sein Anblick fesselte sie. Der Himmel war klar, sodass das Sternenlicht ihn ungehindert umhüllte und der Sternenstaub stärker als sonst in schimmernden Wolken von ihm aufstieg. Dadurch konnte Lilly jede Linie seiner Muskeln, seine breiten Schultern, die schmalen Hüften und seine langen, kräftigen Beine sehen. Sie musste sich beherrschen, um nicht einfach aufzustehen, ihn zu küssen und seinen ganzen Körper zu berühren.

Nur mit einer dunkelgrauen Boxershorts bekleidet, richtete er sich auf. Seine Nacktheit schien ihn nicht im Geringsten zu bekümmern. Mit einem weiten Satz sprang er elegant ins Wasser und tauchte prustend wieder auf. »Jetzt du«, rief er ihr vergnügt zu.

Sie blickte verlegen an sich herunter. Sie hatte sich noch nie vor einem Jungen ausgezogen.

Raphael bemerkte ihre Unsicherheit, drehte ihr den Rücken zu und schwamm auf den Teich hinaus. »Ich schaue auch nicht hin, versprochen.«

Lilly wollte ihm die Freude nicht rauben, nicht nachdem er sich solche Mühe mit den Vorbereitungen gemacht hatte, und zog sich in der kühlen Nachtluft fröstelnd aus. Sie war froh, dass sie darauf geachtet hatte, zueinander passende BH und Höschen zu tragen – beide in einem so dunklen Violett, dass es fast schon schwarz war, und mit feiner blassrosa Spitze besetzt. Wenigstens dafür musste sie sich nicht schämen. Zweifelnd blickte sie an sich hinunter. Ihre Hüftknochen standen viel zu weit vor, ihre Beine waren zu mager.

Sie nahm Anlauf und sprang ins Wasser, das sich überraschend warm und seidig über ihr schloss.

»War doch gar nicht so schlimm«, rief Raphael und schwamm auf sie zu.

Sie griff nach seiner Hand und ließ sich auf dem Rücken treiben. Er folgte ihrem Beispiel, und gemeinsam sahen sie zum Sternenhimmel empor. »All diese Sterne haben einen Menschen auf der Erde erwählt?«

»Nicht gleichzeitig, aber sie alle waren schon auf der Erde. Vielleicht versuchen sie, sich so in der Schwärze des Alls auszutauschen, ihre Einsamkeit zu durchdringen.«

»Du sprichst von ihnen, als wären sie lebendige Wesen.«

»Wenn du das Lied der Sterne hören könntest, würdest du es verstehen. Wenn sie nicht auf ihre Weise lebendig wären, wie könnten sie uns dann auserwählen, und wie könnte eure Sonne eure Seelen in sich aufnehmen, wenn ihr nicht irgendwie gleich wärt?«

Lilly fand seine Worte unglaublich tröstend. Vielleicht hatte ihr Vater nicht einfach zu existieren aufgehört, als sein Schädel gegen die Autotür geprallt war.

Nach einer Weile des Schweigens tauchte Raphael unter und strich sich beim Auftauchen die feuchten Strähnen aus dem Gesicht. »Lass uns an Land gehen, bevor du zu frieren anfängst.«

Widerwillig folgte ihm Lilly. Sie hatte noch nie zuvor etwas so Schönes wie diese Nacht am See erlebt. Sie schwammen zum Steg, der fast einen Meter über ihnen in die Luft ragte. Raphael schwang sich mit einer einzigen kraftvollen Bewegung aus dem Wasser, ergriff die Kante und zog sich auf den Steg.

Lilly hielt bei der Demonstration seiner Kraft den Atem an. »Das schaffe ich nicht«, lachte sie.

»Komm her.« Raphael setzte sich auf den Rand und streckte ihr seine Hände entgegen. Sie schwamm zu ihm, reckte ihre Arme in die Höhe und fühlte, wie seine Finger sich um ihre Handgelenke schlossen, dann zog er einmal kräftig, sodass sie aus dem Wasser katapultiert wurde, und umfing sie an der Taille. Mühelos hielt er sie so in der Luft. Das Wasser hatte kleine Perlen auf seiner Haut gebildet, die im Kerzenschein funkelten, auch an seinen Wimpern hingen winzige Tröpfchen. Lilly konnte der Versuchung nicht widerstehen und küsste ihn. Seine Lippen waren kühl und schmeckten nach Teichwasser. Ihre Zungen trafen sich zu einem sanften Spiel. Vorsichtig ließ sie ihre Hände über seinen Nacken wandern, hinab zu seinen Armen, auf denen die Muskeln wegen der Anstrengung, sie festzuhalten, hervortraten. Sie wurde mutiger, erkundete mehr von seinem Körper, bis er leise aufstöhnte und sie an sich zog. Die Nähe seines nahezu nackten Körpers erregte sie. Ihre Küsse wurden heftiger, und auch seine Finger begaben sich auf Wanderschaft, glitten über ihren Rücken und verharrten zitternd am Verschluss ihres BHs. Lilly nickte bloß. Sie traute ihrer Stimme nicht.

Raphael löste den Verschluss und schob fast ehrfurchtsvoll ihren BH zur Seite. Seine Finger strichen leicht wie eine Feder über ihre kleinen Brüste und ihre aufgerichteten Brustwarzen. Lilly stöhnte auf, da wagte er sich vor und küsste sie. Sie wölbte sich ihm entgegen und vergaß alles um sich herum, während er ihren ganzen Körper mit Küssen bedeckte und ihr ungeahnte Freuden schenkte. Sie verlangte es nach mehr. Es war das erste Mal, dass sie sich vorstellen konnte, mit einem Jungen zu schlafen, doch wann immer sie forscher wurde oder es andeutete, zog er sich zurück und ließ ihr etwas Zeit, um sich zu fangen. »Lass uns nichts überstürzen«, flüsterte er, während er an ihrem Ohr knabberte.

Schließlich kamen sie zur Ruhe, Raphael wickelte die Decke um sie, und sie legte ihren Kopf auf seine Brust. Das war ohne Zweifel die schönste Nacht in ihrem Leben.

49

Am nächsten Morgen erwog Lilly kurz, die Schule zu schwänzen. Sie fürchtete die Blicke der anderen nach dem Streit mit Michelle. Tatsächlich kam es noch schlimmer, als sie erwartet hatte. Ständig hörte sie hinter ihrem Rücken Getuschel, sogar die Schülerinnen aus der Unterstufe kicherten bei ihrem Anblick. In der ersten Stunde würdigte ihre Freundin sie keines Blickes und behandelte sie auch in der Mittagspause wie Luft. Hinzu kam noch, dass Raphael mit Felias und Anni am Nebentisch saß und sich ihr gegenüber vollkommen neutral verhielt. Auch wenn sie wusste, dass es nicht seine Schuld war, traf es sie nach der letzten Nacht hart. Irgendwie hatte sie gehofft, dass etwas von seinen Gefühlen für sie bis in den Tag hinein überlebte. Wie konnte das alles einfach so verschwinden?

Trotzdem machte sie seine Gegenwart nervös, und als er sich in Englisch, der letzten Stunde des Tages, neben sie setzte, blitzten immer wieder Erinnerungen an die vergangene Nacht vor ihren Augen auf, ließen sie rot werden und manchmal auch lächeln.

Am Ende der Stunde rief Herr Kreul sie zu sich. »Ist alles in Ordnung mit dir? Ich kenne deine alten Noten und weiß, dass Englisch nicht deine Stärke ist, aber du wirkst in letzter Zeit sehr unkonzentriert.«

»Alles bestens«, wehrte Lilly ab. »Der Umzug war nur sehr anstrengend, und ich muss mich erst noch einleben.«

»Falls du Angst hast, den Anschluss zu verlieren, rede ich mit deiner Mutter, damit sie dich für einen von unseren Unterstützungskursen anmeldet.«

Lilly wurde blass. Sie wollte ihrer Mutter nicht noch mehr Kummer bereiten. »Nicht nötig. Ich schaffe das schon.«

Herr Kreul sah sie zweifelnd an. »In Ordnung, aber wenn deine Testergebnisse nicht besser werden, bleibt mit nichts anderes übrig. Die Rektorin legt viel Wert darauf, dass ihre Schüler in allen Fächern gute Noten haben, vor allem so kurz vor dem Abschluss.«

»Versprochen«, sagte Lilly.

Damit war sie entlassen, und sie eilte in den Gang hinaus. Sie konnte jedoch nicht gleich nach Hause gehen, sondern musste ihre Vereinbarung mit Ansgar einhalten. Auf dem Weg zu dem Kellerraum versuchte sie, das Gefühl der Beklemmung abzuschütteln, das sie überkam, aber der Gedanke, einer Sternenbestie wieder so nah zu sein, so vollkommen allein, war zu Furcht einflößend. Nicht zum ersten Mal fragte sie sich, ob sie nicht einen gewaltigen Fehler beging.

Als sie den Raum betrat, begrüßte er sie gelassen und schloss die Tür. Obwohl es für ihn keinen Grund gab, sich ihr gegenüber zu verstellen, wirkte er auf sie erschreckend normal. Waren wirklich alle Sternenbestien grausame Monster? Verdienten sie alle den Tod, wie Raphael behauptete?

Nachdem er erneut eine Blutprobe von ihr genommen hatte und sie unter dem Mikroskop begutachtete, beobachtete sie ihn.

»Habt ihr eine Seele?«

»Nein«, antwortete er knapp, ohne sie anzusehen.

Sie nahm all ihren Mut zusammen, um die nächste Frage zu stellen. »Seid ihr deshalb böse?«

Er zog eine Augenbraue hoch und lachte. »Willst du behaupten, dass die Menschen gut sind? Ihr entwickelt Massenvernichtungswaffen, führt Kriege, lasst jedes Jahr Millionen verhungern, während ihr hier in Luxus lebt. Soll ich fortfahren?« Er blickte kurz vom Mikroskop auf. »Habe ich dir etwas angetan?«

Lilly schüttelte den Kopf. »Nein, aber nur weil ich dir noch von Nutzen bin.«

Er sah sie überrascht an. »Alle Wesen handeln aus Eigennutz. Selbst eure Liebe ist nur eine chemische Reaktion, damit ihr euren Nachwuchs schützt und euch fortpflanzt. Alles im Sinne der Arterhaltung.«

»Dann fühlst du nichts?«

»Ich spüre Schmerzen.«

Sie trat an ihn heran und strich mit ihrer Hand über seinen Nacken, dabei berührte sie seine Haare und war von ihrer seidigen Weichheit verblüfft. Nur weil in seinem Inneren eine Bestie hauste, musste er nicht gleich stachelige Borsten statt Haare haben, schalt sie sich. »Spürst du auch das nicht?«

Er stand ebenfalls auf, überragte sie um mehr als einen Kopf. »Es ist nur eine gewöhnliche, körperliche Reaktion.«

Sie sah ihm forschend in die Augen. Sie hatte Zorn und Hass bei Samuel gesehen, während er von der Sternenbestie besessen gewesen war. Wieso sollten sie dann nicht auch anderes empfinden können? Aber Ansgars Augen verrieten ihr nichts, sahen sie ausdruckslos an.

»Vielleicht liegt darin das Geheimnis. Nur wer eine Seele hat, kann lieben.«

Er lachte. »Was für eine romantische und so menschliche Vorstellung. Aber ich gebe zu, du amüsierst mich.«

»Verspürt ihr denn auch untereinander keine Zuneigung? Ihr seid doch so eine Art Geschwister, mehr sogar.«

Er wandte sich ab, setzte sich und gab vor, sich auf die Blutprobe zu konzentrieren. Dabei zuckten seine Augen jedoch unruhig hin und her. »Wenn wir uns treffen, herrschen Rivalität und Argwohn.«

Lilly zog den Verlobungsring ihrer Eltern ab und spielte gedankenverloren mit ihm. Zu ihrer Überraschung spürte sie einen Anflug von Mitleid mit Ansgar. Für sie wirkte es, als hätte er die Wahl zwischen Pest und Cholera: Entweder er kehrte in die ewige Finsternis zurück, verlor seine Identität – ein Schicksal, dem er nicht entrinnen konnte –, oder er lebte in dem menschlichen Körper weiter, während er zugleich wusste, dass ihm einige seiner Besonderheiten für immer verwehrt bleiben würden.

Unsterblichkeit. Früher wäre sie ihr wie ein Geschenk erschienen. Mittlerweile hielt sie sie eher für einen Fluch.

»Wer bestimmt, was böse und was gut ist?«, fragte er unvermittelt.

»Ist das nicht offensichtlich?«

Er drehte sich auf seinem Stuhl so, dass sie sich gegenübersaßen, und legte seine Stirn nachdenklich in Falten. In diesem Augenblick hätte man ihn für einen ganz normalen, vielleicht etwas streberhaften Jungen halten können. »Für mich nicht. Ist ein Wissenschaftler, der Experimente an Tieren durchführt, böse?«

Sie wusste, dass sie sich auf Glatteis begab, dennoch antwortete sie ihm. Es war viel zu faszinierend, mehr über diese Wesen zu erfahren. »Kommt darauf an, welche«, wagte sie sich vorsichtig vor.

»Aber nicht grundsätzlich.« Er nickte. »Warum also werden wir als bösartig angesehen, wenn wir Experimente an euch durchführen? Ist es so schwer, zu akzeptieren, dass es euch überlegene Wesen gibt? Dass ihr mal nicht am Ende der Nahrungskette steht. Ihr mögt den Tod fürchten und euch für so wichtig und wertvoll halten, aber müssen wir, die wir die Unendlichkeit gesehen haben, es ebenso betrachten?«

Sie starrte ihn verblüfft an. So einen Ausbruch hatte sie nicht erwartet. »Der Unterschied liegt darin, dass der Wissenschaftler an das Wohlergehen anderer denkt, zumindest die, die ich nicht als böse bezeichnen würde, du dagegen, denkst nur an dich. Oder würdest du etwa deine Artgenossen einweihen, solltest du das Geheimnis des Todes entschlüsseln? Würde es dich interessieren, was aus ihnen wird?«

Er sah sie ausdruckslos an, doch sein Schweigen war ihr Antwort genug.

50

An diesem Abend wartete Lilly bereits draußen auf Raphael, als die Dunkelheit hereinbrach. Sie hatte viel Zeit bei der Auswahl ihrer Kleidung verbracht, obwohl sie wusste, dass es lächerlich war, sich für ein paar Jugendliche herauszuputzen, die im Wald in einer Hütte lebten und sie ohnehin nicht sonderlich mochten. Trotzdem fühlte sie sich besser, nachdem sie eine enge Jeans, einen schwarzviolett geringelten Pullover und kleine silberne Ohrringe angezogen hatte.

Plötzlich war er da und gab ihr einen Kuss. »Ich hatte dich gebeten, nicht allein irgendwohin zu gehen.«

»Ich bin doch nicht weit vom Haus entfernt«, antwortete Lilly.

»Das wird Samuel nicht aufhalten.«

»Dann wird ihn nichts aufhalten.«

Einen Augenblick herrschte betretenes Schweigen. »Lass uns heute nicht darüber reden«, sagte Raphael.

»Nur zu gerne«, antwortete sie.

Fast schon automatisch verschränkten sie ihre Finger ineinander und gingen auf den Wald zu. Mit jedem Schritt wurde sie nervöser. Beim letzten Mal hatten die Sternenseelen noch darüber diskutiert, sie zu töten, und nun sollte sie sich mit ihnen unterhalten?

Raphael bemerkte ihre Unruhe und gab ihr einen Kuss. »Wird schon schiefgehen.«

Sie grinste. »Das befürchte ich.«

Es war überraschend, wie gut sie den Weg bereits kannte. Dieses Mal hätte sie ihn trotz der Dunkelheit von selbst gefunden, und auch die nächtlichen Geräusche bereiteten ihr nicht mehr halb so viel Angst wie die Tage zuvor.

Die Fenster waren hell erleuchtet, als sie die Hütte erreichten. Bevor sie die Tür öffnen konnten, riss Lea sie auf und umarmte sie beide. »Schön, dass ihr gekommen seid. Das Essen ist gleich fertig.«

»Du hast gekocht?«, fragte Raphael erstaunt.

Lea lachte. »Um Himmels willen, nein, Ras war bei einem Chinesen, ich wärme es nur auf.«

»Du musst wissen«, erklärte Raphael, »dass hier einer schlechter als der andere kocht. Shiori darf man noch nicht mal etwas aufwärmen lassen, zumindest wenn man nicht auf Angebranntes steht.«

»Klingt viel versprechend.«

Drinnen schlug ihnen der Geruch von Sojasoße, gebratenem Hühnchen und Reis entgegen. Sie zogen ihre Schuhen und Jacken aus und gingen in den Wohnbereich hinüber. Torge hantierte ungeschickt in der Küche herum und sah Lea flehentlich an, die ihn sogleich ablöste. Dann klopfte er Raphael kurz auf die Schulter und umarmte Lilly. »Die unfreundliche Begrüßung vom letzten Mal tut mir leid«, sagte er. »Ist alles nicht so einfach für uns.«

»Da ist sie ja.« Ras betrat hinter ihnen das Zimmer und lächelte Lilly an. »Ich werde mich nicht entschuldigen, aber du musst wissen, dass du von nun an hier willkommen bist. Von allen.« Er sah zum Tisch hinüber, an dem Felias und Shiori saßen, die sie trotz Ras' Worten weiterhin feindselig anstarrten.

»Wo ist Anni?«, fragte Lilly.

»Sie holt Eiscreme«, antwortete Torge.

»Wie bitte?«

»Ein Gefrierschrank frisst zu viel Strom, deswegen können wir Gefrorenes immer nur kurz vorher kaufen. Und die Jungs stehen auf Eis«, rief Lea aus der Küche.

Sie gingen zum Tisch und setzten sich. Zuerst herrschte betretenes Schweigen, das dann überraschenderweise von Felias gebrochen wurde. »Ich kann mich kaum an den gestrigen Tag erinnern, aber ich weiß noch, dass es irgendein Problem mit Samuel gab.« Als die anderen ihn überrascht ansahen, fügte er hinzu: »Was denn? Wenn sie schon hier ist, möchte ich wenigstens das Beste daraus machen.«

Raphael klopfte ihm auf die Schulter. »Danke.«

»Das bedeutet nicht, dass ich damit glücklich bin.«

Trotzdem ein kleiner Fortschritt, dachte Lilly bei sich, bevor sie ihm antwortete. »Samuel baggert Michelle an.«

»Daran erinnere ich mich. Ich glaube, ich habe versucht, ihn von ihr fernzuhalten.«

»Du hast sie zum Dorffest eingeladen und dabei einen Streit mit Samuel vom Zaun gebrochen«, stimmte Lilly zu.

»Das war leichtsinnig«, mischte sich Ras ein. »Am Tag bist du wehrlos.«

»In der Schule bin ich einigermaßen sicher, aber für Michelle ist es noch viel gefährlicher. Sie hat keine Ahnung, was für ein Monster er ist.«

»Ich hätte nie gedacht, dass du dir Sorgen um ein Mädchen machen würdest«, platzte es aus Lilly heraus.

»Lass dich bloß nicht von seinem Gehabe täuschen«, sagte Lea. »Er ist ein guter Kerl.«

Ras stand auf, holte aus einer Kiste eine Flasche Cola und goss jedem ein Glas ein.

»Und ich sitze direkt neben euch, also redet nicht einfach über mich, als wäre ich nicht da«, beschwerte sich Felias, dann sah er Lilly an. »Saiph, mein Stern, ist das Gestirn der Krieger. Das Sternenlied singt für mich von Kampf und Tod. Ich habe mein Leben dem Schutz der Menschen und der Ausrottung der Sternenbestien gewidmet. Im Gegenzug gönne ich mir den einen oder anderen Flirt mit einem Mädchen. Ich verspreche nie etwas und mache ihnen keine falschen Hoffnungen. Ist das so verwerflich?«

Sie sah ihn überrascht an. »Es klingt vernünftig, trotzdem brichst du unzählige Mädchenherzen.«

Er zuckte mit den Achseln. »Besser gebrochene Herzen als tote Menschen. Aber wie ging es mit Michelle weiter?«

Sie zögerte, sah in die Runde, blieb kurz bei Shioris verschlossenem Gesicht hängen und begann dann zu erzählen. Sie ließ nichts aus, auch nicht den peinlichen Streit beim Mittagessen.

»Du wirst dich damit abfinden müssen, dass er Michelle vermutlich als Erstes töten wird«, sagte Ras.

Wenn Ansgar ihm nicht zuvorkommt, dachte Lilly und erinnerte sich voller Sorge an Amys blasses Gesicht. Das Gegengift schien nicht so schnell zu wirken, wie sie gehofft hatte. »Aber warum machen die Sternenbestien das?«

»Wen interessiert das?«, fragte Shiori. »Wenn ich eine sehe, spüre ich ihre Bösartigkeit. Sie gehören vernichtet. So ist der Lauf der Welt, und so sollte es sein.«

Lilly sah fragend zu Raphael, doch der schüttelte unmerklich den Kopf.

Lea stellte die ersten Schüsseln auf den Tisch. So hübsch angerichtet machte das Essen deutlich mehr her, als wenn man es direkt aus den Pappschachteln aß.

»Sollten wir nicht auf Anni warten?«, fragte Lilly.

»Sie wird sicher bald kommen, ansonsten wärme ich ihr später etwas auf.«

»Wenn ich etwas übrig lasse«, grinste Torge.

»Dafür werde ich schon sorgen.« Lea gab ihm einen liebevollen Knuff, woraufhin er sie auf seinen Schoß zog und küsste.

Während sie aßen, herrschte Stille. Lilly war fasziniert von der Geschwindigkeit, mit der sie das Essen in sich hineinschlangen. Es erinnerte sie an eine Meute hungriger Wölfe, die sich gegenseitig belauerten, um nicht zu kurz zu kommen. Als Torge noch kauend nach der letzten Portion griff, gab ihm Lea einen Klaps auf die Hand. »Wir müssen etwas für Anni übrig lassen.«

»Die sollte besser bald mit dem Eis kommen«, murrte er, fügte sich jedoch in sein Schicksal.

Nachdem Lilly ihren Teller geleert hatte, wagte sie eine weitere Frage. »Kennt ihr euch schon lange?«

Dieses Mal war es Ras, der ihr antwortete. »Saiph und Antares sind seit mehr als einem Jahrhundert befreundet.«

»Um genau zu sein«, erklärte Felias mit vollem Mund, »war er es, der mich kurz nach meiner Wandlung fand. War eine ziemlich üble Zeit.«

»Er arbeitete auf einem englischen Fischerkahn, der bei einem Sturm im Ärmelkanal sank«, erzählte Raphael. »Ich spürte, wie ein neuer Stern geboren wurde, aber es dauerte eine Woche, bis ich ihn fand.«

»Ich bin mit den anderen ertrunken und dann wiedererwacht. Mitten auf dem Meer ist das kein Vergnügen. Ich trieb tagelang auf dem Ozean, fror und wünschte mir den Tod herbei. Mann, war ich angepisst, als ich erfuhr, was los war.«

»Zuerst schlug er mich nieder, als wäre es meine Schuld«, lachte Raphael.

Lilly schauderte es. Wie schrecklich musste es sein, auf diese Weise zu sterben? Sie sah in die Gesichter der anderen. Waren sie alle auf derart brutale Art gestorben? Vermutlich.

Wie sonst sollten so junge Menschen ums Leben kommen?
»Ihr spürt also, wenn eine Sternenseele in der Nähe ist?«

»Nicht immer, aber die Geburt eines neuen Sterns verändert das Sternenlied und führt uns zueinander«, erwiderte Shiori.

Lilly sah sie überrascht an. Es war das erste Mal, dass sie an diesem Abend sprach. Ihr onyxfarbenes Haar schimmerte im Licht der Lampe und ließ ihre Haut noch blasser erscheinen.

»Ich traf die beiden 1953, als wir eine neugeborene Sternenbestie in der Taiga jagten«, sagte Ras.

»Woher wisst ihr, wo ihr sie findet?«

»Das Sternenlied verändert sich ebenfalls, wenn eine Bestie geboren wird, und oft warnt es uns schon vorher. Es ist unser einziger Vorteil ihnen gegenüber.«

»Sind sie wirklich so viel mächtiger?«

»Du hast Samuel kämpfen sehen«, antwortete Felias bitter. »Und da war er noch unerfahren und schwach. Mit jedem Tag gewinnt er mehr Wissen über sich und die Vergangenheit der Bestien. In jeder Nacht saugt er mehr Macht aus der Finsternis. Die ältesten Sternenbestien können selbst von drei Dutzend Sternenseelen nicht bezwungen werden.«

Lilly schluckte. Wie alt mochte Ansgar sein? »Gibt es solche Wesen?«

»Wir wissen es nicht«, antwortete er düster. »Es wird gemunkelt, dass es eine uralte Bestie gibt, die die anderen koordiniert, aber niemand hat bisher eine Spur von ihr entdeckt.«

»Zumindest hat uns der Rat nicht darüber informiert«, fügte Ras hinzu.

Torge stand auf und holte sich aus einem Schrank Brot, Erdnussbutter und Himbeermarmelade. »Bis das Eis da ist, bin ich verhungert«, stellte er fest.

»Und wie hat der Rest von euch sich kennen gelernt?«, fragte sie.

Ras zögerte und schmierte sich zuerst auch ein Brot.

»Wir erhielten vor vier Jahren den Auftrag, hierherzukommen. Hat dir Raphael etwas von unserer Aufgabe erzählt?«

Lilly schüttelte den Kopf.

»Das ist besser so.«

»Vertraut ihr mir denn immer noch nicht?«

»Das hat nichts mit Vertrauen zu tun«, sagte die Asiatin. »Wenn Samuel dich in die Finger bekommt, wird er dich foltern.«

Raphael sah Shiori scharf an. »Jag ihr keine Angst ein.«

»Sie sollte Angst haben. Sie muss verstehen, in was für einer Gefahr sie schwebt, in was für eine Lage sie uns bringt.«

»Ich habe es verstanden«, antwortete Lilly auf einmal wütend. »Ist dein Herz so kalt, dass du nicht verstehen kannst, dass ich nicht so einfach meinen Stiefbruder opfern kann?«

51

Die Asiatin nahm sich eine weitere Scheibe Brot. »Mein Sternenname ist Shiori, der Stern des Todes.« Sie stach mit dem Messer in die Erdnussbutter und zog es wieder heraus. »Ich wurde im 18. Jahrhundert in Japan geboren, kastenlos. Weißt du, was das bedeutet?«

Lilly schüttelte den Kopf. Asiatische Geschichte hatten sie in der Schule kaum behandelt.

»Meine Familie und ich waren unerwünscht, Freiwild für alle. Das erste Mal wurde ich mit elf Jahren vergewaltigt. Mit sechzehn Jahren fielen Soldaten über unsere Gruppe her.«

Sie sagte es so beiläufig, dass es Lilly kalt den Rücken hinunterlief.

»Erst tötete man die Babys und kleinen Kinder, dann zwang man die Männer zuzusehen, wie man uns Mädchen und Frauen missbrauchte. Zum Schluss wurden wir getötet.«

»Warum hat man etwas derart Schreckliches getan?«

Shiori zuckte mit den Achseln. »Es gab Gerüchte, wir hätten Pferde gestohlen. Das genügte in der damaligen Zeit. Ich erwachte als Sternenseele und beschloss, mich zur Kunoichi, einer Art Assassine, ausbilden zu lassen, um Rache zu nehmen. Jeder Einzelne der Mörder meiner Familie fand den Tod. Ich löschte ihre gesamten Familien und Nachkommen aus. Was glaubst du nun, wie viel Mitleid ich mit Mördern oder potenziellen Mördern wie deinem Samuel habe?«

»Nicht viel«, sagte Lilly leise.

»Noch ist Zeit«, beschwichtigte Ras sie. »Aber würde es dir etwas ausmachen, für ein paar Minuten nach draußen zu gehen? Wir müssen etwas besprechen. Lea wird dich begleiten.«

»Muss das sein?«, fragte Raphael. »Du wusstest, dass die Botin heute kommt.«

»Wer?« Lilly sah von einem zum anderen.

»Eine Botin vom Rat hat sich angekündigt, um uns eine Nachricht zu bringen. Menschen ist es nicht gestattet, dabei anwesend zu sein. Es wäre ohnehin besser, wenn sie nichts von deiner Verstrickung in unsere Angelegenheiten erfährt.«

»Sie würde ebenfalls meinen Tod verlangen«, hauchte sie.

Ras nickte. »Der Rat kann sehr unnachgiebig sein.«

Lilly gab Raphael einen Kuss auf die Wange. »Ein wenig frische Luft wird mir guttun.«

Sie war fast schon etwas erleichtert, als sie mit Lea nach draußen ging und die kalte Luft auf ihrer Haut prickelte. Die Erzählungen, wie sie den Tod gefunden hatten, erschütterte Lilly. Wie musste es sein, mit solchen Erinnerungen zu leben? Mit einem Mal erschien ihr eigener Verlust ihr fast lächerlich dagegen.

»Komm mit mir«, sagte Lea. »Ich zeige dir meinen Lieblingsplatz. Torge hat ihn für mich gebaut.«

»Du liebst ihn sehr, oder?«

»Ja, er ist mein Zwillingsstern, aber ich glaube, auch wenn uns das Schicksal nicht füreinander bestimmt hätte, hätten wir uns gefunden.«

Es musste schön sein, jemanden zu haben, von dem man wusste, dass er einen bedingungslos liebte und sich daran nie etwas ändern würde, dachte Lilly. Was würde geschehen, sollte doch Raphaels Zwillingsstern wiedergeboren werden?

Schweigend gingen sie durch die Ruine. Der Mond schien so hell, dass Lilly sich gut zurechtfand und die Schönheit der fahlen, überwucherten Steine bewunderte, zwischen denen Gräser und zierliche Blumen wuchsen. Lea führte sie um eine Mauer herum, woraufhin sie zu einer kleinen Nische im Mauerwerk kamen, in der eine verschnörkelte, gusseiserne Bank unter einem Rosenbogen stand. Mit dem Efeu im Hintergrund und dem leisen Plätschern des Baches war es ein friedlicher, idyllischer Ort. »Oh, wie wunderschön«, seufzte Lilly.

»Ich war unglücklich, im Wald leben zu müssen, deshalb hat Torge mir diesen Rückzugsort geschaffen.«

Sie setzten sich einander gegenüber auf die Bank, Lilly zog die Knie an und umschlang ihre Beine mit den Armen. »Du bist noch nicht lange eine Sternenseele?«

»Erst seit einem Jahr. Ein doofer Badeunfall.« Sie biss sich auf die Unterlippe. »Ich hatte ein schönes Leben, eine tolle Familie, einen lieben Stiefbruder.«

»Glauben deine Eltern, du seist tot?«

Lea schüttelte den Kopf. »Offiziell studiere ich in Heidelberg. Ab und an rufe ich sie an, aber es ist schwer. Ich kann sie immer nur kurz besuchen und muss dabei höllisch aufpassen.« Sie hob die Hand, von dem schimmernder Sternenstaub aufstieg. »Das dürfen sie niemals sehen.«

Lilly spürte Mitleid mit ihr. Sie wusste, wie schlimm es war, Geheimnisse vor ihrer Familie zu haben, aber immerhin durfte sie ihre Mutter noch jeden Tag sehen. »Wie schaffst du das, wenn du tagsüber nicht bei Bewusstsein bist?«

»Wie gesagt, ich besuche sie nur für wenige Stunden, bevorzugt im Winter, wenn es lange dunkel ist. Sie vertrauen mir.« Sie seufzte traurig. »Deshalb glauben sie auch meine

Geschichte von meinem Nebenjob im Nachtdienst, die ich ihnen erzählt habe, um meinen seltsamen Schlafrhythmus zu erklären.«

Lea schloss die Augen und lehnte den Kopf gegen die Mauer. »Manchmal bin ich einfach nur müde. In einem Jahr wird Torge sterben, in zwei Jahren ich. Ich weiß nicht, was schlimmer ist. Das Wissen, meinen Freund zu verlieren, oder die Vorstellung, wie sehr meine Familie leiden wird, wenn ich plötzlich verschwinde.«

Lilly rutschte unbehaglich auf der Bank hin und her. Es war unheimlich, mit jemandem zu sprechen, der seinen genauen Todestag kannte. »Können die anderen es nicht wie einen Unfall aussehen lassen?«

Lea schüttelte den Kopf. »Ich werde altern. Innerhalb weniger Wochen werde ich zur Greisin werden. Wie sollen das meine Eltern verstehen? Ich habe bereits überlegt, mich vorher zu töten, damit sie ein Grab und eine Leiche zum Trauern haben, aber ich weiß nicht, ob ich den Mut dazu habe.« Sie sah auf. »Es tut mir leid, dass ich dich damit belästige. Du hast genug eigene Sorgen.«

»Ich höre dir gerne zu«, sagte Lilly wahrheitsgemäß. So traurig es war, fühlte sie sich doch mit Lea verbunden.

»Es ist das Einzige, über das ich nicht mit Torge sprechen kann. Er erträgt den Gedanken nicht, mich allein zu lassen, und noch viel weniger, dass ich sterben werde.«

Lilly pflückte ein Efeublatt und begann, es in kleine Stücke zu reißen. »Wie schaffst du es, so locker über deinen Tod zu sprechen?«

»Anfangs war es schwer, aber irgendwann gewöhnt man sich daran. Ich betrachte meine verbleibende Zeit als Geschenk – immerhin bin ich eigentlich schon tot. Zudem ist es tröstlich, zu wissen, dass es nicht das Ende ist, sondern dass ich zu meinem Stern zurückkehren werde.«

»Raphael behauptet, dass eure Seelen den Weg zu eurem Stern nicht finden werden«, sagte Lilly erstaunt.

»Ich weiß, aber ich glaube es nicht. Wir waren Menschen, und ich spüre, dass mein Stern mich liebt. Wieso sollte er unsere Seelen vernichten, und wieso sollte etwas, das so mächtig ist, dass es uns zum Leben erwecken kann, nicht in der Lage sein, uns zu sich zu rufen?«

Lilly nickte. »Die anderen scheinen es nicht gutzuheißen, dass Raphael und ich zusammen sind.«

»Es sind Kerle, was erwartest du? Sie sind so einfühlsam wie ein Holzklotz. Shiori versucht ohnehin, alle Gefühle zu unterdrücken, und Anni ist zu jung, um es zu verstehen.«

»Sie sieht nicht viel jünger aus als wir«, entgegnete Lilly.

»Von uns allen hat sie vermutlich das meiste Leid ertragen, und das hat sie gezeichnet. Sie wuchs in einem KZ auf und starb kurz vor der Befreiung auf einem Todesmarsch. Du solltest sie nicht darauf ansprechen, ihre Erinnerungen daran sind zu frisch.«

Lilly schloss die Augen. Bestand denn die ganze Welt nur aus Leid und Tod?

Als sie die Augen wieder öffnete, sah sie Lea, die sie voll Mitleid anblickte. Wolken aus Sternenstaub stiegen um sie auf, und der silberne Stern um ihre Pupille leuchtete. »Ich würde dir so gerne helfen«, flüsterte sie. Dann sah sie sich um. »Da kommt jemand.«

In dem Moment trat Raphael aus den Schatten hervor. »Wir müssen reden«, sagte er düster. »Lea, geh zu den anderen. Ich begleite Lilly nach Hause.«

»Was ist passiert?«, hauchte Lilly. Sie ahnte Schreckliches.

»Ich bringe dich erst mal weg von hier.«

Sie zitterte innerlich und äußerlich, als sie durch den Wald gingen. So finster hatte sie ihn noch nie erlebt. Als sie den

Hauptweg erreichten, blieb sie stehen. »Ich gehe keinen Schritt mehr weiter, wenn du mir nicht sagst, was geschehen ist.«

Er seufzte. »Da vorne können wir uns hinsetzen.« Er zeigte in das Dunkel, und sie erinnerte sich daran, dass sie in der Nähe eine alte, von den Jahren morsche Bank gesehen hatte. Raphael hielt ihre Hand fest umklammert, während sie zu ihr gingen und sich setzten. Es fiel ihm sichtlich schwer, sie anzusehen, als er zu sprechen anfing. »In den Reihen der Sternenbestien scheint man auf uns aufmerksam zu werden.«

»Ihr werdet ihn töten, egal, wie sehr ich dich bitte, es nicht zu tun«, stellte sie tonlos fest. Sie musste Ansgar unbedingt davon überzeugen, ihr früher zu helfen. Sie durfte nicht so kurz vor dem Ziel scheitern.

»Ich werde es so lange herauszögern, wie ich kann, aber unsere Befehle sind eindeutig.«

Sollte sie Samuel warnen? Doch das wäre Verrat an Raphael, und Ras würde sie zur Strafe töten, daran bestand kein Zweifel. »Wie lange?«

»Ich weiß es nicht. Es tut mir so leid.« Er zog sie an sich, und sie brach in Tränen aus.

»Wenn es dir hilft, werde ich nicht dabei sein.«

»Du gehörst trotzdem zu denen, die seinen Tod wollen«, flüsterte sie.

Er fasste ihr unters Kinn und zwang sie, ihn anzusehen. »Lilly, ich liebe dich, aber mir bleibt keine andere Wahl, und tief in deinem Herzen weißt du es.«

»Ich werde dich immer lieben, aber es wird danach nie mehr so sein wie jetzt. Meine Mutter … sie wird mich brauchen.«

Er küsste ihre Tränen von den Wangen, strich feuchte Strähnen aus ihrem Gesicht. »Ich werde warten. Zeit habe ich im Überfluss.«

»Aber ich nicht«, sagte sie bitter. »In wenigen Jahren werde ich älter sein als du.«

»Nur äußerlich. Das Einzige, das mich interessiert, liegt hier«, er legte eine Hand auf ihr Herz, »und hier.« Er tippte gegen ihre Schläfen.

»Lass uns an deinen geheimen Ort auf dem Schuldach gehen«, bat Lilly. »Ich möchte diese Nacht genießen.«

Nachdem er sie durch den Gang geführt hatte, verschwand Raphael noch einmal, um einen Stapel Decken zu holen, den er über sie ausbreitete. Lilly setzte sich rittlings auf seinen Schoß, beugte sich vor und gab ihm einen tiefen Kuss, dabei blinzelte sie eine einzelne Träne, die sich in ihren Wimpern verfangen hatte, weg. Sie ahnte, dass es ihre letzte gemeinsame Nacht sein würde. Bald würde sich alles ändern, und Lilly fürchtete sich vor den nächsten Tagen.

Raphaels Finger glitten unter ihren Pullover, strichen über ihren Bauch und fuhren zwischen ihren Brüsten hinauf. Prickelndes Verlangen durchfuhr Lilly. Sie küsste ihn leidenschaftlich und fest, während sie ihm sein Sweatshirt über den Kopf zog. Er tat es ihr gleich, bis ihrer beider Haut heiß und nackt aufeinanderlag. Seine Hände erkundeten jeden Zentimeter ihres Körpers, setzten sie in Flammen, doch dann hielt er plötzlich schwer atmend inne und sah sie ernst an. »Ich liebe dich. Ich werde dich immer lieben. Du brauchst mir nichts zu beweisen.«

Lilly stand wortlos auf, stellte sich einige Schritte von ihm entfernt hin, dann zog sie langsam ihre Hose aus, bis sie nackt vor ihm stand. Der Schein der Kerzenflammen tanzte auf ihrem Körper, als sie zu ihm zurückging. »Ich will dich.«

Seine Augen wurden dunkel vor Leidenschaft, und er stöhnte auf, als er sie an sich zog und ihr Gesicht mit unzähligen Küssen bedeckte.

Lilly hatte sich noch nie zuvor so gefühlt, süßes Verlangen durchflutete sie, ließ sie sich bei jeder seiner Berührungen ihm entgegenwölben. Sie bemerkte kaum, wie er sich seiner Hose entledigte und sich auf sie legte. Ihre Körper passten perfekt zueinander, fügten sich in ihren Konturen ineinander wie Puzzleteile.

»Bist du dir sicher?«, fragte er zwischen zwei Küssen.

»Absolut«, antwortete sie. »Ich liebe dich.«

»Ich liebe dich auch«, flüsterte er heiser.

Dann durchdrang Lilly plötzlich ein scharfer Schmerz, und sie fühlte sich vollkommen ausgefüllt. Er küsste sie erneut, seine Zunge tauchte tief in ihren Mund, ließ sie den Schmerz vergessen und das Verlangen zurückkehren, bis es in ihr in einer fast schon schmerzhaften Intensität brannte und allen Kummer verzehrte. Es gab nur noch sie beide, vereint in einem uralten Rhythmus, der sie in Wogen davontrug.

Später lagen sie schweißüberströmt, mit ineinander verschränkten Beinen unter der Decke, tauschten kleine Küsse und zärtliche Worte, bis Lilly in seinen Armen einschlief.

52

Lilly kehrte erst kurz vor der Morgendämmerung nach Hause zurück. Ihre Lippen fühlten sich von Raphaels leidenschaftlichen Küssen wund und geschwollen an, aber sie glühte innerlich vor Glück.

Es gelang ihr, sich umzuziehen und aus dem Haus zu stehlen, ohne sich einer neuerlichen Konfrontation mit Samuel oder ihrer Mutter stellen zu müssen. Sie war noch nicht bereit, sich ihr Hochgefühl rauben zu lassen, wollte so lange von ihm zehren, wie es ihr möglich war.

Vom Unterricht bekam sie kaum etwas mit, immer wieder rief sie sich die letzte Nacht vor Augen, schwelgte in der Erinnerung ihrer Leidenschaft. Da sie an diesem Vormittag einen speziellen Mathematik-Physik-Kombinationskurs hatte, begegnete sie weder Michelle noch Raphael.

Erst in der Mittagspause brach ihre Hülle aus Glücksgefühlen zusammen, als sie Michelle weinend in einer Ecke des Gartens entdeckte. Sie zögerte einen Moment, ging jedoch zu ihr. »Was ist denn geschehen?«

Die Rothaarige sah zu ihr auf, dann ergriff sie ihre Hand. »Amy ist vorhin zusammengebrochen und wurde sofort ins Krankenhaus gebracht. Sie liegt im Koma.« Ein neuerlicher Schluchzer durchzuckte sie.

In Lilly breitete sich eisiger Zorn aus. Ansgar! Hatte er ihren Pakt jetzt schon gebrochen?

Michelle warf ihr einen flehentlichen Blick zu. »Können

wir wieder Freundinnen sein? Es tut mir leid. Ich werde auch die Finger von Samuel lassen.«

Lilly setzte sich neben sie und umarmte sie. Eine einzelne Träne rann ihre Wange hinunter. »Natürlich, und mach dir wegen Samuel keine Gedanken. Ich werde schon damit klarkommen.« Nun machte es auch keinen Unterschied mehr. Die nächsten Stunden würde Michelle zu abgelenkt sein, um sich auf Samuel einzulassen, und danach wäre er vermutlich tot. Sie glaubte nicht, dass Ansgar sich noch an ihre Abmachung halten würde. Nicht, wenn er Amy jetzt schon als Druckmittel aufgab.

»Ich bin mir gar nicht so sicher, ob ich wirklich auf ihn stehe. Er kann genauso merkwürdig sein wie dein Raphael.«

In Lilly tosten die Gefühle wie die Sturmbrandung gegen eine Klippe, verdrängten jede Furcht oder Vorsicht, als sie die Tür zu Ansgars Raum aufriss und ihm mit flammenden Augen gegenübertrat. »Ist das deine Art, Vereinbarungen einzuhalten?«

»Wovon sprichst du?« Er sah sie überrascht an.

»Von Amy natürlich«, fauchte sie ihn an, trat auf ihn zu und boxte gegen seine Brust. Wenn sie ihm dabei wehtat, so zeigte er es zumindest nicht.

»Was ist mit ihr?«

»Sie liegt im Koma, du scheinheiliger Mistkerl!« Sie trommelte mit ihren Fäusten gegen seine Brust, und noch immer wehrte er sich nicht, stand nur reglos da und sah mit undeutbarer Miene auf sie hinab.

»Sie hat das Gegenmittel bekommen. Wenn es nicht wirkt, ist es nicht meine Schuld.«

»Wer hat sie denn vergiftet?« Lilly sank schluchzend in die Knie. Alle Kraft hatte sie verlassen. Das ständige Kämpfen zehrte an ihr, die Erschöpfung gewann die Oberhand.

Er beugte sich vor, streckte eine Hand nach ihr aus. Lilly war zu müde, um ihm auszuweichen. Sein Zeigefinger strich sanft über ihre Wange, nahm eine glitzernde Träne auf, die er mit verwunderter Miene betrachtete. »All diese Emotionen«, flüsterte er. Für einen Augenblick herrschte Schweigen. »Ich werde zu Amy fahren und ihr helfen. Ich halte mich an unsere Vereinbarung.«

»Und das soll ich dir glauben?«, fragte sie bitter.

»Du wirst es ja sehen.«

Langsam richtete sie sich wieder auf. »Da du unsere Abmachung offensichtlich gebrochen hast, gibt es für mich keinen Grund, noch länger hierzubleiben.«

Seine Miene verdüsterte sich. »Und wenn ich dir bereits jetzt verrate, wie du Samuel retten kannst?«

Neue Hoffnung keimte in ihr auf. Doch durfte sie einer Sternenbestie trauen? Ansgars seltsames Verhalten verwirrte sie. Mal wirkte er ebenso bösartig wie Samuel, und dann waren da diese Augenblicke, in denen sie sich ihm nahe fühlte, fast wie bei einem Freund. »Das würdest du tun?«

Das Schwarz seiner Pupillen floss in seine Augen. Eine eindrucksvolle Methode, sie daran zu erinnern, was er wirklich war. »Ja, aber vergiss nicht, was ich dir und allen, die du liebst, antun werde, solltest du mich verraten. Selbst wenn du Samuel gerettet hast, wirst du weiterhin hierherkommen und Schweigen über meine Existenz bewahren.«

Sie nickte, auch wenn sie wusste, dass es nur eine Abmachung auf Zeit war. Einer von ihnen würde früher oder später den Pakt brechen.

»Ich werde dir die Möglichkeit verleihen, ihm zu helfen, indem ich dir das Amulett der Urlander gebe. Ob du es einsetzt oder nicht, liegt bei dir.« Er ging zu dem Tisch, öffnete eine Schublade und entnahm ihr ein Kästchen. Daraus zog er eine dünne, silberne Kette hervor, an der ein flacher, schwarzer Stein hing. Ein schlichtes Schmuckstück, das ihr trotzdem ausgesprochen gut gefiel. »Trag es, bis es an der Zeit ist, es zu benutzen.«

»Ein Schmuckstück? Willst du mich verarschen?« Lilly streckte die Hand aus und wickelte die Kette um ihre Finger, bevor sie sie mit dem Amulett zurückzog.

»Es ist mehr als das. Es wurde im 12. Jahrhundert von einer mächtigen Sternenbestie hergestellt. Allerdings war es nur ein unerwünschtes Nebenprodukt einer Versuchsreihe. Wie du dir vorstellen kannst, war niemand darauf erpicht, das Wissen um seine Existenz in Umlauf zu bringen.«

»Aber du weißt, wie man solche Amulette herstellt?«, fragte sie atemlos.

»Nein, die Aufzeichnungen wurden vernichtet, und ich stieß auch nur durch Zufall in einem kleinen sibirischen Dorf auf das Amulett. Es wäre ohnehin kein Weg, den du bereit wärst, zu gehen. Sein Erschaffer war bekannt für seinen hohen Verbrauch an Menschenleben.«

Sie war sich nicht sicher, ob sie ihm das glauben sollte, doch für den Augenblick genügte es, wenn sie eine Möglichkeit fand, Samuel zu retten. Sie zwang die leisen Stimmen in ihrem Kopf, die sie zur Vorsicht mahnten, zur Ruhe. »Wie wende ich es an?«

»Press den Stein auf Samuels Stirn.«

»Mehr nicht?« Lilly war fassungslos. Wie konnte es so einfach sein, Samuel zu befreien, ohne dass jemand davon wusste?

Ansgars Augen schimmerten noch immer in flüssigem Schwarz. »Das Amulett verlangt ein Opfer. Es wird die Essenz der Bestie aus deinem Bruder ziehen, aber ein Teil wird bei dem Vorgang auf dich übertragen. Er wird frei sein, aber du wirst auf ewig einen Splitter der Finsternis in dir tragen.«

»Das bedeutet, statt seiner werde ich zur Sternenbestie?«, fragte sie schockiert. Vor was für eine Wahl stellte er sie?

Er zögerte einen Moment, schien über seine nächsten Worte nachzudenken. »Am Tag wirst du ganz du selbst sein, aber in der Nacht wird die Bestie in dir aufbegehren und dich in tiefen Schlaf zwingen.«

»Aber es wird mich nicht kontrollieren?«

Wieder zögerte er. »Deine Seele wird unbeschadet bleiben, dennoch ist sie verloren. Mit deinem Tod wird dich die Bestie in die Finsternis zerren, und du wirst erlöschen.«

Die Aussicht, von dem Bösen infiltriert zu werden, das Samuel dazu brachte, Tiere zu töten, entsetzte Lilly. Sie liebte ihre Mutter, wollte Samuel nicht sterben lassen, aber war sie dafür bereit, ihre Seele zu opfern? Trotzdem umklammerte sie die Kette, als sie den Raum verließ. Ansgars nachdenkliches Lächeln, das auf ihr ruhte, bemerkte sie nicht.

53

Ansgar starrte die Tür noch eine Weile an, nachdem Lilly gegangen war. Was war nur mit ihm los? Er spürte noch immer ihre Fäuste auf seiner Brust, doch statt Zorn oder gar Gefallen an ihrem Kummer hatte er etwas vollkommen Neues empfunden. War es Mitleid? Er schüttelte den Kopf. Das war absurd. Sosehr er auch die gemeinsamen Erinnerungen aller Sternenbestien durchforstete, konnte er keine finden, die zuvor Ähnliches gefühlt hatte. Ihnen waren nur wenige Emotionen vergönnt, die sich alle um Zorn, Hass und primitive Lust drehten.

Er schüttelte sich, um die ungewohnten Empfindungen zu verdrängen. Auch wenn er ihr das Amulett früher hatte geben müssen, als er geplant hatte, verlief doch alles gemäß seinen Erwartungen. Er verließ seinen Raum, schloss sorgfältig ab und begab sich auf die Suche nach Samuel. Es war an der Zeit für die nächste Phase: Jagd auf Lilly.

Er fand ihn in einer Ecke der Cafeteria, wo er lüstern eine Gruppe Mädchen anstarrte. »Du musst noch viel lernen, wenn du glaubst, dich ohne Konsequenzen an einer von ihnen vergreifen zu können.«

Samuel sah ihn verächtlich an. »Ich fürchte die Menschen nicht.«

»Das solltest du aber. Sie sind uns in ihrer Anzahl überlegen.«

»Im Gegensatz zu dir bin ich kein Feigling.«

»Zwischen Feigheit und Vorsicht liegt ein Unterschied, den auch du irgendwann begreifen wirst. Vorausgesetzt, du lebst lange genug.« Ansgar packte ihn am Oberarm und drückte so fest zu, dass nur ein wenig mehr Druck seine Knochen hätten zersplittern lassen. Es war an der Zeit, ihn wieder daran zu erinnern, wer das Sagen hatte. Samuel keuchte leise auf, beherrschte sich ansonsten aber erstaunlich gut.

Er ließ ihn los. »Da ich deine Begierden kenne, bin ich dennoch bereit, dir zu helfen.«

Misstrauisch sah Samuel ihn an. »Warum solltest du das tun?«

»Wenn du zu viel Aufmerksamkeit auf dich ziehst, bringst du auch mich in Gefahr. Deshalb mein Vorschlag: Du vergnügst dich mit Lilly, und ich beseitige die Spuren.«

»Bist du dein kleines Spielzeug leid?«, höhnte Samuel.

»Ich habe von ihr bekommen, was ich wollte, nun brauche ich sie nicht mehr. Außerdem weiß sie zu viel. Also, was ist? Willst du sie, oder soll ich mich selbst um sie kümmern?«

»Nein, nein«, antwortete Samuel voller bösartiger Vorfreude in den Augen. »Dieses Vergnügen gehört ganz mir.« Damit wandte er sich ab.

Ansgar sah ihm hinterher, wie er die Glastür öffnete und die Treppe heruntereilte. Er war gespannt, wie die Begegnung zwischen ihm und Lilly enden würde.

54

Als sie am Nachmittag nach Hause kam, war alles dunkel. Es war Mittwoch, weshalb Samuel und Thomas direkt von der Schule nach Mannheim fahren wollten, um sich ein Eishockeyspiel anzusehen, damit Lilly mit ihrer Mutter ihren traditionellen Videoabend abhalten konnte. Sie hoffte, dass Raphael sie später besuchen würde, aber er hatte es nicht versprechen können.

Moni war ungewöhnlich still an diesem Abend, selbst ihre Brille, ganz in sterilem Silber, spiegelte ihre eigenartige Stimmung wider. Sie setzten sich auf die Couch und legten den *Herr der Ringe* ein, nicht die moderne Fassung von Peter Jackson, sondern den alten Zeichentrickfilm, und aßen dabei eine Thunfisch-Pizza, die Moni mitgebracht hatte. Lilly fiel es unglaublich schwer, wach zu bleiben. Sie fühlte sich mit den immer größer werdenden Problemen überfordert. Sollte sie das Amulett tatsächlich benutzen? Ihre eigene Seele, ihre Liebe opfern? Auf dem Rückweg war ihr noch eine weitere Konsequenz eingefallen, falls sie Samuel rettete: Sie würde nie wieder mit Raphael zusammen sein können. Ihm gehörte die Nacht und ihr der Tag. Aber hatte sie eine Wahl? Durfte sie ihr eigenes Schicksal vor das Leben eines anderen Menschen, das Glück ihrer Mutter, stellen?

Moni zog die Beine an und umklammerte sie mit ihren Armen. »Du warst letzte Nacht wieder nicht zuhause.« Sie hob in einer Schweigen gebietenden Weise die Hand, als Lilly blass wurde und zu einer Antwort ansetzte. »Ich bin nicht böse, und ich werde dir keinen weiteren Hausarrest auferlegen. Ich habe in dir immer eine Freundin gesehen, und ich möchte, dass ich das für dich auch wieder werde.«

»Aber Mom, das bist du doch«, antwortete sie. »Meine beste Freundin.«

Ihre Mutter schüttelte den Kopf. »Besten Freundinnen vertraut man sich an und stiehlt sich nicht heimlich davon.«

Lilly verfluchte innerlich die vertrackte Situation und griff zu dem einzigen Argument, das ihre Mutter verstehen würde. »Es tut mir leid, ich bin nur total verliebt in den Jungen.«

Moni lächelte und forderte sie auf, zu ihr zu kommen, woraufhin sich Lilly in ihre Arme kuschelte und weiter an ihrem Pizzastück knabberte.

»Ich war auch mal jung, ich kenne das, aber ich mache mir Sorgen um dich. Wenn man zu sehr liebt, wird man blind für die Realität.«

»Ich komme schon klar.«

Moni strich ihr über den Kopf. »Den Eindruck habe ich nicht. Du schläfst kaum noch, ziehst dich von mir zurück und gehst übermüdet in die Schule.«

»Ich werde mich bessern«, versprach Lilly. In ein paar Tagen würde dieses Versprechen ohnehin wertlos sein. Samuels endgültiger Tod würde alles verändern.

»Ich weiß, dass es nicht einfach ist, mich mit Thomas zu sehen.«

»Nein, überhaupt nicht«, versicherte Lilly, aber Moni schüttelte nur den Kopf.

»Es ist ganz natürlich, wenn du so empfindest. Du musst mir allerdings glauben, dass ich deinen Vater bedingungslos geliebt habe. Er war mein Seelengefährte, alles, was ich mir von einem Mann wünschte. Mit ihm starb ein Teil von mir.«

»Ich weiß«, sagte Lilly und dachte beschämt an die Zeit direkt nach dem Tod ihres Vaters zurück. Damals hatte sie ihrer Mutter die Schuld an allem gegeben und sie mit Hass überschüttet.

»Ich hätte nie gedacht, nochmal jemanden zu finden, der das Risiko, diesen Schmerz erneut zu erleiden, wert ist, bis ich Thomas traf. Es wird nie so sein wie mit deinem Vater, aber er macht mich zufrieden.« Sie umfasste Lillys rechte Hand und sah sie flehentlich an. »Bitte mach es mir nicht kaputt.«

Sie schluckte. Tränen traten in ihre Augen. War sie nicht irgendwie mitverantwortlich, wenn Samuel starb und das Glück ihrer Mutter erneut ausgelöscht wurde? »Ich will, dass du glücklich bist«, sagte sie aufrichtig und schwor sich, alles zu tun, damit sie und Thomas es über die womöglich kommenden schweren Zeiten schaffen würden.

»Ich liebe dich«, antwortete Moni mit tränenerstickter Stimme.

»Ich dich auch.«

Während sie den Rest des Films anschauten, blieben sie schweigsam. Lilly war nicht nach Reden zu Mute, fast rechnete sie damit, dass Thomas jeden Augenblick hereinstürzen würde, um von Samuels Tod zu berichten – oder von Amys. Durfte sie weiterhin zögern? Es lag in ihrer Hand, ihren Stiefbruder zu retten, ihrer Mutter viel Leid zu ersparen und die Sternenseelen vor Ansgar zu warnen.

55

Als sie im Dunkeln erwachte, war sie zuerst orientierungslos, bis die rote Leuchtschrift ihres Weckers sie daran erinnerte, dass sie in ihrem Bett lag. Sie hatte nur wenige Stunden geschlafen. Warum war sie aufgewacht? Sie tastete nach dem Lichtschalter und kniff bei der plötzlichen Helligkeit die Augen zusammen. Dann schrie sie auf. Vor ihrem Bett stand Samuel, ein böses Grinsen im Gesicht und das lange Fleischmesser aus der Küche in der Hand. Sie krabbelte zurück, bis sie die Wand im Rücken spürte. »Was willst du?«, fragte sie tonlos.

»Wonach sieht es denn aus?«

»Du kannst mir nichts antun, ich werde schreien, und dann werden Moni und Thomas sehen, was für ein Monster du in Wirklichkeit bist.«

Er bedeutete ihr mit dem Messer, zu ihm zu kommen, aber Lilly dachte gar nicht daran.

»Wie gut, dass ich den beiden ein Schlafmittel in den Kakao gegeben habe, den sie von ihrem liebevollen Sohn natürlich nicht ablehnen konnten. Sie werden erst morgen Früh wieder aufwachen und sich wundern, wo das unfolgsame Töchterlein abgeblieben ist.«

Lillys Hand glitt unter ihr Kopfkissen, tastete nach dem Amulett und bekam es schließlich zu fassen. War es jetzt an der Zeit? Sterben oder ihre Seele verlieren? Nein, sie war noch nicht bereit. Durch den kurzen Schlaf fühlte sie sich klarer, und sie glaubte nicht mehr, dass sie Raphael und ihre Seele aufgeben konnte, nur um Samuel zu retten. Dazu fehlte ihr der Mut.

»Wenn du mir etwas antust, wird Raphael dich töten.«

»Ich fürchte ihn nicht mehr. Komm her, oder willst du, dass deine Mutter den Schreck ihres Lebens bekommt?«

Sie schüttelte den Kopf und stand langsam auf, dabei versteckte sie das Amulett in der Tasche ihrer Schlafanzughose, achtete jedoch darauf, dass sie es schnell in der Hand hatte, falls sie keinen anderen Ausweg fand.

»Jetzt mach schon.«

Sie schritt zu ihm, woraufhin er ihr bedeutete, die Tür zu öffnen. »Der Schlaf ist wie ein kleiner Tod«, sagte Samuel. »Wieso fürchtet ihr Menschen etwas, das ihr jeden Tag erlebt?«

»Dann bring dich doch selbst um«, fauchte sie ihn an. »Das würde uns allen einiges erleichtern.«

Das Schwarz von seinen Pupillen lief aus, überflutete seine Augen, sodass sie wie dunkle Krater aus seinem Gesicht hervorstachen. »Ich kann nicht sterben.«

Sie versuchte, sich ihre Angst nicht anmerken zu lassen, während sie zur Treppe ging. Am Absatz vergewisserte sie sich, dass er direkt hinter ihr stand, und trat mit voller Kraft aus, direkt zwischen seine Beine. Mit Genugtuung stellte sie fest, dass er offensichtlich immer noch Schmerzen empfinden konnte, als er aufkeuchend in die Knie ging. Kurz erwog sie, ihn noch gegen den Kopf zu treten, aber da er das Messer nach wie vor in den Händen hielt, war es ihr zu gefährlich. Stattdessen rannte sie, so schnell sie konnte, die Treppe hinunter, griff sich im Flur ihre Sneakers und stürmte hinaus. Nur wohin jetzt? Zu dem ältlichen Ehepaar, das neben ihnen wohnte? Selbst gegen einen normalen Menschen würden sie kaum etwas ausrichten können. Also konnte sie entweder auf gut Glück bei irgendwelchen Häusern klingeln, zum Internat rennen oder in den Wald, um sich zu den Sternenseelen durchzuschlagen.

Zu Raphael, entschloss sie sich. Wenn Samuel schon die Sternenseelen nicht mehr fürchtete, was sollten dann einfache Menschen gegen ihn ausrichten? Zur Not hatte sie noch immer das Amulett. Sie musste nur darauf hoffen, dass er ihnen nicht entkam, wenn er erst einmal die Ruine entdeckt hatte.

Bis sie den Wald erreichte, wagte sie es nicht, anzuhalten, obwohl Steine und kleine Dornen ihre Fußsohlen durchbohrten. Sie verbarg sich hinter einem Busch, rieb kurz ihre Füße ab, wobei sie froh war, dass sie im Dunkeln nicht sehen konnte, ob sie bluteten, und zog ihre Schuhe an. Dann rannte sie weiter. Samuel konnte nicht weit hinter ihr sein, aber er wusste nicht, wohin sie lief, vielleicht hatte sie eine Chance. Dennoch pochte ihr Herz wie verrückt, und trotz der Kälte traten Schweißperlen auf ihre Stirn. Sie unterdrückte den Drang, sich einfach ins Gras zu werfen und wie ein gelähmtes Kaninchen auf den Tod zu warten.

Stattdessen hastete sie weiter, bis ihre Lunge schmerzte und ihre Knie pochten. Sie war noch nie eine gute Läuferin gewesen.

Schließlich brauchte sie eine Pause und kauerte sich hinter einem Busch zusammen, um wieder zu Atem zu kommen. Ängstlich lauschte sie dabei auf jedes Geräusch, versuchte selbst an einem verräterischen Duft von Aftershave zu erkennen, ob Samuel sich ihr näherte oder ob es ihr gelungen war, ihn abzuhängen. Umso mehr erschreckte sie sich, als jemand von einem benachbarten Baum sprang und direkt vor ihren Füßen landete. Entsetzt schrie sie auf, warf sich herum, um zu flüchten, als eine Hand sie packte und nach hinten zerrte. »Ich bin es«, sagte eine vertraute Stimme. »Raphael.«

Lilly schluchzte vor Erleichterung auf und warf sich in seine Arme. Er strich ihr sanft über den Kopf, zupfte kleine Zweige und Blätter aus ihrem Haar. »Was machst du hier draußen?«

Sie löste sich von ihm, als ihr bewusst wurde, dass sie noch nicht in Sicherheit war. »Samuel, er wollte mich töten«, keuchte sie.

Eine steile Falte erschien auf seiner Stirn. »Hat er dich verletzt? Du blutest.« Er nahm ihre Hände und drehte sie herum. Voller Schrecken spürte sie nun die klebrige Flüssigkeit, die an ihnen haftete.

»Nein, das muss von meinen Füßen sein; ich musste ein Stück barfuß rennen.«

»Ich werde ihn mir schnappen, selbst wenn du es mir nie verzeihst, aber ich werde nicht zulassen, dass er dir etwas antut«, sagte er entschlossen.

»Ach, wie rührend«, drang eine Stimme hinter ihnen aus dem Wald, und Samuel trat hervor. »Das war einfacher, als ich gedacht hatte. Ich muss dir danken, Lilly.« Er grinste sie böse an. »Ich hoffte, du würdest mich zu ihrem Versteck führen, aber eine einzelne Sternenseele ist fast noch besser.«

Lillys Knie fingen an zu zittern. Sie hätte weiterlaufen sollen. Raphael wollte sie hinter sich schieben, aber sie weigerte sich. »Das war mein Fehler, ich werde die Konsequenzen tragen«, flüsterte sie ihm zu.

»Red keinen Unsinn«, fauchte er sie an. »Du hast keine Chance gegen ihn.«

»Du auch nicht«, stellte sie fest. Sie sah es an Samuels selbstgefälligem Gesichtsausdruck. Er war zu gerissen, zu siegessicher – er würde ihn töten. Sie ließ ihre Finger in ihre Hosentasche gleiten und umklammerte das Amulett. War sie bereit dazu?

Immerhin musste sie nicht mehr nur zwischen Raphael

oder Samuel wählen, sondern auch über ihr eigenes Leben entscheiden. Doch hatte sie eine Wahl? Wie sollte sie in dem Wissen weiterleben, dass sie einem von beiden den Tod gebracht hatte? Wie sollte sie jemals ihrer Mutter unter die Augen treten, wenn sie wusste, dass sie die Möglichkeit gehabt hätte, das Zerbrechen ihrer Familie zu verhindern? Oder wie sollte sie den Tod des Jungen verkraften, den sie über alles liebte, der ihr zerbrochenes Leben zu einem Ganzen zusammenfügte? Die Entscheidung war einfach: Sie musste sich opfern, auch wenn sie Angst hatte vor dem, was aus ihr werden würde. Einzig das Wissen, das Richtige zu tun, flößte ihr Mut und Trost ein. Sie würde zwei Leben retten. Welch besseren Grund gab es, seine Seele zu opfern?

56

Raphael sah sie an. »Ich bitte dich, lauf weg. Es ist nicht dein Kampf.«

Sie schüttelte den Kopf. »Niemals.«

Samuel lachte und deutete zum Himmel, der sich langsam grau färbte. »Wie rührend. Bald wird der erste Sonnenstrahl die Erde berühren, und dann bist du vollkommen hilflos.« Er kratzte sich am Kinn. »Vielleicht lasse ich dich am Leben, damit du nächste Nacht noch einmal dein Versagen begreifen kannst, dein kleines Liebchen zu beschützen.«

Bei diesen Worten blitzte in Raphaels Augen ein Zorn auf, den sie noch nie zuvor darin gesehen hatte. Mit einem lauten Schrei warf er sich auf Samuel, aber der wischte ihn mit einer beiläufigen Bewegung regelrecht in die Luft, und Raphael krachte auf den Boden. Lilly unterdrückte den Wunsch, zu ihm zu eilen; sie würde ihm nicht helfen können. Irgendwie musste sie unbemerkt an Samuel herankommen, um das Amulett zu benutzen. Tränen der Angst traten in ihre Augen. Sie ging noch zur Schule! Sie war nicht mehr als ein Teenager! Wie hatte sich ihr Leben so schnell verändern können, dass sie nun davorstand, ihre Seele zu verlieren?

Raphael sprang wieder auf die Beine. Während der Himmel immer heller wurde, verblasste der glitzernde Nebel um ihn herum und verlor seine silbrige Pracht. Die beiden umkreisten sich wie Raubtiere, doch während Raphael nach einer Schwäche bei seinem Gegner suchte, hatte Samuel es nicht eilig. Die Zeit arbeitete für ihn.

Lilly näherte sich langsam den beiden Kämpfenden. Als ein Zweig unter ihren Füßen knackte, war Samuel einen Augenblick abgelenkt, und Raphael stürzte sich auf ihn. Es gelang ihm, einen Schlag gegen die Brust seines Gegners zu landen, bevor Samuel ausholte und ihn erneut zu Boden schmetterte. Dunkles Blut sickerte aus einer Platzwunde über Raphaels Auge, die sich nur langsam wieder schloss.

Aus der fließenden Schwärze, die Samuels Augen erfüllte, stiegen Wölkchen reinster Finsternis empor. »Alleine seid ihr so hilflos. Mir tut es fast schon leid für euch, dass ihr die wahre Macht nicht spüren könnt.« Blitzschnell sprang er vor und trat Raphael gegen die Seite, sodass er aufstöhnend zusammenbrach.

Samuel war derart abgelenkt, dass Lilly die Gelegenheit nutzte, um noch näher an die beiden heranzutreten; das Amulett hielt sie dabei fest umklammert. Da wandte er sich um und starrte sie aus diesen schrecklichen Kratern an. »Und was genau erhoffst du dir? Glaubst du, du kannst etwas gegen mich ausrichten?« Er griff in seine Jeanstasche und zog ein Klappmesser hervor. Sie wich einen Schritt zurück, warf einen verzweifelten Blick zu Raphael, der sich keuchend aufrichtete. Ihre Blicke trafen sich, und für einen Augenblick schien die Welt stillzustehen. Was auch immer nun geschah, Lilly würde ihn nie vergessen, würde sich für immer nach seinen Küssen und Berührungen sehnen. Als er sich in einem letzten Versuch nach vorne warf, war der Zauber gebrochen. Samuel packte ihn an den Haaren und schmetterte seinen Kopf gegen einen abgebrochenen Ast. Sie schrie auf, doch da war er schon bei ihr und umfasste grob ihr Gesicht. »Zeit, zu sterben«, sagte er und hob das Messer.

Sie nahm all ihren Mut zusammen, dachte an ihre Mutter, Raphael und alles, was sie auf der Welt liebte, und presste das Amulett gegen seine Stirn. Mit einem Aufschrei ließ er sie los, während der schwarze Stein sich an ihm festzusaugen schien und dabei rötlich pulsierte. »Was ist das?«, brüllte er und versuchte, es von sich zu reißen, aber es gelang ihm nicht.

Ein kleiner schwarzer Wirbel bildete sich über dem Amulett, wurde immer größer, während zugleich das Schwarz in Samuels Augen verblasste. War sein Schrei vorher noch voller Zorn gewesen, so war er nun ein Ausdruck reinster Qual.

Raphael war inzwischen wieder zu Bewusstsein gekommen und kroch auf Lilly zu, doch sie bedeutete ihm, von ihr wegzubleiben. Wer wusste, was nun mit ihr geschah?

Dann bäumte sich Samuel auf, brach zusammen, und das Amulett löste sich von ihm, wobei der Wirbel nicht erlosch, sondern in etwa einem Meter Höhe über dem Waldboden toste. Plötzlich zog er sich zusammen, wurde von dem Stein aufgesogen, von dem gleichzeitig ein Strahl auf Lillys Stirn zielte. Sie spürte, wie etwas Böses, Dunkles, Fremdes in sie eindrang, wie es darum kämpfte, sie aus ihrem Körper zu verdrängen. Eine unbeschreibliche Angst erfasste sie. Da war etwas in ihr, eine Kreatur versuchte, sich ihrer zu bemächtigen, sie aus ihrem eigenen Körper zu vertreiben, und sie wusste nicht, wie sie sich dagegen wehren sollte. War das ihr Ende? Hatte Ansgar sie verraten? Sie schrie auf, als ein stechender Schmerz sie durchzuckte. Zugleich sah sie – oder vielmehr spürte sie – ein helles Licht in ihrem Inneren, das gegen die Finsternis anstrahlte und sie in einem zähen Ringen zurückdrängte.

Schließlich verblasste die Verbindungslinie zwischen ihr und dem Amulett. Sie fiel auf die Knie, schloss die Augen.

Sie fühlte sich schwach, müde und ausgelaugt, aber ansonsten fast normal.

Da bemerkte sie eine sanfte Berührung an ihrer Wange. Raphael. »Was hast du getan?«, fragte er leise, während der Himmel von der Morgensonne geküsst wurde und in zartem Rosa erstrahlte.

Statt einer Antwort gab sie ihm einen Kuss, um jede Sekunde auszukosten und sich einzuprägen, wie er sich anfühlte, schmeckte, wie sein Atem über ihren Nacken strich. Tränen liefen über ihre Wangen.

»Es tut mir leid, dass du ihn töten musstest. So unendlich leid«, sagte er.

Sie warf einen schnellen Blick zu Samuel, doch er war nur ohnmächtig. Sein Brustkorb hob und senkte sich langsam und gleichmäßig. »Er lebt«, ihre Stimme stockte. »Ich habe ihn gerettet.«

»Wie das?« Misstrauisch sah er zu ihrem Stiefbruder hinüber.

»Das Amulett.« Sie suchte es, entdeckte aber nur ein Häufchen Asche auf dem Boden. »Es hat ihn von der Bestie befreit, aber ein Teil von ihr existiert nun in mir.«

Seine Augen weiteten sich. »Dann bist du eine von ihnen?«

»Nein!« Sie hob abwehrend die Hände. »Doch ich werde jede Nacht, wenn die Dunkelheit die Kräfte der Bestie nährt, in Ohnmacht fallen.«

»Dann werden wir getrennt sein«, stellte er tonlos fest.

Sie nickte, ihre Tränen erstickten jedes weitere Wort. Er gab ihr einen sanften Kuss. »Ich werde dich nicht verlieren. Ich werde einen Weg finden. Ich liebe dich viel zu sehr.«

Sie warf sich in seine Arme und wünschte sich, sie könnte die Zeit anhalten.

Mit sanfter Gewalt löste er sich von ihr. »Ich muss weg,

mir bleiben nur noch wenige Minuten, bis die Sonne am Himmel steht.« Er ballte seine Hände. »Ich sollte dich nicht allein hierlassen, aber mir bleibt keine andere Wahl.«

»Es ist schon gut. Mir droht keine Gefahr.«

Lilly sah ihm nach, während er zwischen den Bäumen im aufkommenden Morgennebel verschwand. Selbst als die letzten Reste Sternenstaubs verweht waren, blieb sie sitzen, konzentrierte sich darauf, zu atmen und nicht in einen Weinkrampf zu verfallen. Sie hatte das Gefühl, als würde ihr Herz zerreißen.

Die Sonne war bereits aufgegangen, als Samuel aufstöhnte und an seinen Kopf fasste. Sie ging zu ihm hinüber, nachdem sie sich vergewissert hatte, dass das Messer nicht in seiner Nähe lag. Auch wenn sie Raphael versichert hatte, dass keine Gefahr mehr von ihm ausging, war sie sich dessen nicht sicher. Er stöhnte erneut und öffnete die Augen, normale Augen, die sie verwirrt ansahen. »Lilly?«

»Ja, alles ist gut. Du hast dir den Kopf angeschlagen.« An was würde sich Samuel erinnern? Sie hoffte, dass sein Gedächtnis ausgelöscht war, dass er nicht wusste, was er getan hatte.

»Wo sind wir?« Er stützte sich auf seinen Händen ab und richtete sich keuchend auf.

»Erinnerst du dich nicht?«

Er schüttelte den Kopf, fasste sich aber sofort an die Schläfe. »Au, das war nicht gut.« Er runzelte die Stirn. »Nein, ich erinnere mich an gar nichts. Nur noch an das Madjane.«

Lilly seufzte erleichtert auf. Hoffentlich blieb es so.

»Wir waren im Wald spazieren und sind auf den Baum geklettert.« Sie deutete auf den Boden, wo der Ast lag, auf den er Raphaels Schädel geschmettert hatte. »Der ist unter uns abgebrochen, und dabei hast du dir den Kopf angeschlagen.« Sie hoffte, dass er noch zu benommen war, um klar zu denken. Es war leicht zu erkennen, dass der Ast schon länger hier lag. »Wir müssen dich nach Hause bringen und zu einem Arzt. Ich helfe dir auf.«

Sie reichte ihm die Hand und zog ihn auf die Beine, wobei ihr bewusst wurde, was für ein beschwerlicher Heimweg vor ihnen lag. Jetzt, da das Adrenalin aus ihren Adern schwand, pochten ihre zerschundenen Füße schmerzhaft, und Samuel konnte sich kaum aufrecht auf den Beinen halten. Trotzdem setzten sie sich langsam in Bewegung und legten immer wieder Pausen ein. Sie war froh, dass Samuel keine Fragen stellte, sie war selbst zu durcheinander, um sich weitere stimmige Lügen einfallen zu lassen. Doch während sie gemeinsam durch den Wald humpelten, sie seinen warmen Körper neben sich spürte und über seine kleinen selbstkritischen Witze lachte, wenn er wieder eine Pause benötigte, breitete sich in ihr die Gewissheit aus, dass sie richtig gehandelt hatte. Sie mochte ihre Seele und ihre Liebe verloren haben und vielleicht nie wieder glücklich werden, aber Samuel hatte eine zweite Chance bekommen.

Endlich kamen sie zuhause an. Moni und Thomas stürzten sofort auf sie zu, als sie den Flur betraten. Lilly erzählte ihnen dieselbe Geschichte vom Spaziergang und dem abgebrochenen Ast, doch im Gegensatz zu Samuel war Moni nicht zu aufgelöst, um eine solch unglaubwürdige Geschichte einfach zu akzeptieren. »Darüber unterhalten wir uns noch«, sagte sie enttäuscht.

In der Zwischenzeit hatte Thomas den Autoschlüssel geholt, und wenige Minuten später war Lilly allein, während die anderen mit Samuel ins Krankenhaus fuhren. Erschöpft ließ sie Wasser in die Badewanne ein, gab etwas Lavendelöl hinzu und legte sich hinein. Die Wärme sog den Schmerz aus ihren Gliedern, vermochte aber ihre Trauer nicht zu lindern. Wie sollte sie ohne Raphael weiterleben? Ihn immer wieder sehen und wissen, dass sie doch nicht zusammen sein konnten? Zudem nagte die Angst vor der nächsten Nacht an ihr. Wie würde es sein, wenn sie die Kontrolle über sich verlor?

Sie war bereits wieder angezogen, als Moni, Thomas und Samuel zurückkehrten. Zu ihrer Erleichterung hatte man in der Klinik die Geschichte mit dem angeschlagenen Kopf geglaubt und Samuel eine Gehirnerschütterung attestiert, wodurch auch sein Gedächtnisverlust käme.

»Ich möchte mit dir reden«, sagte Moni und forderte Lilly auf, mit ihr in die Küche zu gehen, nachdem sie sich vergewissert hatte, dass Thomas es schaffte, Samuel die Treppe in sein Zimmer hinaufzubringen.

Lilly war zu erschöpft, um zu widersprechen, und versuchte sich einzureden, dass sie einfach nur zuhören und nicken musste. Irgendwann würde ihre Mutter ihr wieder verzeihen, und es gab von nun an keinen Grund mehr für sie, sich seltsam zu benehmen. Beinahe wären ihr bei diesem Gedanken wieder die Tränen in die Augen gestiegen. Es gab keinen Raphael mehr für sie.

Sie setzten sich an den Küchentisch. Dieses Mal gab es keinen Kaffee, Tee oder Kuchen, sondern nur ihre verärgerte Mutter. »Ich habe dein Verhalten lange genug toleriert«, stellte sie fest. »Ich hätte nie gedacht, dass es mal so weit kommen würde, aber offensichtlich dringe ich nicht mehr zu dir durch.«

»Das stimmt doch nicht«, widersprach Lilly, um sie zu beschwichtigen. »Ich höre dir zu.«

»Aber du tust nicht, was ich dir sage.«

»Wir waren nur spazieren.«

»So früh am Morgen? Und dann klettert ihr wie kleine Kinder auf einen Baum? Ich bin nicht dumm, Lilliana.«

»Das behaupte ich nicht, aber Samuel war doch auch dabei. Warum bist du nicht sauer auf ihn?«

»Weil er mit einer Gehirnerschütterung im Bett liegt«, schrie Moni sie plötzlich an. »Die Ärzte sagen, dass er Glück hatte, dass so ein Gedächtnisverlust normalerweise nur mit schwer wiegenden Verletzungen einhergeht.«

»Es war ein Unfall«, wandte Lilly ein. »Niemand kann etwas dafür.« Sie kaute auf ihrer Wange. Es war nicht richtig, dass sie angeschrien wurde, obwohl sie Samuel gerade das Leben gerettet hatte. Nicht nachdem sie ihre Seele und Liebe für ihn geopfert hatte. Nicht jetzt, da sie die bevorstehende Nacht mehr fürchtete als alles andere. Was, wenn Ansgar gelogen hatte? Was, wenn die Bestie sie doch beherrschen würde?

»Ich glaube nicht an einen Unfall«, sagte ihre Mutter nun deutlich ruhiger. »Ich kenne Samuel, er wäre nicht so leichtsinnig. Kannst du mir versichern, dass dieser Raphael nicht in die Angelegenheit verwickelt war?«

Lilly sah zur Seite. Darauf war sie nicht vorbereitet gewesen, und sie war eine Niete im Lügen.

»Das habe ich mir gedacht«, seufzte Moni. »Ich verbiete dir hiermit, ihn jemals wiederzusehen.«

Das war zu viel für Lilly. Ihre ganze Angst und Trauer brachen sich Bahn. »Wir sind doch schon längst nicht mehr zusammen! Bist du jetzt glücklich?«, schrie sie, sprang auf und schloss sich in ihrem Zimmer ein. Weinend fiel sie in ihr Bett, reagierte nicht auf ihre Mutter, die an ihre Tür klopfte, und wartete auf die Dunkelheit.

57

Während die Sonne unterging, saß Lilly am Fenster und beobachtete, wie sich die Baumwipfel im Rot der untergehenden Sonne entzündeten. Sie hatte sich den ganzen Tag geweigert, ihr Zimmer zu verlassen. Zuerst war Moni wütend gewesen, dann frustriert und zum Schluss traurig. Zum ersten Mal in ihrem Leben war es ihr egal. Sie hatte Angst. Angst vor der Nacht. Würde es wehtun? Würde sie wirklich nur schlafen, oder würde die Sternenbestie doch vollkommen Besitz von ihr ergreifen? Was würde dann geschehen?

Als der Himmel sich verdunkelte, ging sie zum Bett und legte sich hin. Sie schaltete das Licht nicht ein, um jede Schattierung der einbrechenden Nacht zu verfolgen. Dann war es so weit: Der letzte Sonnenstrahl versiegte, und die Dunkelheit wallte in ihr auf, ballte sich zusammen, um ihren Verstand zu verschlingen.

O Gott! Musste das so sein?

Die Bestie in ihr wirkte so lebendig, so wach, schien in jede Pore ihres Körpers zu dringen. Das fühlte sich nicht wie eine Ohnmacht an!

Unwillkürlich kämpfte Lilly gegen das Ding in ihrem Inneren an, bemühte sich, es zurückzudrängen, hoffte, dass ihr das Licht erneut zu Hilfe kommen würde. Sie öffnete den Mund zu einem stillen Schrei und wälzte sich auf dem Bett umher. Schmerzen durchliefen sie in nie endenden Wellen.

Es war bereits finstere Nacht, als der Kampf allmählich zum Erliegen kam. Sie war noch immer bei Bewusstsein. Hatte Ansgar gewusst, dass es so sein würde?

Sie versuchte, einen Arm zu heben, um eine Strähne aus ihrem Gesicht zu streichen, und stellte zu ihrem Entsetzen fest, dass sie sich nicht mehr bewegen konnte.

Gelähmt, gefangen in ihrem eigenen Körper, verrannen die folgenden Stunden in Zeitlupe. Wie sollte sie das für den Rest ihres Lebens ertragen?

Schließlich, als der Himmel langsam ergraute, bäumte sich die Schwärze in ihr ein letztes Mal auf und verschlang ihren wachen Verstand.

Der nächste Morgen begann für Lilly mit Verwirrung. Mühsam sortierte sie ihre Gedanken, versuchte zu akzeptieren, dass die Geschehnisse des vergangenen Tags kein schrecklicher Albtraum waren.

Ihr ganzer Körper schmerzte, und sie wankte zu ihrem Schreibtisch, um sich zwei Aspirin zu nehmen, die sie ohne Wasser herunterschluckte. Der Kampf gegen die Sternenbestie in ihrem Inneren war hart gewesen, und sie fürchtete, vielleicht eines Tages zu unterliegen. Was würde dann geschehen? Würde die Bestie eventuell ihrem Körper Schaden zufügen, nur um sich zu rächen? Oder gar ihrer Familie?

Tränen traten ihr in die Augen. Was hatte das noch für eine Bedeutung, nun da sie von Raphael getrennt war? Wie sollte sie ohne ihn leben?

Als sie sich umdrehte, fiel ihr Blick auf einen Zettel auf ihrem Nachtschränkchen, der am Abend noch nicht da gewesen war.

Ich liebe dich.

Sie schluckte. Er war hier gewesen. Auch wenn die Nachricht das Gefühl des Verlusts verstärkte, gab sie ihr doch die Kraft, sich dem Tag zu stellen.

Das Frühstück verlief schweigend. Samuel musste die nächsten Tage im Krankenhaus verbringen, und bei Moni war sich Lilly nicht sicher, ob sie noch immer sauer war oder sie einfach in Ruhe lassen wollte.

Sosehr sie auch ihre eigenen Probleme beschäftigten, suchte sie noch vor Beginn des Unterrichts nach Michelle. Sie fand sie an einem der Tische im zweiten Stock, die sie zum Lernen benutzen durften. Ein braunhaariger Junge, an dem vor allem sein gepflegtes Aussehen auffiel, saß neben ihr und bemühte sich, dem Mädchen die Prinzipien der Stochastik zu vermitteln. Dabei fiel es ihm offensichtlich schwer, seinen Blick von ihr abzuwenden, und wann immer sie ihn wie zufällig berührte, röteten sich seine Wangen.

Kaum entdeckte Michelle sie, sprang sie auf und umarmte Lilly. »Hast du schon gehört? Amy geht es besser! Sie wird morgen entlassen!«

Eine Woge der Erleichterung durchflutete Lilly. Ansgar hatte tatsächlich Wort gehalten. Zumindest etwas, das sich zum Guten gewendet hatte. »Ich bin so froh, das zu hören.« Mit einem Blick auf den Jungen fügte sie hinzu: »Ich will euch nicht stören. Wir sehen uns später.«

Michelle grinste verschwörerisch. »Er ist sehr gut in Mathematik.« Dann beugte sie sich vor und flüsterte ihr ins Ohr: »Und nicht nur darin.«

Lilly lachte. Sie freute sich, dass Michelle ihr offenbar vergeben hatte. Auch wenn sie wechselhaft war, mochte sie das Mädchen. Sie winkte den beiden zum Abschied zu und ging in ihren eigenen Unterrichtsraum.

Erst in der zweiten Schulstunde sah sie Raphael im Englischunterricht wieder und musste mit ansehen, wie sich

Calista an ihn heranmachte. Die letzten Tage hatte es ihr nichts ausgemacht, oder zumindest nicht so viel, da sie gewusst hatte, dass er in Wirklichkeit sie wollte. Doch jetzt war alles anders. Sie hätte die Zicke am liebsten von ihm weggezerrt, denn sie beneidete sie um jeden Augenblick der Nähe mit ihm.

Am Ende der Stunde, nachdem Raphael den Raum verlassen hatte, stellte sich Calista an ihren Tisch, beugte sich vor, sodass ihre Brüste beinahe aus dem viel zu engen Top fielen, und grinste. »Offenbar weiß Raphael doch, was Qualität ist. Gräm dich nicht. Es war nur eine Frage der Zeit, bis er dich abschießt.«

»Oder er hat Mitleid mit dir. All das Plastik in deinen Brüsten vergiftet deinen Verstand, und du merkst es nicht mal.« Ohne sie eines weiteren Blicks zu würdigen, stand Lilly auf und ging. Nach der Mittagspause würde sie ihre Gegenwart wieder im Tanztraining ertragen müssen.

In den folgenden Stunden wich sie ihren Freunden aus, gab vor, Kopfschmerzen zu haben, nur um keine Fragen beantworten oder sich ihre Problemchen anhören zu müssen. So früh wie möglich flüchtete sie sich in das Tanzstudio.

Calistas Anwesenheit und ständigen Kommentare verätzten ihr zwar das Training, doch das Tanzen selbst liebte sie noch immer. Sobald sie sich umgezogen und aufgewärmt hatte, übte sie einige Figuren aus ihrem geplanten Stück, von dem sie zugeben musste, dass es wirklich gut werden würde. Die rhythmische Musik half ihr, sich in den Bewegungen, Drehungen und Sprüngen zu verlieren.

In der folgenden Stunde konzentrierten sich Calistas spitze Bemerkungen ausschließlich auf Lilly, bis es selbst Frau Magret auffiel und sie die Arbeit an der geplanten Aufführung abbrach, um sie ihre Grundschritte perfektionieren zu lassen.

Hoffentlich ist es bald Nacht, schoss es Lilly durch den Kopf. Raphaels Küsse würden ihr helfen, diesen schrecklichen Tag zu vergessen. Da fiel ihr wieder ein, dass sie nie mehr mit ihm zusammen sein würde. Ein Zittern durchlief ihren Körper. Wie sollte sie das überstehen? Ihn tagsüber mit anderen Mädchen sehen, sich mit Ansgar auseinandersetzen und dann nachts in den Fängen der Bestie zu sein? Kaum läutete das Ende der Stunde, da stürmte sie aus dem Studio und zog sich um. Sie musste hier raus. Sie brauchte dringend frische Luft. Sie rannte in den Garten, der hinter der Cafeteria lag, und setzte sich unter den Baum, unter dem Felias und Raphael gestanden hatten, als sie sie damals belauscht hatte. Schon da hatten die beiden gewusst, was mit Samuel geschehen würde. Nun war ihr klar, was es mit dem Gespräch auf sich hatte, und insgeheim wünschte sie sich, es nie erfahren zu haben. Samuel wäre zwar tot, aber sie befände sich nicht in dieser elendigen Situation. Erschrocken über ihren eigenen Gedanken biss sie sich auf die Unterlippe. Ihre linke Hand fuhr automatisch an ihren Ringfinger, um mit dem Verlobungsring ihrer Eltern zu spielen, doch da war nichts. »Mist«, fluchte sie. Sie hatte ihn wohl in der Umkleidekabine vergessen. Seufzend stand sie auf. Sie musste ihn holen, bevor sie sich zu ihrem Treffen mit Ansgar begab. Während sie die Treppen zum Tanzsaal erklomm, dachte sie über die bevorstehende Begegnung mit der Sternenbestie nach. Sollte sie wirklich zu ihm gehen? Sie hatte es versprochen, und bisher hatte er Wort gehalten, aber zugleich fürchtete sie den Tag, an dem er ihre Vereinbarung beendete. Sollte sie nicht zuerst den Pakt brechen, irgendwie Raphael warnen? Doch etwas hielt sie zurück. Sie wollte mit ihm sprechen. Verstehen, was in ihr vorging. Sonst war ihr niemand geblieben, der wusste, was geschehen war.

Sie öffnete die Tür zur Umkleide und blieb überrascht stehen, als sie Calista noch immer halb nackt vor einem offenen Spind sah. Aus dem Studio drangen dumpf Hip-Hop-Beats. Dann fiel ihr Blick auf den Hello-Kitty-Geldbeutel, den Calista in den Händen hielt. »Was tust du da?«, platzte es aus ihr heraus.

Kurz huschte ein Ausdruck von Panik über ihr Gesicht, dann warf sie selbstbewusst ihre Locken nach hinten und musterte sie von oben herab. »Kümmere dich um deine eigenen Angelegenheiten.«

»Das ist nicht dein Fach.«

»Natürlich nicht«, lachte Calista. »Als wenn ich Hello-Kitty-Zeugs besitzen würde. Im Gegensatz zu manchen Leuten habe ich Geschmack.«

»Du bist der Dieb«, entfuhr es Lilly, als sie sich an das Gespräch mit Michelle und Amy erinnerte. Sie hatte dem damals nicht viel Beachtung geschenkt, aber nun passte alles zusammen. Ihr war von Anfang an aufgefallen, dass Calista immer außergewöhnlich lange benötigte, um sich umzuziehen. War sie da etwa auf Diebestour gegangen?

»Mach dich nicht lächerlich.« Das Mädchen versuchte, selbstsicher zu wirken, aber ihre Maske bekam erste Risse, und Angst kam zum Vorschein. »Und wage es nicht, so etwas auch nur anzudeuten. Mein Vater hat viel Einfluss und Geld.«

»Und warum stehst du dann hier und klaust? Sollen wir die Besitzerin des Geldbeutels holen?«

Da ging eine erschreckende Wandlung mit der schwarzhaarigen Schönheit vor. Sie fing zu zittern an, und tatsächlich rollte eine Träne ihre Wange hinunter. »Bitte nicht«, flüsterte sie.

Lilly schlenderte zu ihrem eigenen Spind und war erleichtert, den Verlobungsring ihrer Eltern dort liegen zu sehen. Sie steckte ihn sich an den Finger, bevor sie sich Calista zuwandte. »Warum sollte ich einem Miststück wie dir helfen? Und was soll der Quatsch überhaupt?« Sie deutete auf den Geldbeutel, den die Schwarzhaarige rasch in das Fach zurücklegte und dieses schloss.

»Also gut, bald wissen es wohl ohnehin alle.« Sie presste ihre Hände gegen das Metall des Schrankes und lehnte ihren Kopf dagegen. »Meine Eltern stecken in finanziellen Schwierigkeiten. All unser Geld fließt in die Firma. Mir wurde von Madame Favelkap ein Stipendium gewährt, damit ich nicht so kurz vor dem Abschluss auf eine andere Schule muss.« Sie sah Lilly flehentlich an. »Sobald die anderen das erfahren, bin ich ruiniert.«

»Deshalb bist du bei uns im Tanzkurs.«

Calista ließ sich auf die gepolsterte Bank fallen und vergrub ihren Kopf in den Händen. »Privatlehrer sind teuer.«

Als sie das Mädchen so sah, empfand sie eine seltsame Mischung aus Mitleid und Schadenfreude, doch schließlich überwog das Mitleid. Was war schon das anmaßende Verhalten einer Zicke im Vergleich zu den Taten einer Sternenbestie? »Niemand wird auf dich herabsehen, nur weil deine Familie nicht mehr reich ist.«

Sie blickte auf, einen höhnischen Glanz in den Augen. »Ich weiß sehr wohl, wie ich mich benommen habe, als ich noch dachte, für immer in Reichtum leben zu können. Dass ich nun arm wie eine Kirchenmaus bin, wird mich niemand vergessen lassen.«

»Versuch es, vielleicht wird es dir gefallen, mal nicht zu den oberflächlichen Idioten zu gehören.«

»Klar, ich werde mich unglaublich freuen, wenn ich mit den zukünftigen Straßenpennern abhänge.«

»Hey«, fuhr Lilly sie an. »Ich versuche nur nett zu sein, obwohl du so ziemlich die letzte Person bist, die das verdient.«

»Schon gut«, murmelte Calista. »Wirst du es melden?«

Sie zögerte. Es wäre nur richtig, das Mädchen für seine Taten geradestehen zu lassen, aber damit würde alles nur noch schwerer für sie werden. »Ich mache dir einen Vorschlag. Du entschuldigst dich bei Evann für den miesen Trick bei seiner Ansprache und bist von nun an nett zu ihm. Dann halte ich meine Klappe, zumindest solange du nicht wieder stiehlst.«

Calista rang einen Moment mit sich, bevor sie einwilligte. Als Lilly die Umkleide verließ, war sie sich zwar nicht sicher, ob sie eine gute Entscheidung getroffen hatte, aber sie hoffte, dass Evanns Leben nun etwas einfacher würde.

58

Ansgar beobachtete die kleine Katie, wie sie verlegen mit ihren Freundinnen tuschelte. Sie schwärmte für ihn, stellte er mit einer gewissen Belustigung fest. Vermutlich hoffte sie, dass er sie zum Dorffest begleiten würde.

Kurz erwog er es. Sie war niedlich und gutgläubig. Mädchen wie sie zu manipulieren gehörte sonst zu den schlichten Vergnügungen, die er sich gönnte. Doch heute war ihm nicht danach. Er hatte gespürt, wie sich die Sternenbestie verflüchtigte, die Samuels Körper für sich beansprucht hatte. Jetzt war sie nur noch ein Schatten ihrer selbst – er musste über das gedankliche Wortspiel lachen –, und er hatte damit einen Konkurrenten weniger. Es war an ihm, das Geheimnis zu lüften, warum die Sternenseelen sich an diesem Ort versammelten. Das war untypisch für sie. Seinem Wissen nach streiften sie entweder in kleinen Gruppen, den sogenannten Jagdtruppen durch die Gegend, um seine Art auszurotten, oder sie versteckten sich und flohen, wann immer er auftauchte.

Seine Gedankengänge wurden von Katie unterbrochen, die direkt vor ihm stand und ihn mit hochrotem Kopf in einer Mischung aus Verzweiflung und Verehrung anstarrte.

»Hast du etwas gesagt?« Er ärgerte sich über sich selbst, dass er so wenig auf seine Umgebung geachtet hatte. Unter anderen Umständen könnte das für seinen Wirtskörper tödlich enden und ihn in die Finsternis werfen.

Sie wurde noch röter. »Ich ... Wir ...« Sie deutete auf ihre Freundinnen, die überschwänglich winkten. »Da du neu an der Schule bist, wollten wir dich fragen, ob du schon von dem Dorffest gehört hast. Alle gehen dahin.«

Belustigt sah er sie an. Sie bettelte regelrecht darum, ausgenutzt zu werden. Es wunderte ihn, dass er nicht einen Augenblick erwog, ihr Angebot anzunehmen. Ja, die Vorstellung, ihr Leid zuzufügen, erfreute ihn nicht mehr. Was hatte das nun wieder zu bedeuten? »Lilly war so freundlich, mich darauf hinzuweisen.«

Ihre Augen weiteten sich. »Oh ...« Sie wartete, hoffte, dass er sie dennoch fragen würde, ob sie ihn begleiten wollte, doch er schwieg. Als nichts geschah, senkte sie den Kopf. »Ich muss zur nächsten Stunde.«

»Sag deinen Freundinnen meinen Dank. Es ist nett, dass ihr an mich gedacht habt.«

Sie nickte ihm zu, dann wandte sie sich rasch ab, bevor er die Tränen der Enttäuschung in ihren Augen sehen konnte.

Verdammte Lilly, dachte Ansgar. Ihre Ausführungen über Liebe und Seelen lenkten ihn zu sehr ab. Was bedeutete es schon, wenn er mit den Menschen spielte? Sie waren ihm unterlegen. Er hatte jedes Recht dazu, sie so zu benutzen, wie es ihm beliebte.

Er schob jeden Gedanken an sie beiseite. Er musste sein weiteres Vorgehen planen. Das Amulett war so lange Zeit in seinem Besitz gewesen. Er hatte viele Jahre darauf gewartet, dass sich ihm die Gelegenheit bot, einen Menschen dazu zu bringen, es anzuwenden. Einen Menschen, den er dann weiter untersuchen konnte. Nun durfte er keinen Fehler begehen.

Dass die Sternenseelen sich an einem Ort dem Kampf stellten, konnte nur bedeuten, dass es hier etwas von Interesse gab. Bisher hatte er es für sich behalten und nicht an das Kollektiv weitergegeben, und Samuel war zu jung und unerfahren gewesen, um etwas zu bemerken. Sollte es ihm gelingen, das Geheimnis zu lüften, würden sie ihn womöglich in den höheren Kreis aufnehmen. Die Sternenbestien waren auf der Erde streng organisiert, auch wenn sie zahlreiche Geheimnisse voreinander hüteten. Es gab elf Ringe, wobei der äußerste den Neugeborenen vorbehalten war und der innerste von den drei ältesten Bestien beansprucht wurde. Er war dem Inneren Zirkel bereits sehr nahe, und mit einer nützlichen Entdeckung würde man ihn vielleicht einen weiteren Schritt nach oben in der Rangordnung machen lassen.

Manchmal fragte er sich zwar, ob er das wollte – mehr Aufmerksamkeit bedeutete zugleich weniger Freiheit und mehr Kontrolle seiner Handlungen, aber die Gier nach Macht beherrschte die Sternenbestien auf der Erde. Vermutlich ein weiteres Relikt des menschlichen Wirts.

Seiner hatte Jurij geheißen und war ein einfacher russischer Landjunge gewesen. In einem eisigen Winter war er mit seinem Vater und Brüdern zur Jagd aufgebrochen, um einen Wolf zu töten, der bis in ihre Ställe vordrang. Und dann war es geschehen: Ein Querschläger traf den Jungen mitten ins Herz.

Als Ansgar, wie er sich nun nannte, zu Bewusstsein kam, hatte es eine Weile gedauert, bis er die Beherrschung über seinen Körper gewonnen hatte. Im Gegensatz zu Samuel war es ihm nicht leichtgefallen. Er verfluchte die plötzliche Schwere der Körperlichkeit und Langsamkeit der Gedanken, die durch neuronale Verbindungen gebremst wurden, anstatt in Lichtgeschwindigkeit durchs All zu fegen.

Natürlich war Jurijs Familie sofort angerannt gekommen und in lautes Geschrei ausgebrochen, als sie das rote Blut im Schnee und an seinem Mantel sahen. Abergläubisch, wie das einfache Volk nun mal ist, gerieten sie in Panik, als sich seine Wunde vor ihren Augen schloss und er entgegen allen Naturgesetzen nicht tot war. Er schätzte, dass er noch dankbar sein sollte, dass sie ihn nicht mit all ihrer Munition durchsiebt hatten, sondern ihn einfach nur in den kalten Winter hinausjagten. Trotzdem war er nur knapp mit dem Leben davongekommen. Die Wölfe und Bären waren hungrig in diesem Winter, der Weg zur nächsten Ortschaft war weit. Zudem plagte ihn Jurij mit seinem panischen Geschrei in seinen Gedanken.

Es war ihm sogar etwas gelungen, was sonst kaum eine Sternenbestie vollbracht hatte oder es überhaupt versucht hätte. Er hatte sich mit seinem Wirt unterhalten, und das hatte ihm ganz neue Aspekte des menschlichen Daseins eröffnet. So erfuhr er von diesem seltsamen Phänomen, das die Menschen Liebe nannten. Er verspürte eine Art Nachhall dieses Gefühls, wann immer Jurij von Anastasia, einem rotbackigen Mädchen aus seinem Dorf, sprach und ihr Bild vor seinen Augen auftauchte. Er spürte die Unterschiede, wenn er von Liebe sprach und dabei an seine Mutter dachte oder den alten Hund, den es schon so lange auf dem Hof gab, seit er auf der Welt war. Liebe, ein einziges Wort und doch so eine komplexe Empfindung, die vollkommen anders war als alles, was die Sternenbestien kannten. Da war ihm die Trauer, die Jurij über den Verlust seines Körpers empfand, viel vertrauter.

Er beobachtete die Mädchen, wie sie sich um Katie scharten und gemeinsam im Gebäude verschwanden. Er konnte es kaum erwarten, Lilly am nächsten Tag wiederzusehen. Wie würde sie sein? Noch immer menschlich? Oder ein Wesen dazwischen? Würde sie seine Faszination für den Tod teilen? Würde sie ihn endlich verstehen? Er verstand sich selbst nicht, warum er sich das überhaupt wünschte. Sie war ein

Versuchsobjekt, und er hatte sie nur auserwählt, weil sie in die Ereignisse verstrickt war. Es hatte ihn überrascht, dass die Sternenseelen sie am Leben gelassen hatten. Eine weitere Torheit, die auf das Konto der Liebe ging. Das war der einzige Punkt, in dem ihre beiden Rassen übereinstimmten: Niemand sollte von ihrer Existenz erfahren. Gerade in den modernen Zeiten war die Gefahr, die Aufmerksamkeit irgendwelcher dubiosen Firmen oder Behörden auf sich zu ziehen, viel zu groß.

Und dann machten sie solche Fehler. Auch wenn Lilly es nicht wusste. Ihr Schicksal war in dem Moment besiegelt gewesen, als sich Samuel verwandelt hatte, und wenn er sie ohnehin töten musste, konnte er sie vorher noch studieren und seine Experimente an ihr durchführen. Dass sie so weit gegangen war, sich selbst für ihren Bruder, eigentlich nur Stiefbruder und das nicht einmal offiziell, zu opfern, verstand er nicht. Was ging in einem Menschen vor, dass er zu so etwas bereit war? Wie hatte sich das entwickeln können, wenn es doch normalerweise nur um den Erhalt der eigenen Existenz ging?

Es gab so viele Fragen, und er fand sie alle mindestens ebenso interessant wie die Rätsel um den Tod. Für seine Artgenossen gab es hingegen nichts Wichtigeres, war es doch ihr gemeinsames Ziel, irgendwann das Ende ihrer Existenz herbeizuführen. Selbstmord würden die Menschen es wohl nennen und dabei schockiert das Gesicht verziehen, aber konnte man es ihnen verdenken? Wer wollte schon gerne in der absoluten Einsamkeit des Alls existieren mit einzig den verschiedenen Splittern des eigenen Ichs als Gesellschaft? Die Menschen wurden bereits nach wenigen Jahren alleine wahnsinnig, sie existierten seit Anbeginn der Zeit nur im Gespräch mit sich selbst.

Was auch immer ihre Existenz verursacht hatte, es hatte sie strafen wollen. Dessen war sich Ansgar sicher. Stetig hörte er das Lied der Sterne durch das All wehen, hörte den Austausch zwischen ihnen, den er dennoch nicht verstand, beobachtete das Leben auf den Planeten und beneidete selbst die einfachen Schnecken, wenn sie auf Artgenossen trafen und sich tastend und riechend aufeinander einstimmten.

59

Wie schön, dass du dich an unsere Vereinbarung hältst«, begrüßte sie Ansgar in seinem Kellerraum und sah sie prüfend an. »Du siehst schlecht aus.«

»Danke für das Kompliment«, erwiderte Lilly trocken.

»Wie war die erste Nacht?«

»Warum sollte ich dir das sagen?«

»Weil wir eine Abmachung haben.«

»Und wenn ich mich nicht mehr daran halten will?«

»Dann werde ich alle töten, die du liebst.«

Sie sah ihm in die Augen. »Würdest du das wirklich tun? Empfindest du wirklich kein Mitleid oder Zuneigung?«

Einen Augenblick schwieg er, dann kehrte seine alte Selbstsicherheit zurück. »Du weißt, was ich bin. Täusch dich nicht in mir.«

»Die Nacht war hart. Du hattest Unrecht, es kann von mir Besitz ergreifen.«

Seine Augen leuchteten auf. »Tatsächlich?« Die Freude in seiner Stimme war nicht zu überhören.

Mit einem Mal verstand Lilly. »Das war dein Plan? Ein Mischwesen aus Bestie und Mensch zu erschaffen?«

Er kam näher. »Nicht ganz, aber es ist immerhin ein Fortschritt. Als ich auf das Amulett stieß, keimte ein Gedanke in mir auf. Sollte es nicht möglich sein, uns von einem Menschen zum anderen fortzubewegen? So könnten wir eine Rückkehr in die Finsternis verhindern.«

Sie erschauderte. Was würde das für die Menschheit und die Sternenseelen bedeuten, wenn die Bestien nicht mehr vergingen, sondern immer mehr auf der Erde lebten? War es das wert gewesen?

Ansgar studierte ihren Gesichtsausdruck. »Keine Sorge, ich bin weit von einer Lösung des Problems entfernt. Ich weiß nicht einmal, wie das Amulett funktioniert oder wie man es herstellt.«

»Warum verrätst du mir das?«

»Weil du mir ansonsten nicht länger helfen würdest. Ihr Menschen neigt zu irrationalen Handlungen, und nun halt deine Hand in die Luft.«

Zögerlich gehorchte sie ihm, und er hielt seine eigene Hand mit wenigen Zentimetern Abstand darüber. Ein schwarzer Nebel stieg von ihrer beider Haut auf, vereinte sich in einem wogenden Nebel in der Mitte.

Mit einem Mal spürte sie eine Verbindung zu ihm, wie ein unsichtbares Band lag es zwischen ihnen. Sie fühlte seine Neugierde und Begeisterung über diese Entdeckung.

»Faszinierend«, murmelte er und schrieb etwas in sein Notizbuch. Dabei fiel ihm eine Strähne seines Haares ins Gesicht, die er geistesabwesend zur Seite strich. Dabei wirkte er so menschlich, dass Lilly zusammenzuckte.

»Kannst du spüren, was ich denke, oder hast du Zugriff auf andere, dir fremde Gedanken?«

Sie horchte in sich hinein, doch da war nichts. Stumm schüttelte sie den Kopf.

»Konzentrier dich auf mich. Auf die Verbindung zwischen uns und dem, was sich am Ende befindet.«

Sie bemühte sich, tastete sich im Geiste nach vorne und stieß auf eine Barriere. »Etwas hält mich auf«, flüsterte sie. Plötzlich war die Barriere weg, und eine Flut von Bildern stürmte auf sie ein. Sie sah Menschen und Tiere sterben. Manche wurden von Kugeln zerfetzt, andere erstickten oder verbrannten. Dann waren da experimentelle Aufbauten, Landschaften, die von einer gewaltigen Finsternis überlagert wurden, die alles mit dem Gefühl unendlicher Einsamkeit und Hilflosigkeit zu überrollen drohte. Schließlich wurde es zu viel für sie. Bewusstlos brach sie zusammen.

Das Erste, das sie sah, als sie aufwachte, war Ansgar, der sich über sie beugte. War es Erleichterung, die sich da auf seinem Gesicht abzeichnete?

»Das sollten wir in Zukunft langsamer angehen«, stellte er fest.

»Wie lange wirst du mir das antun?«, fragte sie.

»Bis ich alle notwendigen Informationen gesammelt habe.«

»Und danach verschwindest du aus meinem Leben?«

»Versprochen.«

Auch wenn sie nicht wusste, ob sie auf das Wort einer Sternenbestie vertrauen konnte, gab es ihr die Kraft, sich wieder aufzurichten.

»Für heute genügt es. Du solltest dich ausruhen.«

»Keine Sorge«, presste sie hervor. »Dein Studienobjekt gibt schon auf sich Acht.«

Trotzdem war sie erleichtert, als sie den Raum und die Schule verlassen konnte. Von da an verschwammen die Stunden vor Lillys Augen, und sie sehnte fast den Abend herbei, an dem ihr Dasein auf einen einzigen Kampf reduziert werden würde. Mit dem letzten Sonnenstrahl atmete sie aus. Der erste Tag ohne Raphael war überstanden. Und dann stellte sie sich erneut ihrem Widersacher.

Grimmige Freude erfüllte Ansgar, als sie den Raum verließ. Durch ihre kurzzeitige Verbindung hatte er einen Blick in ihre Gedanken werfen können und wusste nun, wo sich das Versteck der Sternenseelen befand.

Erleichtert lehnte er sich in seinem Stuhl zurück. Alles verlief so, wie er es sich erhofft hatte. Er war sich nur noch nicht sicher, wie er mit den Sternenseelen verfahren sollte. Wie lange würde Lilly seine Existenz vor ihnen geheim halten? Wie lange würden sie benötigen, um zu begreifen, dass Samuel nicht die einzige Bestie an der Schule war? Es wäre so einfach, sie jetzt gleich zu vernichten, aber auf der anderen Seite riskierte er es, die Zusammenarbeit mit Lilly aufs Spiel zu setzen. Eine schwierige Entscheidung.

60

Am nächsten Morgen fand sie wieder einen Zettel neben sich. Dieses Mal mit dem Anfang eines Gedichts.

Gold'ner als die Sonne glüht,
Reiner als der Mondenschein,
Schöner als die Rose blüht,
Wohnt die Lieb' im Herzen mein.

Schluchzend setzte sie sich auf ihr Bett, vergrub ihren Kopf in einem Kissen, damit niemand sie weinen hörte. Sie vermisste ihn so schrecklich. Erst nachdem ihre Mutter mehrfach an ihre Tür geklopft hatte, fühlte sie sich in der Lage, aufzustehen und sich dem Tag zu stellen.

Und während die Zeit verging, entdeckte sie jeden Morgen eine neue Nachricht.

TAG 3 OHNE RAPHAEL
Wenn der Lenz von dannen zieht,
Nimmt er jede Blüt' vom Baum;
Meine Liebe geht nicht mit,
Bleibt ein ew'ger Frühlingstraum.

Tag 4 ohne Raphael

Und wenn Rosen nicht mehr glüh'n,
Nicht mehr lacht der Mondenschein,
Blumen, die da nicht verblüh'n,
Zaubert sie ins Herz hinein.

Auf der einen Seite freute sie sich darüber, auf der anderen zerriss es ihr jedes Mal das Herz, wenn sie an Raphael dachte, sich nach seinem Lachen, seinen Küssen und seiner Nähe sehnte. Der einzige Lichtblick in dieser Zeit war die Tatsache, dass sich Calista an ihre Vereinbarung hielt und von da an regelmäßig mit Evann zusammen zu sehen war. Doch selbst deren beginnende Freundschaft konnte sie nur kurzzeitig aus dem dumpfen Nebel der Traurigkeit, in den sie sich gehüllt hatte, reißen. Sie hatte sich noch nie zuvor so einsam gefühlt. Michelle und Amy, die inzwischen aus dem Krankenhaus entlassen worden war, kümmerten sich um sie, bemühten sich, sie aufzuheitern, doch nichts vertrieb das Gefühl des Verlusts. Sie wünschte sich so sehr, mit jemandem sprechen zu können, war sogar kurz davor, ihre Freundinnen in die Vorgänge einzuweihen. Aber Ras' Drohung stand ihr allzu lebhaft vor Augen. Er würde nicht zögern, sie für den Verrat zu töten und die beiden Mädchen gleich mit. Nur Ansgar war an ihrer Seite, und auch wenn er nicht verstand, was sie so leiden ließ, wusste er zumindest, was sie war. So verbrachte sie fast jede freie Minute mit ihm und versuchte, mehr über das Wesen der Sternenbestien zu erfahren, zu verstehen, wie sie dachten, und zu ihrer Überraschung empfand sie sogar so etwas wie Mitleid mit ihm. Die Experimente, die er mit ihr durchführte, waren nicht weiter schlimm. Manchmal nahm er eine Blutprobe, untersuchte ihre Reaktion auf seine Nähe in Abhängigkeit von der Tageszeit oder bemühte sich, ihre Einstellung zum Tod nachzuvollziehen.

Und dann waren da noch die Momente, in denen er erneut die Verbindung zwischen ihnen aufbaute und sie lehrte, Kontakt zu seinen Gedanken aufzunehmen. Was sie da spürte, erschütterte sie zutiefst. Alles war geprägt von Verzweiflung und einer unendlichen Faszination am menschlichen Dasein. Seine Gedankenwelt war zugleich so kalt, nüchtern und fremdartig, dass sie bei jedem Kontakt glaubte, innerlich zu erfrieren. Trotzdem konnte sie nachvollziehen, wieso er so geworden war. Veränderte sie sich?, fragte sie sich nicht zum ersten Mal. Würde die Bestie in ihr irgendwann gewinnen?

Am Ende des vierten Tages nach ihrer Verwandlung ging sie zum ersten Mal mit so etwas wie Freude im Herzen nach Hause. Samuel war aus dem Krankenhaus entlassen worden. Sie war gespannt, ob er sich inzwischen an etwas erinnerte.

»Hey Schwesterchen«, begrüßte er sie mit einem müden Lächeln. Um seinen Kopf trug er noch immer einen weißen Verband, um seine Augen lagen tiefe Schatten. Die Ärzte waren überrascht gewesen, dass seine Heilung so viel Zeit beanspruchte, aber Lilly wollte sich gar nicht ausmalen, was für Schaden die Sternenbestie bei ihm angerichtet hatte. Don lag auf seinem Bett und warf Lilly einen Blick zu, der eindeutig besagte, dass sie gar nicht erst auf den Gedanken kommen sollte, sie von da zu vertreiben. Der selige Ausdruck im Gesicht der Hündin versöhnte sie ein Stück mit ihrem eigenen Schicksal.

»Na, Bruderherz.« Sie ging zu ihm und gab ihm einen Kuss auf die Wange. Seit er wieder er selbst war, hatte sich ihre Beziehung zueinander verändert. Sie waren nun wirklich so etwas wie Geschwister, die Anziehung, die Lilly zuvor gespürt hatte, war verschwunden. Seine Anwesenheit erinnerte sie stetig daran, dass ihr eigenes Opfer nicht vergebens gewesen war.

»Wie ist es dir heute ergangen?«

»Wir haben einen neuen Mitschüler. Ansgar, irgend so ein reicher Schnösel.«

»Das sind sie doch alle.«

»Ja, aber er ist schlimmer.«

»Wie geht es Michelle?«

Lilly zuckte zusammen. Immer dieselbe Frage, dabei hatte sie gehofft, dass seine Zuneigung für das Mädchen mit der Sternenbestie verschwunden war. Obwohl sie ihn nie besucht hatte, fragte er jeden Tag nach ihr. »Du solltest sie vergessen«, sagte sie vorsichtig.

Er runzelte die Stirn. »Was ist passiert?«

Sie seufzte. »Ich denke nicht, dass sie sich noch für dich interessiert.«

»Lass mich raten: der Neue.«

Sie zuckte mit den Schultern. »Vielleicht, das weiß man bei ihr doch nie so genau.«

Samuel seufzte. »Irgendwie ist es typisch für sie.« Er lächelte sie etwas verkrampft an. »Ich komme schon damit klar. Sie ist nicht das erste Mädchen, das mir eine Abfuhr erteilt.«

»Mag sein, aber du bist krank. Das ist nicht nett.«

Er knuffte sie in die Seite. »Ich habe mir nur den Kopf gestoßen. Ich brauche keinen Mitleidsbonus. Wie steht es eigentlich mit Moni? Habt ihr euch wieder vertragen.«

»Nicht wirklich. Sie ist immer noch sauer auf mich.«

»Das tut mir leid.«

»War ja nicht deine Schuld.«

Er zeigte auf seinen bandagierten Kopf. »Irgendwie schon. Hätte ich mich nicht verletzt, hättest du den Ärger nicht bekommen.«

»Irgendwann hätten wir uns so und so gestritten. Das ist doch ganz normal.« Lilly blinzelte, um ihn ihre Tränen nicht sehen zu lassen. Auch wenn sie es nicht zugeben wollte, tat es ihr weh, dass ihre Mutter wütend auf sie war.

Nachdem sie noch eine Weile geplaudert hatten, setzte sie sich in ihr Zimmer und legte ein Puzzle. Was sollte sie wegen Ansgar unternehmen? Er wirkte beherrschter als Samuel, aber das machte ihn vermutlich nur noch gefährlicher. Sollte sie versuchen, die Sternenseelen zu warnen? Nein, beschloss sie. Sie hatte ihren Teil getan und wollte nicht das Risiko eingehen, den Pakt mit Ansgar zu brechen. Zudem war sie sich nicht mehr sicher, ob sie wirklich dessen Tod wollte. Sie warf sich auf ihr Bett und schloss die Augen.

Inzwischen hatte sie sich an den nächtlichen Kampf so weit gewöhnt, dass sie sich ihm mit einer gewissen Gelassenheit stellte und sich vorsorglich auf das Bett legte. Die zweite Nacht hatte sie in verkrampfter Haltung auf dem Boden verbracht und den nächsten Tag an Nackenschmerzen gelitten. Sie hatte sich ebenfalls angewöhnt, das Licht brennen zu lassen. Gefangen in einem gelähmten Körper, gab es kaum etwas Schlimmeres als die Dunkelheit. Manchmal sehnte sie sogar die aufkommende Dämmerung herbei, in der die Finsternis ihren Verstand überwältigte und sie einen Moment des Vergessens fand. Der Gedanke an Unsterblichkeit hatte sie noch nie zuvor so erschreckt wie in diesen langen Nächten. Sie sehnte sich nach nur wenigen Tagen, in denen es ihr verwehrt gewesen war, ihren Liebsten wiederzusehen, nach dem ewigen Vergessen. Wie musste es da Wesen ergehen, die wussten, dass ihr Leid unendlich währen würde? Um die herum alles zerfiel, was sie kannten?

So lag sie, nachdem die Bestie sich in ihr beruhigt hatte, reglos da und wartete auf den nächsten Morgen. Sie sehnte Bewusstlosigkeit herbei, um von der lähmenden Langeweile und den quälenden Gedanken, die sie heimsuchten, erlöst zu werden.

Dieses Mal hörte sie jedoch nach einigen Stunden ein Geräusch an ihrem Fenster. Was war das? Sie wünschte sich, ihren Kopf wenigstens ein Stück drehen zu können. Da kamen Schritte näher, jemand beugte sich über sie. Raphael! Ihr ganzes Sein sehnte sich nach seiner Berührung. Die Sehnsucht drohte sie zu verschlingen, tat ihr so weh, dass sie sich am liebsten gekrümmt hätte. Tränen stiegen in ihre Augen und rannen seitlich ihr Gesicht hinunter.

»Du fehlst mir so«, wisperte er und strich ihr zärtlich durch das Haar.

Sie wollte ihm antworten, sich ihm entgegenstrecken, ihm sagen, wie sehr sie ihn liebte und wie leer ihr Leben ohne ihn war, doch plötzlich bäumte sich die Bestie in ihr auf, warf sich mit voller Kraft gegen ihren überrumpelten Willen, als hätte sie nur auf einen Moment der Schwäche gelauert. Voller Entsetzen bemerkte sie, dass sie blinzelte und ihre Hand zuckte. Die Sternenbestie hatte die Kontrolle über ihren Körper gewonnen – und sie konnte nur hilflos zusehen.

»Raphael«, hörte sie sich flüstern.

Seine Augen weiteten sich. »Lilly.«

Sie roch seinen süßen Atem, als seine Lippen den ihren immer näher kamen. Zitterte innerlich wie die angeschlagene Saite einer Harfe in Erwartung seines Kusses und wollte ihm zugleich zurufen, dass er fliehen solle.

Dann vereinten sich ihre Münder in einem Kuss, und trotz der Gefühle, die über sie hinwegfluteten, nahm sie wahr, wie ihre Hände sich unauffällig seinem Hals näherten, ihn umschlangen und zudrückten.

Ein krächzendes, entsetztes Keuchen kam über seine Lippen, während sie ihn umwarf und sich auf ihn kniete. »Zeit, zu sterben«, flüsterte sie.

Das durfte nicht wahr sein! Lilly sammelte alles, was von ihrer Kraft und ihrem Ich geblieben war, und warf es gegen das Wesen in ihrem Inneren. Sie musste Raphael retten! Immer wieder griff sie an, bis ihre Seele wund war und sie das Gefühl hatte, zu zersplittern. Die Bestie begann, unter ihren Schlägen zu wanken, immer wieder erlahmten ihre Bewegungen, aber noch gab sie nicht auf.

Raphael wand sich in der Zwischenzeit unter ihr, seine Lippen färbten sich blau, kleine Äderchen platzten in seinen Augen. Sie wusste, dass er sich nicht mit voller Kraft wehrte, dass er sie nicht verletzen wollte, auch wenn das seinen Tod bedeutete.

Nein! So durfte das nicht enden.

Mit letzter Kraft bäumte sie sich gegen die Bestie auf, spürte, wie sie sie zurückdrängte und ihre Bewegungen erschlafften, bevor sie zusammenbrach.

Für einen Moment hörte sie nur Raphaels heftiges Keuchen, lauschte seinem Herzschlag. Dann fasste er sie vorsichtig an den Schultern und drehte sie um.

Er hauchte einen Kuss auf ihre Lippen. »Ich weiß, dass es nicht deine Schuld war. Ich liebe dich.«

Er richtete sich auf und verschwand aus ihrem Blickfeld. »Halte dich von Ansgar fern. Der Rat hat uns gewarnt, dass er eine Sternenbestie ist. Wir werden ihn bald vernichten, und dann werde ich dich retten. Das verspreche ich dir.«

Damit verließ er sie und ließ sie mit einer Flut aus widersprüchlichen Gefühlen zurück. Ansgar würde sterben. Zu ihrer Überraschung mischte sich in die Erleichterung darüber auch Trauer.

61

Am nächsten Tag saß Lilly wieder bei Ansgar. Als er eine Blutprobe entnehmen wollte, krempelte sie einen Ärmel hoch und entblößte dabei die blauen Flecke, die Raphaels Griff um ihre Arme hinterlassen hatte.

Er starrte sie verwundert an, packte ihren anderen Arm und schob auch dort den Pulli hoch. »Was ist geschehen? Das sieht wie der Abdruck einer Hand aus. Haben dich die Sternenseelen angegriffen? Betrachten sie dich nun auch als Bestie?«

Sie schüttelte den Kopf, überrascht über die Sorge, die in seiner Stimme mitschwang. »Gestern hat die Bestie für kurze Zeit die Kontrolle übernommen, als Raphael da war.« Tränen stiegen in ihre Augen, die sie zornig wegwischte. Sie wollte nicht mehr weinen. Ihr ganzes Leben bestand nur noch aus Tränen.

»Du hast ihn angegriffen, und er hat sich gewehrt«, stellte Ansgar tonlos fest.

»Bist du nun glücklich? Das ist es doch, was du wolltest – mehr Körper für euch, die ihr benutzen könnt.«

»Nicht so«, flüsterte er. Dann sah er sie verbittert an. »Nach allem, was er dir angetan hat, sorgst du dich um ihn? Was ist das mit euch Menschen, dass ihr alles vergebt?«

»Er trägt keine Schuld!«

Er drehte sich zu ihr um. »Wenn er nicht deinen Stiefbruder hätte töten wollen, wärst du noch immer ein Mensch.«

»Und wenn ihr nicht alles quälen und töten würdet, das euch unter die Finger gerät, gäbe es diesen Krieg nicht.«

»Such die Schuld nicht nur bei uns. Es gibt immer zwei Seiten.«

»Da erwartest du zu viel«, sagte sie bitter und deutete auf ihre blau verfärbten Arme. »Wer hat versprochen, mir zu helfen, und dabei nur seine eigenen Pläne im Kopf gehabt? Wer hat mir verheimlicht, dass ich die Kontrolle über meinen Körper verlieren könnte?«

»Du wusstest, auf was du dich einlässt. Oder willst du behaupten, dass du mir bedingungslos vertraut hast?« Er ergriff ihre Hand, fuhr mit den Fingern seiner anderen Hand über die verletzten Stellen. Sie spürte ein Prickeln wie von kleinen elektrischen Schlägen, und die feinen Härchen ihrer Haut stellten sich auf.

»Was tust du da?« Seine Berührung war ihr zwar nicht unangenehm, sondern löste im Gegenteil ein angenehmes Gefühl in ihrem Inneren aus, doch genau dies beunruhigte sie. Er war der Feind und würde keine Sekunde zögern, sie zu vernichten, wenn es seinen Zwecken diente.

»Warte ab.«

Um sich abzulenken, rief sich Lilly all die schlimmen Dinge in Erinnerung, die Ansgar und Samuel getan hatten, entsann sich der Bilder, die sie in seinem Kopf gesehen hatte. »Vertrauen muss man sich verdienen.« Schmerzlich erinnerten sie diese Worte an Raphael. Es schien Ewigkeiten her, dass sie sie zu ihm gesagt hatte.

»Hättest du es denn zugelassen?« Er sah ihr tief in die Augen.

Für einen Moment herrschte atemlose Stille, bis Lilly die Augen niederschlug. »Vielleicht.«

Sie konnte das kurze Aufflackern von Trauer nicht sehen, das über Ansgars Gesicht zuckte. »Tut es noch weh?«

Überrascht sah sie ihre Arme an. Die blauen Flecke waren verschwunden. Ehrfürchtig strich sie über die Haut, drückte probehalber dagegen. »Wie hast du das getan?«

»Man lernt viel, wenn man lange genug lebt.«

»Du kannst heilen?« Sie starrte ihn fassungslos an. »Du besitzt diese unglaubliche Fähigkeit und verschwendest deine Zeit lieber mit deinen Spielchen und Experimenten, anstatt anderen zu helfen?«

»Ich schulde den Menschen nichts.«

Sie schüttelte den Kopf. »Und da wunderst du dich, warum man euch nur mit Hass und Misstrauen gegenübertritt?«

Schweigend betrachtete er sie. »Erinnerst du dich an den Wall, den du beim ersten Mal zwischen uns gespürt hast? Ich werde dich lehren, ihn zu errichten. Damit kannst du sie zurückhalten.«

»Warum solltest du mir helfen?«

»Vielleicht will ich nur mein Studienobjekt nicht vorzeitig verlieren«, antwortete er und wandte sich ab.

Doch Lilly sah, dass dies nicht alles war, fasste ihn an der Schulter und zwang ihn, sich zu ihr umzudrehen. »Und die Wahrheit?«

Er beugte sich vor, atmete ihren Duft ein. »Lass uns zusammenarbeiten. Du kannst mich lehren, mehr zu werden als nur ein Ableger einer uralten Kreatur, menschlicher, und ich kann dir helfen, du selbst zu bleiben.«

Sie hielt erschüttert den Atem an. »Das kann ich nicht«, stieß sie hervor. »Deinetwegen quäle ich mich jede Nacht. Deinetwegen bin ich von dem Jungen, den ich liebe, getrennt. Deinetwegen wäre Amy beinahe gestorben. Wie kannst du nur glauben, dass ich dir freiwillig folgen würde?«

»Weil ich der Einzige bin, der dich versteht. Weil ich deine einzige Hoffnung bin, wieder ein normaler Mensch zu werden. Weil ich noch nie ein Versprechen gebrochen habe.«

»Ich kann nicht«, sagte sie leise und wünschte sich, es wäre anders.

Bedauernd schüttelte er den Kopf. »Egal, was auch geschieht, mein Angebot gilt für alle Zeit. Vergiss das niemals.«

Prüfend sah sie ihn an. Was hatte er vor? Es klang fast, als wolle er sich von ihr verabschieden.

»Es wird bald dunkel. Wir sollten uns beeilen«, wechselte er das Thema. »Schließ die Augen, konzentrier dich ganz auf deine Atmung. Spür in dich hinein. Siehst du etwas?«

Sie folgte seinen Anweisungen und fragte sich, ob das eine Art Hypnose war, während sie schläfrig wurde, als ein Teil ihrer Anspannung von ihr abfiel. Dann spürte sie es. Da war etwas in ihr! Eine kleine Kugel aus reinster Finsternis schoss überschnell durch ihr Inneres, um ihre Grenzen zu sprengen. Sie keuchte auf, öffnete die Augen, woraufhin Ansgar zufrieden lächelte.

»Das ist die Bestie. Nun versuch mal, dir deine eigene Identität, nenn es Seele, wenn es dir besser gefällt, als eine Art Netz vorzustellen.«

Es dauerte eine ganze Weile, bis es ihr gelang, aber dann tauchte vor ihren Augen ein feinmaschiges Geflecht auf, das wie aus Diamanten gesponnen wirkte.

Im nächsten Schritt sollte sie sich ausmalen, mit dem Netz die Finsternis einzufangen, aber es misslang ihr jedes Mal. Frustration und Müdigkeit breiteten sich in ihr aus. »Das wird nie etwas.«

»Du brauchst Geduld«, beschwichtigte Ansgar sie und reichte ihr eine Flasche Wasser. »Trink ein wenig, dann bekommst du einen klaren Kopf.«

Sie hatte zwar keinen Durst, tat ihm dennoch den Gefallen und nahm einen kleinen Schluck. Vielleicht half es wirklich.

Ansgar seufzte und sah sie mit einem Mal traurig an.

»Prinzipiell hast du es verstanden. Mit etwas Übung wirst du es zeitweise kontrollieren können.«

Sie fasste sich an die Stirn, als eine Welle der Müdigkeit sie überflutete. »Für heute reicht es.« Sie wollte aufstehen, doch ihre Beine gehorchten ihr nicht. Alles verschwamm vor ihren Augen. »Was hast du getan?«, stammelte sie mit schwerer Zunge.

Sie spürte, wie er seine Arme um sie legte und sie zur Liege brachte. »Schlaf. Wenn du aufwachst, ist alles vorbei, aber mein Angebot wird bestehen bleiben.«

Das Letzte, das sie sah, war sein trauriges Gesicht, bevor die Schwärze sie umfing.

62

Einen derartigen Zwiespalt hatte er noch nie gefühlt. Bisher war seine Existenz seit dem Verstummen seines Wirts nur von der Suche nach Wissen und der Befriedigung seiner Triebe bestimmt gewesen. Doch nun fing er auf einmal an, sich für jemand anderes zu interessieren. Lilly.

Bereits ihr Duft hatte ihm gesagt, dass sie kein normaler Mensch war. Er wusste nicht, was es war, aber wenn sie weinte, spürte er das Bedürfnis, ihre Tränen wegzuwischen und irgendetwas zu tun, damit sie wieder lächelte. Wenn sie wütend auf ihn war, tat er es nicht mit einem Achselzucken ab, sondern trauerte, dass sie ihm nicht wohlgesinnt war. Und bei dem Gedanken, dass man ihr ein Leid zufügte, sie nicht mehr da sein könnte, wurde ihm eisig ums Herz.

Trotzdem hatte er keine andere Wahl. Er hatte gewusst, dass der Tag kommen würde, an dem er ihren Pakt brechen musste. Er hatte bei ihrer Gedankenverbindung gesehen, dass die Sternenseelen wussten, was er war.

Auch wenn er ihnen im direkten Kampf überlegen war, durfte er sie nicht unterschätzen. Sie planten etwas, und es war seine Aufgabe, ihnen zuvorzukommen.

Mit einem letzten bedauernden Blick auf die schlafende Lilly wandte er sich ab und begab sich auf den Weg zu der Ruine. Sie würde hoffentlich lange genug schlafen, um erst aufzuwachen, wenn alles vorbei war. Vielleicht würde sie eines Tages erkennen, dass er keine andere Wahl gehabt hatte.

63

Als sie aufwachte, dröhnte ihr Kopf. Doch kaum war sie bei Bewusstsein, erinnerte sie sich an Ansgars Worte. Was hatte er gemeint, als er sagte, dass bald alles vorbei sein würde? Nein! Es gab nur eine Erklärung dafür. Er wollte ihren Pakt brechen und Raphael töten. Schwankend kam sie auf die Beine, griff sich eines der herumliegenden Messer, öffnete die Tür und eilte hinaus. Mit jedem Schritt kehrte ein Teil ihrer Kraft zurück, und als sie das Gebäude verließ, spürte sie nichts mehr von den Nachwirkungen der Droge, die Ansgar ihr verabreicht hatte. Wie in Trance rannte sie auf die Ruine zu, während die Sonne langsam unterging. Nur ein Gedanke hämmerte durch ihren Kopf: Sie durfte nicht zu spät kommen!

Endlich erreichte sie ihr Ziel und sah Ansgar bereits vor der Hütte stehen. Sie blickte zum Himmel hinauf, es blieb ihr nicht mehr viel Zeit, bis sie in Schlaf sinken würde.

»Warte«, rief sie.

Er wandte sich um und sah sie ausdruckslos an. »Es war dumm von dir, hierherzukommen.«

»Ich werde nicht zulassen, dass du ihnen etwas antust!«

»Du bist nur ein Mensch, du kannst mich nicht aufhalten. Ich habe Gefallen an unseren Gesprächen gefunden. Ich werde dir nichts antun, wenn du nun gehst.«

»Dir vertrauen?«, fragte Lilly verächtlich. »Du hast bisher nicht viel getan, um dir dieses Vertrauen zu verdienen.«

Zuckte Ansgar bei ihren Worten etwa zusammen, oder hatte sie sich getäuscht?

»Es ist nicht dein Kampf. Geh!«

»Es sind meine Freunde!«

»Wie kannst du mit ihnen befreundet sein? Du kennst sie nicht. Sie sind Krieger wie ich – stetig wiedergeboren in demselben endlosen Kampf, der kein Ende kennt. Mit Wesen wie uns kann man nicht befreundet sein.«

Sie ging langsam zu ihm, hielt dabei das Messer fest umklammert. »Sie kennen etwas, das dir fremd ist: Liebe. Im Gegensatz zu dir fühlen sie etwas.«

Wut loderte in Ansgars Augen auf. »Und das macht sie zu etwas Besserem?«

»Du hast so viele Menschen getötet, gefoltert und untersucht – hast du dabei immer noch nicht gelernt, dass man nicht alles mit der Wissenschaft erklären kann?«

Er schüttelte den Kopf. »Wenn das wahr wäre, wären wir zu endlosen Qualen verdammt. Das kann ich nicht akzeptieren.« Er lachte bitter. »Euer Leben kennt ein Ende, das Leben der Sternenseelen kennt ein Ende. Ihr kehrt zu euren Sternen zurück, in das Licht, und findet Ruhe. Wir kennen nichts als endlose Zyklen aus Finsternis und Vernichtung. Ich erinnere mich an jede meiner Inkarnationen seit Anbeginn der Zeit – wir enden niemals. Verdienen wir nicht auch Ruhe?«

»Das muss schrecklich sein«, flüsterte sie.

»Irgendwann werden wir eine Antwort finden, aber jetzt tritt zur Seite. Es ist nicht dein Kampf.«

»Nein«, sagte Lilly fest und hob ihr Messer. »Wenn du ohnehin nicht sterben kannst, kann ich dich einfach töten.«

»Und was ist mit meinem Wirt? Bringst du ihn ebenfalls, ohne mit der Wimper zu zucken, um?« Er trat dicht an sie heran, legte die Klinge an seine Kehle. »Tu es.«

Aber Lilly brachte es nicht fertig. All ihre vorherige Entschlossenheit war wie weggefegt. Sie fürchtete um die Sternenseelen, aber ebenso empfand sie Mitleid mit Ansgar und dem Jungen, dessen Körper er besetzte. Irgendwo steckte auch in der Sternenbestie ein Funken Gutes.

Er schob sie zur Seite und öffnete die Tür, dann sah er zum Himmel hinauf. »Dir bleiben noch etwa zwei Minuten, bis es dunkel ist.«

Entsetzt blickte sie nach oben. Sie hatte die Zeit vollkommen vergessen.

»Geh weg von ihr.«

Lilly fuhr herum. Da stand er. Raphael. Schön wie immer, gehüllt in einen feinen Wirbel Sternenstaub.

»So zeitig erwacht?« Ansgar runzelte die Stirn.

»Liebe ermöglicht viele Dinge«, erwiderte Raphael. »Etwas, das du nie verstehen wirst.«

Er zuckte mit den Schultern, wirkte aber noch immer verwirrt. »Das macht es wenigstens etwas anspruchsvoll.« Bevor sie zurückweichen konnte, berührte er ihre Stirn. »Ich mache dir ein Geschenk. Du darfst das Folgende miterleben, damit du dich nicht auf ewig fragst, wie dein Liebster starb. Ich hätte es dir gerne erspart, aber du musstest ja hierherkommen.«

Ein stechender Schmerz durchfuhr Lilly, als die Schwärze in ihr sich aufbäumte, um sich anschließend zusammenzuballen und sich in einer Ecke ihrer Seele zu verkriechen. »Die Bestie wird diese Nacht ruhen.«

Sie riss die Augen auf. »Dazu bist du in der Lage?«

Doch Ansgar beachtete sie nicht, sondern ging auf Raphael zu. »Nur du allein? Mutig.«

Lillys und Raphaels Blicke trafen sich, und Lilly hätte beinahe vor Erleichterung aufgeschluchzt. In seinen Augen lag so unendlich viel Liebe.

Dann stürzten sich die beiden Gegner aufeinander. Obwohl Ansgar mächtiger als Samuel war, gelang es Raphael, ihm dieses Mal standzuhalten, und er schwang seine beiden blitzenden Schwerter in einem tödlichen Wirbel um sich herum. Doch immer wieder durchbrach die Sternenbestie die Deckung und fügte ihm kleinere Wunden zu. Zuerst schlossen sie sich innerhalb von Sekunden, aber mit jedem weiteren Blutstropfen dauerte es länger und länger, bis auch Raphaels Bewegungen erlahmten, während Ansgar keinerlei Anzeichen von Ermüdung zeigte.

»Gibst du schon auf?«, höhnte er, während er Raphael mit unglaublicher Kraft gegen die Schläfe schlug, woraufhin dieser nach hinten taumelte.

Lilly fühlte sich so hilflos. Sie wollte eingreifen, aber nur mit einem kleinen Messer bewaffnet, fühlte sie sich vollkommen nutzlos angesichts der Brutalität des Kampfes. Da sprang die Tür der Hütte auf, und Ras, Lea und Torge stürmten mit ihren Waffen in den Händen nach draußen und stürzten sich auf Ansgar.

Auf der einen Seite spürte Lilly Erleichterung, auf der anderen Seite ertrug sie aber auch nicht, dass Ansgar getötet wurde. Zu ihrer Überraschung lag es nicht nur an seinem menschlichen Wirt, sondern sie verspürte Mitleid mit der Sternenbestie. Wie konnte sie über ein Wesen richten, das zu so einem Dasein verdammt war?

Sie sah wieder zu dem Kampf hinüber – inzwischen waren auch Anni, Shiori und Felias aufgetaucht. Immer wieder schlugen sie Haken, die Schwerter, Stäbe und Shioris Kette blitzten im Mondlicht, doch Ansgar war ihnen nicht unterlegen. So schnell, wie er sich nun bewegte, hatte er zuvor nur mit Raphael gespielt. Wenn Ansgar noch eine junge Bestie war, wie mächtig mussten dann die älteren sein?

Da stolperte Lea. Ansgar nutzte die Gelegenheit, um ihr den Stab aus der Hand zu reißen und sie in die Seite zu treten. Torge brüllte auf, stürzte sich in blinder Wut auf ihn. Leas Schrei verschmolz mit dem krachenden Geräusch, das ihr Stab verursachte, als er auf Torges Schädel niederging und der bärenartige Junge wie ein gefällter Baum zu Boden stürzte.

Lea sprang wieder auf, riss Raphael ein Schwert aus der Hand und ging wie eine Furie auf Ansgar los. War sie zuvor behände und berechnend gewesen, so waren ihre Bewegungen nun zu schnell, um ihnen mit den Augen zu folgen, und es gelang ihr, eine tiefe Schramme auf der Wange der Sternenbestie zu hinterlassen. Beim Anblick des Blutes, das auf sein weißes Hemd tropfte, schien neuer Kampfesmut die Sternenseelen zu durchfluten, und sie drangen weiter auf ihn ein, bis seine Bewegungen langsamer wurden und er Schritt für Schritt zurückwich. Bei jedem weiteren Hieb schloss Lilly die Augen. Sie wollte ihn nicht sterben sehen. Dadurch entging ihr jedoch, wie Ansgar sich umdrehte und mit einem gewaltigen Satz zu ihr sprang.

»Nein!«, gellte Raphaels Schrei durch die Nacht.

Ansgar packte Lilly und schob sie als Schutzschild vor sich her. »Keinen Schritt weiter, oder sie ist tot.«

»Was stört es mich«, sagte Felias und wollte auf sie zurennen, doch Raphael fiel ihm in die Arme.

Die Sternenbestie lachte. »So ist es recht, und nun geht ihr alle einen Schritt zurück.«

Lilly sah, wie sie widerwillig gehorchten. Leas Gesicht war tränenverschmiert, Shioris wutverzerrt, und Ras wirkte unergründlich wie immer.

»Du hast versprochen, mir kein Leid zuzufügen«, sagte sie.

Ansgar hob überrascht eine Augenbraue. Die Schwärze in seinen Augen erschreckte sie nicht mehr. »Versprich mir, bei mir zu bleiben, mein Partner zu werden, und ich werde dir niemals ein Leid zufügen.« Er deutete auf die Sternenseelen. »Auch deinen Freunden nicht.« Er spuckte das Wort regelrecht aus.

Sie lachte verächtlich. »Wahrscheinlich verdienst, du es nicht anders, als in der Hölle zu schmoren. Selbstlosigkeit, Freundschaft, Solidarität – das macht eine Seele aus und nicht irgendwelche Formeln. Jedem steht der Weg offen, mehr zu sein als einem bei der Geburt in die Wiege gelegt wird. Man muss es nur wollen.«

In dem Augenblick passierten mehrere Dinge gleichzeitig. Ansgar sah sie nachdenklich an, während Felias sich von Raphael losriss und sein Schwert auf Ansgar und Lilly zuschleuderte. Raphael versuchte, es in der Luft abzufangen, aber er griff knapp daneben. Lilly sah die Spitze auf sich zurasen, erwartete den Schmerz, der sich einstellen würde, wenn sie durchbohrt würde, und wurde plötzlich zur Seite gerissen. Ansgar! Während sie fiel, sah sie, wie die Klinge ihn durchbohrte und zu Boden warf. Sofort sprang sie auf. Noch immer fassungslos über das, was geschehen war.

Mit einem Blick erkannte sie, dass jede Hilfe für Ansgar zu spät kam. Das Schwert steckte in seiner Brust, das Blut floss in Strömen aus ihm heraus, und seine Hände lagen schlaff an seiner Seite.

»Wag es nicht«, blaffte sie Shiori an, die mit einem gezückten Messer auf ihn zuging. Stattdessen kniete sie sich neben Ansgar nieder, der sie schmerzerfüllt anlächelte, während ein dünner Faden Blut seinen Mundwinkel herunterrann.

Sie blickte zu Raphael auf. »Er stirbt. Lasst uns bitte allein.«

»Niemals.« Stur starrte er sie an. »Ich werde dich nicht schon wieder mit einem von diesen Wesen allein lassen.«

»Wenn du mich liebst, dann tust du das. Bitte.«

Ihrem flehenden Blick konnte er nicht standhalten. »Wir gehen bis zum Waldrand, aber ich werde euch beobachten.«

»Das kann nicht dein Ernst sein«, begehrte Felias auf.

»Schweig«, donnerte Ras. »Du hättest sie beinahe getötet. Das ist das Mindeste, was wir tun können.«

Nachdem sie gegangen waren, sah Lilly auf Ansgar hinab. Seine Brust hob und senkte sich nur noch schwach. Seine Augen hatten einen glasigen Schimmer. Trotzdem lächelte er sie an. »Ich wollte es mit deiner Methode versuchen. Scheint aber auch keinen Erfolg zu bringen. Ich hätte mehr Zeit gebraucht«, flüsterte er mit krächzender Stimme. »Die Finsternis wartet.«

Lilly rannen Tränen über die Wangen, verlegen wischte sie sie weg. »Warum hast du das getan?«

»Weil ich dumm war. Ich wollte nicht, dass du stirbst.« Er schloss einen Moment die Augen. »Jurij, der Junge, dem der Körper gehörte, sagte mir, dass er jederzeit bereit gewesen wäre, für ein Mädchen aus seinem Dorf zu sterben. Ich hielt es für die törichte Schwäche eines Menschen, aber nun ...« Er hustete. »Vielleicht ist es das auch. Vielleicht gewinnt dieses Mal der Wirt, doch ich wollte nicht, dass du meinetwegen getötet wirst.«

Schuldgefühle nagten an Lilly. Ihretwegen war er dazu verurteilt, in diese schreckliche Finsternis zurückzukehren. Was wäre ihr eigener Tod schon dagegen gewesen? »Das hättest du nicht tun sollen«, flüsterte sie.

»Es war einen Versuch wert. Ich werde noch lange genug Gelegenheit haben, es zu bereuen.« Er hob die Hand, wischte eine ihrer Tränen beiseite. »Wer hätte gedacht, dass ein Mensch mal um eine Sternenbestie weinen würde.« Er holte qualvoll Luft. »Ich werde dir ein Geschenk machen.« Er hob eine zittrige Hand und legte sie über ihr Herz. Sie spürte einen leichten Sog und sah, wie ein schwarzer Nebel aus ihr strömte und in Ansgar hinein.

»Ich werde die Sternenbestie, die von dir Besitz ergriffen hatte, mit mir nehmen. Du bist frei.«

»Wie kann das sein?«, stammelte sie, während sie sich zugleich auf ihr Innerstes konzentrierte, so wie er es ihr gezeigt hatte. Und tatsächlich. Diese Kugel aus Finsternis war verschwunden. Erneut rann eine Flut aus Tränen über ihr Gesicht. Sie würde wieder mit Raphael zusammen sein können!

»Es ist nur ein kleiner Splitter einer Sternenbestie, der in dir lebt. Wir haben immer das Bestreben, uns zu einer größeren Einheit zusammenzufügen, nur das Vergnügen, einen eigenen Körper zu besitzen, lässt uns das manchmal vergessen.«

»Danke«, hauchte Lilly und war nicht mehr in der Lage, ihre Tränen zurückzuhalten. »Ich werde es dir nie vergessen.«

»Vergiss mich nicht«, wisperte er. Ein Zucken ging durch seinen Körper. »Licht. Ich sehe ein Licht«, flüsterte er, dann bäumte er sich noch einmal auf und war tot.

Lilly brach schluchzend über seinem Körper zusammen, nahm das aufgeregte Getuschel in ihrem Rücken kaum wahr und blickte erst wieder auf, als Raphael sich neben sie kniete und in seine Arme zog. »Es wird alles wieder gut«, murmelte er in ihr Haar.

»Nicht für ihn. Er ist für ewig verdammt«, brachte sie zwischen zwei Schluchzern hervor.

»Nein, du hast ihm eine Seele geschenkt«, antwortete er knapp, sichtlich schockiert von der Erkenntnis. »Wir konnten ihren Schemen aufsteigen sehen. Er wird nie wieder ein Teil der Finsternis sein.«

Da küsste er sie – und alle Ängste und Schmerzen waren vergessen.

64

Eine Motte mit weichen Flügeln flatterte um die elektrische Laterne, die Raphael mit zu ihrem Platz auf dem Dach der Schule gebracht hatte. Hier in seinen Armen fühlte Lilly sich zuhause. Es gab keinen Ort auf der Welt, an dem sie lieber gewesen wäre oder wo sie sich sicherer gefühlt hätte. Doch auch das Wissen, dass sie wieder vereint waren, konnte ihren Trübsinn nicht vertreiben.

Er fuhr mit seinen Lippen ihren Nacken hinauf, knabberte sanft an ihrem Ohrläppchen. »Was bedrückt dich, meine Schöne?«

Sie legte ihre Beine über seine und kuschelte sich in seine Armbeuge, während sie zum Sternenhimmel hinaufblickte. »Ansgar. Er ist für mich gestorben. Ich weiß, es klingt dumm, aber wie soll ich damit umgehen, dass er sich für mich geopfert hat? Er mag böse Dinge getan haben, aber am Ende muss auch ein Funken Gutes in ihm gewesen sein.«

Er küsste sie auf den Scheitel. »Du hast Recht, es ist dumm, sich darüber Gedanken zu machen, aber dafür liebe ich dich. Er mag in diesem einen Moment selbstlos gehandelt haben, doch das wiegt nicht all das Unrecht auf, das er anderen zugefügt hat.«

»Aber ihm wurde eine Seele geschenkt. Bedeutet das nicht, dass irgendetwas ihm verziehen hat? Dass die Sterne selbst ihm vergeben haben und ihn bei sich aufnehmen?«

»Vielleicht, aber ich besitze diese Größe nicht.« Er packte

sanft ihr Kinn, sah ihr in die Augen und küsste sie inniglich und voller unterdrücktem Verlangen. »Ich bin nicht gut im Verzeihen, aber dafür, dass er dich gerettet hat, werde ich ihm ewig dankbar sein.«

»Ich werde ihn nie vergessen.«

Seine Hand wanderte an ihrem Arm hinunter, bis sich ihre Finger trafen und ineinander verschränkten. »Das musst du auch nicht.«

Sie sah ihm in die Augen und fühlte eine Woge reinsten Glücks über sich hinwegfluten, die sich als warmes Gefühl in ihren Adern ausbreitete. »Ich liebe dich.«

Seine Antwort war ein weiterer zärtlicher Kuss. »Zu sagen, dass ich dich liebe, fühlt sich so unzureichend an. Du bist das Licht meines Lebens, alles, was ich je wollte, und ich will dich nie wieder verlieren.«

Als sich ihre Münder und später ihre Körper vereinten, funkelten die Sterne über ihnen, und für einen Augenblick glaubte Lilly, ihren Gesang zu hören, bis sie erneut in einen Taumel der Freude hinabgezogen wurde.

Danksagung

Schreiben ist eine einsame Tätigkeit, aber ich habe das Glück, dass mir dabei viele Menschen mit Rat und Tat zur Seite stehen: Thomas *Digger* Dauenhauer, *Old Man* Dennis und Jörg, die selbst spät in der Nacht noch für Plotdiskussionen und Brainstorming zur Verfügung stehen; Nora Melling, Sandra, Eva und Claudia, die sich tapfer durch sämtliche Fassungen kämpften, und meine liebe Cousine Nina, mit der es sich so wunderbar Schauplätze erkunden lässt.

Meinem Agenten Bastian Schlück und meiner Lektorin Nicole Geismann möchte ich für ihre nahezu unendliche Geduld danken, ebenso wie dem ganzen Agenturteam und den Mitarbeitern des Goldmann Verlags. Zudem Kerstin von Dobschütz, die für den letzten Schliff am Manuskript sorgte.

Und an allererster Stelle meinen Eltern, die immer für mich da sind.

Tausend Dank euch allen!

Kerstin Pflieger

lernte schon früh durch Reisen an die Küsten Europas, Afrikas und Asiens unterschiedliche Kulturen und Denkweisen kennen und entdeckte so auch ihre Liebe zum Schreiben. Für ihren Roman »Die Alchemie der Unsterblichkeit« wurde sie in der Kategorie »Bestes deutschsprachiges Romandebüt« mit dem Deutschen Phantastik Preis ausgezeichnet. Kerstin Pflieger lebt mit ihren Hunden im Landkreis Heilbronn.
Weitere Informationen unter: www.kerstin-pflieger.net.

Außerdem von Kerstin Pflieger bei Goldmann erschienen:

Die Alchemie der Unsterblichkeit. Roman
Der Krähenturm. Roman
(Alle Romane sind auch als E-Book erhältlich)

GOLDMANN
Lesen erleben